Die Oaknight-Chroniken

Werwolfjagd ist Familiensache

Für Daniel,
einen Freund,
mit dem ich gern alt und grau werden will

MIX
Papier | Fördert gute Waldnutzung
FSC® C022120
Mineralöl freie Druckfarbe

5 4 3 2 1
ISBN 978-3-649-64684-6

Text: A. E. Leinkenjost
Illustrationen: Helge Vogt
Umschlaggestaltung: Frauke Maydorn unter Verwendung einer Illustration von Helge Vogt
Lektorat: Anja Fislage
Satz: Sabine Conrad, Bad Nauheim
Printed in Slovakia
www.coppenrath.de
Das @book erscheint unter der ISBN 978-3-649-64959-5.

A. E. Leinkenjost

Die Oaknight-Chroniken

Werwolfjagd ist Familiensache

Mit Illustrationen
von Helge Vogt

COPPENRATH

Vorwort

Die Welt, in die du nun eintauchen wirst, hat ein Geheimnis. Sie mag aussehen wie unsere – wie im Jahr 1799 –, doch sie ist nicht dieselbe. Sie birgt Gefahren, die nur diejenigen überleben, die wagemutig sind. Sie beheimatet Rätsel, die nur du lösen kannst. Ihre Schatten sind so dunkel, so kohlrabenschwarz, dass sie dir lauschen können – also überlege dir gut, wem du von dieser Welt erzählst. Denn wer von den geheimen Chroniken der Oaknights weiß, der muss von diesem Augenblick an gemeinsam mit dir das gefährlichste Abenteuer bestehen, das du dir vorstellen kannst. Wenn du hier also sonderbaren Worten oder längst vergessenen Namen und fremd klingenden Orten begegnest, so lasse dich davon nicht aus der Ruhe bringen. Wenn du allerdings ein Heulen im Wind hörst oder ein scharrendes Kratzen an deiner Tür, dann lauf – und nimm dieses Buch mit dir, wenn du überleben willst.

Genug der Worte.

Du wurdest gewarnt.

Willkommen in den Oaknight-Chroniken!

Teil I

Das Geheimnis von Oaknight Manor

Oaknight Manor
Geheimgang Nr. VIII, neben der Haupthalle

Am fünfzehnten April 1799 ereignete sich auf dem Anwesen von Oaknight Manor eine bis dahin unerhörte Kuriosität.

Es waren nicht die knallenden Pistolenschüsse im Festsaal, denn wie immer, jeden Mittwoch um dieselbe Uhrzeit, genoss der junge Master Scott es in aller Ausführlichkeit, seinen Schießlehrer mit unnötigen Diskussionen in den Wahnsinn zu treiben. Die Spuren der darauf folgenden Gewaltausübungen trugen in der Regel unschuldige Kürbisse davon, deren sterbliche Überreste anschließend vom Hauspersonal gereinigt und schließlich, nach einer angemessenen Schweigeminute, in eine hinreichend sättigende Cremesuppe verwandelt wurden.

Es waren auch nicht die schallenden Kampfgeräusche, die sich stets von der westlichen Halle für Leibesertüchtigung, dann durch das nördliche Treppenhaus und schließlich den zweiten Ostturm hinaufzogen. Dabei handelte es sich lediglich um die junge Lady Scarlett, die mithilfe des nicht unbeträchtlichen Familienvermögens einen weiteren unbescholtenen Fechtlehrer auf das Anwesen gelockt hatte, um ihn wahlweise entweder das Fürchten oder das Grauen zu lehren.

Wer die Gepflogenheiten des eigenartigen Brauchtums seiner Bewohner über einen angemessenen Zeitraum verfolgte, stellte schon bald fest, dass sich zuvor erwähnte Kuriosität in einem kleinen, fast unscheinbaren Detail äußerte: Hamish Balthazar Porter, der stets pünktliche Butler der Familie, trank seinen Fünfuhrtee bereits um skandalöse 16:45 Uhr.

Der Grund dafür war die Ankunft eines Briefes, den der breitschultrige Mann mit den ergrauten Schläfen und den stechend blauen Augen nun in seiner zitternden Hand hielt. Das darin enthaltene Schreiben sollte das Leben der in Oaknight Manor verbliebenen Mitglieder der Familie für immer verändern.

Scott

Stunden später lag Scott noch immer wach, obwohl er todmüde war. Nachdem er sich immer wieder hin und her gewälzt hatte, beschloss er, nach seiner Schwester Scarlett zu sehen. Er rieb sich mit seinen blassen Händen die silbergrünen Augen und setzte sich auf, um sein Haar zu einem Zopf zu binden. Dann nahm er sich die Laterne vom Nachttisch neben seinem Bett und wandelte durch das Treppenhaus. Selbst Mrs Devonshires hervorragende Arbeit hatte nicht ganz ausgereicht, um die Spuren der Verwüstung zu verstecken, die seine Schwester auf dem Flur hinterlassen hatte.

Vorsichtig trat Scott an Scarletts Schlafzimmertür und legte ein Ohr an das Holz.

Keine Albträume heute Nacht, dachte er erleichtert. *Gut.* Auch wenn er davon ausgegangen wäre, nach den Ereignissen des Tages. Behutsam öffnete er die Zimmertür.

Scarletts Schlafzimmer war eine exakte Kopie seines eigenen, nur auf der spiegelverkehrten Seite von Oaknight Manor: Es gab einen Kleiderschrank mit Schemel und Spiegel, teutonische Teppiche mit strahlend bunten Stickereien und ein großes Bett mit eigenem Baldachin, den man auf Wunsch seiner Mutter stets mit frischen Mistelzweigen verzierte, voll roter Früchte und moosgrüner Kraft. Silbernes Mondlicht floss vom großen Fenster hinein und fiel auf eine zerwühlte Decke und zwei aufgerissene Kopfkissen. Scarlett lag zusammengerollt auf dem Lammfell neben dem Bett und gab ein leises, unruhiges Schnurcheln von sich. Ihr scharf geschnittenes Gesicht war noch immer rot vom Weinen, was die feine Narbe an ihrer rechten Wange sanft aufleuchten ließ.

Scott schloss die Tür, schlich auf leisen Sohlen vorwärts und stellte die Lampe neben das Lammfell. Langsam zog er die Decken vom Bett, wickelte Scarlett damit ein und strich ihre finsterbraunen Haare aus dem Gesicht, so wie er es schon so viele Male zuvor in den letzten zwei Jahren getan hatte. Unter nicht geringer Anstrengung lehnte er ihren Oberkörper an sich und hob sie behutsam in die Höhe, dann setzte er Scarlett achtsam ab. Sanft lagerte er ihren Kopf und setzte sich neben dem Bett auf den Boden.

Langsam fiel sein Blick auf das Kopfteil des Bettes und die Gravuren im Holz – dieselben, die auch sein eigenes Bett schmückten. Da waren Bilder von Märchengeschichten, die Mutter und Vater mit ihnen gemeinsam in den harten Wintern von 1793 und 1794 geschnitzt hatten. Erzählungen von Jägern, Wölfen und bedrohlichen Wäldern, wie es sie um das Anwesen von Oaknight Manor gab. Von Wahrsagerinnen des fahrenden Volkes und edlen Rittern aus magischen Welten …

Die Kraft, die der Tag Scott gekostet hatte, zollte ihren Tribut. Regentropfen begannen, leise an das Fenster zu prasseln. Scotts Lider wurden schwer und sein Kopf sank an die Wand. Die Kälte des Gemäuers zog in seine Beine und seinen Rücken.

Nicht wichtig, dachte eine leiser werdende Stimme in seinem Kopf. *Ich werde hier Wache halten und die Schatten verjagen, wenn sie kommen.*

Wenn die Albträume seine Schwester wieder heimsuchen wollten, mussten sie dafür erst an ihm vorbei …

Er hatte gehofft, dass seine eigenen Träume ihn vor der Realität schützen würden, ihm eine Zuflucht vor dem schenken könnten, was dieser Tag seiner Schwester und ihm gebracht hatte. Doch stattdessen ließen sie ihn grausamerweise noch einmal alles durchleben, bis ins kleinste Detail.

»Danke, dass Sie so kurzfristig kommen konnten, Mr O'Riley, Sir«, sagte Hamish, postierte sich neben dem uralten Schreibtisch des großzügigen Verwaltungszimmers und bot dem Notar den ledernen Sessel dahinter an, damit die Testamentsverlesung beginnen konnte.

Scott musterte besorgt seine Schwester, die schweigend neben ihm auf einem der beiden erblassten Stühle vor dem Schreibtisch saß. Wer sie kannte, sah in ihren bernsteinfarbenen Augen, wie lichterloh ihr Innerstes in Flammen stand. Behutsam nahm Scott ihre Hand. *Ich bin da.* Scarlett atmete kaum hörbar aus und ihre Schultern senkten sich, wenigstens ein kleines Stück. Sie drückte Scotts Finger zusammen. *Danke.*

»Und Sie sind sich wirklich sicher?«, murrte O'Riley, rückte den Sessel zurecht und faltete seinen Mantel über die Armlehne.

Hamish nickte. »Gewiss, Sir. Mr und Mrs Oaknight pflegten in der Regel kurz nach ihrer jeweiligen Ankunft an einem Ort jemanden zu bestimmen, mit dem sie innerhalb einer bestimmten zeitlichen Frist korrespondierten. Sollte die Frist überschritten werden, so sollte die jeweilige Person einen an dieses Haus adressierten Brief verfassen, der uns vom … Ableben Mr und Mrs Oaknights unterrichten sollte.«

»Und wer hat den Brief geschickt?«, fragte O'Riley. »Wo kam er her?«

»Aus Veta Gallia, Sir. Ein gewisser Mr Jacques Savieraux, seines Zeichens Vorsteher eines Personenbahnhofes. Er war scheinbar der letzte Kontakt, den die hohen Herrschaften Oaknight auf ihrer Handelsreise pflegten.«

»Ah, ja«, sagte O'Riley und nickte, während er eine lederne Tasche entpackte. »Richtig, richtig. Ich erinnere mich.« Er schüttelte verständnislos den Kopf. »Diese modernen Geschäftsleute …« Er seufzte angestrengt und öffnete einen versiegelten Briefumschlag, aus dem er etwa ein Dutzend Blätter Papier hervorzog, allesamt vollgekritzelt.

Scotts Herz machte einen Satz. Er spürte, wie beim Anblick des Testaments ebenfalls ein Ruck durch Scarlett ging.

Das würden sie sein.

Die letzten Worte, die Mutter und Vater ihnen hinterlassen hatten.

Hoffentlich versöhnlicher als die, die Scott ihnen kurz vor der letzten Abreise an den Kopf geworfen hatte. Würden diese letzten Worte ihnen Trost spenden? Würden sie eine Entschuldigung für all die versäumten Geburtstage der Vergangenheit – all die schönen Momente, die sie hätten teilen können – beinhalten?

»Dann wollen wir mal«, sagte der übermüdete Notar und runzelte die Stirn. Er hob das erste Blatt, ließ mit hochgezogenen Augenbrauen den Blick darüber tanzen und nickte, dann holte er tief Luft und las vor:

Das Geschäft der Oaknight & Partners Organisation – Inhaber Connor und Elizabeth Oaknight – das gesamte Familienvermögen in jedweder Form, die Ländereien und die damit einhergehenden Titel, sowie Übernahme der Arbeitsverhältnisse sämtlicher Angestellter geht zu gleichen Teilen in den Besitz von Scott und Scarlett Oaknight, beide geboren am 11.6.1785, über. Bis zu ihrer Volljährigkeit übernimmt ihr gesetzlicher Vormund das Erbe, Mister Hamish Balthazar Porter.

O'Riley sah auf.

Das Holz des alten Schreibtischs knackte. Vor den Fenstern heulte der Wind. Irgendwo im Hauptsaal schlug die alte Kuckucksuhr zu Mitternacht.

Hamish räusperte sich leise und O'Riley sah kurz von ihm zurück zu Scott und Scarlett. »Den Rest des Testaments werde ich auf den hier ausdrücklich niedergeschriebenen Wunsch Ihrer beiden Eltern ausschließlich mit Mr Porter besprechen. Unter vier Augen.«

Scott sah betreten zu Boden, innerlich hin- und hergerissen zwischen dem Gefühl, es genau so erwartet zu haben, und der verletzten Hoffnung auf … auf *mehr.* Schließlich nickte er, wie um sich selbst zu sagen, dass er es hätte kommen sehen müssen.

Ihr musstet es so weit kommen lassen, oder?, dachte er bitter. *Ihr habt von all den Krankheiten gehört, den marodierenden Deserteuren, den ungesicherten Pfaden und den Tücken der See. Die Welt war euer Zuhause. Wir waren einfach nur der Ort, an den ihr alle paar Monate zurückgekehrt seid.*

»Verstehe«, sagte er mit trockener Stimme, ohne aufzusehen.

»Warten Sie.« Scarlett blinzelte kopfschüttelnd. Sie sah verwirrt und wütend zugleich aus. »Ist das … das ist *alles?* Es muss doch irgendjemanden geben, der die Schuld daran trägt!« Sie sah Scott hilflos an, dann riss sie die Hand von ihm fort.

Scott spürte einen tiefen Stich in seiner Brust, als er verstand, was gerade mit dem Herzen seiner Schwester geschah. Er warf dem Notar einen flehenden, aber auch warnenden Blick zu.

O'Riley schien nicht nachvollziehen zu können, was seine Worte angerichtet hatten. Er sah flüchtig noch einmal auf das Papier vor ihm, dann blickte er Scarlett in die glänzenden Augen.

»Wie erwähnt, junge Lady. Alles Weitere ist nicht für Ihre Ohren bestimmt.«

»Nicht für unsere –«, begann Scarlett, kniff die Augenlider zusammen und presste die Zähne aufeinander. Sie verzog den Mund, den Kopf hochrot, und stand ruckartig auf. »Soll das heißen, da ist *gar nichts?* Kein Brief? Keine Abschiedsworte? Mama und Papa sind einfach … einfach weg und haben uns allein gelassen?« Ihre Augen flackerten kupfern und füllten sich mit Tränen. »Wer? Wer hat –«

»Red«, versuchte Scott zu erklären und sprach sie damit bewusst bei dem Spitznamen an, den nur er für sie benutzen durfte. »Versteh doch. Wir sollten –«

»WAS!«, platzte Scarlett. »Wir sollten *was,* liebes Bruderherz? Schert dich das nicht? Kümmert es dich nicht, dass sie jetzt *nie mehr* zurückkommen?«

Scott war selbst überrascht davon, wie wütend ihn die Worte seiner Schwester machten.

»Wenn du es genau wissen willst«, sagte er scharf. »Ich wusste *immer,* dass es eines Tages so kommen würde. Darüber bestand für *mich* nie ein Zweifel. Und jetzt ist es wirklich geschehen, und wir müssen damit zurechtkommen, dass –« Scott schloss die Augen und presste die Lippen aufeinander. Sofort ergoss sich eine Welle aus Reue über sein Inneres. Scarlett stapfte wutentbrannt zur Tür und riss sie so hart auf, dass diese gegen ein Bücherregal krachte. »Ich meine das nicht so, wie du es dir jetzt denkst, ich – Red, warte!«

Scott biss sich auf die Zunge, dann folgte er ihr. Seine Schwester preschte an Mrs Devonshire und einigen anderen der tief betroffenen Bediensteten vorbei, die anscheinend gelauscht hatten und nun in einem kleinen Knäuel gemeinsam über die Türschwelle fielen.

»Red!«, rief Scott. »Bleib stehen, ich bitte dich!«

Die einzigen Antworten blieben ein entnervtes Brüllen und ein Schniefen.

Zwecklos. Scarletts Schritte verhallten bereits im Treppenhaus. Sie würde sich in ihr Zimmer einschließen, es verwüsten und irgendwann einschlafen. Scott fluchte innerlich, dann zwang er sich dazu, Haltung anzunehmen. Gut. Wenigstens wusste er, wo er sie finden würde.

Noch während Scott sich für den weiteren Abend verabschieden wollte, sah er aus dem Augenwinkel, wie Hamish die Tür zum Verwaltungszimmer schloss und dabei wirkte, als müsse er schon bald die gesamte Welt auf seinem Rücken tragen, so wie einst der mythische Atlas …

Ein Klirren riss Scott aus dem Schlaf.

Poltern und Krachen schallten durch die offene Tür zum Treppenhaus in das Schlafzimmer. Blitze zuckten. Die Regenfront über Oaknight Manor hatte sich in einen Gewittersturm verwandelt. Scott griff zur Lampe. Als er sich mit schlagendem Herzen umsah, brannte sich ein Schrecken in seine Glieder.

Scarlett war fort.

Scarlett

Wer auch immer der Eindringling war, er stank nach Kohlenkeller und Hafenbecken. Scarlett hatte Fensterglas klirren gehört, dann einen dumpfen Aufprall. Ihr leichter Schlaf hatte ihr keine Wahl gelassen. Dem Splittern von Holz nach zu urteilen, war er im Kaminzimmer … doch das Wühlen und Rascheln, das von dort an Scarletts Ohren drang, hörte sich an, als würde er einen von Papas alten Schreibtischen ausräumen.

Das Problem war nur, dass es im Kaminzimmer nichts dergleichen *gab.*

Sie ließ den Flur hinter sich und balancierte barfuß das Treppengeländer hinab. Blitze warfen ihren Schatten in irrwitzigen Winkeln durch die Empfangshalle. Donner vibrierte über dem Anwesen und zitterte in den aufgestellten Härchen in Scarletts Nacken.

Gut, dass sie Scott zurückgelassen hatte!

Er würde ihr jetzt wahrscheinlich einen nervigen Vortrag darüber halten, wie unvorsichtig sie sei, allein einen Einbrecher stellen zu wollen.

Sie spürte, wie sich der unbändige Zorn auf ihre Mutter und ihren Vater – und das gesichtslose, namenlose und ungreifbare Etwas, das ihr ihre Eltern weggenommen hatte – wie ein Funke auf ihr Herz hinabsenkte und es entflammte.

Irgendjemand musste dafür büßen, wie sie sich bei dieser schrecklichen Testamentsverlesung gefühlt hatte! Und Scarlett wusste schon ganz genau, wer.

Du bist am falschen Tag in das falsche Haus eingebrochen.

Nasse Fußabdrücke auf den blutroten Burgunder-Teppichen. Sie führten in Richtung Kaminzimmer. Es roch nach Asche und Regen und ein eisiger Wind wand sich von der Halle nach dort hindurch. Scarlett schlich sich an der Wand entlang zum Eingang des Kaminzimmers, dann spähte sie blitzschnell um die Ecke.

Zwei miteinander kämpfende Umrisse wüteten am anderen Ende des Zimmers in einem Raum, den Scarlett noch nie zuvor gesehen hatte. Überall tanzten angerissene Blätter mit Notizen, Zeitungsartikeln und Zeichnungen durch die Luft wie ein aufgestobener Schwarm weißer Fledermäuse. Eines der Bücherregale stand schief, beinahe als ob …

Eine Geheimtür?, dachte Scarlett. Sie hatte in den letzten Monaten immer öfter so ein merkwürdiges, dumpfes Geräusch gehört. In den Wänden. Manchmal hatte sie sogar geglaubt, Schritte im Gemäuer zu hören, doch immer wenn sie jemand anderen darauf aufmerksam gemacht hatte, hatte sie nur verwirrte Blicke geerntet. Endlich hatte sie eine Erklärung dafür.

Sie lehnte sich weiter in den Raum hinein. Der kalte Wind biss in ihren Rücken, jagte mit einem Stück ihrer Körperwärme davon und rauschte in das Kaminzimmer. Instinktiv fror Scarlett inmitten ihrer Bewegung ein und presste sich zurück an die Wand.

Ein ohrenbetäubender Knall zerfetzte die Luft. Grellweißes Licht warf sich auf den Teppichboden. Ein Blitz? Mündungsfeuer? Ein Schuss!

»Was zur Hölle machst du hier!?«, zischte es neben ihr. Scarlett fuhr zusammen. Scott stand mit vorwurfsvoll erhobenem Zeigefinger vor ihr. Ein weiterer Schuss peitschte durch Oaknight Manor. Ohne zu zögern, packte Scarlett ihren verdutzten Bruder an den Schultern und riss ihn vom Türrahmen fort.

»Sei still, du Idiot!«, presste Scarlett zwischen den Zähnen hervor. »Oder willst du dir eine Kugel einfangen? Hast du die Schüsse nicht gehört?«

Jemand stieß ein unterdrücktes Knurren aus – dann krachte es laut.

Scott blinzelte verwirrt. »Was – wer ist das?«

Scarlett hielt ihn mit einer Hand aus der Schusslinie heraus. »Weiß ich nicht! Ich dachte, ich habe einen Einbrecher gehört!«

Jemand schrie auf.

Scarlett riss die Augen auf. »Hamish! Das ist Hamish!«

Scott fuhr zusammen. »Wir – wir müssen ihm helfen!« Sein Blick zuckte in den Raum, dann wieder zurück. »Über dem Kamin hängen Pistolen und zwei von diesen gekreuzten Schwertern, die du so toll findest!«

»Das sind Rapiere!«, flüsterte Scarlett.

»Das ist einfach nur ein unsinniges, neumodisches Wort für einen Stichdegen!«, meckerte Scott. »Und Stichdegen sind immer noch Schwerter! Gut, sie sind dünner und leichter und man mag sie vielleicht mit einer Hand führen können, aber –«

»Willst du mir jetzt ernsthaft schon wieder einen Vortrag halten?!«, knurrte Scarlett. Sie ignorierte ihr bis zum Hals schlagendes Herz. Ihr schnelles Atmen. »Also, auf drei – *drei!*«

»Warte!«, zischte Scott. »Aber was ist der Plan –«

Scarlett stürmte das Kaminzimmer, trotz allem bedacht darauf, so wenig Lärm wie möglich zu verursachen. Ihr Blut schien vor Aufregung zu kochen, als sie langsam ihre Hand nach einem der Rapiere ausstreckte.

Wieder erschütterten Donner und Blitz den Himmel über Oaknight Manor. Für den Bruchteil einer Sekunde gab das Unwetter den Blick auf einen schwarz gekleideten Mann frei, der einen leblosen Körper hinter sich herschleifte. Das groteske Bild brannte sich in Scarletts Iris, dann versank es wieder in der Dunkelheit.

»Was zum … !«, entfuhr es ihr. Wie eingefroren starrte sie in die Finsternis und wollte das Rapier fallen lassen, ihre wahnwitzige Idee beenden, doch ihre Finger verkrampften sich und schlossen sich nur noch fester um den Griff mit dem verzierten Handschutz.

»W-war das etwa –«, stammelte ihr Bruder neben ihr und zielte mit zwei zitternden Pistolen in die Dunkelheit. »Meine Güte, war das etwa *Hamish?*«

»Ich – ich weiß nicht!«, antwortete Scarlett stoßartig.

Ein Knarren ertönte, das Geräusch von Stein auf Stein – dann ein dumpfes Poltern. Eine massige Silhouette schälte sich durch den kurzen Gang zwischen Büro und Kaminzimmer, der enorme Brustkorb hob und senkte sich schwer. Sie trat ins Mondlicht, das durch das Fenster hineinfiel. Scarlett starrte mit weit aufgerissenen Augen hinüber zum Angreifer und wartete in Angriffsposition darauf, dass er sich bewegte.

Scott stellte sich schützend vor sie, ging aber rückwärts. »Sir? Sie brechen leider zu einem ungünstigen Zeitpunkt ein! Verlassen Sie umgehend dieses Haus, oder ich sehe mich gezwungen, von verhältnismäßiger Gewalt Gebrauch zu machen!«

Scarlett schlug ihrem Bruder auf die Schulter. »Und du meinst, *das* würde funktionieren?«

Scott starrte sie entrüstet an. »Oh, ich bitte vielmals um Verzeihung! Haben Mylady das bereits ausprobiert?«

»Was? Wieso sollte ich – nein!«

»Aha! Und woher willst du dann wissen, ob es nicht doch vielleicht funktioniert?«

»Wieso musst du *immer* alles so kompliziert machen?«

Die Gestalt trat vor.

»Hamish!«, keuchte Scarlett erleichtert, dann hielt sie inne.

Sie hatte noch nie so einen Blick in seinen Augen gesehen – nicht wütend, nicht ängstlich, sondern beinahe … krank vor Sorge. Außerdem sah er aus, als wäre er mehrere Male hintereinander einen Abhang voller Dornenbüsche hinuntergestürzt.

»Sie beide sollten nicht hier sein«, sagte der Butler.

Scott sah fragend zu Scarlett, sein Atem ging noch immer rasend.

»Hamish, was hat dieses Chaos zu bedeuten?«, fragte er und deutete auf die im Zimmer verteilten Bücherseiten und Teile des zertrümmerten Schreibtisches. Der Butler maß ihn mit einem Blick, der voller Widersprüche zu sein schien, und machte sich dann wortlos daran, die Papierfetzen aufzusammeln.

»Wer in Himmels Namen war das?«, rief Scarlett. »Was hat dieser Mann gewollt?«

»Hamish!«, wiederholte Scott eindringlich.

Der Butler hatte seine Arbeit offensichtlich beendet und lief mit einem Stapel Papiere an ihnen vorbei, warf diese in den kleinen Gang zum zerstörten Bürozimmer und zog dann das Bücherregal davor. Es rastete dumpf wieder in seine verborgenen Angeln ein.

Scott räusperte sich und hatte anscheinend bereits wieder die Fassung gewonnen.

»Mein lieber Hamish«, sagte er und baute sich vor dem Butler auf. Scott reichte ihm kaum bis zur Brust. »Ich verlange auf der Stelle eine Erklärung!«

»Raus mit der Sprache!«, verlangte Scarlett.

Hamish musterte Scarlett und ihren Bruder aufmerksam. Ein Wetterleuchten tauchte den Raum für einen Moment in blasses Licht. Noch nie, erinnerte sich Scarlett, war ihr Butler ihnen so lang eine Antwort schuldig geblieben. In seinem wie immer höflich-ausdruckslosen Gesicht rangen deutlich widersprüchliche Emotionen miteinander.

»Master Scott, junge Lady Scarlett«, begann Hamish schließlich. Er suchte sichtlich nach Worten. Seine Stimme war streng und distanziert. »Ich werde Sie jetzt beide um etwas bitten.«

Scarlett neigte verwirrt den Kopf. »Sicher, Hamish. Aber …«

Scott wollte etwas einwenden, doch der Butler schnitt ihm mit deutlichem Unbehagen das Wort ab.

»Egal wann, was, wo oder von wem Sie beide dazu befragt werden, was sich soeben hier ereignet hat, ich verlange von Ihnen, dass Sie niemals ein Wort darüber verlieren, verstanden?«

Scott zog die Augenbrauen hoch. »Wie bitte?«

Scarlett verstand die Welt nicht mehr. »Aber, Hamish! Dieser Raum, dieser Mann –«

»Kein Wort mehr, habe ich gesagt!«, sagte der Butler. »Niemals! Zu niemandem! Haben wir uns verstanden?«

Scarlett tauschte einen vollkommen konfusen Blick mit ihrem Bruder. Rufe und Gespräche wurden vor dem Kaminzimmer laut. Lampen flackerten vom Treppenhaus her.

»Ich lasse Sie schwören, wenn es sein muss!«, sagte Hamish. Sein Blick fügte hinzu: *Ich flehe Sie an – bitte!* Er war, für seine Verhältnisse, außer sich. »Habe ich Ihr Wort?«

Wieder sahen Scarlett und ihr Bruder einander an, dann nickten beide.

»In – in Ordnung«, sagte Scott. »Ich …« – er sah zu Scarlett herüber – »Ich schwöre es. Meine Lippen sind versiegelt.«

»Meine auch«, sagte Scarlett und runzelte verwirrt die Stirn. »Sie … Sie haben mein Wort.«

Hamish nickte und sah aus, als hätte er sich gerade dazu überwunden, Scarlett und ihren Bruder zu schlagen.

»Oh, mein Gott!«, rief Theodore, einer der jüngeren Butler. Als er gemeinsam mit dem Hausmädchen Maryanne um die Ecke bog, fielen ihm sämtliche Züge aus dem Gesicht. »Hamish, was um aller Welt ist hier denn passiert?«

»Nichts!«, rief Hamish und stampfte aus dem Kaminzimmer. Jetzt waren auch der grauhaarige Gutsverwalter Archibald und seine Frau Mrs Devonshire hereingekommen. »Es ist absolut nichts passiert!« Er deutete zu Scarlett und Scott herüber. »Ich überraschte den jungen Lord und seine Schwester lediglich bei einer Übungsstunde, in deren Verlauf eines der Fenster zu Bruch ging. Ich fürchtete zunächst, es würde sich um einen Einbrecher handeln. Glücklicherweise … war dem nicht so.« Er drehte sich um und warf Scarlett einen ernsten Blick zu, dann lief er durch die kleine Menschentraube hindurch und verabschiedete sich in Richtung Treppenhaus. »Ich denke, wir werden uns morgen um die entstandenen Schäden kümmern.«

Sprachlos starrten Scarlett und Scott dem ehrlichsten und aufrichtigsten Mann hinterher, den sie je in ihrem Leben kennengelernt hatten, und beobachteten ihn dabei, wie er seelenruhig zurück in Richtung seiner Schlafkammer spazierte.

Hamish

Hamish Balthazar Porter ging in seinen Privatgemächern auf und ab, während die ersten Sonnenstrahlen durch die Fenster fielen. Das Klopfen der jungen Herrschaften an seiner Tür, das erst nach einer halben Stunde aufgehört hatte, hatte er ignoriert.

Erschöpft stieß Hamish die Luft aus.

Sein Plan war, nun ja, in geradezu katastrophalem Ausmaß entgleist.

Es reichte schon, dass Theodore und Maryanne ihn mit allerlei Fragen gelöchert hatten. Das Letzte, was Hamish jetzt brauchte, war, einen gesammelten Haushalt davon abzuhalten, das am zweitbesten gehütete Geheimnis der Familie Oaknight ans Tageslicht zu bringen. Wahrlich, die Ereignisse überschlugen sich mehr und mehr … zuerst war da dieses geheimnisvolle Paket, von dem er noch immer nicht verstand, was dessen Inhalt eigentlich darstellen sollte. Alles, was feststand, war, dass das Paket scheinbar aus Veta Gallia geschickt worden war – doch von wem? Den verstorbenen hohen Herrschaften Oaknight? Es war wahrscheinlich zum Besten gewesen, diesen Sachverhalt gegenüber den jungen Herrschaften zu unterschlagen.

Dann schließlich, nur wenige Tage später, die schreckliche

Mitteilung von dem Vorsteher eines Bahnhofs, der sich quasi überall in Veta Gallia befinden konnte.

Und dann waren da auch noch die verwirrenden Zeilen des Testaments, die nur *er* hören durfte und die für ihn noch immer nicht den geringsten Sinn ergaben. Sätze wie *›Lausche, oh Bartloser!‹*, oder *›Bügle erst das Eselsohr, sonst kommst du dir dämlich vor!‹* ergaben beim besten Willen keinerlei Sinn! Handelte es sich dabei um einen makabren Scherz?

Und jetzt auch noch dieser finsternächtliche Einbruch, so kurz nach der Verlesung, als hätte dieser vielleicht sogar etwas damit zu tun gehabt.

Hamish blieb stehen. Ermattet rieb er sich mit den gewaltigen Händen die Augen. Mit äußerster Sorgfalt legte er seinen Frack ab und krempelte sich die Ärmel hoch, dann machte er sich auf den Weg zu Geheimgang Nr. II.

Er musste handeln.

Schnell.

Scott

Am nächsten Tag, zur Mittagszeit, starrte Scott in seinem Tageszimmer auf einen Punkt in der Mitte seines Schreibtisches. Vollkommen übernächtigt wälzte sein Verstand noch immer die gleichen Fragen, über die er sich gestern noch die ganze Nacht mit seiner Schwester den Kopf zerbrochen hatte.

Was hatte der nächtliche Eindringling gesucht? Wieso war er so plump dabei vorgegangen? Hatte der harmlose Hamish tatsächlich vor ihren Augen einen Eindringling ins Jenseits geschickt? War der Mann, den Scott und seine Schwester seit ihrer Geburt kannten, etwa ein kaltblütiger Killer? Hatte er sie mit seiner komischen Bitte vor irgendetwas schützen wollen?

Mit brennenden Augen rieb Scott sich die Schläfen. Leider war sein Kopf nicht das Einzige, was durch die aktuellen Geschehnisse ganz und gar ausgelaugt war. Auch sein Herz war vollkommen überfordert. Die Nachricht vom Tod seiner Eltern schwebte noch immer über ihm, unwirklich und merkwürdig bizarr, so als sähe er sich selbst in einem Theaterstück zu. Ein Teil von ihm konnte – *wollte* nicht verstehen, was das bedeutete. Und eine kleine, kaum wahrnehmbare, aber immer lauter werdende Stimme in seinem Hinterkopf flüsterte ihm noch etwas anderes zu.

Es gibt ein Geheimnis in diesem Haus, sagte die Stimme. *Und dieser Einbruch, ausgerechnet am Tag der Testamentsverlesung, hängt damit zusammen. All das ist kein Zufall.*

Scott trat an seinen Schreibtisch.

Er sah auf das auseinandergeknüllte Stück Papier hinunter, das er in der Nacht vor Hamishs Blick abgeschirmt und sich heimlich in die Tasche gesteckt hatte. Er sah das Bild des vermissten Mädchens darauf an und den Zeitungsausschnitt darunter. Immer und immer wieder hatte er die Zeilen in den vergangenen Stunden gelesen. Diese Aufzeichnungen, da war er sich sicher, waren der Schlüssel zum Beantworten all ihrer Fragen.

Scarlett

»Soll ich dir nun den Rest vom Lamm warm machen oder nicht, Liebes?«, fragte Geraldine und warf eine Portion Würstchen in die Pfanne. Die kleine Köchin mit den großen Augen warf Scarlett einen amüsierten, aber auch besorgten Blick zu. »So wie dein Bauch knurrt, könnte ich dir wohl gleich einen ganzen Braten zubereiten.«

Scarlett wusste nie, wann ihr Magen wirklich hungrig oder sie einfach wieder einmal wütend war – irgendwie traten die beiden Zustände fast immer zusammen auf. Sie grinste breit.

»Ich nehme alles, was noch da ist«, sagte sie, nahm sich selbst ein Holzbrett und Besteck und machte es sich in der Küche gemütlich. Im Speisesaal mit fünf verschiedenen Garnituren Besteck eine halbe Scheibe getoastetes Brot zu bearbeiten war eher etwas für ihren Bruder. »Hab einen Mordshunger. Liegt bestimmt an –«

Beinahe wäre ihr herausgerutscht, was gestern Abend geschehen war. Geraldine drehte sich herum und begann, Tee aufzusetzen.

»Ja, Liebes?«, sagte die Köchin.

»Nichts«, sagte Scarlett und sah betreten auf ihr Besteck hinunter. Sollte sie mit Geraldine über das sprechen, was sie und Scott gesehen hatten?

»Ich stelle dir das Lamm in den Ofen – du und dein Bruder, ähm, ich meine, seine junge Lordschaft –«

»Du kannst ihn auch einfach Scott nennen.«

»Ihr habt uns einen gehörigen Schrecken eingejagt, weißt du das?«

Scarlett nahm sich ein Stück trockenes, altes Brot und biss ein Stück ab.

»Jap«, sagte sie mit vollem Mund und bemühte sich, die Steine über dem Ofen zu zählen. Warum fiel es ihr immer so schwer, Dinge für sich zu behalten?

Geraldine musterte sie misstrauisch und verschränkte die Arme.

»Kein Grinsen? Keine schnippische Antwort? Was verheimlichst du mir, junge Dame?«

Scarlett schnappte sich etwas, was sie für einen Apfel hielt, und biss hinein. *Sag einfach was,* dachte sie. *Das Erste, was dir einfällt!*

»Hast du Hamish heute schon gesehen?«, sagte sie unschuldig und verzog das Gesicht. *Kein Apfel – Zwiebel, igitt!*

»Ms. Winterbottom!«, räusperte sich eine gebieterische Piepsstimme. Es war Mrs Devonshire. »Master Scott erwartet sein, ähem, *Frühstück* im Speisesaal.« Sie sagte nichts weiter, maß Scarlett und Geraldine allerdings mit einem höchst ungehaltenen Blick. Sie hielt bekanntlich nicht besonders viel davon, wie formlos die Köchin mit ›Ihrer Durchlaucht, der jungen Lady Oaknight‹, verkehrte.

»Ehrlich gesagt«, machte eine Stimme neben der im Türrahmen stehenden Haushälterin. Mrs Devonshire fuhr zusammen, legte eine Hand auf ihre Brust und knetete aufgebracht das Kreuz an ihrer Kette. Scott lehnte sich mit hinter dem Rücken verschränkten Armen in die Küche hinein und ließ seinen Blick belustigt durch den Raum streifen. »Ich befinde mich zurzeit neben der Suche nach einer kräftigenden Mahlzeit auch auf der Suche nach meiner Schwester. Schmeckt dir die Zwiebel, Red?«

Scarlett starrte ihren Bruder an und biss herausfordernd ein weiteres Mal in die Zwiebel.

»Dies ist kein Ort für einen jungen Lord, Sir!«, protestierte Mrs Devonshire.

»Das ist mein Haus!«, protestierte Scott. Als er das aussprach, schien ihn eine Erinnerung zu treffen, und er ließ die Schultern hängen. Er sah genau so furchtbar aus, wie Scarlett sich fühlte.

»Das haben Sie uns ja wohl letzte Nacht hinreichend bewiesen«, beschwerte sich Mrs Devonshire, streckte ihre Nase in Richtung Decke und bereitete ein Frühstückstablett vor. »So eine Unordnung. Und das nach so einem Tag! Also wirklich!«

Scott schien sich beinahe zu verschlucken. »Ähm, finden Sie nicht auch, dass Hamish sich komisch verhält?« Er versuchte, sich neben Scarlett auf einen Schemel zu setzen. So unbeholfen, wie er dabei aussah, war es wahrscheinlich das erste Mal in seinem Leben.

Scarlett betrachtete das Trauerspiel noch einen Moment lang, dann zog sie ihren Bruder an seiner Weste auf den Stuhl.

Mrs Devonshire seufzte müde und goss Milch von einem Behälter in ein Kännchen.

»Unter normaleren Umständen würde ich das entschieden verneinen«, sagte sie. »Aber – ja. Nicht einmal einen spitzzüngigen Kommentar hat er der bizarren Situation gestern Nacht abgegeben! Und heute Morgen tut er jedem gegenüber so, als wäre nichts passiert! Dann macht er sich auch noch aus dem

Staub, irgendetwas besorgen. Pah! Wer weiß schon, was in diesem Mann vorgeht! Außerdem ist es ja nicht erst seit gestern, dass er sich sonderbar verhält.«

Mrs Devonshire bekreuzigte sich, nachdem sie dreimal auf den Boden gespuckt und eine Prise imaginäres Salz hinter sich geworfen hatte.

Scarlett fühlte, wie sie sich instinktiv vorlehnte.

Ihr Bruder runzelte die Stirn. »Wie meinen Sie das?«

Mrs Devonshire stellte die Milchkanne ab und wischte den Griff mit einem Lappen ab, dann sah sie sich mit sichtlich schlechtem Gewissen um.

»Wissen Sie, es hat – es hat eigentlich schon angefangen, nachdem vor drei Wochen dieses seltsame Paket hier ankam«, sagte sie.

Scarlett tauschte einen aufmerksamen Blick mit Scott. *Davon hat er uns nichts erzählt.*

»Was war dadrin?«, fragte Scarlett. Sie spürte, wie abermals Hoffnung in ihr aufkeimte. Dieselbe Hoffnung wie vor dem Moment, als ihr Bruder ihr den Brief mit der unheilvollen Neuigkeit vorgelesen hatte – dass sich Mama und Papa einfach nur auf der Rückreise verspätet hatten, noch dort draußen waren. Und wenn nicht das, dann wenigstens die Hoffnung auf *mehr* als die Worte aus dem Testament. »War das für uns? Eine Nachricht vielleicht?«

»Nein«, sagte Mrs Devonshire und wirkte unsicher. »Es war ein Kochbuch.«

Scott lehnte sich neugierig vor. »Ein *Kochbuch?* Was für ein Kochbuch?«

Die Haushälterin überlegte. »Eines für Spezialitäten. Gallisch, glaube ich.«

Gallisch. Wie der Brief des Bahnhofsvorstehers, dachte Scarlett und sah zu ihrem Bruder hinüber. Scott saß plötzlich kerzengerade.

»Was war sonst noch in dem Paket?«, fragte er.

»Sonst nichts«, sagte Mrs Devonshire.

»Sind Sie sicher?«

Die Haushälterin klatschte mit dem Lappen auf den Tisch. »Master Scott, Sir! Selbstverständlich bin ich sicher!«

Scott zuckte zusammen. Scarlett schmunzelte.

»Und *seitdem* hat Hamish angefangen, sich komisch zu verhalten?«, fragte Scarlett.

Mrs Devonshire nickte eifrig.

»Ich habe es seitdem auch nicht mehr gesehen«, sagte sie und wrang energisch den Lappen aus. »Und wenn Sie mich fragen, junge Lady, dann ist das auch gut so. So ein Fraß kommt mir gar nicht erst auf den Tisch!« Sie schüttelte sich.

Geraldine, die bisher nur alles schweigend mitverfolgt hatte, unterdrückte sichtlich ein Lachen.

»Schnecken essen diese Hinterwäldler, wussten Sie das? Schnecken!« Die Haushälterin murmelte eine Schutzformel, küsste das silberne Kreuz an ihrer Halskette und stampfte dreimal auf. »So, und nun entschuldigen Sie mich bitte – ich habe Ihren Haushalt zu führen!«

Nachdem Mrs Devonshire gegangen war, frühstückte Scarlett schweigend neben ihrem Bruder, der Geraldine immer wieder lächelnd zunickte und darauf zu warten schien, dass sie ebenfalls ging. Die Köchin sah fragend und mit einem Schmunzeln im Gesicht zu Scarlett hinüber. Scarlett nickte, dann wartete sie, bis Geraldine sich mit einem Knicks entschuldigte und die Küche verließ.

»Spuck's aus«, sagte Scarlett und wischte sich mit dem Ärmel den Mund ab. »Du platzt ja gleich.«

Scott kniff verschwörerisch die Augen zusammen und vergewisserte sich, dass ihn niemand hörte.

»Mein liebstes Schwesterherz –«

»Das gefällt mir jetzt schon nicht!«

»Ich brauche deine Hilfe bei ... einer heiklen Angelegenheit.«

Scott

»Wir haben lediglich versprochen, mit niemandem darüber zu sprechen«, sagte Scott und grinste.

»Und ich werde den Teufel tun und dieses Versprechen brechen«, sagte Scarlett. Sie sah wütend zur Seite. »So was macht man nicht. Niemals.«

Scott drückte die Fingerspitzen aneinander, sah sich unschuldig um und lehnte sich vor. »Wir haben jedoch nicht versprochen, uns in dem Zimmer nicht noch einmal umzusehen.«

Scarletts Augen verengten sich zu Schlitzen.

»Laut einer Nachricht an Archibald kommt Hamish um zwanzig nach zwei wieder zurück«, sagte Scott. »Und du kennst ihn. Erinnerst du dich noch daran, wie er letzten Herbst einmal sieben Minuten vor seiner vereinbarten Ankunftszeit ankam und, anstatt einfach hereinzukommen, noch sieben Minuten im Regen gewartet hat, damit er auch ja pünktlich ist?«

»Ja, ich erinnere mich«, sagte Scarlett und verschränkte die Arme. »Ich weiß trotzdem nicht, was ich davon halten soll.«

»Interessiert es dich denn nicht, wonach der Einbrecher gesucht hat?«

»Natürlich tut es das! Trotzdem!«

Scott kramte den Zettel aus der Tasche seines Fracks hervor.

»Sieh dir das einmal an«, sagte er. Scarlett warf einen flüchtigen Blick auf das vergilbte Papier, neugierig, aber auch sichtlich mit einem schlechten Gewissen.

»Was soll das sein?«, sagte sie und sah wieder weg. »Wer ist das da auf der Zeichnung?«

Scott grinste.

»Das, meine Liebe, ist eine sehr alte Vermisstenanzeige«, sagte er. Er hielt das Papier hoch, auf dem die grobe Kohlezeichnung eines Mädchens zu sehen war. Dem Bericht zufolge stammte sie aus Sarlibré, einem Ort an der Grenze zwischen Veta Gallia und Lemagna. »Schon *wieder* Veta Gallia. Wie der Brief an Oaknight Manor. Wie das mysteriöse Kochbuch, das Hamish so nervös gemacht hat. Ein ganz schöner Zufall, meinst du nicht?«

»Glaubst du, das hat etwas mit dem Einbrecher zu tun?«

»Ich bin mir sogar sicher.«

Scarlett zog die Augenbrauen zusammen. »Und was genau?«

»Das ist Teil des großen Mysteriums«, sagte Scott. Er tippte mit dem Zeigefinger auf das zerknüllte Papier. »Sieh, hier, was Vater daneben gekritzelt hat … *›verschwunden 7. März → siebtes Opfer?‹*«

»Warum sollten unsere Eltern so etwas sammeln?«, fragte Scarlett. »Ich meine, sie waren doch nur Kaufleute. Richtig?«

»Ich – ich bin mir nicht mehr sicher«, sagte Scott leise. Er suchte nach Worten. »Hör zu, Red. Vielleicht –«

»Weißt du, was das Schlimmste ist?«, sagte Scarlett bitter und sah durch ihn hindurch. »Sie waren jetzt schon so oft und so lange fort, dass sich all das hier anfühlt wie immer.« Sie runzelte die Stirn und ihre Augen wurden glasig. »Hier hat sich nichts verändert. Ich meine, es müsste hier doch irgendwo in diesem Haus zu erkennen sein – irgendetwas, das anzeigt, dass sie … fort sind.« Sie sah auf und vollführte eine einschließende Geste. »Es ist viel zu leicht, einfach so zu tun, als wäre nie etwas geschehen. Jeden Tag so zu bestreiten, als würden sie wieder länger von zu Hause fortbleiben als geplant. Verstehst du?«

Während seine Schwester sprach, nickte Scott unwillkürlich. Scarlett sah ihn an, und da war diese Hilflosigkeit in ihrem Blick, die er selbst zwar nicht zeigte, aber genauso fühlte wie sie.

»Doch, es gibt etwas«, sagte er und wunderte sich darüber, wie heiser seine Stimme dabei klang. »Es gibt etwas, das zeigt, dass etwas hier falsch ist. Und es liegt versteckt hinter einer geheimen Tür im Kaminzimmer.«

Scarlett sah ihn durchdringend an.

Scott musste sie gar nicht erst fragen.

Erstaunlich, dachte Scott und hielt fasziniert seine Hand an das rangierte Bücherregal des aufgeräumten Kaminzimmers.

»Findest du es nicht auch merkwürdig, dass wir erst jetzt etwas davon mitbekommen haben?«, fragte Scott und sah sich vorsichtshalber noch einmal um. Sie hatten einen guten Zeitpunkt abgepasst. Alle Angestellten hatten zu tun. »Du hättest doch schließlich schon viel früher diesen Windzug spüren können, oder?«

Scarlett zog eine Augenbraue hoch und unterdrückte ein Lachen.

»Dafür hätte ich vor diesem Regal stehen müssen«, sagte sie und zuckte mit den Schultern. Sie schüttelte sich, als hätte sie in eine Zitrone gebissen. »Und um das zu tun, müsste ich mich für *Bücher* interessieren.«

»Das ist eine beunruhigend gute Erklärung«, sagte Scott und nickte anerkennend.

»Und du?«, fragte Scarlett. »Ich dachte, du hast jedes dieser Dinger hier tausendmal gelesen?«

Scott richtete sich auf. »Selbstverständlich. Mein Geist bedarf stetiger Stimulation!«

Scarlett schmatzte und gab ihm einen Klaps auf den Hinterkopf.

»Autsch! Was soll –«

Noch einen Klaps.

»Hey!«

Scarlett grinste. »Ich stimuliere Euren Geist, Eure Lordschaft.«

Scott verzog das Gesicht und rieb sich den Hinterkopf. »Du hast wirklich Glück, dass du meine Schwester bist, weißt du das?«

Scarlett gab ihm einen Kuss auf die Wange und klopfte ihm auf die Schulter. »Ich habe Glück, so einen Bruder zu haben.«

Scott seufzte. *Nie kann ich ihr lange böse sein.*

Er strich mit den Fingern über das einzige Buch, das er tatsächlich noch nie gelesen hatte.

»Jetzt weiß ich, warum ich den Schalter nie aus Versehen betätigt habe«, sagte er und deutete auf den Titel. »›*Gründtliche Beschreibung der freyen Ritterlichen und Adelichen Kunst des fechtens*‹. Das würde ich nie freiwillig lesen.«

Scarlett riss die Augen auf. »Es gibt *Bücher* über das Fechten?«

»Aha, aha! Sieh mal einer an! Könnte man dich so etwa doch noch für das Lesen begeistern?«

»Machst du Witze?«, lachte Scarlett. »Wer ist bitte schön lebensmüde genug, das Kämpfen aus einem *Buch* zu lernen?«

»Warum nicht? Darin finden sich gewiss einsichtsreiche Theorien über –«

Scarlett schloss ruckartig die Augen und stieß ein lautes Schnarchen aus, dann zog sie an dem Buchrücken. Ein leises Surren ertönte, dann ein metallisches Knacken. Ein finsterer Durchgang tat sich hinter dem Bücherregal auf. Scarlett ging vor.

»Ja, ja, spotte du nur über deinen Bruder!«, sagte Scott. »Also, rein hypothetisch betrachtet, kann man aus einem Buch hervorragend –«

Scarlett blieb wie angewurzelt stehen. »Bruderherz?«

»Ja?«

Das verborgene Bürozimmer stand *leer.*

Irgendjemand hatte es so sauber ausgeräumt, dass man nicht einmal mehr Staub auf dem Boden fand. Scott betrat den Raum, der kaum mehr als fünf mal fünf Fuß maß, und sah sich um. Da waren nur kalte, nackte Steinwände, sonst nichts.

Scarlett schnaubte. »Wäre ja auch zu einfach gewesen.«

Scott sah zurück zum Gang. »Hm. Keine Schleifspuren. Spinnennetze teilweise noch intakt.«

»Wann in aller Welt hat Hamish das getan?«, fragte Scarlett.

»Nachts«, murmelte Scott und fuhr mit den Fingern über das Gemäuer. Er klopfte jeden Stein kräftig ab. Hoffentlich ruinierte das nicht seine sensiblen Knöchel. »Und er kam nicht durch denselben Eingang wie wir. Es muss hier noch einen weiteren Zugang geben. Spürst du zufällig noch –«

Plock! – Plock!

»Hast du was?«

»Ich denke schon!«, sagte Scott und trat zurück. »Aber wie …« Er drückte kräftig gegen den hohl klingenden Stein.

Zuerst schien er sich gut bewegen zu lassen, dann stieß er gegen einen Widerstand. »Na los … *hrrrr!*«

»Lass mich mal«, sagte Scarlett ungeduldig und stieß ihn beiseite. Sie biss die Zähne aufeinander und presste, dann hielt sie inne und schien zu lauschen. Sie machte einen Schritt zurück und schüttelte den Kopf. »Das Ding ist blockiert.«

Scott klatschte sich die Hand an die Stirn. »Natürlich! Von der anderen Seite.« Er verzog nachdenklich den Mund und stemmte die Hände in die Hüften. »Ich fürchte, Hamish kennt uns einfach zu gut.«

Scott schloss angestrengt die Augen und begann, langsam im Kreis zu laufen.

»Warte«, sagte er und öffnete die Augen wieder. »Warte. Hamish ist in der Nacht nicht mehr im Treppenhaus gewesen, richtig?«

Scarlett sah sich zweifelnd um. »Nein. Das hätte ich gehört.«

Scott rieb sich das Kinn. »Er ist direkt hoch in sein Zimmer gegangen und hat es die ganze Nacht lang nicht mehr verlassen.«

»Und trotzdem alles leer geräumt? Wie denn?«

Scott blieb stehen.

Dann sahen er und seine Schwester sich gleichzeitig an und sagten: *»Ich weiß, wo der Zugang ist!«*

»Wie viel Zeit haben wir noch?«, fragte Scott aufgeregt.

In genau diesem Moment schlug die Uhr im Kaminzimmer Viertel nach zwei und beantwortete damit seine Frage.

Ihnen blieben fünf Minuten.

Scarlett

»Lass mich raten«, feixte Scarlett, warf einen schnellen, achtsamen Blick den Flur hinunter und beobachtete dann wieder amüsiert ihren Bruder. »Du hast das mal in einem Buch gelesen?«

Scott gab sich sichtlich Mühe, sein errötendes Gesicht vor ihr zu verbergen, und stocherte hoffnungslos mit den beiden Haarspangen weiter.

»Ja«, sagte er kleinlaut. Er räusperte sich. »Die Beschreibung in dem Abenteuerroman war übrigens superb, darf ich anmerken. Mir fehlt es wohl lediglich an, ähem, an Praxis.«

»Wie war das letzte Wort?«, fragte Scarlett grinsend. »Es war so leise, dass ich es fast nicht verstanden habe.«

»An Praxis«, knirschte Scott leise.

»Also, rein hypothetisch betrachtet«, begann Scarlett feixend und griff in ihren Ärmel, »fehlt es dir wohl eher an dem hier. Sie lässt ihn immer im Südflügel hinter der Statue von Uronkel Mortimer hängen, wenn sie ihre Pause macht.«

Scott riss die Augen auf. »Mrs Devonshires Generalschlüsselbund?« Er sah sich ängstlich um, dann flüsterte er zischend. »Bist du von Sinnen? Wenn sie merkt, dass er weg ist – nicht auszudenken, was sie mit meinem Frühstückstee anrichten könnte!«

»Ach, komm schon. Sie wird dich schon nicht vergiften.«

»Schlimmer«, sagte Scott unheilschwanger. »Den Kandiszucker weglassen.«

Scarlett ging vor dem dicken Schloss in die Hocke und versuchte, abzuschätzen, welcher der gefühlt zwanzig Schlüssel passen könnte.

»Den Tee könntest du dir doch selbst holen«, sagte sie und versuchte den ersten. Er passte nicht.

Scott spähte um die Ecke. »Ähm, ja das könnte ich. Durchaus.«

»Lass mich raten«, sagte Scarlett und versuchte den nächsten. Unter ihren Fingern klickte es. Sie grinste. »Du hättest nicht die geringste Ahnung, wo du suchen müsstest, nicht wahr?«

»Ich würde viel mehr in diesem Haus wiederfinden, wenn es sinnvoll geordnet wäre!«, protestierte Scott und hob den Zeigefinger. »Erst neulich schlug ich vor, eine Schublade für Gegenstände mit kristalliner Struktur – wie beispielsweise Zucker – anlegen zu lassen. Ich wurde jedoch eindeutig vom Küchenpersonal überstimmt. Soll einer verstehen, warum!«

Scarlett drehte den Schlüssel langsam mit beiden Händen, um kein Geräusch zu verursachen.

»Wir haben es«, sagte sie triumphierend. »Und jetzt rein, bevor uns jemand sieht!«

Scott

Seine Eingebung hatte sich als Volltreffer herausgestellt. Hamishs spartanisch eingerichtete Kammer sah aus, als hätte seit Tagen niemand mehr darin gelebt oder etwas angefasst – bis auf den leicht offen stehenden Kleiderschrank des Butlers. Ein kühler Windzug erfasste in unregelmäßigen Abständen die mit Gold verzierte Holztür und ließ sie leise klappern. Bei näherer Inspektion stellte sich heraus, dass zwar eine Kollektion Schlafanzüge dahinter beheimatet war, doch die Rückwand des Schrankes fehlte und somit den Blick auf eine gähnende Dunkelheit dahinter freigab.

»Bist du sicher?«, fragte Scarlett unsicher und kaute nachdenklich auf ihrer Unterlippe herum. »Woher wissen wir, dass es nicht gefährlich ist, da reinzuspazieren?«

Scott winkte ab und schob die Garderobe beiseite.

»Pfff – gefährlich?«, sagte er. »Ist das dein Ernst?« Er nahm sich eine Lampe von Hamishs Nachttisch und entzündete sie. »Du kennst doch Hamish!« Er winkte auffordernd hinter sich her und tat den ersten Schritt in die Dunkelheit. »Du wirst schon sehen, hier ist alles vollkommen sich-*aaah!*«

Alles, was Scott vor einem Sturz in den sicheren Tod rettete, war Scarletts blitzschneller Griff an seinen Zopf. Für einen Moment wirbelte Scott wild mit den Armen über einem gähnenden Abgrund, dann zog seine Schwester ihn zurück und die beiden fielen auf ihre Hinterteile.

»Du sagtest?«, keuchte Scarlett.

Scott blinzelte, den Schrecken noch immer in den Gliedern. »Ähm. Nach dir, Schwesterherz ...«

Nachdem die Lampe eine metallene Leiter aus der Dunkelheit geschält hatte, ging Scarlett voraus. Etwa siebenundzwanzig Sprossen später erreichten sie den Boden des verborgenen Gemäuers und fanden sich in einem Korridor wieder, an dessen Ende sich eine mächtige, zweiflügelige Eichentür befand, über deren Rahmen man mannigfaltige Symbole in silberner Schrift eingraviert hatte. Der kühle Wind, der eindeutig von hier unten kam, sauste an den feucht wirkenden Wänden vorbei und ließ Spinnennetze schweben wie ein Meer aus Seidentüchern.

»Einladend«, kommentierte Scarlett.

Zögerlich hielt Scott die Lampe vor sich und tat einen Schritt nach dem anderen. Sein Blick wanderte über den Fußboden. Warum sollte jemand sich die Mühe machen, in so einem heruntergekommenen Tunnel solch kunstvolle, quadratische Bodenplatten mit dem Familienwappen der Oaknights auszulegen?

»Worauf warten wir eigentlich noch?«, rief Scarlett und marschierte vorwärts. Scott riss erschrocken die Augen auf, zog seine Schwester zurück und deutete mit Nachdruck auf den Boden.

»Darauf!«, keuchte er. Die Platte, die seine Schwester kurz zuvor betreten hatte, rastete mit einem trockenen KRACK! in den Boden ein. Nur einen Sekundenbruchteil später sausten aus verborgenen Schlitzen in den Wänden riesige Hellebarden mit blitzenden Klingen von links nach rechts. »Du kannst nicht immer einfach so drauflos rennen, Schwesterherz!«

Grummelnd nahm Scarlett seine Hand von ihrem Arm. »Ja, ja, schon verstanden.« Sie beäugte missmutig die Nischen. »Was schlagen Euer Durchlaucht vor?«

Scott kniff die Augen zusammen und rieb sich seinen nicht vorhandenen Bart.

»Es muss ein Muster geben«, sagte er, kniete sich hin und leuchtete über den Boden. »Es gibt immer ein Muster.«

»Wovon redest du da?«

Scott nickte hinüber zu den einzelnen Platten. »Davon. Sieh mal, die Platte da vorn ist viel abgewetzter als die anderen. Und die zwei Schritte daneben ebenfalls, beinahe, als hätte man sie poliert. Was schließt du daraus?«

»Dass Mrs Devonshire den Laden hier unten niemals zu Gesicht bekommen hat? Sonst wäre hier alles gleich sauber poliert.«

Scott zog eine Augenbraue hoch. »Ähm, ja, tatsächlich – aber das meinte ich nicht! Ich denke, dass man unbeschadet durch diese Vorrichtung treten kann, wenn man den Weg entlang der abgescheuerten Platten nimmt. In etwa ... so.«

Er schluckte, lehnte sich vor und setzte mit spitzen Zehen einen Fuß auf die poliert aussehende Bodenplatte. Langsam gab er mehr Gewicht an das Bein ab, bis er schließlich vollständig auf der Platte stand.

»Ha!«, machte Scott und nahm den zweiten Fuß dazu. »Siehst du? Wenn man sich einen Moment Zeit zum Nachdenken lässt, dann –«

Scarlett hechtete an ihm vorbei, direkt auf die übernächste Bodenplatte, dann tanzte sie von einer zur nächsten und kam wackelnd in der Mitte des Korridors auf der letzten davon zum Stehen.

»Euer Durchlaucht wollten sagen?«, fragte sie mit einem Grinsen und verbeugte sich theatralisch.

Scott zog eine resignierte Grimasse.

»Schätzesokannmanesauchmachn«, grummelte er.

Achtsam verfolgte er die Spuren unter sich. Er trat einmal fast daneben und verlor die Lampe, doch schließlich erreichte er unbescholten das andere Ende.

Scarlett grinste breit. »Lahme Ente.«

Scott klopfte sich den Staub vom Frack. »Ja, ja, mach dich nur lustig. Sei froh, dass *ich* der Umsichtige in unserem Zweiergespann bin –«

Scott wollte gerade noch einen spitzzüngigen Kommentar hinzufügen, als er mit der Schulter gegen einen knackenden Widerstand an der Wand stieß. Etwas dahinter rastete lautstark ein, dann herrschte Totenstille.

»Ähm«, machte Scott und fror mitten in der Bewegung ein. »Schwesterherz?«

Scarlett legte den Kopf schief. Ihre Ohren zuckten, ihr Blick verfinsterte sich – dann riss sie erschrocken die Augen auf.

»*Renn!*«, rief sie.

Scott runzelte die Stirn. »Rennen? Hast du mir eben überhaupt zugehör – woah!«

Scarlett packte ihn an seinem Arm und preschte vorwärts.

»Manchmal muss man einfach rennen statt denken – glaub mir!«

»Aber –!«

Hinter Scott schallte ein stakkatoartiges Geräusch aus dem Korridor – *pockpockpockpock!* – von links und rechts hagelte es einen wahren Mahlstrom aus Armbrustbolzen, abgefeuert aus verborgenen Schießscharten. Der einzige Ausweg blieb die Eichentür.

»Meine Güte!«, rief Scott und sprintete los. »*Renn!*«

»Sag ich doch schon die ganze Zeit!«, keuchte Scarlett neben ihm.

»Du hättest dich deutlicher ausdrücken müssen!«, tadelte Scott. Eine Pfeilspitze pfiff an seinem Ohr vorbei.

»DEUTLICHER AUSDRÜCKEN?!«

»Dann hätte ich nicht so viel Zeit mit Herumstehen vergeudet und – *oh, nein!*«

Ein Spalt im Boden zischte lautstark, dann öffnete sich einige Meter vor ihnen ein gähnendes Loch, direkt vor der mächtigen Eichentür.

»Ernsthaft?!«, schrie Scarlett und bremste direkt vor dem Abgrund ab.

»Was jetzt? Was jetzt?«, rief Scott und warf die Lampe hinter sich.

»Wir könnten weiter stehen bleiben und nachdenken!«, zischte Scarlett sarkastisch.

»Was? Bist du vollkommen übergeschnappt?«

»Wir müssen springen!«

»Aber die Tür ist geschlossen!«

»Das ist jetzt auch egal – komm, los, los, los!«

Das schaffen wir nie!, schoss ihm durch den Kopf. Die Türgriffe! Sie mussten die Türgriffe mit dem Sprung erreichen!

»Türgriffe!«, riefen Scarlett und er synchron – und sprangen.

Scarlett

Scarlett krachte gegen die Tür.

Für den Bruchteil eines Augenblickes fürchtete sie, einfach abzuprallen – dann bekam sie ächzend einen der beiden Knäufe zu fassen. Sie zappelte wie wild mit den Beinen, als sie vergeblich versuchte, Halt mit ihren Füßen zu finden. Was gäbe sie jetzt für ein Paar ordentlicher Krallen!

»Scott!?«, rief sie atemlos und sah sich um. Ihr Bruder baumelte eine Armlänge neben ihr am zweiten Türknauf und hatte die Augen weit aufgerissen. Unter ihnen gähnte ein schwarzer Abgrund. Scarletts Fingergelenke waren schneeweiß, knackten und zitterten vor Anstrengung. »Kannst du dich halten?!«

»J-ja, denke ich! Solange niemand die – *uaaah!*«

Scarlett keuchte auf, als ihr Türknauf anfing, sich zu drehen, und jemand von der anderen Seite kraftvoll die Flügeltüren aufstieß. Dabei wurde Scarlett von dem Schwung der Bewegung erfasst und herumgeschleudert, bis sie mit dem Rücken an die Wand klatschte. Ihrem Bruder wurde davon auf der anderen Seite hörbar die Luft aus den Lungen geprügelt.

»Um Himmels willen! Master Scott? Lady Scarlett?«, fragte eine bekannte Stimme besorgt. »Ich bin untröstlich!«

»Hamish!«, keuchte Scarlett und strampelte mit den Beinen. »Bist du das?«

»Ich fürchte ja, Mylady. Sind Sie verletzt?«

»Es geht mir gut, aber ich kann mich nicht mehr lange halten!«

»Und der junge Lord Oaknight? Ist er ebenfalls unversehrt?«

»Mein Frack ist ruiniert!«, ächzte Scott von der anderen Seite her.

»Hamish?«, rief Scarlett und verzog das Gesicht. »Tun Sie mir einen Gefallen und treten Sie kräftig gegen den gegenüberliegenden Türflügel?«

Glücklicherweise hatten Mama und Papa immer schon ein großartiges Gespür dafür gehabt, welche Angestellten gut zur Familie passten – einen Diener mit der Kraft eines Bären zum Beispiel. Hamish hatte Scarlett und ihren Bruder mit jeweils nur einem Arm von den Türen geangelt. Kurz darauf fanden sie sich in einem kleinen, abgedunkelten Kellergang wieder, in dem Hamish mehrere Hebel umlegte, die ein kaum wahrnehmbares Rütteln, Klicken und Knirschen im umgebenden Gemäuer auslösten.

Als der Butler seine Laterne vor das Gesicht hob, um mit ihnen zu sprechen, erschrak Scarlett.

Er sah furchtbar aus – für Hamishs Verhältnisse jedenfalls. Mindestens drei seiner Haare standen in spitzen Winkeln von seinem Kopf ab und dunkle Ringe umrahmten seine Augen. Als er sich vergewissert hatte, dass es Scarlett und ihrem Bruder auch wirklich gut ging, sagte er: »Ich werde Sie beide jetzt umgehend wieder zurückbringen und anschließend darum bitten, nie wieder auch nur einen Fuß in diese Katakomben zu setzen! Folgen Sie mir bitte!« Mit diesen Worten drehte er ihnen den Rücken zu und ging voraus. Scarlett wechselte einen fragenden Blick mit Scott.

»Moment mal! Das würde Ihnen wohl so passen!«, gab ihr Bruder zurück. Scarlett und er folgten dem Butler. »Was wird hier gespielt? Was ist das für ein Ort?«

»Sie wandeln gegenwärtlich durch das Gemäuer der altehrwürdigen Wehranlage von Oaknight Castle, Sir«, erklärte Hamish kühl.

Scarlett kniff rätselnd die Augen zusammen. »Die hat man doch schon vor Jahrhunderten abgefackelt?«

»Offensichtlich nicht«, stellte Scott fasziniert fest und sah sich staunend um. »Ich habe Vater einmal einen alten Grundriss der Burg betrachten sehen. Damals dachte ich, dass man Oaknight Manor als Erinnerung an die Historie dieser Burg errichtet hat, aber … meine Güte, sie bildet sozusagen die *Grundmauern,* nicht wahr? Hamish, wie um alles in der Welt hat man das angestellt?«

»Hier entlang, bitte, Sir«, antwortete Hamish nur und schnaubte ungeduldig.

»Wozu das alles?«, fragte Scarlett und erkannte in den Schatten des finsteren Treppenhauses etliche Türen und Gänge. »Was *ist* hier unten?«

Scott zog den Kopf ein, nachdem sie durch einen alten Torbogen gelaufen waren.

»Ich fürchte, Sie sind uns mehr als nur ein paar Antworten schuldig, mein lieber Hamish«, sagte er und verlor empört den Ringkampf mit einem Spinnennetz, das sich in seinen Haaren verfangen hatte.

»Nein!«, antwortete Hamish. Er schien heftig mit sich selbst zu kämpfen. »Ich habe geschworen, Sie beide zu beschützen.«

»Aber wovor?«, fragte Scarlett. Sie holte auf und versuchte, im Gesicht des Butlers zu lesen. Er mied ihren Blick. »Vor diesem Einbrecher zum Beispiel? Denken Sie nicht, es wäre besser, uns einzuweihen? Wir können gut auf uns selbst aufpassen und vielleicht können wir gemeinsam –«

Hamish schnitt ihr mit einer entschlossenen Geste das Wort ab und schien sich dabei fast vor sich selbst zu erschrecken. »Ich sagte, *nein*. Verstehen Sie doch, ich kann Ihnen das nicht erklären.« Er suchte nach Worten. Da waren Sorge und Ungewissheit auf seinem Gesicht. Und Einsamkeit. »Nicht jetzt.«

»Stopp«, sagte Scarlett sanft und stellte sich Hamish in den Weg. Sie legte dem Butler eine Hand auf den Unterarm. »Hamish. Sehen Sie mir in die Augen, und sagen Sie mir, dass all das hier, diese Katakomben, dieser Eindringling, der ... das Verschwinden meiner Eltern nichts miteinander zu tun haben. Sagen Sie es nur ein einziges Mal, und ich verspreche Ihnen, dass mein Bruder und ich Sie nie wieder darauf ansprechen oder hierher zurückkehren werden.«

Sie waren in einer imposanten, fünfeckigen Halle zum Stehen gekommen, die mit augenscheinlich uralten Wandteppichen geschmückt war und Scarlett entfernt an das Innere einer Kathedrale erinnerte. Neben einem kleinen Durchgang auf der anderen Seite gingen auch fünf gewaltige Tore in verschiedenen Farben von hier ab, und noch immer erkannte man in den Wänden zwischen den Portalen grau und weiß angelaufene Fenster voller verblasster Motive, die sicher einmal große Leuchtkraft besessen hatten. Es lag eine feine, kaum greifbare Spannung in der Luft, beinahe ein Flüstern.

Scott räusperte sich verlegen, trat neben Scarlett und legte dem Butler ebenfalls eine Hand auf den Arm. Es mutete ihr zwar im ersten Augenblick ziemlich merkwürdig an, doch wahrscheinlich brachte er damit einfach wieder einmal seine

Unterstützung ihr gegenüber zum Ausdruck – auf seine eigene unverwechselbare Scott-Art-und-Weise.

Hamish ließ den Arm sinken. Was auch immer ihm gerade durch den Kopf ging, schien ihn regelrecht zu quälen. Seine Kiefermuskeln traten hervor, dann atmete er scharf ein und seine breiten Schultern hoben sich beinahe bedrohlich, doch plötzlich schien ihn die Kraft zu verlassen und er sackte müde in sich zusammen. Er rieb sich mit Daumen und Zeigefinger den Nasenrücken und runzelte die Stirn. Kaum sichtbar schüttelte er den Kopf, dann sah er Scarlett und ihren Bruder aus geröteten Augen an.

»Meine Familie dient der Ihren bereits seit unzähligen Generationen«, sagte er leise. »In all den Jahren haben weder ich noch einer meiner Vorfahren auch nur eine einzige Lüge gegenüber den hohen Herrschaften in den Mund genommen. Und ich fürchte, dass es irgendwann dazu kommen müsste, wenn ich Sie nun wieder zurück in Ihre Gemächer geleiten würde.«

Langsam wandte er sich einem der mächtigen Portale zu, einem mit glänzendem Silber verzierten Tor aus dunkler Eiche, und musterte es ehrfürchtig. »Vielleicht ist es besser so. Bei den Seelen aller Heiligen, ich wünsche mir wirklich, dass es das ist.« Die letzten Worte hatte er beinahe geflüstert. Was ging nur in ihm vor?

Die Schritte des Butlers hallten laut in der Halle wider, als er auf das Tor zutrat. Er stellte die Laterne neben sich ab, die jetzt nur noch ein schwaches Licht von sich gab. Langsam schlossen sich die riesigen Hände des Butlers um die enormen Türknäufe. Scarletts Bauch schlug einen Purzelbaum. Aufregung, Vorfreude und sogar Angst rauschten plötzlich durch ihre Adern.

Hamish hielt inne. Seine Stimme klang todernst.

»Ich muss Sie warnen«, sagte er, ohne sich zu ihnen umzudrehen. »Wenn ich diese Türen öffne … wenn Sie beide hindurchtreten … dann gibt es kein Zurück mehr.« Es klang beinahe so, als läge ein stilles Flehen in seinen Worten. »Noch können Sie sich anders entscheiden. Zurück an die Oberfläche gehen.«

Scarlett sah zu Scott hinüber. Er erwiderte ihr Nicken, zupfte seinen angerissenen Frack zurecht. Er bebte beinahe vor Neugier, das konnte sie deutlich spüren. *Antworten,* dachte Scarlett. Ihre Zunge schmeckte bitter, als sie das Wort in Gedanken aussprach. Ja. Es war Zeit für eine ganze Menge davon.

»Tun Sie es«, sagten Scarlett und Scott wie aus einem Mund.

»Dann sei es so«, antwortete Hamish bedeutungsvoll und drückte sich mit seinen gewaltigen Beinen vorwärts. Die Türen öffneten sich knarzend, krachend und ein eisiger Windhauch jagte durch die Katakomben – das Licht erlosch.

Dann entflammten in der massigen, mit Echos hallenden Dunkelheit Reihen über Reihen knisternder Lampen … und es verschlug Scarlett den Atem.

Teil II

Ein verhängnisvolles Erbe

Scott

Er traute seinen Augen kaum.

Unmöglich, dachte Scott.

Als wäre Hamish ein Bühnenmagier, der mit dem Schnippen seiner Finger gleich mehrere Kerzen auf einmal entzündete, erwachte eine nach alten Büchern duftende Halle im Glanz Hunderter Lichter zu unwirklichem Leben und erhob sich als eine majestätische Bibliothek aus ihrem Dornröschenschlaf. Wohin das Auge sah, funkelte polierte Bronze im finsteren Ebenholz zahlreicher Regale und Vitrinen. Meterhohe Leiterschlitten und Tribünen rahmten die dunklen Wände, überzogen einen prasselnden Kamin und sogar Studiertische, an denen edle Ledersessel standen.

»Ich bin tot, ganz eindeutig«, murmelte Scott und spürte, wie sich ein schiefes Grinsen auf seinem Gesicht ausbreitete. Als er genauer hinsah, ließen sich rings um ihn sogar Bezeichnungen für einzeln sortierte Abteilungen der Bibliothek erkennen. Sie trugen Namen wie *Jagd-Diarien (Tagebücher), Herbarium Obscurum* oder *Lunar-Historie.* »Und ebenfalls ganz eindeutig im Himmel.«

»Mitnichten, Sir«, kommentierte Hamish trocken. »Die *Scriptura* ist eine hinreichende Bezeichnung.«

Fasziniert ließ Scott seinen Blick von einer Lichtquelle zur nächsten wandeln – kleine, runde Gläser gab es hier, die so stetig flackerten, als würden Glühwürmchen darin leben. Sogar ein hohes, gewaltiges Fenster am Ende einer Regalwand schien von innen heraus zu leuchten und schuf dadurch die Illusion, es würde Tageslicht in die Tiefen dieses verborgenen Gemäuers fallen.

»Dieses Surren in der Luft«, sagte Scott. »Diese Lichter! Wie haben Sie das gemacht, Hamish?«

Hamish nickte verständnisvoll. »Eine frühe Akquisition Ihrer Eltern, Sir. Prototypen der respektablen Firma Davy & Volta. Man nennt sie ›elektronische Glühbirnen‹.«

Scarlett, die all das herzlich wenig zu interessieren schien, stieß ein aufgeregtes Keuchen aus und deutete wie ein Kleinkind im Süßigkeitenladen tiefer in die Scriptura hinein.

»Hamish! Was ... ist ... das?!«

»Ah, ja«, bemerkte der Butler und trat auf ein Pedal hinter der Tür. »Verzeihung.«

Mit einem schnappenden Geräusch rastete weiß Gott wo in diesem real gewordenen Traum für Bücherliebhaber eine Vorrichtung an ihren angestammten Platz. Dann blendeten weitere Lichter auf mindestens ein Dutzend eindrucksvoller Schaukästen, die bis dahin noch im Schatten verborgen gelegen hatten, was der Bibliothek einen Hauch von Museumsatmosphäre schenkte. Jeder davon hatte eine andere Position in der Bibliothek inne und jeder davon zeigte – *was in Himmels Namen?*

Instinktiv torkelte Scott einen Schritt rückwärts.

In den Schaukästen waren grauenerregende, wolfsähnliche Ungeheuer ausgestellt. Wie bei ausgestopften exotischen Tieren in lauernden, attackierenden oder erhabenen Posen präpariert, schien jedes davon ein eigenes, in Gold graviertes

Namensschild zu besitzen, wie … bei der Bezeichnung einer Spezies?

HEULER-KLASSE
Häufigste anzutreffende Art von Lykanthropen
Verbreitung: weltweit
Extrem gefährlich – sofortige Erlegung

ISEGRIM-KLASSE
Einzig bekannte Art mit Sprachbegabung
Verbreitung: Teutonische Wälder
Extrem gefährlich – sofortige Erlegung

VERNARBTER-KLASSE
Stärkste und schnellste Regeneration aller Arten
Verbreitung: Nova Caledonia, Hibernia, Scandza
Extrem gefährlich – sofortige Erlegung

Scott spürte, wie sich seine Kehle zuschnürte. Ein paar der unheimlichen Bestien, Monstrositäten von je mindestens zweihundert Kilogramm auf zwei Beinen, trugen Namen wie *Irischer Blutfang* oder *Caledonischer Schläger.* Eine andere Kreatur, die an einen gewaltigen Wolfshund mit haselnussbraunem Fell erinnerte, hatte man augenscheinlich sogar einen *Schwarzwälder Listenreich* getauft.

»Spezialanfertigungen, Mylady, ebenfalls von der Familie Oaknight in Auftrag gegeben«, erklärte Hamish und hob nachdenklich eine Augenbraue. »Eine Künstlerin namens Mrs Tussaud, wenn ich mich recht entsinne. Sie ist angesehene Expertin für lebensechte Wachsmodelle. Als besonders beeindruckend –

wenn ich so frei sein darf – empfand ich persönlich stets die detailreiche Rekonstruktion der Felle.«

Scott fasste sich, zupfte seinen löchrigen Frack zurecht und räusperte sich. Sein Herz schlug ihm trotzdem noch bis zum Hals.

»Für Gruselkabinette, zweifelsohne«, sagte er mit heiserer Stimme. »Nun, über den Geschmack von Inneneinrichtung lässt sich bekanntlich nicht streiten, also –«

»Manchmal kannst du richtig niedlich sein«, seufzte Scarlett grinsend und tätschelte ihm den Kopf, dann schien sie ihre Energie nicht mehr bändigen zu können und warf sich direkt mit den Händen und der Nase an einen der Schaukästen.

»Woah!«, machte sie. »Was ist das für einer?«

Scott blinzelte. Langsam nahm ein *äußerst* beunruhigender Gedanke hinter seiner Stirn Gestalt an.

»Ein sogenannter *Garwal Fureur*, Mylady, ein klassischer Mondwandler mit weitestgehend intakter menschlicher Morphie – bis auf seine Zähne, die Krallen und natürlich seine immense Körperbehaarung«, sagte Hamish, dann beugte er sich vor und ergänzte leise: »Die Scheibe, Mylady?«

Scarlett, die bereits zwei verschmierte Handabdrücke, eine Nasenspur und eine Wolke kondensierten Atem an der Vitrine hinterlassen hatte, schielte zum Butler herüber und grunzte: »Hä? Oh. Entschuldigung.«

»Ein ... ein Gar-*was?*«, wiederholte Scott.

»Hey!«, rief Scarlett neugierig und pirschte um einen weiteren Schaukasten – der mit Abstand enormste von allen, mindestens vier mal vier Meter messend – und kratzte sich ratlos den Kopf. Die Vitrine stand leer. Scotts Schwester lehnte sich vor und begutachtete das Namensschild.

»*Bestia Enigma*«, las Scarlett langsam vor, dann verzog sie das Gesicht. »Soll die unsichtbar sein, oder wie?«

Hamishs Kopf zuckte zurück, und er hob mit milder Belustigung die Augenbrauen, was seiner Version eines herzhaften Lachens entsprach.

»Mitnichten, Lady Scarlett«, sagte er. »Wie der Name vielleicht bereits erahnen lässt, handelt es sich hierbei um eine derart seltene Spezies, dass sie sich bisher weder fangen noch hinreichend aus Augenzeugenberichten rekonstruieren ließ.« Ein scheinbar finsterer Gedanke huschte über seine Miene, dann sagte der Butler plötzlich mit aufmunterndem Ton: »Mylord und Mylady wollen sicherlich ebenfalls das *Armamentarium* begutachten, nehme ich an?«

Scotts Verstand arbeitete auf Hochtouren. Er war sich sicher, in nur wenigen Momenten eine perfekte Antwort auf all das Durcheinander in seinem Kopf zu haben, doch leider prügelten sich seine Gedanken mit bewundernswerter Effizienz gegenseitig über den Haufen.

Seine Schwester schien sich hingegen pudelwohl zu fühlen.

»Was soll das sein, ein Ama… Armita…«, begann sie und legte den Kopf schief.

»Eine Waffenkammer«, murmelte Scott verwirrt und blickte Scarlett an, so als würde sie ihm dabei helfen können, zu verstehen, was bitte hier unten gerade vor sich ging.

»Wenn Sie mir bitte folgen würden«, antwortete Hamish und führte Scott und Scarlett durch die wunderschöne Bücherei hindurch. Scott deutete kleinlaut immer wieder in die Richtung der Bücher und Ungeheuer, doch Scarlett zog ihn einfach stolpernd hinter ihr her.

Hamish brachte sie in ein modern wirkendes Museum, in

dem an den Wänden ein Sammelsurium bizarrer Gegenstände mit weiteren elektronischen Glühbirnen inszeniert wurde. Für einen Moment vergaß Scott seine Verwirrung und wurde von einer Welle des Staunens und der Begeisterung erfasst – das hier war ein Raum der Erfindungen, ganz klar! Zum Beispiel die Tüftelei dort vorn, eine Art Metallstab mit Ledergriff, eingesetzt zwischen zwei Halbkreisen aus Kupfer, neben dem sich eine kleine Handkurbel befand. Vorsichtig griff Scott danach, die Augen wie gebannt auf die Konstruktion gerichtet –

»Bitte nicht anfassen, Sir«, sagte Hamish und nahm den surrenden Metallstab mit spitzen Fingern aus seiner Halterung. »Diese Drehzitter ist aufgeladen. Sie wollen doch keinen Stromstoß bekommen und mehrere Meter durch den Raum geschleudert werden.«

»Hamish?!«, rief Scarlett entzückt. »Warum hängt hier ein zusammengerollter Teppich, den man auf einen Rucksack genäht hat?«

»Eine *Igelkiepe,* Lady Scarlett!«, antwortete der Butler. »Stellen Sie sich diese vor wie einen tragbaren –«

Die folgenden Worte entzogen sich Scotts Aufmerksamkeit.

Mit offenem Mund schüttelte er den Kopf und weidete seine Augen an seiner neuen Umgebung. Wohin man auch sah, eine märchenhafte Tüftelei jagte die nächste! Eine der faszinierenden Kreationen, eine Art roter Briefkasten, war an etwas wie ein Pumpensystem angeschlossen. Die Maschine, die das Ganze anzutreiben schien, spuckte in Intervallen Dampf in die Luft und war die Heimat einer Sammlung exquisiter Zahnräder, die jeden Uhrmacher vor Freude hätte aufjauchzen lassen.

KLONK!

Etwas war in den roten Briefkasten gestürzt.

»Was ist das?«, fragte Scott ehrfürchtig. »Was hat es befördert?«

Hamish schien etwas sagen zu wollen, hielt sich dann jedoch zurück und trat sichtbar ungehalten an die Maschine heran.

»Selbstverständlich muss ausgerechnet *jetzt* eine hier ankommen …«, murmelte der Butler resignierend, dann schnappte er sich seufzend den Inhalt des Briefkastens und vollführte eine elegante Drehung. Was auch immer es war, er versteckte es jetzt hinter seinen breiten Schultern.

»Das ist der Heulerkasten, Sir«, sagte er ernst. »Er beförderte ein … Anschreiben. Für dessen Öffnung es mit Sicherheit einen geeigneteren Moment geben wird. Ähem, Lady Scarlett, würden Sie bitte die Fährtenbeutel wieder zurücklegen?«

»Das riecht ja vollkommen irre!«, lachte Scotts Schwester verzückt und legte ein Häuflein kleiner, bestickter Leinensäckchen zurück in eine Wand voller hölzerner Fächer, die von bunten Glasscheiben verschlossen wurden. Erst jetzt bemerkte Scott, dass sich neben den Erfindungen auch Waffen in dem Museum befanden: atemberaubend elegante Duellier-Pistolen, spektakulär verzierte Rapiere mit bläulich glitzernden Spitzen, sogar eine Sammlung leise zischender Armbrüste, die offenbar mit einer Art fluoreszierendem Gas betrieben wurden.

Ihm wurde schwindlig.

»Sir?«, fragte Hamish höflich. »Sind Sie im Begriff, ohnmächtig zu werden?«

»Was? Ich? Pfff! W-wie kommen Sie darauf?«, säuselte Scott und schluckte die Übelkeit hinunter, die seinen Hals heraufkletterte. Seine Hände begannen zu schwitzen.

»Hamish!«, rief Scarlett begeistert. »Was ist das hier?«

»Eine bretonische Kupferschleuder, Mylady«, antwortete

Hamish. »Sie wird für nichttödliche Geschosse, meist aus gehärtetem Kautschuk, benutzt. Sie schmerzen. Sehr.« Die Augenbraue, die Hamish dabei hochzog, ließ es so aussehen, als hätte er persönliche Erfahrungen mit der Waffe gemacht.

»Hamish«, murmelte Scott. »Was … was ist das hier für ein Ort?!«

»Oh, oh! Und das?«, rief Scarlett und hüpfte fingerzeigend durch den Raum.

»Eine Argentum-Granate, Mylady. Sie wird vorrangig bei –«

»UH! UH! Das will ich haben! Was ist das?!«

Scarlett griff entzückt nach einer Art langem, mit kleinen Ledergürteln verstärktem Handschuh, der eine mit Zahnrädern und Sprungfedern geführte Abschussvorrichtung besaß – laut Beschreibung eine *Cutler'sche Diskuszwille.* Die Munition, die dafür scheinbar benötigt wurde, so stellte Scott mit Erschrecken fest, waren kreisrund geschmiedete *Sägeblätter* im Miniatur-Format! Und es ging noch weiter: In einer Ecke, mit eigenem Teppich und Vorhang, drapiert wie auf einer Bühne, stand eine waschechte *Totenorgel* – ein mehrkalibriges Salvengeschütz, das Scotts Wissen nach höchstens in Seeschlachten zum Versenken von Schiffen eingesetzt wurde.

All diese Waffen!, dachte Scott atemlos. *Die säuberlich geordneten Bücher über Jagd! Diese Monster!*

Hamish machte besorgt einen Schritt auf Scott zu und stützte ihn.

»Die berühmte Cutler-Diskuszwille, Lady Scarlett«, merkte der Butler gleichzeitig verlegen an. »Wenn Sie gestatten – Vorsicht, Sir – es stand in meiner Absicht, Sie beide noch in den angeschlossenen Bereich zu bringen, das *Disciplinat.* Die hauseigene Trainingshalle. Aber ich fürchte, Ihr Bruder wird uns zumindest geistig nicht mehr lange mit seiner Anwesenheit beehren, wenn wir nicht …«

»Schwesterherz«, keuchte Scott, fuchtelte mit seiner Hand durch die Luft und winkte Scarlett zu sich herüber. Plötzlich besorgt, kam sie zu ihm und ergriff seine Hand. Mit einem Mal schien es sehr still in dem Gemäuer. Scott zog sie näher an sich heran und riss seine Augen auf. »Red, ich … ich glaube, unsere Eltern waren *Werwolfjäger!*«

Hamish tauschte mit hochgezogener Braue einen Blick mit Scarlett aus, die die Augen verdrehte.

»Wahrlich messerscharf kombiniert, Sir«, sagte der Butler. »Und ich glaube, Ihre Eltern haben uns kurz vor ihrem Tod eine verschlüsselte Nachricht zukommen lassen.«

Arcanis Lupus

Die sogenannten »unechten« Lykanthropen.
Verbreitung: siehe Untergruppen
Gefahr variabel – Experten empfehlen dennoch sofortige Erlegung

Scarlett

»Werwölfe existieren?!«

Scarletts Bruder empörte sich auf dem Weg durch die östlichen Gewölbe zunehmend. »Und nur, damit wir einander verstehen: Wir reden hier über Menschen, die bei Vollmond in die Gestalt eines Wolfes wechseln, nur von Silber verletzt werden können und ihren Fluch per Biss an andere Menschen weitergeben?«

Hamish nickte.

»Im Großen und Ganzen korrekt, Sir – wenn auch die Realität weitaus komplexer ist«, antwortete der Butler mit Vorbehalt.

»Wieso hat mir das niemand gesagt? Warum haben uns Mutter und Vater nichts davon erzählt?!«

»Jetzt ergibt so manches Sinn«, murmelte Scarlett und folgte Hamish die Treppe zum Sichtungsraum hinunter. »Scott, erinnerst du dich noch an die Winternächte, in denen Mama uns kein einziges Mal vor die Tür gelassen hat? Hast du es damals nicht auch in der Dunkelheit heulen hören?«

»Das – das war aber doch nur der Wind! Ein vollkommen natürliches –«

»Und einmal, als wir mit Papa im Moor ausgeritten sind? Wie nervös er war? Was die Pferde gemacht haben? Da war uns etwas auf den Fersen!«

»A-aber ich dachte immer, es wäre dein Magen gewesen, der so laut geknurrt hat …«

»Ich habe es mir immer schon gedacht!«, rief Scarlett triumphierend. »Das waren keine Geschäftsreisen. Das war die Jagd. Es kann doch kein Zufall sein, dass es hier in Nova Caledonia so viele Geschichten darüber gibt wie nirgendwo sonst!« Ein plötzlicher Stich in ihrem Magen ließ die Aufregung in ihr erlöschen. Scarlett presste die Lippen aufeinander, ehe sie weitersprach: »Du hast aber trotzdem recht. Mama und Papa hätten uns das nicht verheimlichen dürfen.«

Hamish hob eine Augenbraue, während er eines der vergoldeten Zahnräder, die er an einem Schlüsselbund mit sich führte, in das Schnappschloss der vor ihm liegenden Tür einrasten ließ und die richtige Kombination einstellte.

»Mylady, Ihre Eltern haben nie gewollt, dass ihre Kinder vor Sorge umkommen, während sie die Welt dort draußen zu einem sichereren Ort machten«, merkte er an und öffnete mit einem Knacken das Schloss. Das dahinterliegende Fallgitter zog sich nach oben. »Eine Tarnung als internationale Geschäftsleute hatte vielerlei Vorteile – nicht zuletzt das tatsächliche Kennenlernen von Erfindern, Mechanikern und Wissenschaftlern.«

Sie traten in eine Art Arbeitszimmer, in dem Unmengen von Aufzeichnungen aufbewahrt wurden.

»Was ist das alles?«, fragte Scarlett verblüfft und ließ ihren Blick aufmerksam durch die großzügige Kammer streifen. Überall verteilt, jedoch akribisch sortiert, waren Notizen, Schriftrollen, Beobachtungskataloge und Vermisstenanzeigen, beschwert mit Lampen, Kerzenständern oder alten Büchern. Hamish schaltete mithilfe eines Hebels die elektronischen Glühbirnen an, auch wenn Scarlett das kleine Feuer im Kamin als Lichtquelle ausgereicht hätte. Ebenso wie in der Scriptura führte der Abzug dafür wahrscheinlich direkt in den Hauskamin von Oaknight Manor.

»Der älteste – und nie gelöste – Fall, an dem Ihre Eltern arbeiteten«, erklärte Hamish. »Alle dieser Spur zuordenbaren Vorkommnisse, die sie im Laufe der Zeit zusammentragen konnten. Nicht selten kehrten die hohen Herrschaften Oaknight von einem typischen Wald- und Wieseneinsatz zurück, nur um dann unerwarteterweise Verdruss und einen neuen Hinweis für die vor ihnen liegende Sammlung mit nach Hause zu bringen.«

Scott trat an die linke Tafel heran, an der die ältesten Berichte platziert waren.

»Das erste und das zweite Opfer verschwanden nahezu direkt hintereinander«, las Scarletts Bruder leise vor. »Ein junges Mädchen, von der bis heute jede Spur fehlt, bis auf ihren zurückgebliebenen roten Kapuzenmantel. Kurz darauf wurde ihre Großmutter ebenfalls vermisst. Eine Gruppe Holzfäller, die das Mädchen am Waldrand mit einem mysteriösen jungen Mann sprechen sahen, waren die letzten Zeugen, die wir bei der Fährtensuche befragten.« Scott legte die Aufzeichnung zurück und betrachtete die gesammelten Niederschriften ihrer Eltern bis hin zum letzten Opfer. Eine Spur aus Mysterien und Ungereimtheiten mit nur einem einzigen blutroten Faden. Schließlich wandte sich Scott nachdenklich an Hamish und zückte ein zusammengefaltetes Stück Papier aus einer seiner Taschen. »Dann gehe ich wohl recht in der Annahme, dass diese Notiz hier nach unten gehört.« Hamish nahm den Zettel an sich.

»Das ist korrekt, Sir«, sagte er und fügte das Beweisstück an seinen Platz. »Wie ich bereits zuvor erwähnen wollte, ist dies jedoch nicht der Grund, aus dem ich Sie beide hierher mitgenommen habe.«

Scarlett spürte, wie sich ihr Blick auf die Tafeln mit Hinweisen einbrannte. Ihr Nacken spannte sich an, als sie sprach.

»Glauben Sie, er hat sie auf dem Gewissen?«, fragte sie an Hamish gewandt. Sie nickte abgehackt mit dem Kopf in Richtung der Beweismaterialien. »Der, dem sie dieser ganzen Spur über auf den Fersen waren?«

Hamish musterte sie ernst. Besorgt. Strategisch. Er räusperte sich. »Das vermag ich nicht zu sagen, Mylady«, antwortete er und zog einen schweren Einband aus einer der Schreibtischschubladen. »Aber vielleicht kann es … das hier.« Die in Leder gebundenen Seiten krachten auf den Tisch und wirbelten Staub auf. Scarletts Augen wurden groß – dann sank sie in sich zusammen und verzog das Gesicht.

»Das – das Kochbuch?«, sagte sie enttäuscht.

Scott hingegen schien plötzlich außerordentlich interessiert.

»Ah!«, sagte er. »Die geheimnisvolle Rezeptsammlung!« Er machte sich über die Seiten her wie ein Hungernder über ein Festmahl. »Sagen Sie schon, wo sind die Botschaften versteckt? Hinter der letzten Seite? In den Abbildungen?«

»Sicher, dass es überhaupt etwas mit einer geheimen Nachricht zu tun hat?«, fragte Scarlett und verschränkte missmutig die Arme. »Warum so kompliziert?«

»Pfff!«, machte Scott und winkte ab. Scarlett stieß ihm die Faust gegen die Schulter.

»Nun, unter normalen Umständen würde ich Ihre Ansicht durchaus teilen, Mylady«, sagte Hamish. »Doch dann … waren da diese merkwürdigen Zeilen des Testaments, die nur ich hören durfte.«

Scarlett und ihr Bruder hielten schlagartig inne. Für einen Moment gab es nur noch das samtene Surren der Glühbirnen und das Prasseln des Kamins. Holzscheite knackten. Glut ließ Zweige brechen.

»Hamish?«, fragte Scarlett. »Was haben sie Ihnen hinterlassen?«

Scott sprach es zwar nicht aus, doch auch ihm standen dieselbe Frage und Scarletts Angst davor, verletzt zu werden, ins Gesicht geschrieben. Hamish nahm sich einen Augenblick. Schließlich vollführte er eine präsentierende Geste, die sowohl den Raum als auch das umgebende Gemäuer mit einschließen sollte.

»Das hier«, sagte er ermattet. »Und, auch wenn es nicht wortwörtlich niedergeschrieben war, natürlich auch Sie beide.« *Und Ihren Schutz*, schien er in Gedanken zu ergänzen.

Scarlett wusste nicht warum, aber die Worte des Butlers ließen Dankbarkeit in ihr aufkeimen. Hamish schenkte ihr und Scott ein abgehacktes Nicken mit einem aufmunternden Lächeln, doch seine Augen blieben dabei traurig.

»Das … meinte meine Schwester, glaube ich, nicht«, sagte Scott schließlich nach einem Moment. Scarlett sah ihn an und nickte.

»Was war so wichtig, dass nur Sie es hören durften?«, fragte sie.

Hamish räusperte sich. »Es tut mir aufrichtig leid, wenn ich Sie damit enttäusche, aber die Zeilen waren vollkommener Nonsens.«

Der Butler zog einen Notizzettel aus seiner Westentasche hervor, faltete ihn auf und gab ihn an Scott weiter. Dieser überflog die Zeilen und runzelte immer wieder die Stirn. Er las vor: »Hier stehen lauter verrückter Sätze, so wie: *Kongratulation, oh Rabaukenschurke!* Oder: *Vierzehn Schafe sollst du scheren und der Leiter sieben Sprünge machen, doch bügle erst das Eselsohr, sonst kommst du dir dämlich vor!*«

Scarlett hob die Augenbrauen. »Also, ich komme mir da jetzt schon dämlich vor. Was zur Hölle soll das bedeuten?«

Scott ließ die Schultern hängen. »Das ist es? Das ist die große letzte Nachricht, der Abschiedsbrief, auf den wir gewartet haben?«

»Das ergibt überhaupt keinen Sinn!«, sagte Scarlett.

»*Noch* nicht«, sagte Hamish und nickte ihnen ermutigend zu. Scott lächelte müde zurück.

»Sie haben recht, Hamish«, sagte er und nickte wie zu sich selbst. »Es muss einen Zusammenhang zwischen diesen Zeilen und dem Kochbuch geben. Sonst ergibt nichts einen Sinn. Nichts.« Sein Blick wanderte ins Leere und seine Augen spiegelten das hohle Gefühl in Scarletts Bauch.

Hamish nickte energisch. »Master Scott? Lady Scarlett? Würden Sie mir bitte noch einmal in die Scriptura folgen?« Hamish brachte sie zurück zum Eingang der Bibliothek und stellte sich unter die Pforte. »Es gibt einen Grund dafür, warum ich Ihnen beiden das hier zeige.« Er tat sich sichtbar schwer damit, die richtigen Worte finden.

»Mylady, Mylord«, begann er erneut. »Die Angelegenheit mit dem Einbrecher hat mir sehr zu meinem Leidwesen vor Augen geführt, dass ich nicht immer und zu jeder Zeit anwesend sein kann, um Sie beide vor Unheil zu bewahren.«

Scarlett tauschte einen vielsagenden Blick mit ihrem Bruder. *Was will er tun?*, dachte sie. *Uns einsperren?*

»Deshalb habe ich mich dazu entschlossen, so eine Situation nicht noch einmal vorkommen zu lassen.«

Scarlett holte wütend Luft, ihr Bruder hob empört den Zeigefinger.

»Indem ich dafür sorge, dass Sie beide sich verteidigen können, wenn ich das nächste Mal nicht zugegen sein sollte.«

Scarletts Trotz machte einer überraschten Verwirrung Platz.

»Heißt das ...«, begann Scott. Auf der Stelle wirkte er wie hellwach. Seine Augen wanderten wissensdurstig über die Aufzeichnungen, die aufgeschlagenen Bücher – und voller Neugierde auch zurück in das Armamentarium.

»Sie wollen ...!«, schloss Scarlett. Die Farben um sie herum wurden stärker, leuchtender.

Hamish nickte höflich.

»Daher habe ich mich entschlossen, Sie auszubilden«, sagte er, verschränkte die kraftvollen Arme hinter seinem Rücken und neigte achtungsvoll das Haupt. »Sie werden die Lektionen und das geheime Wissen der Scriptura meistern! Ich werde Sie den Umgang mit einigen der außergewöhnlichsten Jagdwaffen der Welt lehren! Und gemeinsam werden wir eine Möglichkeit finden, die letzte Nachricht Ihrer Eltern zu entschlüsseln.«

Scotts Miene erhellte sich. »Ganz vortrefflich, mein Lieber! Mysterien erleuchten, geheimes Wissen entdecken – was könnte man sich mehr wünschen?«

Scarlett fühlte sich mit einem Male wie eine geschüttelte Flasche Champagner – bei dem Gedanken daran, diesen ... *Dingern* nachjagen zu können, kitzelte und brauste es in ihrem Bauch! Sie blickte Hamish mit glitzernden Augen entgegen.

»Ha! Jagen und Klingen! Und dann treten wir diesen Werwölfen so richtig in ihre verfilzten Hinterteile!«

Der Butler sah Hilfe suchend gen Himmel. »Lassen Sie mich diesen Entschluss nicht bereuen!«, seufzte Hamish.

Oaknight Manor, Nova Caledonia
Treppenhaus und angeschlossene Flure

Höchst unerhörte Dinge gingen in den letzten Wochen auf Oaknight Manor vor sich, höchst unerhört!

Dessen war sich Mrs Gwendolyn Devonshire, erfahrene Haushälterin, mit außerordentlicher Vehemenz sicher: Sonderbare Geräusche hallten des Nachts durch das Gemäuer. Lichter flackerten auf und waren kurz darauf wieder verschwunden. Schlösser rasteten ein, wo keinerlei Türen standen. Büsten wurden tagsüber verdreht und sahen in die falschen Richtungen. Bilder hingen einen Augenblick lang schief, dann wieder gerade, wie von Geisterhand.

Doch damit fanden die Merkwürdigkeiten mitnichten ein Ende …

Tagsüber schienen in unregelmäßigen Abständen die jüngsten Mitglieder der Familie Oaknight von einem Augenblick auf den nächsten zu verschwinden. Wer sie danach erneut antraf, oft nur zu den Mahlzeiten, wunderte sich gar heftig über deren Aufmachung – Fransen, Risse, sogar Brandspuren und allerlei sonstiger Unfug wurde mit deren Bekleidung getrieben. Und darüber hinaus – offenbar fielen sie wiederkehrend im Schlaf aus dem Fenster oder ihren Betten, denn sie waren mit immer neuen Schrammen und blauen Flecken übersät und wirkten vollkommen übernächtigt! Ihre wöchentlichen Termine, wie den Schießunterricht oder die Fechtunterweisung, schienen urplötzlich der Vergangenheit anzugehören.

Hamish Balthazar Porter, der Butler der Familie, schien wie ausgewechselt. Er interessierte sich neuerdings in abscheulichem Maße für gallische Küche und sprach nur noch in Rätseln mit den Sprösslingen, sobald Köchin Geraldine vor der Tür zufällig kurz innehielt und dabei ein paar Worte der Konversation aufschnappte.

Eine Ungeheuerlichkeit!

Doch der Gipfel, ja der Zenit der unerhörten Absonderlichkeiten, lag in der Überzeugung von Mrs Devonshires Gatten, die erfahrenen Wachhunde Perseus und Bellerophon würden seit Jahren das erste Mal wieder anschlagen. Sicherlich lag dem ein im Alter einsetzender Irrsinn der beiden heroischen Bassett-Rüden zugrunde. Schließlich waren diese in ihrer Jugend auf einem anderen Kontinent dazu ausgebildet worden, Schwingungen im Boden wahrzunehmen – diejenigen, die einem Erdbeben vorausgingen.

Scott und Scarlett

Katakomben von Oaknight Castle
Disciplinat – Scriptura – Armamentarium

– In den nachfolgenden Tagen –

PHOOOM!

Beißend grelle Sprühfunken zerstoben in einer kreisrunden Wolke direkt vor Scott. Die Explosion ließ ihn herumwirbeln und über den zerschrammten Holzboden des Disciplinats schlittern – die Waffe riss sich mit ihrem Rückstoß im hohen Bogen aus seinen Händen.

»Zu nah, Sir!«, rief Hamish von einer der Tribünen in der Übungsarena.

»Wäre ich nicht drauf gekommen«, stöhnte Scott. »Vielen Dank für die Rückmeldung.« Warum war es denn auf einmal so stockfinster hier unten?

»Hamish?«, hustete er und kam schwankend wieder auf die Beine. Er fuchtelte mit den Armen in der Dunkelheit. »Könnten Sie bitte wieder das Licht einschalten?«

»Sir, Sie haben eine Magnesiumflinte gezündet und direkt ins Mündungsfeuer gesehen! Ich fürchte, das erneute Einschalten des Lichts wäre in diesem Fall unzureichend.«

»Meinen Sie wirklich?«

»Sie könnten versuchen, die Donnerbüchse erneut zu zünden und abermals direkt ins Mündungsfeuer zu sehen, Sir – vielleicht wäre *das* hell genug?«

»Sehr witzig, Hamish!«, rief Scott.

»Schon wieder in die Scriptura?!«, stöhnte Scarlett flehend und verdrehte die Augen. Sie hechtete seitwärts, um den sich drehenden Klauen des mechanischen Übungswolfs auszuweichen, die jetzt überall im Disciplinat auftauchten. »Hamish, mein Gehirn verflüssigt sich, wenn ich auch nur noch eine einzige Zeile lese!«

»Schnell!«, rief Hamish und betätigte den Schalter für die Sprungvorrichtung. »Was ist der beste Weg, einen *Tippler* zur Strecke zu bringen?«

Scarlett rannte vorwärts, zog das edle Rapier mit der silberbeschichteten Spitze und stach es direkt durch den Körper des Holz-Werwolfs, der soeben aus dem Boden emporgeschossen kam.

»Ihn in seinem eigenen Blut ertränken!«, schrie Scarlett grimmig und keuchte überrascht auf, als das hölzerne Ungetüm brühend heißen Dampf aus seiner Nase ausstieß. Reflexartig ließ Scarlett die Waffe fallen und stolperte rückwärts – dann rief Hamish: »Die richtige Antwort wäre gewesen: Auf alles vorbereitet zu sein!«

Scott fiel keuchend in den Kaminsessel der Scriptura hinein.

»Wie lautet die wichtigste Vorgehensweise im Umgang mit frisch verwandelten Lykanthropen?«, fragte Hamish aufmerksam.

»Ha!«, prahlte Scott und machte es sich verschwitzt und blutend in dem Möbelstück gemütlich. Er hob lehrerhaft den Finger. »Ganz offenkundig! Man wartet, bis er sich in seine menschliche Form zurückverwandelt.«

Hamish hob eine Augenbraue. »Gestatten Sie mir eine Frage, Sir?«

»Selbstverständlich, alter Junge.«

»Warum in aller Welt sollten Sie so etwas furchtbar Dummes tun?«

»Um ihn davon zu überzeugen, seine Heimsuchungen zu unterlassen! Unter Gentlemen vermag ein gut argumentiertes Anliegen durchaus erfolgversprechend zu sein.«

Scott goss sich, sehr zufrieden mit sich selbst, eine dampfende Tasse Tee ein, schlürfte genüsslich und sah Hamish dabei nickend an.

Der Butler rieb sich die Schläfen. »Wie es aussieht, wird das wohl um einiges schwerer, als ich erwartet habe …«

Scott nahm sich ein Stück Shortbread und prostete Hamish aufmunternd zu. »Auch was?«

»Dokumentation, Dokumentation, Dokumentation«, leierte Scarlett lieblos herunter und sprang im Disciplinat von einer Wackelplattform zur nächsten. »Ja, ja, ich weiß!« Sie drehte sich einmal um ihre eigene Achse und feuerte gleich alle sieben

Scheiben aus ihrer Diskuszwille ab. »Ha! Hab ihn erwischt! Wir kommen pünktlich zum Dinner!«

Die geschnitzte Werwolfattrappe sauste zischend wieder zurück in den Spalt im Boden – direkt dahinter kam Hamish zum Vorschein, dessen Anzug von circa einem halben Dutzend Klingenscheiben an die Wand hinter ihm genagelt war. Der Butler sah seufzend an sich hinunter.

»Sehr wohl, Mylady«, sagte er. »Pünktlich zu *seinem* Dinner. Sie haben jeden Schuss verfehlt!«

»Hmmm«, machte Scott und rieb sich das Kinn, dann lehnte er sich mit dem Stuhl so weit vom Recherche-Schreibtisch der Scriptura zurück, dass dieser anfing zu kippeln. Die Wärme des prasselnden Feuers an seinem zerschundenen Rücken war eine Wohltat. »Hamish? Hier sind auf dem alten Bauplan von Oaknight Castle noch die Gänge XVII bis XX verzeichnet, wann zeigen Sie uns die?«

Der Butler gab eine unverständlich leise Antwort.

Scott runzelte die Stirn und kniff die Augen zusammen. »Haben Sie gerade ›nie‹ gesagt?«

»Das würde ich nie, Sir.«

»Ähm. Auf was exakt war das bezogen?«

»Hm?«, machte Hamish mit Lupe über dem Kochbuch und sah Scott fragend an.

»Wann zeigen Sie uns die anderen Gänge?«, fragte Scott. »Und … was ich mich wirklich gefragt habe, wohin führen eigentlich die anderen großen Tore in dem Raum mit den Portalen?«

»Sie sollten sich konzentrieren, Sir«, antwortete Hamish.
»Ich bin hellwach!«, log Scott.
»Zweifelsohne, Sir.«
»Warum schmunzeln Sie so schräg, Hamish?«
»Ihr Zopf steht in Flammen, Sir.«
»Wie meinen Sie das, mein Zopf steht in Fl*aaahilfe!*«

»*Aaarh!*«, knurrte Scarlett und fuchtelte wütend die Schwarzpulverwolke fort. »Ich kann mit Schusswaffen nichts anfangen!« Sie warf die rauchende Steinschlosspistole quer durch das Disciplinat.

»Möchten Sie eventuell ein kleineres Kaliber, Mylady?«, rief Hamish vom anderen Ende des Schießstands.

Scarlett verschränkte trotzend die Arme. »Ich will was Größeres – wenn schon!« Sie schielte durch das geöffnete Tor zum Armamentarium herüber. »Die da!«

»Das ist die Totenorgel, Mylady. Die werden wir hier nicht benutzen. Apropos Größe – welche Formen und Größen kann ein Werwolf haben?«

»Hässlich, haarig und stinkend?«

»Mylady, ich muss doch sehr bitten!«

»Ähm, das war – das waren … reine Zweibeiner bis etwa zwei Meter Schulterhöhe, reine Vierbeiner mit bis zu drei Meter Widerrist und die Wechselbeiner, die besonders gut klettern können.«

»Ganz hervorragend! Und welche Klassen kennen wir?«

»Ach, Hamish! Wollen Sie das nicht lieber meinen Bruder fragen?«

»Nun«, antwortete Scott und tänzelte im Disciplinat um die von ihm ausgelegten *Tatzendarb*-Fallen herum. Vorsichtig lud er die Magnesiumflinte und horchte auf das charakteristische Rattern der Zahnräder, das stets dem Hervorspringen der nächsten Wolfsattrappe vorausging. »Da hätten wir zum einen die *Schattenläufer-Klasse,* mit Vertretern wie dem *Harlekin* oder dem *Reißer.* Jeder Werwolf verfügt über stark geschärfte Sinne, doch diese Werwolf-Klasse übertrifft sie alle.«

»Doch genau diese Stärke lässt sich auch gegen sie einsetzen«, rief Scarlett wenige Schritte neben ihm und warf ihm die Augenbinde zu. »Laute Geräusche oder helles Licht sind für Schattenläufer beinahe unerträglich intensiv.«

Scott nickte seiner Schwester zu, dann verband er sich die Augen.

»Bist du sicher, dass du die Augenbinde jetzt schon aufsetzen solltest?«, rief Scarlett.

»Schwesterherz, ich bitte dich!«, gab Scott zurück und zielte mit der Donnerbüchse in die Luft. »Ich werde ganz bestimmt nicht denselben Fehler zweimal machen!«

»Das meine ich nicht«, rief Scarlett. »Du solltest –«

Etwas unter Scotts linkem Fuß – *KLING!* – rastete ein. *Oh, oh.*

»Ähem«, machte Scott und schluckte. »Gehe ich recht in der Annahme, dass ich soeben einen ausgelegten Rutenbeißer aktiviert habe?«

»Sehr wohl, Sir«, seufzte Hamish von der Tribüne.

»Hier, hier vorn!«, rief Scott triumphierend und wühlte sich aus einem Stapel Notizen hervor, den er in der Scriptura gestapelt hatte. »Versteht ihr?«

Hamish sah ihm übermüdet über die Schulter. »Sir?«

»Hier vorn – wenn wir jeweils die ausgeschriebenen Zahlen auf die Nummerierung der Zeilen auslegen …«

Die Augen des Butlers weiteten sich, als er das Muster erkannte, das Scott entdeckt hatte.

»Das … Sie könnten richtig damit liegen, Sir!«

Scott unterstrich Seite für Seite Zeilen mit roter Tinte. Seine Augen waren staubtrocken, als er blinzelte, dann sagte er: »Wir kommen der Lösung des Rätsels immer näher!«

»Warum findet man nur in seltenen Fällen Opfer eines Werwolfangriffs?«, schoss Hamish die nächste Frage hervor, während Scarlett barfuß auf den meterhohen Schiebehalterungen der Scriptura-Leitern umherbalancierte. Sie presste die Lider aufeinander und zappelte mit den Händen, dann nickte sie mehrere Male und antwortete: »Ähm, weil Werwölfe grundsätzlich alles auffressen, was sie reißen, sogar mitsamt der Kleidung!«

»Kann jede Werwolfklasse ihre Verwandlung kontrollieren?«

»Ähm, nur wenige!«

»Welche?«

»Woher soll ich das wissen?!«

»Welche Werwolfklasse kann sich ausschließlich in Mondlicht heilen?«

»Die Isegrim-Klasse!«

»Welche Klasse ist am empfindlichsten gegen Silber?«

»Die Garwal-Klasse! Sie verpuffen, sobald man die Lederhaut durchdringt!«

»Was ist aufgrund ihrer starken Selbstheilung das Merkmal der Vernarbter-Klasse?«

»Ähm, ihre unzähligen Narben, sowohl als Mensch als auch als Wolf!«

»Und woran erkennt man, dass ein Mensch sich jeden Moment verwandeln wird?«

»Ich – keine Ahnung, am Mundgeruch?«

»Falsch. An den goldgelben Augen.«

Scarlett atmete erschrocken ein. »Hamish, ist Mr Devonshire ein Werwolf?!«

»Das ist die Gelbsucht, Mylady.«

»Oh.«

Hamish hakte seufzend einige Kästen auf seinem Prüfungsblatt ab, dann sagte er: »Das macht eine Trefferquote von neunzehn Prozent, Sir. Darf ich meinen Vorschlag wiederholen und Ihnen raten, nur mit *einer* Armbrust zu schießen?«

Scott versuchte vergebens, die Hände in die Hüfte zu stemmen. Seine Schultern hatten vom ständigen Halten der Waffen die Konsistenz von Plätzchenteig erreicht. »Aber es sieht so viel besser aus, wenn ich mit beiden gleichzeitig feuere!«

»Das ist überaus impraktikabel, Sir!«

»Sie sind ein Spielverderber, wissen Sie das?«

»Möchten Sie mit einer anderen Waffe feuern, Sir?«

Scott ließ ächzend die Armbrüste fallen und verschränkte trotzig die Arme. Zumindest versuchte er es. Er schielte unschuldig hinüber zum Armamentarium.

»Können wir vielleicht die Totenorgel –«

»Nein!«

»Fährtenbeutel«, fuhr Hamish zügig fort, »sind eins der wenigen Dinge, mit denen man einen plündernden Werwolf in eine gewünschte Richtung lenken kann. Dank ihres unwiderstehlichen Geruchs sind sie Teil der absoluten Grundausrüstung!«

»Wusste ich!«, sagte Scarlett. »Weiter!«

»Mit welcher Waffe hält man einen Werwolf auf Abstand, wenn man ihn noch nicht erlegen will oder kann?«

»Die bretonische Kupferschleuder!«

»Mit welchen Geschossen?«

»Kautschuk-Würfel!«

»Sehr gut, Mylady – und mit welcher Munition würden Sie die bretonische Kupferschleuder verwenden, um einen Werwolf einzufangen?«

»Die Arachnia!«

»Aha, und worum handelt es sich bei dieser Munition?«

»Um ein Netz aus verarbeitetem Silber! Man kann es auch um zwei Bäume wickeln, um eine Falle zu –«

»Sehr gut, sehr gut! Und wer hat sie erfunden?«

Hilfe suchend sah Scarlett zu ihrem Bruder hinüber, der Tee trank und in eines seiner neuen Lieblingsbücher vertieft war: *Bestia Enigma – Anekdoten, Augenzeugenberichte, Spuren einer rätselhaften Werwolfklasse.*

»Ich kann dir leider nicht helfen, Schwesterherz«, antwortete Scott, ohne aufzusehen. Er schüttelte belustigt den Kopf. »Aber wussten Mylady, dass es die Theorie gibt, dass eine Bestia Enigma ihr eigenes Werwolf-Rudel aus Heulern erschaffen kann und sie danach steuert wie Puppen?«

Tolle Hilfe!, ärgerte sich Scarlett in Gedanken.

»Endlich!«, flüsterte Scott. »Das ist es, Hamish!«

Scarlett legte den Kopf schief, in einer Hand eine tintenverschmierte Feder, in der anderen eine aus der Küche entwendete Entenkeule. »Ich sehe da nichts. Das ist nur ein Haufen Wörter.«

Hamish atmete laut aus. »Nicht alle. Hier. Und hier.«

Scarlett zuckte mit den Achseln und biss herzhaft in ihr Mitbringsel. »Wortsalat. Glaubt mir, ich will genau so sehr wie ihr, dass dieses Kauderwelsch Sinn ergibt, aber da stimmt doch noch immer irgendetwas nicht, oder?«

»Die Reihenfolge«, gab Scott zu bedenken und tippte immer wieder auf das Papier. »Alles, was wir jetzt noch brauchen, ist ein Startpunkt. Eine Start*seite*, genauer gesagt.«

»Und Waffeln«, fügte Scarlett schmatzend hinzu. »Soll ich welche holen?«

»Geben Sie mir das?«, bettelte Scarlett und fuchtelte mitten im Armamentarium nach der unter einer Glasglocke aufblitzenden Waffe. »Ich will das unbedingt ausprobieren! Nur ein wenig herumschwingen, bitte!«

Hamish hielt sie einhändig am Rücken ihres zusammengeschnürten Lederschutzes in die Luft.

»Dem würde ich dringendst abraten, Mylady.« Scarlett versuchte abermals, sich zu befreien, doch vergebens. »Ist Ihnen bekannt, wie selten diese Dolche sind?«

»Mein Bruder hat mir von denen erzählt, es wurden nur sieben gefertigt! Man kann jeden nur ein einziges Mal verwenden, dann fällt er auseinander. Der Griff ist aus dem Holz des Stabes vom heiligen Dominikus von Sora – und das Silber der Klinge hat man vom Hochgrab des heiligen Nepomuk eingeschmolzen! Nur ein Kratzer mit dieser Schönheit, und sogar der größte und fieseste Werwolf stirbt innerhalb von ein paar Stunden, selbst wenn er vorher davonkommt!«

»Das ist korrekt, Mylady«, antwortete Hamish und trug die zappelnde Scarlett aus dem Armamentarium hinaus. »Ein heiliger Amantius-Silberdolch. Und es befindet sich lediglich ein einziger davon in unserem Besitz. Es werden Zeit und Anlass für seinen Einsatz kommen, aber das ist garantiert nicht heute der Fall!«

»Wir sind am Ende«, röchelte Scott und ließ den Kopf so hart auf den Schreibtisch im Sichtungsraum knallen, dass das dort aufgeschlagene gallische Kochbuch um mehrere Seiten umgeblättert wurde. Seine Haare rochen nach Schießpulver und Siegelwachs. Seine Hände und sein Rücken fühlten sich an, als hätten Pferde eine Hochzeit darauf gefeiert. »Wir … sind vollkommen fertig, Hamish. Wir können nicht … mehr.«

»Wir sind voll«, merkte Scarlett an, die flach auf dem Bauch vor dem Kamin lag wie ein Bärenfell und dafür demonstrativ einen Arm gehoben hatte. »Kein Lernen mehr … Gnade!«

»Ich bin mir sicher, dass die Herrschaften nach einer kräftigenden Mahlzeit von Mrs Devonshire schnell wieder auf den Beinen sind«, entgegnete Hamish trocken.

Scott wollte protestieren, doch sein Kopf blieb einfach liegen. Blöder Kopf.

»Ha…mish«, krächzte Scott. »Ich fürchte, ich muss passen.«

»Nun«, eröffnete Hamish nachdenklich und ein wenig unzufrieden. »Dann stelle ich die Frage vielleicht anders. Was *können* Sie denn noch tun?«

»At…men«, hauchte Scarlett stöhnend vom anderen Ende des Raums.

»Oh, ja, tatsächlich«, bestätigte Scott. Er pustete mit aufblähenden Backen und heraushängender Zunge einige Seiten des Kochbuchs beiseite. »Atmen. Atmen funktioniert noch.«

Plötzlich meldete sich etwas in Scotts Hinterkopf.

Die Seite des Kochbuchs vor ihm wies einen sauberen, mehrfach genutzten Knick an beiden Ecken auf.

»Eselsohren«, murmelte Scott. Dann, lauter: *»Eselsohren!«*

Wie von der Tarantel gestochen, fuhr er hoch. Hamish klatschte zufrieden in die Hände.

»Vorbildlich, Master Scott, Sir! Ich wusste, nach einer kurzen Pause würden Sie –«

»Ich weiß jetzt, wo wir anfangen müssen!«, rief Scott. »Ich habe Vaters und Mutters Nachricht entschlüsselt!«

Die entschlüsselte Botschaft

WENN DIESE NACHRICHT ANKOMMT, HABEN WIR ENDLICH GEFUNDEN, WONACH WIR GESUCHT HABEN – UND **ER** *HAT ES WAHRSCHEINLICH AUCH.*

VIELLEICHT IST ES NOCH NICHT ZU SPÄT.

VIELLEICHT KÖNNT IHR IHN AUFHALTEN.

UNTER DEM 7. BLUTMOND.

PS: BRINGT DAS GUTE SILBERBESTECK.

Scarlett

Scarlett saß mit angezogenen Beinen vor dem brennenden Kamin, starrte ins Feuer und hatte die Arme um sich geschlungen.

»Die Frage ist«, sagte Scott nachdenklich, »*wohin* sollen wir das gute Silberbesteck bringen?«

»*Das* beschäftigt dich?«, fragte Scarlett vorwurfsvoll und erschrak, als sie hörte, wie brüchig ihre Stimme dabei klang.

Scott erwiderte ihren Blick finster. »Bilde dir nicht ein, mich würde das nicht auch verwirren.«

»Verwirren«, wiederholte Scarlett langsam und bitter.

»Herauszufinden, auf welchen Ort sich die Nachricht bezieht, ergibt den meisten Sinn«, erklärte Scott sachlich. »Wir haben keinerlei Anhaltspunkte dafür, wer dieser ominöse *›er‹* sein soll, was er gesucht hat und ob – oder warum überhaupt – man ihn aufhalten müsste. Sich damit zu viel zu beschäftigen, ist also nichts als Zeitverschwendung.«

»Ich will wissen, wonach unsere Eltern gesucht haben«, sagte Scarlett leise. *Ich will wissen,* dachte sie, *was so viel wichtiger gewesen ist als wir.* »Hamish. Ich weiß, ich nerve Sie jetzt schon den halben Abend damit, aber fällt Ihnen wirklich nichts ein?«

Hamish, der beim Entschlüsseln der Zeilen jede Farbe aus dem Gesicht verloren hatte, schüttelte den Kopf. »Ich fürchte nein, Mylady. Wenn es jedoch mit dem zuletzt bearbeiteten

Fall Ihrer Eltern zu tun hat, dann brauchen wir mehr Anhaltspunkte, um eine klare Antwort darauf zu finden.«

»Weshalb genau sind Mutter und Vater beim letzten Mal abgereist?«, fragte Scott und begann, im Kreis zu laufen. »Hatte es mit den Vermissten zu tun?«

»Das vermag ich nicht mit Sicherheit zu sagen, Sir«, antwortete Hamish. »Auf mich machte es eher den Eindruck, als wären sie einem typischen Auftrag gefolgt, über den sie mich gewohnheitsmäßig nicht weiter aufklärten. Ich bin mir jedoch relativ sicher, dass sie besagte Mission außerhalb unserer Heimatinsel geführt hat, da ich damals Zugfahrkarten, einen Fährenpass sowie einen Kutschenbrief bei den Unterlagen Ihres Vaters gesehen habe.«

»Wenigstens etwas«, seufzte Scott.

»Hamish«, sagte Scarlett und rückte näher an den Kamin. Seitdem sie die Nachricht entschlüsselt hatten, war ihr immer noch eiskalt. Gedankenverloren presste sie ihr Kinn an ihre Arme. »Das mit dem Mond … was genau bedeutet das, *Blutmond?*«

Hamish hob eine Augenbraue und verschränkte nachdenklich die Arme hinter dem Körper.

»Ein Blutmond«, sagte er und schien sich mit leicht schief gelegtem Kopf an etwas zu erinnern. »So bezeichnet man einen Vollmond, der vollkommen im Schatten der Erde steht und dadurch rötlich erscheint. Entgegen der landläufigen Meinung oder alten Gruselmärchen zum Trotze entsteht so ein Phänomen viel häufiger, als man vielleicht annehmen mag.«

»Öfter als sieben Mal?«, fragte Scarlett.

»Weitaus öfter, Mylady. Theoretisch einige Dutzend Male in einem halben Jahrhundert.«

»Meinen Mutter und Vater vielleicht gar keine Konstellation?«, fragte Scott. »Vielleicht bezieht sich die Zahl auf … einen Gegenstand? Ein Kunstwerk? Einen Ort?«

Scarlett schüttelte den Kopf. »Mein Bauch sagt mir, dass es mit dem Vollmond zu tun hat.« *Und meine Albträume*, dachte sie bei sich und bekam eine Gänsehaut.

Hamish nickte zögerlich. »Es gibt einen sehr alten druidischen Kult, von dem einige Aufzeichnungen in der Scriptura ruhen. Ihre Mutter, Lady Oaknight, hat einige davon übersetzt, als sie –« Hamish stockte, als ein Schatten über seine Züge huschte. Scarlett kniff die Augen zusammen. Sie hatte das merkwürdige Gefühl, Hamish hätte sich vor einer Erinnerung erschrocken, doch der Eindruck war noch schneller wieder verflogen, als er gekommen war. Er fuhr fort: »Wenn ich mich recht entsinne, sprach man in diesem Kult von mehreren *Zyklen* aus Blutmonden, und immer nur ganz bestimmte von ihnen wurden dabei überhaupt gezählt.« Er streckte seinen breiten Rücken durch. »Ich denke, ich werde die Scriptura dafür konsultieren. Sicher kann ich herausfinden, welcher Mond genau mit dem *siebten* Blutmond gemeint ist.«

Scott klatschte triumphierend in die Hände. »Hamish, mein Lieber! Ist Ihnen klar, dass wir damit einen Ort haben?«

»Habe ich irgendwas verpasst?«, fragte Scarlett und machte sich daran, aufzustehen.

Ihr Bruder grinste.

»Wenn man weiß, Schwesterherz, welcher Blutmond gemeint ist, dann kann man mit einigen Berechnungen herausfinden, an welchem Ort genau er am deutlichsten zu sehen sein wird.«

»Das ist korrekt, Sir«, bestätigte Hamish.

Scarlett spürte, wie ihr Herz einen Hüpfer machte und zumindest einen Hauch aus Wärme zurück in ihre Glieder pumpte. »Dann wissen wir, wo unsere Eltern verschwunden sind.« Als sie das Wort ›verschwunden‹ aussprach, erntete sie einen überraschten und unangenehm zurückhaltenden Ausdruck von ihrem Bruder und Hamish. Ihr Blick verfinsterte sich. »Ihr wisst, was ich meine.«

Scott schien etwas sagen zu wollen, doch schien er es sich gerade noch anders zu überlegen. Da war vielleicht auch Sorge in seinen Augen, aber Scarlett entschied sich dazu, dass es oberlehrerhaft aussah. Das machte es einfacher, wütend auf ihn zu sein.

»Das wird einiges an Zeit in Anspruch nehmen, fürchte ich«, sagte Hamish und räusperte sich. »In der Zwischenzeit gibt es etwas, was Sie beide tun können.«

Scarlett stöhnte. »Lassen Sie mich raten – *mehr* lernen?«

Scott ächzte und betastete seinen Kopf. »Mehr Schmerzen? Ich kann meine Ohrläppchen noch immer nicht fühlen, nachdem ich sie mir um ein Haar mit diesem Mordwerkzeug abgesäbelt habe!«

»Man nennt es Rapier, Bruderherzchen«, sagte Scarlett mit übertriebener Höflichkeit und schenkte ihrem Bruder ein zuckersüßes Lächeln. »Und man stößt damit, man wirbelt es nicht durch die Gegend.«

Hamish spielte einen enttäuschten Gesichtsausdruck. »Wie überaus bedauerlich! Dabei hatte ich vor, Sie erste praktische Felderfahrung sammeln zu lassen.« Seine Lippen verzogen sich zu einem kaum sichtbaren Schmunzeln. »Damit Sie die Phasen der Jagd verinnerlichen können.«

Scarlett riss die Augen auf. Ihr inneres Feuer kehrte zurück und breitete sich schlagartig in ihren Adern aus. »Fangen wir mit Phase drei an und schnappen uns die gruseligsten Waffen aus dem Armamentarium?« Sie sprang triumphierend in die Luft. »Juhu! Ziehen wir ein paar Werwölfen das Fell über die Ohren!«

Scott zog eine Augenbraue hoch, dann schoss sein Zeigefinger in die Luft. »Also bitte! Dann doch lieber Phase zwei. Konsultation der Scriptura.«

»Weder noch, fürchte ich, Sir«, antwortete Hamish. Er zog ein zusammengefaltetes Stück Papier aus der Fracktasche. »Der Heulerkasten wurde heute Morgen *erneut* gefüttert.« Er klang entnervt. Der Butler übergab den Lesestoff an Scarletts Bruder.

»Was genau hat es mit dem Ding eigentlich auf sich?«, fragte Scarlett und schielte Scott beim Öffnen über die Schulter. Man erkannte eine ausladende und übertrieben verschnörkelte Schrift auf der Nachricht.

»An mehreren Orten auf der Welt gibt es die Möglichkeit, ein Ersuchen um Unterstützung bei beispielsweise Werwolf-Problemen an den sogenannten Mercurius-Orden weiterzugeben«, erklärte Hamish. »Dieser Orden überliefert ungesehen diese Aufträge an die mittlerweile sehr selten gewordenen Jäger weiter. Jäger wie Ihre Eltern.« Er deutete auf den Auftrag in Scotts Händen. »Das dort ist bereits der zweite in jüngster Vergangenheit.«

Ich nehme nur mit äußerstem Missmut Kontakt zu Ihnen auf, doch Ich, die höchstwohlgeborene Duchess von Rawcliffe, verlange unverzügliche Hilfe in einer pikanten Angelegenheit von höchster Diskretion.

las Scott laut vor.

Scarlett hob die Augenbrauen und verzog den Mund. »Ich mag sie jetzt schon nicht.«

Der anstehende einhundertundfünfte Geburtstag meiner geliebten Urgroßtante droht von einer Werwolfplage überschattet zu werden.

las Scott mit größer werdenden Augen weiter.

Der Abend der Feier wurde über vier Jahre lang von mir geplant und duldet in keinerlei Hinsicht einen Makel! Wenn auch nur das geringste Unglück entsteht, ziehe ich Sie persönlich zur Verantwortung!

Scarlett machte ein Furzgeräusch mit den Lippen. »Müssen wir da wirklich hin? Wenn die wirklich ein Werwolfproblem haben, würde ich den Gedanken ziemlich lustig finden, dass sie alle gefressen werden.«

»Dem würde ich feierlich zustimmen, Mylady, doch wenn die, ähem, Brief-Historie der Duchess auf denselben ›Werwolfsichtungen‹ beruht wie die vorangegangen vier Male, dann werden Sie dort – wie einst Ihre Eltern – höchstens einem durchaus zu Recht geflüchteten Haushund begegnen. Die armen Tiere zogen wahrscheinlich Wind, Wetter und den möglichen Hungertod der Gesellschaft der Duchess vor. Weise Geschöpfe, fürwahr.«

Scott nahm ruckartig den Zettel herunter. »Hamish, wer wird da alles erscheinen?«

Der Butler zählte etliche Familien auf, darunter auch Mitglieder des Königshauses. Scarletts Bruder wurde rot im Gesicht und empörte sich. »Und warum sind *wir* dann nicht dort eingeladen worden?«

»Nun, Sir«, sagte Hamish. »Ihre Eltern sind einst bei der Duchess in Ungnade gefallen, nachdem sie bei einem gemeinsamen Abendessen versehentlich die Etikette verletzten. Ihr wörtliches Zitat war, glaube ich: ›Jemand von Ihrem Stand sollte nun wirklich wissen, dass man sein Essen mindestens *sieben* Mal kauen sollte!‹« Er räusperte sich und nickte aufmunternd. »So wie ich das sehe, haben Sie nun Ihre Einladung. Ich habe der Duchess bereits eine Antwort zukommen lassen. Man wird Sie beide also erwarten.«

»Das ist ein Scherz«, entgegnete Scott blinzelnd.

»Mitnichten, Sir. Sie werden dort wertvolle praktische Erfahrung sammeln. Mit der wichtigsten Phase von allen. Da fällt mir ein, wie hieß doch gleich das Leitprinzip der besagten wichtigsten Phase von allen – Phase Nummer eins?«

Scarlett und Scott sahen einander seufzend an, dann verdrehten sie synchron die Augen und antworteten wie im Chor: »Dokumentation, Dokumentation, Dokumentation.«

»Ah, ja«, entgegnete Hamish zufrieden. »Das ist *Musik* in meinen Ohren.« Er lächelte ein seltenes Lächeln. »Und das ist genau das, was Sie beide dort tun werden.« *Und gerade brauchen,* fügte sein Blick hinzu. »Sie nehmen Augenzeugenberichte auf, suchen Hinweise und Spuren, beobachten das Terrain und stellen dann eine Hypothese auf.«

Scarlett verschränkte die Arme. »Ich hasse Hypothesen.«

Ihr Bruder räusperte sich und verschränkte ebenfalls die Arme. »Nun, ich *liebe* Hypothesen, aber ich lasse mich nicht dazu herab, einen entflohenen Flohteppich wieder einzufangen! Noch dazu, wenn ich dort genauso gut mit einigen der angesehensten Leute des Landes vorzüglichst zu Abend speisen könnte!«

»Mylady, Mylord, das ist eine hervorragende Gelegenheit, essenzielle Fähigkeiten zu festigen, während ich mich an weitere Recherchen mache«, gab Hamish zurück und begann damit, sich seinen Arbeitsplatz einzurichten. »Und wer weiß, vielleicht ist es ja dieses Mal ein blutrünstiger Beaglewelpe?« Er nickte Scarlett und ihrem Bruder höflich zu. »Eine Kutsche steht bereits zur Verfügung und erwartet Sie oben. Die passende Ausrüstung habe ich zu Ihrer Kleidung gelegt.«

»Kleidung?«, sagte Scarlett misstrauisch. »Sie sagen das so, als ob …«

Hamish nickte abgehackt. »Ein feierlicher Anlass, Mylady.«

Scarlett schüttelte sich. »Mit … mit Ballkleid?«

»Ja, Mylady.«

»Ich glaube, mir wird schlecht!«

Hamish

Die sterbenden Flammen knisterten im Kamin vor sich hin. Die Glühbirnen flackerten unregelmäßig. Kalter Wind pfiff um die deckenhohen Regale. Noch immer schwirrte Hamish der beunruhigende Gedankengang bezüglich des Einbrechers im Kopf herum, als er sich mit einem frisch aufgekochten Tee an einen der opulenten Schreibtische in der Scriptura setzte.

Hamish rollte die Sternenkarte aus und legte den stellarischen Kompass darüber, dazu legte er sauberes Papier und eine Schreibfeder für Berechnungen.

Es gäbe höchstens eine einzige Möglichkeit, dachte Hamish und versuchte, sich auf die vor ihm liegende Aufgabe zu konzentrieren. *Eine Informationsquelle, die er hätte haben können. Aber das wäre vollkommen absurd!* Er schüttelte mit gerunzelter Stirn den Kopf und legte zwei der mitgebrachten Atlanten so beisammen, dass er sie direkt miteinander abgleichen konnte. *Nein. Vollkommen unmöglich. Und da man den Mann nun ohnehin wohl kaum noch einmal befragen kann, eine sinnlose Zeitverschwendung.* Es gab Wichtigeres – und Dringenderes! –, auf das er nun seine ungeteilte Aufmerksamkeit zu richten hatte.

Wo waren denn nun die Aufzeichnungen über … ah, hier. Eine Wohltat, dass Lady Oaknight eine so ausgezeichnete Schriftführung bei ihrer Dokumentation hatte walten lassen.

Es dauerte trotzdem länger als erwartet: Etwa fünf Stunden später hatte Hamish das Gebiet berechnet, in dem der Blutmond am deutlichsten zu sehen sein würde. Eine ländliche Gegend im Süden von Veta Gallia. Und mitten darin, umgeben von Wäldern, lag ein Dorf namens *Bisclavret*. Das musste es sein.

Hamish verfolgte die günstigste Route zum Dorf, fand den nächstgelegenen Bahnhof und markierte ihn auf der Karte. Es war wahrscheinlich exakt der Bahnhof, an dem der Absender des unheilvollen Briefes arbeitete. Gut, dass anscheinend noch recht viel Zeit zur Verfügung stand, etwa vier Wochen, wenn alles stimmte. Bis was auch immer geschah.

Hamish prüfte ein letztes Mal seine Berechnungen und wollte schließlich noch das Datum der Konstellation dokumentieren, als er wie vom Blitz getroffen innehielt.

Das Datum.

Die Glühbirnen knisterten, einige erloschen.

Für einen Moment schwebte die Schreibfeder in Hamishs Hand über dem Papier, regungslos.

Ruckartig stieß sich Hamish von dem Schreibtisch ab. Ein Tintenglas ging zu Bruch. Der lederbezogene Stuhl stürzte auf die Seite, als er aufsprang. Mit weit ausladenden Schritten hastete Hamish zurück in den dunklen Teil der Scriptura, um sich abermals die Aufzeichnungen über den Kult zu holen. Mit rasendem Herzen kehrte er zurück, schlug das Buch auf und blätterte zurück. Deshalb war ihm das Datum aufgefallen – hier musste es sein, bei den Notizen über den vorhergegangenen, *sechsten* Blutmond des aktuellen Zyklus – dort!

Er überprüfte das Jahr.

1785.

Er überprüfte den Monat.

Juni.

Den Tag.

Den Tag des sechsten Blutmonds.

Hamish fühlte sich, als hätte ihm jemand die Faust in die Magengrube gerammt. Bilder, tief in sein Gedächtnis gebrannt, fluteten seinen Verstand.

Lady Oaknight, wie sie während der Tarotlegung einer blinden Seherin erschrak und beide Hände schützend vor ihren großen, runden Bauch legte.

Lady Scarlett und Master Scott, wie sie als Kleinkinder Mistelzweige mit ihrem Vater sammelten und zu Kränzen flochten, die sie gemeinsam über ihre Betten hängten.

Der Abend, an dem ihr Vater mit einer atemberaubenden und antiken Legende aus der Abtei-Bibliothek in London zurückgekehrt war und dadurch eine faszinierende neue Erkenntnis über den langjährigen Fall erlangt hatte.

Jetzt, erst jetzt, verstand Hamish tatsächlich alle Zusammenhänge.

Scott

»Ich sage ja nur«, erklärte Scott und zog den schwarzen Vorhang des Kutschenfensters beiseite. Sie waren so gut wie angekommen – das Anwesen der Duchess erhob sich in der Ferne unter einem sternenklaren Himmel, in dem ein blendender Mond regierte. »Es war mein erster Gedanke.«

Scarlett, die ihm gegenübersaß, verzog das Gesicht. »Wie kommst du auf so was?«

Scott ließ die Schultern hängen und lehnte sich zurück auf seinen Platz. Der Wagen schaukelte leise.

»Ich sage ja nur, es war ein spontaner, irrationaler Gedankengang«, murmelte er und verschränkte die Arme.

»Dass hinter jedem Werwolf auch ein Mensch steckt?«, sagte Scarlett. Warum klapperte es andauernd so merkwürdig, wenn sie sich umsetzte? »Du meinst wohl eher, gesteckt hat.«

Scott nickte nachdenklich. »Ich meine ja nur: Was, wenn –«

Seine Schwester winkte ab. »Mach dir darüber nicht zu viele Gedanken. Monster ist Monster. Kein Grund, Gewissensbisse zu kriegen. Vor allen Dingen nicht von einem Werwolf.« Scarlett hielt erschrocken inne. »Sag mir bitte, dass es *keine* Werwolf-Klasse gibt, die einen mit Gewissensbissen anstecken kann.«

Scott schenkte ihr einen finsteren Blick.

Eine erneute Bodenwelle unterbrach sie. Scarlett rutschte in ihrem viel zu großen, pompösen Kleid hin und her. Ihr Gesicht lief purpurrot an.

»Grrrah!«, fauchte sie und schüttelte ihre zu Krallen geformten Finger gen Himmel. »Dieses Kleid! Wenn ich könnte, würde ich es abstechen! Und dann erschießen! Und dann anzünden! Und dann –«

Scott musterte sie überrascht.

»Ich dachte gerade erst, deine Handschuhe haben zwei unterschiedliche Brauntöne und sind viel zu groß, aber – hast du – du hast Waffen mitgenommen?«, fragte er. »Trägst du da etwa die *Diskuszwille* unter einem davon?«

Scarlett grummelte: »Ja – und?«

Scott unterdrückte ein Prusten. »Red, trägst du *deshalb* dieses Zelt? Was hast du da sonst noch alles drin versteckt?«

Scarlett verschränkte die Arme. »Nur mein Rapier!«

»*Deshalb* bist du so steifbeinig eingestiegen!«, lachte Scott.

»… und vielleicht ein halbes Dutzend Fährtenbeutel«, grummelte Scarlett. »Wenn wir schon einen ersten Auftrag haben, dann wenigstens mit Bewaffnung!« Sie strampelte mit den Beinen in der Luft. Ihre Stiefel wackelten, dann fielen daraus zwei der sondergefertigten Duellierpistolen mit einem metallischen *PLONK-PLONK* zu Boden. Sie waren ganz offensichtlich frisch geladen.

»Hier«, sagte Scarlett trocken und nickte zu den Schusswaffen hinunter. »Sind für dich.«

Scott grinste. »Alle Achtung, damit ist unsere Grundausrüstung wohl komplett! Es sei denn … oh, nein!« Er klopfte sich mit spitzen Fingern auf die Brust. »Gut, dass wenigstens *ich* an das Wichtigste gedacht habe.« Aus der Tasche seines Ausgehfracks zauberte er vier sorgsam gefaltete Blatt Papier und zwei Graphitstifte hervor. »Hier, nimm dir bitte auch etwas zum Dokumentieren.«

Scarlett sah ihn skeptisch an, dann murmelte sie schlecht gelaunt vor sich hin und nahm die Schreibhilfen an sich. »Denkst du wirklich, dass wir all das überhaupt brauchen werden? Wir sind lediglich hier, um ein paar Bediensteten eine Beschreibung zu entlocken. Eine Beschreibung für einen *Pudel,* schätze ich – bei unserem Glück. Wenn Hamish glauben würde, dass das hier tatsächlich gefährlich werden könnte, dann hätte er –«

Der Wagen kam überraschend auf Kies zum Stehen. Scarlett rückte ihr Kleid zurecht und zog die Nase hoch. Sie schenkte Scott ihr zuckersüßestes Lächeln und ihr Blick troff dabei nur so vor Sarkasmus.

»Lieber haben und nicht brauchen«, sagte Scarlett, »als brauchen und nicht haben, Euer Durchlaucht.«

Scott seufzte, nahm die schweren Pistolen an sich und verstaute sie in den Innentaschen seines Umhangs, dann öffnete er seiner Schwester die Tür und verbeugte sich förmlich.

»Nach Euch, Mylady«, sagte er. »Und gebt beim Aussteigen acht auf das steife Knie.«

Als ihnen auf der gegenüberliegenden Seite der feierlich geschmückten Einfahrt von Landsitz Rawcliffe bereits ein einsamer Butler zuwinkte, fragte Scarlett leise: »Ich weiß, ich sollte das wissen, aber wer genau ist diese Duchess überhaupt?«

Scott straffte sich, während er dem Butler zurückwinkte und sich darüber klar wurde, dass die Festivitäten bereits in vollem Gange sein mussten. Ebenso leise wie seine Schwester antwortete er: »Die Duchess von Rawcliffe heißt eigentlich Constanzia von Lieberhagen und ist gemeinsam mit ihrem Bruder Stanislaus die einzig verbliebene Verwandschaft der alten Dame, die heute Geburtstag feiert. Soweit ich gehört habe, stehen sie sich allerdings nicht nahe.«

»Ich erinnere mich an den Namen«, sagte Scarlett und trat auf den Saum ihres Kleids. »Geraldine sagte mal, wenn die Alte ins Gras beißt, könnte sich ihr Erbe für fünf kommende Generationen zur Ruhe setzen.«

Scott nickte. »Das heißt, wenn die Duchess und ihr Bruder Kinder hätten.«

»Hallo! Gut, dass Sie da sind!«, grüßte der Butler, ein älterer Mann mit schütterem Haar und ausladendem Bauch. »Die Sichtungen sind vor Kurzem immer zahlreicher und intensiver geworden – so schlimm wie seit über vier Jahren nicht mehr! Ich soll Sie umgehend zu –« Er hielt inne, dann musterte er Scott und Scarlett ungläubig. »Aber … aber Sie sind ja noch Kinder!«

»Falls Sie unsere Fähigkeiten anzweifeln wollen«, erwiderte Scott freundlich, »dann können wir gern wieder gehen.«

Der Butler schüttelte den Kopf, als wolle er aus einem Albtraum aufwachen, dann blinzelte er heftig.

»Was? Nein, so habe ich das selbstverständlich nicht gemeint, Sir!« Der Mann war kreidebleich.

Scott nickte. »Sehr gut! Also, was können Sie uns nun mitteilen, über ihren entlaufenen – ich meine, über das Problem?«

»Genau«, sagte Scarlett mit tiefer gestellter Stimme, trat vor und pikste dem Butler heftig mit ihrem Graphitstift gegen die wattierte Brust. »Wir müssen Ihnen ein paar wichtige Fragen stellen!«

Scott zog die Augenbraue hoch und sah seine Schwester fragend an.

Scarlett räusperte sich und zuckte mit den Schultern.

Der Butler schüttelte vehement den Kopf. »Nun, ähm, das große Dinner für den großen Saal wird gerade vorbereitet, daher sind leider nahezu alle anderen Bediensteten, wie ich fürchte, voll eingespannt und stehen nicht für eine Befragung zur Verfügung. Inklusive mir, muss ich hinzufügen.« Er sah sich nervös um. »Ich muss immer noch den Bruder der Duchess wieder hineinbitten, der hier irgendwo sein müsste. Er ist den Abend über immer wieder wegen Übelkeit ausgetreten. Die Duchess, sie … sie ist außer sich deswegen, müssen Sie wissen.« Der arme Mann sah aus, als fürchtete er, die Duchess würde hinter der nächsten Ecke lauern und jedes Wort mithören. »Meine Güte … besser, wir lassen sie nicht weiter warten – folgen Sie mir bitte um diese Ecke!«

Scott musste zugeben, dass es sich beim berühmten Prachtgarten von Rawcliffe um einen der am schönsten angelegten Rosengärten in ganz Nova Caledonia handelte. Viele Maler, die sich einer neuen Stilrichtung, der sogenannten »Romantik«, verschrieben hatten, hatten sich hier, vor allem an solch klaren Vollmondnächten wie dieser, zu atmosphärischen Werken inspirieren lassen, wie er gelesen hatte.

Leider stand die Duchess mitten darin.

Sie passte mit ihrem dunkelblauen Kleid, den schneeweißen Handschuhen und der aschfahlen Haut in etwa so gut hierher wie Zitronensaft in heiße Milch mit Honig.

»Das ist sie«, flüsterte Scott seiner Schwester zu.

»Ach, wirklich? Wäre ich nicht drauf gekommen.«

»Übrigens, mir ist nicht entfallen, wie eifrig du bereits Notizen gemacht hast«, sagte Scott und nickte zu dem Blatt Papier in Scarletts Händen. »Sehr vorbildlich, Schwesterherz.«

»Öhm«, machte Scarlett. »Sicher, sicher.«

»Moment mal – was sind das für Krakeleien?«

»Das sind Zeichnungen!«

»Das bist – soll das dich darstellen? Was machst du da mit dem Hund?!«

»Das ist kein Hund! Das ist ein Werwolf!«

Scott kniff die Augen zusammen. »Warum guckst du aus seinem Bauch hervor?«

»Das sieht nur so aus, ich stehe hinter ihm!«

»Warum?«

»Weil ich ihn da gerade ausweide!«

Scott legte den Kopf schräg. »Mit … mit einer Blume?«

»*Sägeblatt!*«

Der Butler, dem trotz der kühlen Temperaturen der Schweiß mittlerweile die Schläfen hinunterlief, schluckte und verbeugte sich tief vor der Duchess. Ihre weißblauen Augen waren eiskalt.

»Mylady«, begann der Butler. »Hier sind – sind die, ähm –«

»Machen Sie sich gefälligst nützlich, Mortimer!«, keifte die Frau mit den tiefen Zornesfalten im Gesicht. »Finden Sie meinen Nichtsnutz und Trunkenbold von Bruder!«

»Sehr wohl, Mylady!«, antwortete der Butler und war sichtlich dankbar darüber, fortlaufen zu können. »Ich sehe umgehend im ersten Stock nach.«

»Verehrte Duchess«, begann Scott und verbeugte sich. Scarlett gähnte lautstark und rieb sich das Gesicht. Er stieß ihr den Ellenbogen in die Seite.

»Oh«, machte Scarlett. »Ähm. Hallo. Wir sind –«

»Er darf unter keinen Umständen ins Haus!«, ereiferte sich die Duchess. »Wir haben dort gerade noch die Kunstsammlung im Ostflügel restaurieren lassen. Auf *keinen Fall* darf diese Kreatur in die Küche gelangen und niemals, niemals, nie auch nur in die Nähe des großen Festsaals!«

»Mhm«, machte Scarlett nickend. »Wegen dem Massaker.«

»Mitnichten«, empörte sich die Duchess und winkte abfällig. »Die Hauptsache ist, dass sein Auftauchen nicht meine bis ins kleinste Detail geplante Feier ruiniert!«

Scott seufzte. *Großartig,* dachte er. *Sie ist noch schlimmer, als ich sie mir vorgestellt habe.* »Dann wollen wir mal … so, Papier, Stift … also, starten wir mit dem Aussehen. Was können Sie uns über das Erscheinungsbild des – ähem – Werwolfes sagen?«

Etwas im Gesicht der Duchess veränderte sich. Schrecken und Überraschung breiteten sich auf den Zügen aus.

»Scott?«, fragte Scarlett leise.

Scott sah auf. »Ah, gut, Sie erinnern sich. Wie würden Sie die Fellfarbe beschreiben?«

Die Duchess zog die Stirn hoch. »Sil-silbrig.«

»Scott?«, sagte Scarlett wieder.

Scott machte eine Notiz. *Leider nicht eindeutig,* dachte er. *Könnte sowohl ein Vernarbter als auch ein Heuler sein.* Er seufzte. *Oder einer dieser überzüchteten Pudel, die seit einigen Jahren so beliebt beim Adel geworden waren.*

»Nun, das mag vielleicht ungewöhnlich klingen, aber können Sie sich zufällig noch an die Art des Bellens oder Heulens erinnern? Das könnte uns Aufschluss über die Werwolf-Klasse geb–«

Arouuu!

»Genau so!«, sagte die Duchess.

Scott machte abermals eine Notiz. »Ah, ja. Stoßartiger Beginn, gegen Ende höher als am Anfang.« Beeindruckt zog er die Augenbrauen hoch. »Ich muss schon sagen, Duchess, ich bin von ihrer präzisen Impression äußerst überrascht! Wissen Sie zufällig noch, ob –«

AROUUU!

Scarlett stieß ihn an. »SCOTT!«

Scott fuhr herum. Eine eiskalte Gänsehaut überzog seine Schultern und seinen Rücken. Am anderen Ende des Rosengartens, nahe den Wäldern, trat ein grau befelltes Ungeheuer auf zwei Beinen aus dem Schatten der Bäume. Es warf den Kopf in den Nacken und stieß erneut sein schauerliches Geheul aus, während seine aufblitzenden Krallen über den Boden schabten.

»Nun, ähm«, krächzte Scott, deutete blinzelnd auf den ungeladenen Gast und stieß einen halb unterdrückten Quieklaut aus. »Wenigstens kein Pudel.«

Heuler

Häufigste anzutreffende Art von Lykanthropen
Verbreitung: weltweit
Extrem gefährlich – sofortige Erlegung

Scarlett

»Juhuuu!«, rief Scarlett, riss sich das Rapier unter dem Rock hervor und vollführte einen Luftsprung. Der Duchess fielen beinahe die Augen heraus.

»Ich muss doch sehr bitten!«, fauchte sie. »Was tun Sie da?«

»Meinen Job«, antwortete Scarlett keck. Der Wind drehte und scheuchte den Geruch von nassem Fell über die Anlage. Der Werwolf taumelte einige Schritte.

Wahrscheinlich gerade frisch verwandelt und noch leicht benebelt. Scarlett warf ihrem Bruder einen fragenden Blick zu. »Wollen wir, Euer Durchlaucht?«

»Das … das ist nicht gut«, stammelte er. »Wir sollten zurück und Hamish alarmieren!«

»Ist das dein Ernst?«, sagte Scarlett und machte sich daran, die Fährtenbeutel hervorzukramen. »Weißt du, was dieses Ding tun wird, wenn wir jetzt einfach wieder verschwinden?«

Die Duchess warf wehleidig die Hände über den Kopf. »Meine preisgekrönten Rosen! Er wird sich über sie hermachen!« Wütend fuhr sie zu Scott herum. »Haben Sie auch nur den Hauch einer Ahnung, wie viele Generationen makelloser Züchtung in diese Meisterwerke eingeflossen sind?« Sie zeterte weiter, aber Scarletts Gehirn blendete es einfach als Hintergrundgeräusch aus.

»Du willst ihn einfach angreifen?«, sagte Scott ungläubig.

»Ja.«

»Jetzt?«

»Ja!«

»Aber wir könnten eine überlebenswichtige Information übersehen haben!«

»Also, entweder warten wir, bis er sich den Bauch vollgeschlagen hat, oder wir tun *jetzt* etwas!«

Scott klammerte sich an seine Notizzettel, runzelte aber ungehalten die Stirn. »Das ist Selbstmord! Wir kennen doch noch nicht einmal seine Klasse!«

AROUUU!, schallte es vom Waldrand her. Der Werwolf schien die Witterung von etwas aufzunehmen. *Wonach suchst du?*, dachte Scarlett.

»Hast du das gehört?«, sagte Scarlett. »Solange der nicht gerade frisch gebissen wurde, ist das kinderleicht! Das ist ein Heuler! Die haben das sogar in ihrer Klassenbezeichung!«

Ihr Bruder hob den Zeigefinger, um zu protestieren, doch Scarlett hielt blitzschnell seine Lippen zwischen ihren Fingern fest.

»Wir haben keine Zeit!«, sagte sie und wandte sich an die noch immer schimpfende Duchess. »Hey, Verehrteste, was ist der schnellste Weg in die erste Etage?«

Die schiere Unverschämtheit ihres Tons schien auszureichen, die alte Meckerziege vorübergehend verstummen zu lassen.

»In die erste Etage?«, fragte sie verwirrt. »Wie meinen?«

»Die, in die unser geifernder Freund vor wenigen Sekunden am anderen Ende des Landsitzes eingestiegen ist.«

Scott erschrak. »Er ist weg!«

Scarlett trat widerwillig an die Duchess heran und sah ihr tief in die verstörenden Augen. »Duchess. Den Weg.«

»Durch … durch das Fenster dort.«

»Das da oben?«

»Ja!«

Scarlett nickte, atmete tief ein und riss sich ihr Kleid vom Leib – darunter trug sie ihre von Hamish verstärkte Fechtkleidung. Die Duchess hielt erschrocken die Hand vor den Mund und wandte sich beschämt ab.

»Das ist *skandalöses* Verhalten!«, rief sie. Als Scott begann, auf sie einzureden, hatte Scarlett bereits begonnen, zu klettern.

Ihr inneres Feuer erwachte abermals zum Leben, so wie in den besten Fechtstunden oder dem Abend, an dem sie den Einbrecher im Kaminzimmer stellen wollte. Sie schlug das Fenster mit dem Griff ihres Rapiers ein.

So ein Ding wie du hat mir meine Eltern genommen, rauschte ihre eigene, verzerrte Stimme durch ihren Kopf. *Wenn ich dich finde, werde ich nicht zögern.*

Ich werde keine Gnade walten lassen. Kein Mitgefühl.

Die Jagd hatte begonnen.

Scott

Scotts Verstand raste.

Denk nach, denk nach!

Subjekt ist von zwei auf vier Beine gewechselt – keine Isegrim-Klasse. Wenn er nicht sofort herausfand, ob es sich wirklich um einen Heuler handelte, lief seine Schwester geradewegs in ihren sicheren Tod hinein.

Subjekt ohne sichtbare Aura – keine Arcanis-Lupus-Klasse.

Die Stimme der Duchess war frostig. »Inkludieren Ihre Methoden immer solch ein … Verhalten?« Voller Abscheu hob sie eine abwertende Augenbraue und sah Scarlett hinterher, die in just diesem Moment im ersten Stockwerk verschwand. Für einen Moment war Scott versucht, ihre Rosen zu zertrampeln.

Subjekt war deutlich sichtbar – keine Schattenläufer-Klasse.

»Mondphasen«, murmelte Scott und nahm die Fingerspitzen beider Hände an seine Stirn. »Vollmond … es ist Vollmond, also –«

Subjekt ohne Vernarbungen oder Fellflecken – keine Vernarbter-Klasse.

»Wovon reden Sie da?«, sagte die Duchess und rieb sich die Arme. Ihr Atem verwandelte sich in eine kleine Nebelwolke. »Das war gestern.«

Scott riss die Augen auf und sah hinauf zum Himmel.

»Sind Sie sicher? Wir haben *abnehmenden* Mond?«

»Selbstverständlich bin ich sicher! Ich will jetzt wieder hinein! Mir ist kalt. Reichen Sie mir gefälligst Ihren Arm.«

»Aber das war ganz eindeutig ein Heuler!«, sagte Scott unsicher. »Nach dem Ausschlussverfahren *muss* es ein Heuler sein! Aber … aber Heuler verwandeln sich ausschließlich in einer Vollmondnacht.«

Welche Klasse verwandelt sich nur in den drei Nächten um Vollmond herum?

Antwort: Vernarbter-Klasse.

»Das ergibt keinen Sinn«, murmelte Scott. »Vernarbte verwandeln sich ausschließlich willentlich – ihre Selbstkontrolle ist hervorragend.« *Im verwandelten Zustand die Klasse, die sich am wenigsten von ihren tierischen Instinkten hinreißen lässt.*

Etwas hier stimmte nicht.

Ganz und gar nicht.

Plötzlich sprang ein unscheinbares Detail an die Vorfront von Scotts Verstand.

Ein aberwitziger, aber logischer Schluss formte sich zu einem furchterregenden Gedanken. Und es würde Scarlett, ihn und allen anderen hier das Leben kosten, wenn Scott seine Hypothese nicht sofort überprüfte.

Scarlett

Scarletts Haare flogen ihr um die Ohren, als sie durch das verlassene Stockwerk sprintete. Heiße, stickige Luft schlug ihr entgegen. Es stank nach wildem Tier. Irgendwo schlug etwas Schweres auf. Der Korridor, den sie jetzt erreichte, wurde von dunklem Holz, mittelalterlichen Ritterrüstungen samt Wappenschilden und einem blutroten Teppich eingerahmt.

Dort vorn.

Ein zerbeulter Fensterrahmen.

Schnell hinter die nächste Biegung und – *hier war er!*

Ohne anzuhalten, rutschte Scarlett mit rasendem Herzen an die gegenüberliegende Wand und verschanzte sich hinter einer Ritterrüstung.

Er hat mich nicht bemerkt, dachte sie überrascht. *Er hätte mich bemerken müssen!*

Ihr gegenüber, auf der anderen Seite des Korridors, saß eine zusammengekauerte und zitternde Gestalt, ebenfalls hinter dem Schild eines Ritters versteckt.

Es war Mortimer, der Butler, der sie und Scott empfangen hatte.

»Was machen Sie hier?«, zischte Scarlett ungläubig und sah vorsichtig über ihren Schild hinweg.

Das Untier hatte ihnen den Rücken zugewandt und atmete

heftig, kaum zehn Schritte von ihnen entfernt. Der Teppich unter ihm war voller Geifer. Seine gewaltigen Pranken ließen bei jedem seiner Schritte den Holzboden splittern.

»D-dachte, hätte seine S-stimme g-g-gehört«, murmelte der Butler abwesend. »H-hab m-m-ich versteckt.«

Scarlett biss sich abschätzend auf die Unterlippe und steckte ihr Rapier weg.

»Sind wir hier allein?«, flüsterte sie.

»Mhm!«

»Gut«, flüsterte Scarlett. »Ich werde das Ding jetzt ablenken.«

Der Butler nickte heftig. Schweiß tropfte von seiner Nase.

Scarlett griff an ihren Gürtel und riss zwei der Fährtenbeutel davon ab. Sie spähte vorsichtig hinter der Ritterrüstung hervor.

Der Butler blinzelte hilflos, aber ein Funke Hoffnung keimte in seinem Blick auf.

»Was – was tun diese Dinger?«

»Schön den Kopf unten lassen!«

Scarlett nahm zwei der Beutel und rieb sie aneinander, dann lehnte sie sich aus ihrer Deckung und warf die unwiderstehlichen Mischungen aus Aas, Gewürzen und Leberwurst im hohen Bogen über den knurrenden Werwolf hinweg – in einen aufwendig geschmückten Saal hinein. Es funktionierte sofort.

Neugierig winselnd machte das Ungeheuer kehrt und folgte seiner neuesten Spur. Es war das erste Mal, dass Scarlett eine Gelegenheit hatte, den Werwolf genauer zu begutachten. Es hingen noch immer Fetzen der Kleidung an ihm, die er vor seiner Verwandlung getragen haben musste. Er war kein einfacher Bauer gewesen, so viel stand fest. Viel zu teurer Zwirn.

Wenn sie es nicht besser gewusst hätte, dann hätte sie ihn für einen der Gäste gehalten. Vorsichtig schlich sie dem Biest hinterher, während sich Mortimer von hinten an ihr festhielt.

»Bei den Seelen aller Heiligen!«, krächzte der Butler voller Entsetzen. »Ausgerechnet – Sie haben ihn direkt in das neu hergerichtete Prunkzimmer gelockt!«

Scarlett rieb sich mit dem Handrücken die Nase. »Und das ist ... ?«, fragte sie.

»Eine Katastrophe!«, flüsterte Mortimer voller Schrecken. »Selbst die Kissen auf den Stühlen sind Präsente aus benachbarten Baronien! Kaum mit Geld aufzuwiegen!«

Die haarige Kreatur warf sich immer wieder gegen die Regale mit den Büsten und Figürchen, riss mit seinen Krallen Stücke aus den Wänden und zerfetzte sämtliche Polster mit seinen Reißzähnen, sodass es Daunenfedern regnete.

»Das ist ja der Wahnsinn!«, flüsterte Scarlett begeistert. »Der rastet ja vollkommen aus!«

»Die kostbaren Wandteppiche! Die Violinen Ihrer Majestät!«

»Ich weiß!«, lachte Scarlett glucksend. »Ist das nicht ein irres Spektakel?«

Rrratsch!

»Mein Gott!«, keuchte Mortimer. »Nicht die unbezahlbaren Ölgemälde!«

Irgendwie hatte es der Werwolf in seiner blinden Rage geschafft, seinen Kopf so durch eine Porträtleinwand zu stecken, dass sein zotteliger Kopf nun auf dem rosafarbenen Ballkleid einer hauptlosen Adeligen thronte. Er brüllte auf und schüttelte wütend die Pranken.

»Ganz ehrlich, in so einem Aufzug wäre ich auch sauer«, sagte Scarlett und nickte scheinbar mitfühlend.

»Unternehmen Sie etwas! Ich flehe Sie an!«, weinte Mortimer.

»Ist ja gut«, sagte Scarlett. »Ich locke ihn woandershin.«

Sie sah sich um. Nur wenige Schritte neben sich fand sie eine Art Fenster in der Wand. Ein kleiner Aufzug für Mahlzeiten. Scarlett zog das Türchen auf, steckte drei geriebene Fährtenbeutel auf einmal in den Kasten und berührte die Klingel auf der Innenseite des Schachts. Quietschend setzte sich irgendwo in der Wand eine Seilwinde in Bewegung und transportierte die Duftmischung abwärts.

»Ha!«, machte Scarlett. Sie klopfte zufrieden gegen das Türchen und schloss es wieder. »Das sollte reichen.«

Es dauerte einen Moment, doch tatsächlich: Der Werwolf gab ein wildes Brüllen von sich, dann wirbelte er herum und schnupperte neugierig in der Luft. Er stieß ein Heulen aus, dann hechtete er aus der anderen Seite des Prunkzimmers hinaus.

Mortimers Augen quollen hervor.

»Problem?«, fragte Scarlett und machte ein schiefes Gesicht.

»Dieser Aufzug führt nach unten in die Küche!«, keuchte Mortimer.

Scarlett zuckte mit den Schultern und schob die Unterlippe vor. »Gut«, sagte sie. »Dann frisst er sich satt.«

»Die Küche ist noch voller Personal!«

»Oh«, sagte Scarlett. »Ähm. Dann sollte ich besser eher da sein als er. Wo geht es hier zum Treppenhaus?«

Scott

»Könnten wir *bitte* etwas schneller gehen?«, beschwerte sich die Duchess an Scotts Seite, während sie das Zentrum des Rosengartens verließen. »Man wird ohne meine Aufsicht nicht in der Lage sein, den Abend weiter nach Plan verlaufen zu lassen!«

Scarletts Stimme hallte in Scotts Kopf wider. *Solange der nicht gerade frisch gebissen wurde, ist das kinderleicht!*

»Duchess«, sagte Scott. »Verstehen Sie nicht? Ein Vernarbter würde niemals so laut herumheulen, um seine Präsenz anzukündigen.«

»Wovon in Himmels Namen reden Sie da?«

»Die einzige Ausnahme«, führte Scott unbeeindruckt fort, »findet nur während eines bestimmten Zustands statt: der allerersten Verwandlung. Während derer *keine* Werwolf-Klasse die Kontrolle über sich selbst hat.«

»Meine Güte, sehe ich für Sie aus wie jemand, den solcherlei Dinge interessieren?«

»Der Werwolf hatte keine sichtbaren Vernarbungen, daher sind wir davon ausgegangen, dass es sich um einen Heuler handelt. Aber einmal angenommen, ein Vernarbter verwandelt sich zum allerersten Mal, dann hätte er selbstverständlich noch keinerlei Kampfspuren davontragen können. Und würde aussehen – und klingen! – wie ein Heuler.«

Ein mit wunderschönen blutroten Rosen bewachsener Hügel begleitete ihren Weg. »Junger Mann, das ist meine letzte Warnung!«

Scott rieb sich mit der freien Hand das Kinn. »Was die Frage aufwirft: Wenn er frisch verwandelt ist, dann hätte er erst vor Kurzem gebissen worden sein müssen. Überlegen Sie, vielleicht sogar erst heute Abend!«

Scott blieb stehen, um seinen Gedanken halten zu können, sein Blick starr auf das Beet aus dornigen Rosen vor ihm gerichtet.

»Er«, wiederholte Scott langsam, laut und deutlich. Sein Puls verdoppelte sich schlagartig.

»Wie meinen?«

»Sie sagten *›er‹*, nicht *›es‹*, wie es die meisten Leute tun würden. Vorhin, als Sie andeuteten, dass der Werwolf sich an Ihren Rosen vergreifen würde.«

Die Duchess ließ von ihm ab und zog hastig einen ihrer Handschuhe, der heruntergerutscht war, wieder zurück über ihren Handrücken. Die Haut, die darunter verdeckt war, wies ein feines, silbriges Netz aus winzigen, verheilten Schnitten auf. Scott spürte, wie sich jede Faser seines Körpers anspannte.

Teile eines Puzzles setzten sich in seinem Geist zusammen.

»Pflegen Sie diesen Garten selbst?«, fragte Scott heiser.

Die Duchess steckte die Nase in die Luft und wandte sich beleidigt ab. Ihr graues Haar glänzte silbern im Mondlicht.

»Selbstverständlich! Wem soll ich diese unsagbar wichtige Aufgabe denn sonst übertragen? Einem Gärtner?«

Langsam machte Scott einen Schritt von der Duchess weg. Seine rechte Hand wanderte Stück für Stück in die Innentasche seines Umhangs, suchte die Steinschlosspistole.

»Nun denn!«, sagte Scott mit trockener Kehle. »Wie es aussieht, muss ich noch einmal zurück zu unserer Kutsche, fürchte ich –«

Der Körper der Duchess schüttelte sich sanft.

Sie lachte.

Erst leise, mit ihrer hohen, alten Stimme, dann wurde der Laut kehliger, dröhnender, tiefer.

»Oh, oh, oh, mein Lieber«, raunte die Duchess. Sie drehte sich zu Scott. Ihre Augen waren blutunterlaufen und funkelten goldgelb. *»Du. Wirst. NIRGENDWO. HINGEHEN!«*

Hamish

– Zur selben Zeit –

Dunkle Wälder rauschten am Fenster des Wagens vorbei. Besorgt sah Hamish zum Himmel. In etwa vier Wochen würde es so weit sein. Dann würde der nächste Vollmond – ein Blutmond – über die Nacht herrschen und alles verändern. Lady Scarlett schien mit ihrer ersten Eingebung richtiggelegen zu haben: Der letzte Auftrag ihrer Eltern war ein Teil des langjährigen, ungelösten Falls gewesen. Vielleicht sogar seine letzte Station.

WENN DIESE NACHRICHT ANKOMMT, HABEN WIR ENDLICH GEFUNDEN, WONACH WIR GESUCHT HABEN – UND ER HAT ES WAHRSCHEINLICH AUCH.

Nachdem Hamish die Angestellten der Oaknights unterwiesen hatte, alles für die bevorstehende Reise nach Veta Gallia vorzubereiten, nahm er schnellstmöglich eine Kutsche.

Er wies den Kutscher an, ihn umgehend zum Anwesen der Duchess von Rawcliffe zu bringen und dabei keine Zeit zu verschwenden.

Ab jetzt zählte jeder Tag. Vielleicht sogar jede Minute.

VIELLEICHT IST ES NOCH NICHT ZU SPÄT.

VIELLEICHT KÖNNT IHR IHN AUFHALTEN.

Der Blutmond lauerte bereits.

In der Ferne kroch der Nebel über das Moor und bereitete die Bühne für zahllose Irrlichter. Krumme, knorrige Äste verwandelten sich unter der silbernen Berührung des Mondlichtes in gespenstische Krallenhände, die hinauf zu ihrem Herrscher deuteten. Verdichtete Finsternis sickerte in die Welt und zupfte an den Schatten der Krähen wie an den Saiten eines Instruments.

Genau wie damals.

Ein Blinzeln reichte aus, um Hamish in der Zeit zurückzuversetzen. Wieder in den Wagen der blinden Frau. Zu den Oaknights, die zu spät erkannten, dass es sich bei der Seherin nicht um eine Scharlatanin gehandelt hatte. Hamish fühlte, wie das Grauen jener Nacht abermals in ihm aufstieg. Erneut erklangen die Worte, die alles verändert hatten. Der Grund dafür, warum Elizabeth und Connor Oaknight alles dafür getan hatten, um ihre Kinder vor dem Kontakt mit Werwölfen zu schützen.

»Eure Blutlinie ist verflucht«, hatte die blinde Frau festgestellt. »Einer eurer Vorfahren hat schreckliche Dinge getan.«

»Das ... das ist doch nur eine Legende«, hatte Elizabeth geantwortet und dabei verängstigt zu ihrem Mann herübergesehen.

»Ihr untertreibt.« Die Seherin hatte teuflisch geschmunzelt, das flackernde Kerzenlicht war tief in ihren Falten gefangen gewesen. »Den Preis für solche Taten tragen all seine Nachkommen. Das heißt, wenn jemand von euch unter dem Zeichen des Blutmondes geboren wird, so ist sein Schicksal nahezu besiegelt.«

»Was soll das bedeuten?«, hatte Connor gefragt und die Hand seiner hochschwangeren Frau ergriffen.

»Es wird unter dem Blutmond geschehen«, hatte die Frau erklärt. »Demjenigen, der auf den morgigen folgen wird.«

»Was?«, hatte Elizabeth mit hauchdünner Stimme gefragt. »Was wird geschehen?«

Die Seherin hatte zitternd einen ausgemergelten Finger ausgestreckt.

»Oh, Kind«, hatte die Blinde gesprochen. »Das, was in deinem Leibe heranwächst ... eines Tages wird es zu genau einer jener Bestien werden, die ihr euer ganzes Leben lang gejagt habt.«

Was sie nicht vorausgesagt hatte: Elizabeth und Connor sollten noch in der darauffolgenden Nacht *Zwillinge* bekommen. Einen Jungen und ein Mädchen.

Scarlett oder Scott.

Einen der beiden würde es treffen.

Hamish Balthazar Porter hatte in der Tat keine Zeit zu verlieren.

Scott

»Es geht hier um das Erbe, nicht wahr?«, sagte Scott und schloss hinter seinem Rücken langsam die Hand um den Griff der modifizierten Duellierpistole. »*Sie* waren vor vier Jahren die erste Sichtung in dieser Gegend, bei ihrer ersten Verwandlung, die Sie nicht unter Kontrolle hatten. Die, die meine Eltern überhaupt erst auf den Plan gerufen hat.«

Die Duchess lachte knurrend und schien etwas zu antworten, doch der Laut hatte ganz und gar nichts Menschliches mehr. »Und Sie waren es auch, die stets alles so hat aussehen lassen, als seien sämtliche Phänomene auf einfache Hunde zurückzuführen gewesen.«

Die Arme der alten Frau zogen sich immer weiter in die Länge. Blaugraues Haar wuchs in Windeseile über ihren Handrücken. »Und dann haben Sie sich gedacht, warum nicht zwei Fliegen mit einer Klappe schlagen? Wenn man den Leuten einen Werwolf liefert, hätten Sie endlich wieder Ruhe, schließlich haben Sie sich mittlerweile perfekt in der Gewalt.«

Das Wesen krümmte sich. Das Einzige, was jetzt noch schneller war als Scotts Herz, war seine Zunge.

»Ohne Ihren Bruder landet das ganze Erbe letztlich bei Ihnen. Schließlich wandelt die hochbetagte Matriarchin der Familie nicht mehr lange unter uns – darauf setzen Sie zumindest. Wahrscheinlich haben Sie Ihren Bruder nur ›versehentlich‹ am Unterarm oder an der Hand gekratzt, nicht wahr? Das reicht bei einem Vernarbten bereits aus. Und jetzt plündert ein verwirrter, frisch verwandelter Werwolf den Landsitz von Rawcliffe – und wir sollten die Drecksarbeit für Sie erledigen.«

Die Duchess stürzte sich auf Scott.

Er tauchte blitzartig unter ihrem transformierenden Körper her, wirbelte herum, zog die Pistole aus dem Umhang und zündete den ersten Lauf. Der wolfsgleiche Körper der Adeligen überschlug sich dreifach in der Luft und schleuderte kopfüber in eine frisch geschnittene Hecke. Dornenranken und gezahnte Blätter spritzten in die Luft, als sich der bereits tierhafte Körper der Duchess ruckartig wieder erhob. Die spitzen Auswüchse der Pflanze hatte sich tief in ihre Haut geschnitten und in ihrer linken Schulter saß ein kleiner schwarzer Kreis – Scott konnte zusehen, wie sich jede einzelne der kleinen Verletzungen beinahe umgehend wieder schloss. Sie sah sehr, sehr ungehalten aus.

»Meine Güte!«, ächzte Scott. »Verzeihung, wirklich! Das tut mir schrecklich leid! I-ich wollte wirklich nicht – *uaaah!*« Um Haaresbreite duckte sich Scott unter den schorfigen Pranken der Duchess weg und zertrampelte dabei ein weiteres Beet. Perplex schüttelte er den Kopf und zog die Stirn kraus.

»Ich – nein, wissen Sie, was?«, rief Scott und trat nach einer hüfthohen Edel-Rose. Die samtige Pflanze verpuffte förmlich. »Es tut mir *nicht* leid! Und zwar ganz entschieden!«

Grimmig zog Scott die Mundwinkel nach unten und setzte eine der Pistolen direkt an die Blüte einer weiteren preisgekrönten Pflanze – dann knallte ein Schuss und übergoss die Gartenanlage mit einer wahren Fontäne aus Rosenblättern.

Entsetzt riss die Duchess ihre goldenen Augen auf und fiel vor den Überresten der Pflanze auf die Knie, dann wurde sie von einer Welle der Rage gepackt und stieß ein markerschütterndes Brüllen aus. Ihre Transformation beschleunigte sich dadurch scheinbar erheblich.

»Oh«, machte Scott nur.

Vernarbter-Klasse.

Schusswaffen so gut wie wirkungslos, selbst mit Silbermunition.

Mittel der Wahl: Argentum-Granaten.

Enthalten Silberpartikel, die Ziel einatmet; wird für herkömmliche Waffen verwundbar.

Die Duchess hatte ihre Verwandlung abgeschlossen. Sie überragte Scott um mindestens drei Haupteslängen. Ihr silbriges Fell war über und über von strahlend weißen Linien und Spuren übersät. Ihre grauenerregenden Reißzähne rieben, blaue Funken sprühend, übereinander.

Alternative: Fährtenbeutel, Stich ins Herz.

Zusätzliche Alternative: Rennen. Schnell.

Geifernd schoss die Kreatur vorwärts. Scott feuerte den ersten Lauf der zweiten Pistole, wieder wurde die Duchess rückwärts über einen Rosenhügel katapultiert. Hoffentlich hielt sie das einen Augenblick lang auf!

Scott rannte denselben Weg zurück, den er und Scarlett gekommen waren. Vorbei an den zahllosen Kutschen in der Einfahrt, konnte er in einiger Entfernung bereits einen Hausangestellten erkennen, der scheinbar den Haupteingang betreute.

»Verzeihung!«, rief Scott aus vollem Halse. »Ich will Ihnen keine Unannehmlichkeiten bereiten, aber wären Sie so freundlich und würden Sie mir die Tür öffnen?«

Der Mann blinzelte verwirrt, tat allerdings wie ihm geheißen.

»Ich soll hier auf die Köchin wegen der Überraschung von Stanislaus warten, aber meinetwegen!«

»Danke vielmals!«, keuchte Scott und rannte an dem Bediensteten vorbei. »Sie sollten sich übrigens zu – Ihrer eigenen Sicherheit umgehend – in das nächste Gebüsch werfen!« Seine atemlose Stimme hallte durch das enorme Treppenhaus des Landsitzes.

»Was?«, rief ihm der Mann hinterher. »Aber warum –«

GROAAAR!

Vernarbter
Stärkste und schnellste Regeneration aller Arten
Verbreitung: Nova Caledonia, Hibernia, Scandza
Extrem gefährlich – sofortige Erlegung

Scarlett

Scarlett nahm gleich mehrere Stufen abwärts auf einmal, als sich ihre Nackenhärchen aufstellten. Sie hatte es tatsächlich geschafft, den verwirrten Werwolf zu überholen – doch dafür hatte sie ihn jetzt im Rücken. Weit über ihr krachte etwas und es regnete feine Steinchen durch das Treppenhaus.

Sie zog das Rapier und beschleunigte abermals ihre Schritte. Die unpraktischen Schuhe hatte sie längst hinter sich gelassen und die Marmortreppen waren eiskalt unter ihren nackten Zehen.

Plötzlich hörte sie eine bekannte Stimme weit unter sich.

»Scott?«, rief sie überrascht.

Ihr Bruder spurtete die Stufen hinauf.

»Red!«, rief er atemlos. »Entschuldige bitte die Verspätung!«

»Warte! Ich komme runter!«, rief Scarlett.

»Warte! Ich komme rauf!«, rief Scott gleichzeitig.

Als sie sich auf der Mitte der Treppe trafen, warf ein Heulen wilde Echos durch das Treppenhaus. Verständnislos schüttelten beide den Kopf – und rannten geradewegs aneinander vorbei.

»Wo rennst du hin?«, rief Scarlett im selben Moment wie Scott.

Scarlett wollte anhalten und etwas rufen, als ein kehliges Knurren sie herumfahren ließ – ein weit geöffneter Kiefer schnappte nach ihr. Instinktiv trat sie nach vorn aus und wurde von der mächtigen Brust des Werwolfs zurückgestoßen, doch zumindest entging sie dadurch dem Angriff. Das Rapier segelte scheppernd davon. *Wie konnte der so schnell hier unten sein?*, sauste es ihr durch den Kopf. Blitzschnell kam Scarlett wieder auf die Füße, wirbelte herum und stürzte die Treppe wieder hinauf. Ihr Bruder kam ihr bereits mit wild wedelnden Armen und weit aufgerissenen Augen entgegen – und wurde ebenfalls verfolgt.

»Tut mir leid, Schwesterherz!«

»Hä? Was?«

»Sie sind zu zweit!«

»*Das sehe ich!*«

Gleichzeitig duckten sich die Geschwister. Gerade rechtzeitig. Mit erbarmungsloser Gewalt krachten die beiden Bestien ineinander und flogen in einem Wirbel aus Krallen, Geifer und Fell über das Geländer.

»Welche Klasse ist das?«, rief Scarlett und sah den Ungeheuern hinterher.

»Vernarbter-Klasse!«, sagte Scott.

»Na großartig!« Scarlett schnappte sich ihr Rapier. »Was machen wir jetzt?«

»Nun«, sagte Scott, stieg die Treppen nach unten und wischte sich die zerzausten Haare aus dem Gesicht. »Wir haben es hier dementsprechend mit ausgeprägtem Territorialverhalten zu tun, daher wahrscheinlich auch der Versuch, dem armen Bruder alles in die Schuhe zu schieben. Sie muss ihn erst vor Kurzem gebissen haben und –«

»Danke, aber das meinte ich nicht!«, antwortete Scarlett und lief ihrem Bruder hinterher. »Ich meine, wie zur Hölle sollen wir ohne jede Ausrüstung zwei verdammte *Vernarbte* auf *einmal* fertigmachen?«

Sie erreichten das Ende der Treppe. Die Bestien waren in ihrer Rage glücklicherweise aufeinander losgegangen.

»Siehst du?«, keuchte Scott erschöpft. »Territorialverhalten.«

»Wir müssen sie in einen Hinterhalt locken und dann hinterrücks erwischen – das ist unsere einzige Chance!«

»In Himmels Namen, an einen Vernarbten anschleichen?«, rief Scott. »Also, wenn du mich fragst, kann das ja wohl kaum schlimmer wer–«

Er rutschte quietschend auf einer Geiferpfütze aus und fiel der Länge nach hin. Scarletts Reaktion kam zu spät. Sie prallte mit ihm zusammen.

POOF!

Schleimige Überreste sackten an ihrer Kleidung herunter. Der beißende Geruch von Verwesung und tierischen Hinterlassenschaften hüllte sie ein.

»Hrgh! – Was zum – *Hrgh!*«, würgte Scott hervor.

»Meine Fährtenbeutel, du Idiot!«, krächzte Scarlett. »Sie sind alle geplatzt! Jetzt finden die uns überall!«

Scott riss die Augen auf. »Ich fürchte, das haben sie bereits!«

Zu Scarletts Entsetzen ließen die beiden Werwölfe beinahe sofort voneinander ab und begannen, wie verrückt in der Luft zu schnüffeln.

Langsam drehten sie ihre Köpfe.

Sie fixierten Scarlett und Scott.

Ihre Pupillen weiteten sich.

Für einen Moment war es totenstill.

Dann durchschnitten das Poltern einer Tür, trippelnde Schritte und ein rhythmisches Quietschen die Stille.

»So, wir sind so weit!«, sagte eine gestresst klingende Frauenstimme. »Und denken Sie dran, Pawel, in exakt dem Moment, in dem diese Zuckerbombe die Schwelle überschreitet, fangen Sie und Ihre Kollegen an zu spielen, verstanden? Und *egal,* was auch passiert, egal, was Sie sehen, hören Sie ja nicht auf, habe ich mich da klar ausgedrückt? Sonst war das das letzte Mal, dass die Duchess Sie angeheuert hat. So, wo steckt er denn jetzt, er sollte doch längst hier sein ... Henry? Das Ding versperrt mir die Sicht! Machst du bitte schon mal die Saaltür auf, das Geburtstagskind wartet sicher schon ... Henry?«

Scarlett drehte zeitgleich mit ihrem Bruder den Kopf. Fassungslos sah sie mit an, wie eine untersetzte Köchin einen Wagen um die Ecke schob, auf dem eine mindestens zwei Meter hohe Cremetorte stand. Hinter ihr stand eine fünfköpfige Gruppe Musiker mit Polka-Instrumenten.

»H-Henry?«, wiederholte sie hoffnungsvoll.

Die Augen der Frau weiteten sich, als sie sah, in was für eine Szene sie da hereingeplatzt war. Sie blinzelte zwischen Unglaube, Entsetzen und Faszination.

»Ich fürchte, er kann Ihnen vorübergehend nicht zur Hand gehen«, flüsterte Scott entschuldigend.

Dann erwischte ihn die Rückseite einer Pranke und schleuderte ihn mit solcher Wucht in die Torte, dass der Transportwagen die dahinter liegende Saaltür aufsprengte und nun mit einem Affentempo in die feiernde Gesellschaft rollte.

Die Musiker sahen einander unschlüssig und angsterfüllt an.

Dann begannen sie, zu spielen.

»Scott!«, schrie Scarlett. Sie fuhr herum und stach mit dem Rapier zu. Sie nagelte die Pranke des narbenlosen Werwolfs an die Rückseite der Saaltür, doch die zweite Kreatur rammte

Scarlett mit all ihrem Gewicht und warf sie zurück auf die Treppenstufen. Der polierte Marmor stieß ihr sämtliche Luft aus den Lungen. Etwas in ihrem Rücken knackte mehrfach. Jemand spielte ein Geigensolo. Scarlett ballte ihre rechte Hand zur Faust und streckte den Arm.

ZIPP-ZIPP-ZIPP!

Eines der rasiermesserscharfen Geschosse traf das nachsetzende Ungeheuer in der Schulter und hinterließ einen tiefen Schnitt, der jedoch auf der Stelle wieder verheilte. Dem zweiten Schuss wich der Werwolf aus, der dritte landete im Gehäuse eines wild spielenden Kontrabasses.

ZIPP-ZIPP-ZIKLACK!

Die Diskuszwille war leer.

Der Werwolf schenkte Scarlett ein blutrünstiges Grinsen. Seine Nackenhaare stellten sich auf, bereit für einen letzten, tödlichen Angriff. Panisch tastete Scarlett nach der allerletzten Spezialscheibe mit den ultragehärteten Sägeblättern und spannte sie mit zitternden Fingern ein.

Nutzlos, dachte sie panisch. *Nutzlos!*

Speichel flog durch die Luft, als der Vernarbte den Kiefer aufriss – und zuschnappte.

Philippa

Rawcliffe Hall, Nova Caledonia
Festsaal

Grand-Duchess Philippa von Lieberhagen hatte in ihren einhundertundfünf Lebensjahren viel gesehen und noch mehr erlebt. Daher konnte sie auch mit an Sicherheit grenzender Wahrscheinlichkeit sagen, dass diese Geburtstagsfeier ein kompletter Reinfall war. Gläser wurden erhoben. Etiketten wurden eingehalten. Löffel in der richtigen Reihenfolge benutzt. Für eine derart sterbenslangweilige Veranstaltung war sie nun wirklich nicht so alt geworden. Wenn sie ihre Stimme noch hätte erheben können, hätte sie sich zünftig über diesen Unsinn beschwert.

Der Abend versprach eine interessante Wendung zu nehmen, als die Tore des Saals aufgestoßen wurden. Philippa sah auf. Ein erschrockenes Raunen ging durch die Menge, als ein einsamer Servierwagen samt Riesentorte mit quietschenden Rollen an den Festtafeln vorbeischlitterte und sich dabei stetig um die eigene Achse drehte.

Augenblick!

Steckte da etwa … jemand drin?

Langsam verlor der Servierwagen an Geschwindigkeit und

kam schließlich sanft vor Philippas Platz zum Stillstand. Weingläser waren in der Luft erstarrt. Gabeln vor Mündern eingefroren. Ungläubig erhob sich Philippa, ihre klein gewordenen Hände auf die Tafel gestützt. Tatsächlich! Da steckte tatsächlich ein junger Mann zwischen den Teigschichten!

Der Neuankömmling schälte sich mit Mühe aus der ruinierten Torte. Er sah aus wie ein Schneemann aus Sahne – doch seine Haltung zeugte ganz klar von guter Erziehung und hoher Abstammung, da war Philippa sich sicher. Wie originell! Gebannt waren die Augen aller im Festsaal anwesenden Gäste auf den Neuankömmling gerichtet, dessen Oberkörper aus der Torte schaute. Der Jüngling schüttelte den Zuckerguss von seinen Armen und probierte ein Stück Teig, welches ihm anscheinend mundete. Als er sich umsah, schien er plötzlich peinlich berührt.

»Oh, Lady Winterbottom! Haben Sie abgenommen?«, sagte der Überraschungsgast und ächzte, als er den Servierwagen hinunterfiel. »Duke Ginchester! Wie immer vorzüglicher Schnauzbart, was machen die Landsitze?«

Aufgeregt klatschte Philippa in die Hände. Für sie war noch nie jemand aus einer Torte gesprungen! Das würde sie sich ab sofort für jeden Geburtstag wünschen!

Der adrette junge Herr wurde ihrer gewahr und verbeugte sich höflich, wobei eine Portion Buttercreme aus seinem Gesicht fiel.

»Oh, ähm, meine Glückwünsche«, sagte er abgehackt. »Nun! Einhundertfünf! Tja! Was soll man sagen. So alt wollen wir alle mal werden. Toll! Ganz hervorragend. Wirklich. Ich, nun, ähm« – er hob den Zeigefinger und sah zurück zum Eingang, in dem eine Schar Musiker mit kreidebleichen Gesichtern eine flotte Nummer zum Besten gab – »Entschuldigen Sie mich einen Moment?«

Philippa nickte lächelnd, dann sah sie dem jungen Mann strahlend hinterher.

Bester. Geburtstag. Aller. Zeiten.

Scarlett

Scarlett riss ihren Arm herum und rollte seitwärts.

Der Kiefer der Bestie krachte zusammen. Entsetzt spürte Scarlett, wie etwas ihren Unterarm festhielt, als sie versuchte, sich loszureißen. Abermals tat sie einen Schritt von dem Ungeheuer weg, doch die Nackenmuskeln der Kreatur waren einfach zu stark. Keine Chance.

Bin gebissen worden – spüre es nicht einmal, stellte ein kalter, betrachtender Teil von Scarletts Verstand fest. *Er hat mich. Jetzt ist es vorbei.*

Der Werwolf riss an ihrem Handschuh und schleuderte sie klatschend zu Boden, immer und immer wieder. Scarlett kämpfte wie wild, trat um sich, schlug nach den pumpenden Nüstern, bis ihre Faust taub war. Der Gestank von Fell. Heißer Atem. Scarletts Rippen, ihre Knie, ihr Rücken knallten gegen kalten Marmor, wieder und wieder. Die Welt verschwamm. Irgendwie fühlte sich ihr Arm jetzt immer lockerer an … oh, nein, nein, nein!

Rrratsch!

Nieten und Lederfetzen flogen durch die Luft und Scarlett kam frei. Taumelnd und vollkommen neben sich raffte Scarlett sich auf, lief kopflos von der Treppe fort, fiel auf die Knie. Ihre vollkommen unverletzten Hände fingen sie ab. Ein überdrehtes

Schnaufen ließ sie herumfahren. Das Monstrum hatte sich zur vollen Größe aufgerichtet und knurrte dröhnend. Die Diskuszwille hing aufgespießt an einem der mächtigen Reißzähne.

Scarlett versuchte, auf die Beine zu kommen, doch fiel kraftlos auf die Seite.

Der Werwolf, an dem noch immer die Reste eines Kleids hingen, stapfte mit purer Mordlust in den Augen auf sie zu. Kein Zweifel, dieses Ding genoss, was es tat.

Die Duchess, schoss es Scarlett durch den Kopf.

Gezacktes Metall blitzte auf – die umherbaumelnde Diskuszwille.

Nie im Leben würde Scarlett noch einmal an das Ding herankommen.

Dem Werwolf schien ihr Blick nicht zu entgehen. Er stieß ein kehliges, knatterndes Lachen aus, dann schüttelte er die Diskuszwille, die er von Scarletts Arm heruntergerissen hatte, warf den Kopf in den mächtigen Nacken und verschlang die Zwille am Stück.

Scarlett schoss ein teuflisches Grinsen ins Gesicht.

»*Das*«, sagte sie, »war ein Fehler.« Der Werwolf hielt inne, sah verwirrt an sich hinunter. Scarlett legte ihren Kopf schief und klimperte unschuldig mit den Wimpern. »Jemand von Ihrem Stand sollte nun wirklich wissen, dass man sein Essen mindestens *sieben* Mal kauen sollte.«

Panisch riss die Duchess ihre Augen auf, streckte Hilfe suchend die Pranken nach Scarlett aus –

KA-KLACK!

– und verpuffte in einer silbern schimmernden Wolke.

Ein panischer Schrei riss Scarlett aus ihrem Triumph.

»Red!«, schrie ihr Bruder. »*Hilfe!*«

Scott

Man sollte meinen, dass ein Werwolf, den jemand an der Pranke gegen eine Saaltür genagelt hatte, ein wenig länger brauchen würde, um sich zu befreien. Bedauerlicherweise schien dem nicht so zu sein, als Scott auf einer Spur aus Sahnecreme zurück in das Treppenhaus schlitterte. Er zog mangels besserer Ideen seine Pistole mit dem letzten Schuss und legte auf die Kreatur an, die soeben dazu ansetzte, seine Schwester zu verspeisen – doch der narbenlose Werwolf riss sich in exakt diesem Moment von der Tür los und griff an.

Im letzten Augenblick wich Scott den dolchartig gebogenen Krallen aus und fiel mit wedelnden Armen auf sein Hinterteil. Einzig die Tortenreste retteten ihm das Leben, als er versuchte aufzustehen und direkt wieder ausrutschte. Eine Pranke segelte so nah an seiner Stirn vorbei, dass er einige Haare einbüßte.

»Red!«, rief Scott verzweifelt. »Hilfe!«

Der Werwolf packte ihn an den Schultern, presste ihn gegen die Wand. Scott konnte nicht atmen, doch sein ausgestreckter Arm zielte jetzt auf das Ungeheuer vor ihm. Der Lauf seiner Waffe bebte.

Das – das ist die letzte Chance!, dachte er. *Ein Schuss direkt ins Maul!*

Geifer tropfte in Strömen aus dem Kiefer der Bestie, als sie beiläufig Scotts herbeistürmende Schwester beiseitefegte. Seine Nase rümpfte sich zitternd, als er unendlich langsam vor Scotts Gesicht die Zähne fletschte und das Maul weit öffnete.

Und doch … Scott zögerte.

»Was ist denn mit dir?!«, rief Scarlett irgendwo. »Schieß! Schieß!«

Seine Augen, dachte Scott. *Warum sehen seine Augen noch so menschlich aus?* Seine Hand zitterte. *Da ist Leid in seinem Blick. Verwirrung. Zorn. Schmerz. Ein Flehen …*

Ein ohrenbetäubendes Jaulen brannte sich in Scotts Ohren – eine mit Silber beschichtete Rapierspitze ragte so knapp aus dem Fell der Bestie, dass sie Scott um ein Haar ebenfalls aufgespießt hätte –, dann war die Form des verwandelten Stanislaus von Lieberhagen verschwunden, und der feurige Blick Scarletts war alles, was zurückblieb.

Hamish

Eine halbe Stunde bevor sie Oaknight Manor erreichten, waren Hamishs Schützlinge links und rechts von ihm eingeschlafen; ihre kleinen Köpfe sackten einfach in seine breiten Oberarme.

Für einen Moment erinnerte der Anblick Hamish an etwas … an ein anderes Leben. Eines, das er geführt hatte, bevor er Connor und Elizabeth Oaknight begegnet war. Er betrachtete schweigend die beiden Adelskinder, lauschte ihren sanften Atemzügen.

Seine kleine Minerva hätte sich sicher gut mit dem jungen Master Scott und seiner Schwester verstanden. Sie war immer so aufgeweckt, so lebenslustig und wissbegierig gewesen. Hamish erinnerte sich noch gut an den Blumenduft ihres lockigen Haars, wenn sie im späten Frühling auf den leuchtenden Wiesen gespielt hatte. An das Lachen seines kleinen Mithras, wenn er wieder einmal etwas Wagemutiges vollbracht hatte, wie gemeinsam mit seiner Zwillingsschwester mit geschlossenen Augen von einem blühenden Apfelbaum zu springen.

Du wirst nicht immer da sein, um sie auffangen zu können, Liebling, hörte Hamish eine seidene Stimme in seinen Gedanken. Er sah erneut hinab auf die beiden schlafenden Kinder.

Der berühmte Prachtgarten von Rawcliffe war verwüstet.

Die unbezahlbare historische Marmortreppe aus Venetien war ruiniert.

Das majestätische Prunkzimmer mitsamt seinen Schätzen lag in Trümmern.

Allem Anschein nach hatte der junge Master Scott es fertiggebracht, eine zehnstöckige Torte, für die man eigens sieben der renommiertesten Konditoren der Welt vorgeladen hatte, von innen heraus zu sprengen. Seine Schwester hingegen hatte gleich zwei Mitglieder einer der angesehensten Familien Nova Caledonias ins Jenseits geschickt – auch wenn der Umstand, dass es sich dabei um Werwölfe gehandelt hatte, wohl als mildernd zu verzeichnen galt.

Und trotz allem schien Grand-Duchess Philippa von Lieberhagen über all diese äußerst unglücklichen Umstände über die Maßen erfreut zu sein. Hamish konnte sich zwar nicht im Geringsten erklären, warum dem so sein sollte, doch war er auch dankbar darüber, denn es verkürzte erheblich die Zeit, die er auf dem Landsitz Rawcliffe mit Entschuldigungen für das Verhalten seiner Schützlinge verbringen musste.

Ohnehin war es ihm herzlich egal, was geschehen war, solange die junge Lady Scarlett und der junge Master Scott unversehrt geblieben waren – wessen er sich von beiden während der zügigen Kutschfahrt zurück nach Oaknight Manor versichern ließ. Er lauschte den Schilderungen der jungen Lady Oaknight nicht ohne einen gewissen Stolz, doch überwog bei ihm während ihrer äußerst bildlichen Erzählungen in erster Linie ein nicht unermessliches Entsetzen. Master Scott erschien hingegen von außerordentlicher Stille und Erschöpfung erfüllt zu sein, die sich nur noch weiter verfestigten, als Hamish letztlich darüber aufklärte, warum und wohin die Reise gehen sollte: Veta Gallia. Die letzte Station des einzigen ungelösten Falls seiner Eltern.

Master Scott verzerrte im Schlaf das Gesicht, entspannte sich aber umgehend wieder. Anders als seine Schwester, die einmal mehr von einem ihrer zahlreichen Albträume heimgesucht zu werden schien. Sie wimmerte leise, dann gruben sich ihre Finger Halt suchend in Hamishs Mantelarm.

Es war Hamish als oberstem Angestellten der Familie nicht erlaubt, einen Umgang zu pflegen, der vertraut genug war, um die beiden Kinder zwanglos umarmen zu dürfen. Es entsprach schlicht und einfach nicht seinem Stand. Mehr als einmal hatten die Kinder ihn darum gebeten, mehr als einmal hätten sie eine seiner Umarmungen *gebraucht.* Doch er hatte stets abgelehnt. Ablehnen müssen.

Hamish hatte lang mit sich gerungen. Final hatte er sich jedoch dazu entschieden, den Kindern zumindest die Ereignisse aus der Nacht der Tarotlegung und ihrer Geburt bis auf Weiteres vorzuenthalten. Denn schon die alten Mythen lehrten, dass man seinem Schicksal meist erst dann begegnet, wenn man bewusst versucht, es zu vermeiden.

Deshalb zog er eine proaktivere Vorgehensweise vor.

Er hätte die Wahl gehabt, die Kinder schutzlos allein zu lassen, während er allein nach Veta Gallia reiste, oder bei ihnen zu bleiben und die Frist des Blutmonds verstreichen zu lassen. Nichts davon stellte für ihn eine Option dar. Dies war die einzige Lösung, in der Hamish in ihrer Nähe bleiben *und* dieses verworrene Rätsel lösen konnte – und nach ihrer überstandenen Feuerprobe war er sich sicherer denn je, dass Master Scott und Lady Scarlett ihm dabei nun sogar eine große Hilfe sein würden.

Hamishs Lider sanken immer wieder herab. Der Preis einer kräftezehrenden Nacht. Seine Augen waren schwer. *Du wirst nicht immer da sein, um sie auffangen zu können, Liebling.*

Dann muss ich sie lehren zu fliegen, Liebes, hallte seine Antwort durch den Beginn eines Traums.

Es sollte früher dazu kommen, als ihm lieb war.

Scarletts Traum

Das Gewölbe des Himmels war erfüllt von Dingen, die dunkler waren als Nacht. In seinem Zentrum brannte ein kreisförmiger, strahlender Rubin. Die verkohlten Bäume streckten ihre rabenschwarzen Leiber in die Luft. Kampfgeräusche, nein, Schlachtenlärm rauschte in Scarletts Ohren. Feuer verbrannte die Luft in ihren Lungen, glühende Asche biss ihr in das Gesicht. Doch die brüllenden Flammen um sie herum waren nichts im Vergleich zu dem Inferno, das in ihrem Inneren tobte und alles verschlang, was auf seinem Pfad lag.

Ein markerschütterndes Heulen riss Scarletts Aufmerksamkeit an sich. Dort oben stand er, auf dem Hügel, seine titanengleiche Silhouette wie von flüssigem Pech umrandet, vor dem blutroten Mond.

Und er wartete.
Auf sie.

Als sich ihre Blicke trafen, wusste Scarlett, was sie zu tun hatte, denn sie kannte diese Augen.
Seine *Augen.*

Sie würde ihn zur Hölle jagen ... und dort zur Strecke bringen.

Scott

Katakomben von Oaknight Castle
Scriptura, Mitternacht

Schweißnass schlich Scott Oaknight durch die Bibliothek seiner Eltern, das Flackern einer Kerze sein einziger Wegbegleiter.

Vielleicht hier?

Buchstaben tauchten im orangen Kegel der Flamme auf: *Herbarium Obscurum.*

Mit bleichen Händen blätterte Scott durch den massiven Einband mit dem Verzeichnis und riss die Seite heraus, die er brauchte. Keine Zeit, um alles rüber zum Schreibtisch zu räumen oder wieder ins Regal.

»H, h, h«, murmelte Scott und humpelte weiter. »H-e-, h-e-i-l … da bist du!«

Er zog das nächste Verzeichnis aus einem der Regale. Wieder nichts. Scott stieß einen unterdrückten, frustrierten Laut voller aufkeimender Angst aus. *Denk nach, denk nach …!*

Die Diarien! Es musste einfach etwas darin geben, das Hinweise auf das geben könnte, was er suchte. Wenn nötig, verbrachte er die ganze weitere Nacht hier unten, bis zur Abfahrt. Alles, was er nicht bewältigen konnte, würde er mit nach Veta Gallia nehmen müssen. Hoffentlich erwiesen sich die Entscheidungen, die er in den kommenden Stunden treffen würde, als die richtigen.

»Ah!«, machte Scott und ließ beinahe vor Schmerz den Kerzenhalter fallen. Schwer atmend zog er das Hosenbein seines Schlafanzugs hoch. Der winzige Kratzer, den er auf Rawcliffe abbekommen hatte, stammte nicht von einer Rose, so wie er es Hamish aufgebunden hatte.

Seine Gnadenfrist würde bis zum nächsten Vollmond währen.

Bis zu seiner ersten Verwandlung.

Und bis dahin würde Scott – das schwor er sich für seine Eltern, seine Schwester und für Hamish – ein Heilmittel finden.

Teil III

Die Mysterien von Bisclavret

Scott

Ehemaliges Güterabteil
Dampfbahnstrecke nahe Gevaudan, Veta Gallia

Nicht einmal darüber freuen kann ich mich, in was für einem technischen Wunderwerk wir hier unterwegs sind, dachte Scott unheilvoll und sah durch das Fenster zum bleiernen Nachthimmel hinauf, der wie ein drohendes Damoklesschwert über ihm zu hängen schien. Die Farbe der vorbeirauschenden Lavendelfelder ringsum war mit dem Einbruch der Dunkelheit nach und nach ausgeblutet und hatte graublaue Dornenebenen zurückgelassen.

Nicht zu fassen, dass jetzt nur noch so wenig Zeit bleibt.

»Du nutzt in letzter Zeit ziemlich viele Gelegenheiten, dir den Mond anzusehen«, stellte Scarlett nüchtern fest, die ihm gegenübersaß und genau wie er von dem Rattern der Schienen durchgeschüttelt wurde. Hamish unterhielt sich unterdessen mit dem Lokführer über das zu erwartende Terrain oder ob er zufällig vor Kurzem ein bis an die Zähne bewaffnetes Ehepaar aus Caledonien angetroffen hatte. »Ich hätte ja eher gedacht, dass du die ganze Fahrt über begeistert über irgendwelchen Zahnrädern und Dampfmaschinen hängst.« Scotts Schwester zog ein entengleiches Gesicht, legte nachdenklich einen Zeigefinger auf die Nase und sagte: »Oui, oui, das ist intensivst hochgradig interessant! Das Verschwurbeldingsbums verlötet ja sogar das superschlaue Zuppdawupp mit der schrötigdeckelnden Dingsschwurbel!«

Scott lächelte dünn. Scheinbar war das nicht der Effekt, den seine Schwester sich von ihrer Interpretation erhofft hatte.

»Alles in Ordnung?«, fragte Scarlett leise. Sie klang aufrichtig besorgt. »Ich kenne dich doch. Das ist nicht einfach nur Lernen, was du da in den letzten Wochen getan hast. Du wirkst richtig … besessen oder so was. Hamish hat das übrigens auch bemerkt.« Sie lehnte sich vor und stützte ihre Ellenbogen auf ihre Knie. »Dahinter steckt doch noch etwas anderes. Also, raus mit der Sprache.«

Scott ließ sich zurück in seinen unbequemen Sitz fallen.

Die Droschke zur Südküste Nova Caledonias war in einen Sturm gekommen, was sie gleich zwei Tage für die Reparatur gekostet hatte, mitten im Nirgendwo. Die Fähre nach Veta Gallia hatte ein sonderbares Wetterphänomen umschiffen müssen, was ebenfalls kostbare Reisezeit in Anspruch genommen hatte. *Wenigstens kann ich jetzt ausführliche Recherchen betreiben,* war Scotts erster Gedanke gewesen, doch zu seinem wachsenden Entsetzen erwiesen sich immer mehr seiner mitgebrachten Aufzeichnungen als trostlose Sackgassen. Da waren Erwähnungen von Blauem Eisenhut, einer Pflanze, schon das höchste der Gefühle.

»Ich bin müde«, sagte Scott und lächelte versöhnlich, was eine glatte Lüge war. Er hätte müde sein sollen, erschöpft von der Reise und zu wenig Schlaf. Aber die Wahrheit war, dass es ihm – rein körperlich – exzellent ging, als hätte er tagelang ausgeschlafen. Er fühlte sich, als könnte er Bäume ausreißen und dann mit ihnen jonglieren. Sicher war das Teil seiner bereits einsetzenden Veränderung … Scott unterdrückte ein Schaudern. »Dir muss ich das ja nicht erzählen. Du fühlst dich sicher auch nicht besonders gut, so schlecht, wie du in letzter Zeit schläfst.«

Scotts Schwester zog eine Augenbraue hoch und legte den Kopf schief.

»Du bist ein grauenhafter Lügner«, sagte sie. Dann wurde ihr Blick nachdenklich und sie rieb sich mit beiden Händen das Gesicht. »Und ja. Meine Albträume sind tatsächlich in letzter Zeit schlimmer geworden. Glaube ich.«

Scott horchte überrascht auf. Seine Schwester sprach so gut wie nie über ihre Albträume.

»Ich weiß, ich habe dir mit der Frage schon oft den letzten Nerv geraubt, aber erinnerst du dich vielleicht dieses Mal an ihren Inhalt?«

Scarlett sah still aus dem Fenster.

»Ja«, antwortete sie nur. Scott spürte, dass er ihr Zeit lassen sollte. Es verstrichen einige Momente, in denen es zwischen ihnen beiden nichts gab als das stetige Klappern und Zischen des Wunderwerkes, in dem sie fuhren.

»Das hört sich jetzt bestimmt merkwürdig an …«, begann Scarlett überraschend verletzlich.

»Ganz und gar nicht!«, platzte Scott heraus.

Scarlett musterte ihn mit gerunzelter Stirn.

»Darf ich auch mal ausreden?«, fragte sie scharf.

»Sicher!«, haspelte Scott und widerstand dem Impuls, seiner Schwester über den Arm zu streichen und ihr zu vergewissern, dass alles gut werden würde. »Ähm, sicher. Sicher. Fahre fort.«

Scarlett musterte ihn noch einen Augenblick lang ungehalten, dann wurde sie abermals still und sah auf den mit Kohlenstaub verdreckten Fußboden.

»Hamish hat ja gesagt, dass wir in diesem Dorf den letzten Spuren von Mama und Papa nachgehen«, sagte sie.

Mama und Papa, dachte Scott. *So nennt sie sie immer.* Er war irgendwann zu ›Mutter‹ und ›Vater‹ übergegangen. Es fühlte sich weniger … nah an. Er nickte zögerlich.

»Und dass das alles hier mit ihrem alten ungelösten Fall zu tun hat. Ich bin mir sicher, dass wir es hier mit einem sehr alten, sehr gerissenen Werwolf zu tun haben.«

Scott nickte nachdenklich. »Wenn Mutter und Vater ihn nach all der Zeit nicht schnappen konnten, muss es wohl so sein. Er hat wahrscheinlich über Jahrzehnte hinweg seine Spuren so verwischt. Nicht einmal sterbliche Überreste seiner Opfer hat man gefunden. Sein Appetit muss wahrlich gewaltig sein.«

Scarlett nickte abgehackt. »Das stimmt. Aber … so meine ich das nicht.«

Scott runzelte die Stirn. »Wie dann?«

Seine Schwester schien sich sehr schwer damit zu tun, ihre nächsten Worte zu finden, und pfriemelte an ihren Händen herum.

»*Ich sehe ihn*«, flüsterte sie.

Scott konnte die Gänsehaut auf ihren Unterarmen sehen – und bekam prompt ebenfalls eine, als er verstand, worauf sie hinauswollte.

»Ich glaube, ich sehe ihn in meinen Träumen. Unter einem blutroten Mond.« Plötzlich veränderte sich die Art, wie sie sprach. Es klang beinahe wie ein Gebet … ein verstörendes Gebet.

Scott lauschte gebannt.

»Es ist *der* Werwolf, Scott. Der, den sie gejagt haben. Und ich weiß in meinem Traum ganz sicher, dass er die Schuld daran trägt, dass unsere Eltern fortgegangen sind. Ich weiß, dass ich ihn vernichten werde, egal, was es mich kostet. Er wird für alles bezahlen, was ich fühlen musste. Sie werden alle bezahlen, und ich jage jeden einzelnen von ihnen bis ans Ende der Welt, wenn es sein muss.« Sie sah auf. Ihre geballten Fäuste zitterten. Ihre Zähne knirschten. Aus einem ihrer Augenwinkel stahl sich eine Träne davon. Plötzlich sah sie beschämt zur Seite.

Erst jetzt verstand Scott, was sich auf seinem Gesicht abgezeichnet haben musste. Entsetzen. Nicht einfach nur über das, *was* seine Schwester gesagt hatte, sondern auch *wie* sie es gesagt hatte. Und was es für ihn, für sie beide bedeutete, wenn er sich verwandeln würde.

»Aber wie gesagt. Nur Träume.« Sie lehnte sich wieder zurück in ihren Sitz. »Keine Ahnung, ob mir nicht einfach alles zu Kopf gestiegen ist.« Sie verschränkte die Arme und sah ihn verstohlen an. »Das willst du doch jetzt sagen, oder?«

»Nein«, murmelte Scott. »Keineswegs.«

Die Tür ihres Transport-Kämmerleins wurde aufgeschoben.

»Ein raubärtiger Zeitgenosse«, kommentierte Hamish fasziniert. »Aber leider kann er sich nicht entsinnen, Ihre Eltern gesehen zu haben.« Er schien zu realisieren, dass er in einem privaten Moment eingetreten war. Er räusperte sich und nickte formell. »Wir sind übrigens in einigen Minuten da. Ich kümmere mich um das Gepäck.«

»Sehr gut«, antwortete Scarlett, maß Scott mit einem schwer zu deutenden Gesichtsausdruck und stand auf, um das Kämmerlein zu verlassen.

»Red«, sagte Scott leise. »Red, ich wollte nicht …«

Hamish sah Scarlett hinterher, dann musterte er Scott aufmerksam.

»Sir?«, fragte er besorgt.

»Ich«, begann Scott, ließ dann den Mund offen stehen. Schließlich zwang er sich zu einem matten Lächeln. »Alles in Ordnung, Hamish. Ich lese noch etwas, bevor wir ankommen.«

Der Butler hielt seinen Blick für einen Moment. »Gewiss, Sir.« Er nickte höflich, dann schloss er die Tür und ließ Scott allein. Die Nacht, die durch das Fensterglas fiel, schien schwärzer als zuvor, hüllte Scotts Körper ins Halbdunkel. Das einsame Rattern der Schienen füllte das Abteil.

Aus einer Truhe unter seinem Sitz zog er sein Notizbuch hervor. Im hinteren Teil der Bindung steckten die letzten paar Seiten einiger Aufzeichnungen seines Vaters, deren Inhalt er noch nicht ausführlichst untersucht hatte. Irgendetwas aus einer uralten Abtei-Bibliothek in London.

Drei Tage bis zum Blutmond, erklang es in Scotts Kopf. *Und noch immer kein Hinweis auf ein Heilmittel. Nur ein Narr würde jetzt noch hoffen.*

Er seufzte. Dann machte er sich an die Arbeit.

Scarlett

Personenbahnhof Mauriere, Veta Gallia

Weil man irrtümlicherweise darauf bestand, dass sie eine Lady wäre, stieg Scarlett als Letztes die Gittertreppen des ehemaligen Güterwaggons hinab und durchschritt anschließend grimmig die weiße Wolke der Dampflok. Die Nacht stank nach Kohle und Glut.

»Hoffen wir, dass unser Kutschenbrief vor uns eingetroffen ist«, merkte Hamish an und half dem vertretenden Bahnhofsvorsteher – einem Landjungen, kaum älter als Scarlett und Scott –, die letzten Gepäckstücke auszuladen. Der Junge ließ ächzend eine der dunkelblauen Kisten auf den moosbewachsenen Abstieg fallen, dann beäugte er missmutig den kleinen Berg aus Mitbringseln, der sich in den letzten Minuten gebildet hatte.

»Hoffentlich eine sehr große Kutsche, Monsieur«, antwortete er mit heftigem Akzent. »Was hast du da alles drin?«

»Das geht dich nichts an«, erwiderte Scarlett in akzentfreiem Gallisch.

Scott bedachte sie mit einem ungehaltenen Blick. Doch. Er wirkte sonderbarer als sonst, sogar gemessen an den Umständen. Außerdem hätte Scarlett schwören können, dass irgendetwas an seinen Augen sich verändert hatte. Ihr Bruder räusperte sich verlegen und drehte ihr eine Schulter zu.

»Nun«, nahm Scott den abgerissenen Gesprächsfaden an sich – selbstverständlich in gehobenem, perfektem Gallisch – und deutete auf das winzige Hüttlein hinter den Gleisen. »Sie sind sich sicher, dass der eigentliche Bahnhofsvorsteher, ähm –«

»Savieraux«, ergänzte Hamish. »Jacques Savieraux.«

»Danke, Hamish, also – dass Monsieur Savieraux nicht zugegen ist?«

Der Junge zuckte mit den Schultern. »Kommt seit etwa einem Monat nicht mehr zur Arbeit, Monsieur.«

Kurz nachdem er den Brief an uns geschickt hat?, dachte Scarlett und tauschte einen vielsagenden Blick mit Hamish und ihrem Bruder.

»Warum genau?«, fragte sie.

»Irgendwas mit seinem Herzen, schätze ich. War wohl in letzter Zeit alles ein wenig aufregend für ihn.«

»Aufregend?«, fragte Scott und lehnte sich neugierig vor.

»Hat wohl noch nie so viele Leute hier empfangen müssen.«

Scarlett trat an den Jungen heran. »Wie viele denn genau?«

Der Junge sah weg und hob abermals die Schultern, dieses Mal entnervt. »Woher soll ich das wissen. Eine Menge, halt. Vielleicht zwei, vielleicht zwanzig. Ich bin nur hier, weil meine Mutter mit seinem jüngsten Cousin verheiratet ist. Sollte eigentlich nur ein paar Tage aushelfen. Das habe ich jetzt davon.«

Scarlett sah den Jungen durchdringend an.

»Hast Glück, dass ich dir glaube«, sagte sie kühl und war selbst über ihren Ton überrascht.

Der Junge verlor Farbe.

»Kann ich jetzt weiter, oder was?!«, rief der Lokführer ungeduldig. Er gestikulierte forsch. Der Junge, sichtlich dankbar über die Unterbrechung, winkte ihm, dann fuchtelte sein Kollege erleichtert mit den Armen und die stinkende Maschinerie setzte sich erneut in Bewegung.

»Die Herren«, sagte der Junge und griff sich nickend an seine Mütze. »Die Dame.«

Nachdem er sich verabschiedet und in das Hüttlein mit dem dampfenden Kamin eingeschlossen hatte, hörte man in der Ferne bereits tatsächlich Hufgetrappel.

»Ah!«, machte Scott erleichtert. »Ich dachte schon, wir müssten hier draußen übernachten.«

Hamish nickte erleichtert. »Gut. Sehr gut. Hoffen wir, dass sie genügend Stauraum zur Verfügung hat.« Er sah nachdenklich zum Hüttlein hinüber. »Wirklich schade. Ich hätte doch zu gern ein Wörtchen mit Mister Savieraux gewechselt. Nun gut. Man muss mit dem vorliebnehmen, was man bekommt, fürchte ich.«

Scarlett trat ein letztes Mal an die Schienen und sah hinüber zum nahen Waldrand. Jetzt, wo die Lok fort war, roch die Luft tatsächlich nach Blüten, Honig und Erde und –

Sie hielt inne.

Zuerst wusste Scarlett nicht einmal, warum, doch ihr Bauchgefühl täuschte sie nur selten, also schloss sie die Augen und lauschte. Eine Gänsehaut überkam sie. Mehrere Male drehte sich Scarlett um sich selbst und suchte etwas, von dem ihre Augen nicht wussten, wie es aussehen sollte – dann war das Gefühl wieder verschwunden. Ihr Bauch beruhigte sich.

»Red?«, rief Scott hinter ihr. »Kommst du?«

»Ja«, rief Scarlett halbherzig zurück, dann ließ sie ihren Blick ein letztes Mal über den weiten Landstrich gleiten. Alles hier wirkte irgendwie unschuldig, fand sie. Und faszinierend schön. Doch das änderte nichts daran, dass soeben jemand in dem Schatten der Bäume gestanden hatte, nur um sich ein Augenzwinkern später einfach in Luft aufzulösen.

Zavah

Ihre zerschlissene Kleidung flatterte an ihrem Körper, als Zavah sich umwandte und dann vorwärtsschoss. Saftige Äste, blühende Zweige und scharfkantige Blätter verbeugten sich vor ihr wie vor einer Königin. Die vier kraftvollen Beine unter ihr donnerten über Stock und Stein, Bach und Bau.

Die Ebrâm hat in ihrer unermesslichen Weisheit wie immer recht behalten, dachte sie voller Aufregung. *Bald würde es beginnen.*

Der große Mann wirkte von allen dreien am gefährlichsten. Seine Kraft speiste sich aus dem, was er verbarg, und seine Aura schien das Mal der alten Dunkelheit zu tragen. Er würde zur falschen Zeit die richtigen Dinge entdecken.

Das Mädchen – warum sah Zavah als Erstes ein Feuer, wenn sie an sie dachte? – hatte noch nicht erkannt, an welch grauenvollen Ort sie der Pfad vor ihr führen würde. Sie trug etwas bei sich, das sie nicht hätte tragen dürfen. Sie würde es zur richtigen Zeit benutzen, um das Falsche zu tun.

Der Junge. Nun, er war … interessant.

Zavah lachte herzhaft über sich selbst und schüttelte den Kopf. Sie genoss die kalte Nacht, die an ihrem kupferbraunen Gesicht entlangströmte und das Versprechen, das diese mit sich brachte.

Sie war sehr gespannt, was als Nächstes geschehen würde.

Schattenläufer
Schnellste Werwolfklasse überhaupt
Verbreitung: Terra Europa, Terra Vespucci
Extrem gefährlich – strategische Erlegung

Hamish

»In Ordnung«, sagte Lady Scarlett und flocht sich ihre wilden Haare zu einem überraschend ordentlichen Zopf. »Ich kann es mir zwar schon denken – Dokumentation, Dokumentation, Dokumentation, bla, bla – aber wie genau gehen wir jetzt vor?« Sie verzog das Gesicht und beendete ihr Werk. »Was genau wissen wir überhaupt über diesen Ort … Biscla… Bisclavret?«

»Nicht viel«, antwortete Hamish und wunderte sich darüber, dass Master Scott ihm nicht wie sonst üblich mit einer vorschnellen Antwort zuvorgekommen war. Stattdessen brütete der junge Adelige noch immer über einer Notiz, die Hamish vage bekannt vorkam. »Es heißt, der Ort sei während des letzten Kriegs verlassen und schließlich einige Jahre später wieder besiedelt worden. Die Provinz, in der wir uns befinden, das nördliche Languedoc, ist bisher nicht für Werwolfsichtungen bekannt.« Master Scott zuckte zusammen und hielt inne.

»Ja, Sir?«, fragte Hamish.

»Ähm, nichts, Hamish«, sagte Master Scott und blinzelte konzentriert das Papier in seinen Händen an. Er schien sonderbar entrückt. »Bitte, ich wollte Sie nicht unterbrechen.«

Lady Scarlett hob abwartend eine Augenbraue, dann, als ihr Bruder tatsächlich nichts Weiteres hinzufügte, hob sie die Schultern und sah Hamish erwartungsvoll an.

»Nun«, begann Hamish und maß die jungen Adeligen mit einem Nicken, »Ihre Eltern haben stets sehr gründlich gearbeitet. Um genau zu sein, hatten sie nur äußerst wenige Misserfolge zu verbuchen. Stets wurde der schuldige Werwolf aufgespürt und vernichtet, bis auf wenige Ausnahmen. Im Laufe der Jahre stellte Lady Oaknight allerdings eine interessante Verbindung zwischen diesen scheinbar unverbundenen Fehlschlägen her.«

»Bei jedem ihrer ungelösten Fälle gab es eine Gemeinsamkeit: Der Werwolf hatte keine Spuren hinterlassen«, ergänzte die offenbar gut vorbereitete Lady Scarlett aufmerksam. »Man hat weder Kampfspuren noch Blut noch Überreste irgendwelcher Opfer gefunden, deshalb hat man lediglich Vermisstenanzeigen aufgegeben. In jedem Ort, in dem zuvor Werwolfsichtungen gemeldet wurden, verschwanden immer zwischen einem oder fünf Menschen – dann hörten die Angriffe teilweise schon in der darauffolgenden Nacht wieder auf und kamen nie wieder.«

»Das ist korrekt«, sagte Hamish und sah abermals in Erwartungshaltung zu Master Scott herüber, der weiterhin ins Lesen vertieft schien. »Ihr Herr Vater fand nach Sichtung der Befragungsprotokolle noch eine weitere Gemeinsamkeit. Stets wurden die Vermissten an den Tagen zuvor im Gespräch mit einem geheimnisvollen jungen Mann beobachtet. Nachdem die jeweiligen Werwolfsichtungen aufhörten, sah man auch den besagten Mann nie wieder.«

Lady Scarlett schaute immer wieder zu ihrem Bruder hinüber, der zwar nach jedem Wort zustimmend nickte, doch nicht wirklich anwesend zu sein schien.

»Nach einer Weile ergab sich durch diese Gemeinsamkeiten eine zusammenhängende Spur«, sagte sie und titschte mit ihrem Zeigefinger gegen den Papierstapel, den ihr Bruder aufgeregt studierte. Er reagierte nicht. Sie verzog verblüfft die Mundwinkel. »Wer auch immer er ist, er hat kein starres Beuteschema. Seine ersten beiden Opfer waren ein Mädchen und ihre Großmutter, danach verschwanden Menschen aller Altersklassen, Herkünfte und Stände überall auf Terra Europa. Mama und Papa war er immer einen Schritt voraus, bis vor etwa sieben Jahren. Dann schien plötzlich, nach mindestens zwei Vorfällen pro Jahr, von jetzt auf gleich alles ruhig zu sein, bis –«

»Bis vor Kurzem«, murmelte Master Scott plötzlich, starrte ins Leere und riss den Stapel Papiere förmlich von seinem Gesicht hinunter. Er zog die Augenbrauen zusammen. »Hamish? Haben meine Eltern mit Ihnen über diese Abschriften hier gesprochen?«

»Welche da wären, Sir?«

»Das hier ist eine Aufzeichnung, die er laut der Überschrift in der Bibliothek eines Londoner Klosters fand«, sagte Master Scott. »Inklusive merkwürdiger Skizzen von Sternenkarten, Koordinatensystemen und Landkartenabschnitten. Wissen Sie zufällig noch, wie er überhaupt darauf kam, dort mitten in einer Werwolfjagd auf Schriftrollen-Schau zu gehen?«

Hamish durchforstete sein Gedächtnis. »Wenn ich mich recht entsinne, Sir, dann war er einem äußerst vagen Hinweis auf den großen Unbekannten in exakt jene Abtei gefolgt. Er erkundigte sich dort, ob ein Fremder kurz vor ihm nach einem ungewöhnlichen Buch oder einer auffälligen Niederschrift gefragt hätte. Tatsächlich schien laut den Mönchen kurz zuvor ein Mann mit beunruhigender Ausstrahlung dort gewesen zu sein, der sich nach diesem einzigartigen Text erkundigt hatte. Ihr Vater nahm ihn damals an sich, Sir, und brachte ihn mit nach Oaknight Manor.«

Master Scott runzelte verständnislos die Stirn. »Und er hat nie erwähnt, was er in diesem Text gefunden hat?«

Hamish musste sehr genau darauf achten, wie er seine Antwort formulierte, um die Tarotlegung nicht versehentlich zu erwähnen.

»Diese Abschrift bedeutete für ihn einen Durchbruch bei der Spurensuche«, antwortete er schließlich. »Er nannte es einen ›hinreichenden Beweis‹ dafür, dass man jeden Fall eventuell in einem vollkommen neuen Licht sehen müsse.«

Lady Scarlett lehnte sich vorwärts. »Und das wäre?«

Ihr Bruder ließ seine Augen abermals über das Papier wandern und sagte: »Der Text erwähnte ein druidisches Ritual, mit dem es möglich sei, so Zitat *›myt des offenbahrenden Mondeslychts Hylfe; einem durch dy Bestye Anheymgefallenen den Wulfe zu Vertreyben aus seynem Ynneren; auf daß er gereynygt sey und frey von seynes Bluteshunger‹*.«

»Hä?«, machte Lady Scarlett. »Und das heißt jetzt was genau?«

Master Scotts Lippen wurden von einem kaum sichtbaren, merkwürdig hoffnungsvollen Lächeln umspielt. Seine Augen leuchteten, als er flüsterte: »Ein Heilmittel. Es gibt ein Heilmittel für Lykanthropie.«

»Schwachsinn«, winkte Lady Scarlett ab. »Was sollte ein Werwolf von einem Heilmittel haben?«

Hamish versuchte, die Reue in seiner Stimme zu dämpfen. »Vielleicht eine Aussicht auf Erlösung, Mylady.«

»Und dann stopft er sich nach seinem Klosterbesuch einfach munter weiter unschuldige Leute in den Hals?«, lachte Lady Scarlett und wischte mit der Hand durch die Luft. »Ganz ehrlich? Selbst wenn wir es hier mit einem Vernarbten zu tun haben – denn das sind die cleversten unter den mordenden Flohkutschen –, der *zufällig* nicht dem Blutrausch und seinem unwiderstehlichen Jagdfieber nachgibt, weil er von einem ach so schrecklich schlechten Gewissen geplagt wird … dann ist er scheinbar trotz allem noch immer eine Gefahr für alle, die ihm begegnen.« Ihre Belustigung wich bitterem Ernst. »Dann ist es *unsere* Aufgabe, seine Ernährung auf Silberkugeln umzustellen. Und zwar dauerhaft.«

Betretenes Schweigen hielt Einzug in der schaukelnden Kutsche. Hamish wägte die Möglichkeiten in seinem Kopf ab, kam aber zu einem ähnlichen Ergebnis wie Lady Scarlett. Master Scott schien nicht recht zu wissen, was er zu der Konversation beitragen konnte, eine Seltenheit.

»Wir gehen nach Protokoll vor«, sagte Lady Scarlett, ihr zuvor heißblütiger Tonfall zur Gänze erkaltet. »Wir stellen Fragen. Wir sammeln Hinweise. Wir finden raus, wer der Werwolf ist, welche Klasse er hat und wie wir ihn töten können. Dann fahren wir zurück nach Haus und sind eine glückliche Familie.«

»Willst du denn überhaupt nicht herausfinden, was Vater und Mutter hier genau gesucht haben?«, fragte Master Scott aufgebracht. »Und warum –«

»Denkt *ja nicht*, ich hätte mir die Zeilen der letzten Nachricht meiner Eltern nicht in mein Hirn gebrannt, Euer Durchlaucht«, gab Lady Scarlett scharf zurück und rezitierte: »*Er* hat gefunden, was sie gesucht haben, und jetzt sind sie … sind sie nicht mehr hier. Und *wir* sollen ihn aufhalten. Unter dem siebten Blutmond.« Sie rümpfte die Nase und nickte abgehackt nach draußen. »Wir sind hier. Wir halten ihn auf. Ich weiß nicht, was *du* hier tun willst, aber *ich* bin hier, um das Ding in Stücke zu hacken, das mir meine Eltern genommen hat. Und ich war wohl dumm genug zu glauben, mein verdammter Bruder wäre bei mir, wenn es so weit ist!« Ihre Augen begannen, zu glänzen, als sie dem völlig verdutzten Master Scott die Papiere aus der Hand riss und sie ihm lose zurück in den Schoß warf. »Wenn du damit deine Zeit verschwenden willst, eine Schnitzeljagd zu veranstalten, bitte. Aber dann geh mir wenigstens aus der Schusslinie, wenn es so weit ist!«

Sie trat auf ihrer Seite die Wagentür auf, griff über den Rahmen und zog sich mit der Selbstverständlichkeit einer Zirkusartistin hinauf zum Kutscher, den Hamish daraufhin überrascht keuchen hörte.

»Red«, murmelte Master Scott. Dann, lauter: »Red! Komm da runter!« Er erhob sich und spähte aus dem Wagen. »Red!«

Hamish beobachtete seinen Schützling noch einige Sekunden lang, doch das Bemühen des jungen Masters blieb erfolglos. Hamish lehnte sich vor und schloss die Tür. Der Blick des jungen Adeligen wirkte leer, beinahe verzweifelt.

»Sie benötigt einen Moment der Ruhe, Sir«, beteuerte Hamish. »Falls es Sie beruhigt, Sir, ich denke, ein Ansatz, der sowohl den mysteriösen Unbekannten als auch den Grund für den Aufenthalt Ihrer Eltern an diesem Ort mit einbezieht, ist ein durchaus sinnvoller.«

Master Scott kämpfte sichtlich mit den Tränen. Der Anblick fühlte sich für Hamish an wie ein Tritt in den Magen.

»Hamish«, sagte der Junge mit belegter Stimme. »Da gibt es etwas, das ich Ihnen sagen muss … ich denke, ich …«

Hamish erinnerte sich und nickte. »Sie müssen nicht weitersprechen, Sir. Ich weiß, was Sie meinen.«

Master Scott horchte mit großen Augen auf, nahm sich ein

Taschentuch aus seiner Manteltasche und putzte sich nach dem Abtupfen seines Gesichts die Nase.

»Sie … Sie wissen es?«

»Ja, Sir.«

»Wieso haben Sie nichts gesagt?«

»Ich dachte, ich warte einfach darauf, dass Sie es zur Sprache bringen, Sir.«

Master Scott schien sich zu wappnen. »Und? Wie schätzen Sie meine … Situation ein?«

»Ich verstehe Ihr schlechtes Gewissen, Sir.«

Der junge Adelige blinzelte verwirrt. »Mein schlechtes – sprechen wir gerade über dasselbe?«

»Der Streit mit Ihren Eltern, Sir.«

Master Scott öffnete und schloss den Mund mehrmals, ohne etwas zu sagen. Er runzelte verwirrt die Stirn, schüttelte hastig den Kopf und schien sich zu sammeln.

»Sie – Sie haben gehört, was ich damals gesagt habe?«

Hamish musterte seinen Schützling mitfühlend. »Ich fürchte ja, Sir.«

Master Scott lehnte sich zurück, rieb sich das Gesicht und presste nachdenklich eine Faust auf die Lippen.

»Sie … sie weiß nichts davon. Zumindest dachte ich es. Aber bei den Ohren, die sie hat – wer weiß das schon.« Er atmete durch, sammelte die Blätter wieder auf und ordnete sie in sein Notizbuch. Seine Gedanken auf die vor ihnen liegenden Aufgabe zu konzentrieren, schien ihm gutzutun. »Hamish, da ist noch etwas, das mir aufgefallen ist.«

Hamish nickte höflich. »Ja, Sir?«

»Es hat mit dem allerersten Opfer zu tun.«

Hamish zog überrascht die Augenbrauen hoch. »Ich beschäftige mich nun schon seit mehreren Wochen damit, Sir. Ich versichere Ihnen, ich habe sämtliche Einzelheiten hinreichend studiert. Was ist Ihnen aufgefallen?«

Master Scott starrte konzentriert ins Leere. »Ist es nicht merkwürdig, dass er jedes seiner Opfer mit Haut, Haaren und Kleidung verspeist, aber ausgerechnet den knallroten Kapuzenmantel des jungen Mädchens am Ort seiner Untat zurücklässt?«

Hamish dachte eine Weile über diesen Aspekt nach und blickte aus dem Fenster der Kutschentür. Man sah außer den drohenden Schatten der fernen Wälder und den harten Umrissen einiger näher kommender Behausungen kaum etwas, da sich der sternenklare Himmel in der letzten halben Stunde mit Wolken zugezogen hatte. Hin und wieder brannte eine zitternde Laterne in einem krummen Fenster oder eine stille Fackel vor der Wand eines schiefen Hauses aus Fachwerk. Doch Rauch kam nur aus einem einzigen Kamin, irgendwo im Zentrum des kleinen Ortes Bisclavret.

Jemand grummelte vom Kutschbock her. Die Pferde wurden angehalten.

Hamish streckte sich und ließ sein Genick mehrere Male knacken.

»Nun, Sir, vielleicht hat er mit jedem Opfer dazugelernt?«

Master Scott schien mit dieser Antwort nicht sonderlich zufrieden zu sein. Er musterte Hamish einen Augenblick, dann starrte er wieder hoch konzentriert in eine Ferne, die nur er einsehen konnte.

»In der Tat, mein lieber Hamish«, sagte der junge Adelige. »In der Tat.«

Scott

»So!«, knarrte der Kutscher, stieg mühselig vom Bock und landete mit einem schmatzenden Geräusch auf dem Boden. »Wir sind da! Komisch, sonst stehen sie hier immer schon draußen … na ja, egal. Gibt hier ein winziges Gasthaus, hohe Herrschaften! Ich kenn den Mann, dem's gehört. Wenn's recht ist, lasse ich die olle Droschke hier stehen. Der alte Reynard und seine Gesellen helfen Euch gleich bestimmt mit dem Reintragen der Sachen.«

»Fahren Sie heute Abend nicht noch weiter?«, fragte Scott wie beiläufig und verließ ebenfalls hinter Hamish und seiner noch immer schweigenden Schwester das Gefährt. Der Kutscher verzog griesgrämig das Gesicht und spie aus, dann band er die beiden Pferde an einen Zugpfahl auf dem kleinen, befestigten Marktplatz, um den einige Häuser angeordnet waren.

»Bist wohl übergeschnappt, Junge?«, brummte er. »Bin doch nich' lebensmüde! Dafür müsste ich der Straße bei diesen gottverdammten Wäldern folgen – und das mitten in der Nacht? Nein, danke!«

Hamish wechselte einen Blick mit Scott und Scarlett.

Phase 1, dachte Scott und nickte. *Dokumentation, Dokumentation, Dokumentation.*

»Interessant«, sagte Scott, zückte Graphitstift und Notizbuch aus dem Mantel und wandte sich an den Kutscher. »Was ist denn mit den besagten Wäldern?«

Der Mann musterte ihn unsicher.

»Das werden Sie wohl noch früh genug erfahren, wenn Sie wirklich so verrückt sind und hier*bleiben* möchten«, sagte er schließlich und zog schlotternd die Nase hoch. Er ging auf eines der Häuser zu. In einem der kleinen Fenster brannte noch Licht und aufgebrachte Stimmen erklangen gedämpft hinter Holz und Stein. Der Kutscher winkte hinter sich her, dann deutete er auf den Wald. »Wer nachts nahe genug an die Bäume rankommt oder – schlimmer noch – da reingeht, den holt die Bestie, die in diesem Landstrich ihr Unwesen treibt.« Er wischte sich mit dem Ärmel über den Bart. »Alles, was man dann noch findet, sind die Fußspuren von dem armen Schlucker, den's erwischt hat.«

Scott horchte auf. *Wie die Opfer des langjährigen Falls.*

»Und direkt daneben die Pfotenabdrücke von diesem Ding«, fügte der Kutscher hinzu.

»Fußspuren?«, fragten Scott und Scarlett gleichzeitig und blieben stehen.

Der Kutscher lehnte sich vor. Er schien nicht zu laut sprechen zu wollen, so als fürchte er, besagtes Untier könnte ihn hören.

»Ich sag's Ihnen, da hat ein Teufel seine Finger im Spiel«, murmelte er. »Die Pfotenabdrücke führen nämlich immer nur ein paar Schritte weit. Dann – puff! – nichts mehr. Als hätte sich die Höllenbrut nach getanem Werk einfach so mir nichts, dir nichts aufgelöst.«

»Sonst keinerlei Auffälligkeiten?«, fragte Hamish.

»Natürlich! Zerbrochene Äste, aufgewühlte Erde! Und nie

lässt die Bestie etwas von den armen Schweinen übrig! Bis auf den letzten Blutstropfen verschlungen hat es jedes seiner Opfer, habe so eine Stelle am Waldrand selbst einmal mit eigenen Augen gesehen!«

Kampfspuren, notierte Scott. *Interessant. Passt nicht genau in das altbekannte Muster, falls es sich tatsächlich um den großen Unbekannten handelt.*

»Scott? Irgendeine Klasse, die wir kennen?«, fragte Scarlett ihren Bruder auf Caledonisch. »Welche Klasse kann sich einfach so in Luft auflösen? Schattenläufer sind gut im Verstecken und Verschwinden, richtig?«

Scott dachte einen Augenblick lang nach, dann schüttelte er den Kopf.

»Schattenläufer hinterlassen wenigstens lange Fährten aus Pfotenabdrücken«, sagte er. »Und sie fressen ihre Opfer nie ganz, hinterlassen also Hinweise. Nicht wahr, Hamish?«

Hamish nickte dezent. »Ich fürchte ja, Sir. Wahrlich, eine Kuriosität.«

»Nichts so Massives kann sich einfach auflösen«, ergänzte Scott. »Ich bin ja geneigt, so einiges an Übernatürlichem zu akzeptieren, aber da hört der Spaß nun wirklich auf.«

»Vielleicht ist es ja *der* hier«, erwägte Scarlett weiterhin auf Caledonisch und zuckte belustigt mit den Schultern, während sie auf den irritierten Kutscher deutete. »Er kommt viel herum, kennt die Gegend und ist niemals lange an einem Ort. Gute Tarnung.«

»Zu früh, Red«, merkte Scott an. Seine Schwester verdrehte die Augen.

Der Kutscher lauschte währenddessen beleidigt einer Unterhaltung, die er nicht verstand.

»Es – es sind diese verfluchten Klappschtröter, sage ich Ihnen«, brabbelte er dazwischen. Hamish fühlte, wie er sich bei dem Wort *Klappschtröter* innerlich anspannte. »Überall, wo die auftauchen, gibt es nur Ärger. Wenn einer mit dem Teufel im Bunde steht, dann dieses Lumpenpack! Hab neulich erst wieder welche hier in der Gegend gesehen. Mitten im Wald, stell sich mal einer vor! Das erklärt doch alles! Die ziehen sich unter dem Mond die Pelze an und verwandeln sich dann in blutrünstige Ungeheuer!«

Hamish zog eine Augenbraue hoch. »Wenn ich mich recht erinnere, zieht das *fahrende Volk* in diesen Landen die Bezeichnung *Manousher* vor. Und wenn Sie einmal die Gastfreundlichkeit dieser Gemeinde genossen haben, werden Sie durchaus feststellen, dass es sich dabei um Menschen wie Sie und mich handelt. Menschen, bei denen sich das Konzept von persönlichem Besitz niemals durchgesetzt hat, da man in einer Familie stets alles miteinander teilt – je nachdem, wer etwas braucht. Und ohne Beweise jemandem Diebstahl oder Schlimmeres vorzuwerfen oder ihn einen *Klappschtröter* zu nennen, ist wohl kaum das Merkmal eines Gentlemans, *Monsieur.*«

»Meine Güte, sind Sie ein laufendes Buch oder so was?«, sagte der Mann kopfschüttelnd und grummelte in seinen Bart. Er deutete schließlich mit dem Kinn auf die Tür des Hauses vor ihnen. »Hier ist es.«

Die Stimmen, die zuvor lauter geworden waren, verstummten schlagartig. Stühle wurden hastig gerückt, Tische geschoben. Scotts Schwester kniff die Augen zusammen und wechselte einen Blick mit ihm und Hamish, dann trat sie an dem Kutscher vorbei und klopfte.

Der klassische Mondwandler, weitestgehend intakte menschliche Morphologie
Verbreitung: Westliche Terra Europa
Extrem gefährlich – sofortige Erlegung

Hamish

Dumpfe Worte wurden gewechselt und einige Momente lang geschah nichts.

Dann wurde der Riegel kratzend entfernt und die Luke öffnete sich einen Spaltbreit.

»Ja?«, sagte eine Stimme wie mit Honig überzogener Donner.

»Mensch, Reynard!«, bellte der Kutscher. »Wir haben gehört, dass noch Betrieb bei dir ist – ich frier mir hier die Haxen ab! Hab auch Gäste für dich!«

»Sir, wir wollen Ihnen keine Umstände machen«, fügte Hamish diplomatisch hinzu. »Jedoch benötigen wir für die kommenden Tage eine Bleibe. Ihr Etablissement wurde uns wärmstens empfohlen.«

»Ah! Bitte, bitte«, sagte die Stimme erneut, jetzt übertrieben freundlich. Die Tür öffnete sich. »Tretet ein.«

»Oh«, entfuhr es Master Scott. »Wie überaus … rustikal! Ganz vorzüglicher Charme, wirklich.«

Das Gasthaus, das sie betraten, so folgerte Hamish, musste weitaus älter sein als alle hier finster Dreinblickenden, die sie offenbar bei einer Art Ratssitzung unterbrochen hatten. Mehrere Männer und Frauen, unter ihnen auch Kinder und Jugendliche, teilten sich einige Tische, die auffällig leer waren. Es roch nach Kohle, entfernt nach fettigen Speisen und klammem Holz.

Die Wände wiesen vielerlei schiefe Winkel aus, in denen sich Balken und Stein im Laufe der Jahre der Witterung angepasst hatten, was dem Ganzen bei einem Blick aus dem Augenwinkel ein sonderbares Eigenleben verlieh – beinahe wie eine lose, weiche Maske über einem nackten, unförmigen Schädel. Eine Wand zierte das einsame Gemälde einer jungen Frau mit strohblondem Haar.

»Guten Abend«, grüßte Hamish in die Runde. Er bekam keine Antwort.

Wahrlich kurios. Die Stimmung, die ihnen entgegenschlug wie der Geruch eines langsam verstopfenden Kamins, war weit entfernt von der üblichen Reaktion solch winziger Gemeinden in der Fremde, empfand Hamish überrascht. Es lagen weder Neugierde noch Feindlichkeit in den Blicken der einfachen Menschen hier. Nur Müdigkeit und Trauer.

»Ich bin Reynard«, stellte sich der Schankwirt vor und streckte die breite Hand aus. Er war einen halben Kopf kleiner als Hamish, wirkte in Gemütlichkeit gealtert und hatte ein freundliches Gesicht, das von einer auffällig großen Hakennase geziert wurde. Seine Augen hätten dümmlich wirken können, wäre da nicht dieser eigenartige Glanz in ihnen gewesen, den Hamish bisher nur bei außergewöhnlich intelligenten Aristokraten kennengelernt hatte.

»Hamish Balthazar Porter, angenehm«, sagte Hamish, straffte sich und deutete mit einer Verbeugung zu seinen Begleitern. »Ich darf Ihnen Lady Scarlett Oaknight und Lord Scott Oaknight vorstellen.«

»Oh«, lachte Reynard, als Hamish ihm die Hand schüttelte. Er rieb sich nervös die Fingergelenke und erweckte nicht den Eindruck, als ob er zugehört hätte. »Ein sehr kraftvoller

Händedruck, Monsieur! Und, nun, was, ähm, was verschafft meinem bescheidenen Haus diese Ehre?« Er schien sich nicht sicher zu sein, ob er den Kindern die Hand geben oder sich vor ihnen verbeugen sollte.

Lady Scarlett gab ihm die Hand. »Nennen Sie mich einfach Scarlett«, sagte sie.

»Monsieur Oaknight wird für meine Wenigkeit wohl ausreichen«, fügte Master Scott freundlich hinzu.

»Nett, ähm, sehr nett!«, entgegnete Reynard. »Und eine Freude, auch Sie kennenzulernen, Monsieur. Ihr Gallisch ist übrigens ganz hervorragend, wenn ich anmerken darf!«

Master Scott schien sich das Kompliment gefallen zu lassen und daher nicht zu bemerken, wie der Schankwirt fast schon erschrocken von seinem Händedruck zurückwich. »Zu freundlich! Sagen Sie, könnten Sie unserem lieben Hamish mit dem Gepäck behilflich sein? Es lagert dort draußen, in der Kutsche des freundlichen Herrn hier.«

»Reynard«, brummte der Kutscher und fasste sich an den Hut. Der Schankwirt nickte ihm flüchtig zu.

»Guillaume«, sagte der Schankwirt, dann wandte er sich um und rief: »Simon! Pascal! Ihr habt die Herrschaften gehört, helft dem lieben Guillaume beim Auspacken. Vivien, bitte bereite ein Zimmer vor!«

»Das ist unglaublich schwer«, ächzte einer der jungen Männer wenig später.

»Die hier auch!«, sagte der zweite mit hochrotem Kopf. »Und da sind bestimmt noch fünf oder sechs Stück davon!«

Hamish, der den beiden zur Hand gegangen war, horchte besorgt auf.

»Das sind wirklich eine Menge Truhen und Kisten«, sagte Lady Scarlett laut auf Gallisch, dann kniff sie misstrauisch die Augen zusammen. »Die dunkelblauen sind allesamt deine, oder?«

Master Scott versuchte mühsam, seinen ertappten Gesichtsausdruck herunterzuspielen. »Ähm, ja, das sind sie.«

»Was hast du da alles drin?«

»Nun. Meine Schlafanzüge, beispielsweise. Uuund unter Umständen einige Bücher. Und diverse Sockenpaare. Ähem. Und Mäntel. Eventuell. Vielleicht auch zwei meiner liebsten Spazierstöcke, wenn man genau hinsieht.«

Lady Scarlett riss die Augen auf. »Deine Schlafanzüge?! Du hast – aber du hast mehrere Dutzend von den Dingern!«

Master Scott straffte sich und richtete seinen Mantel. »Man muss auf jeden Anlass vorbereitet sein!«

Lady Scarlett hob die Arme und warf sie vorwurfsvoll von sich. »Zehn Stunden am Stück zu schnarchen wie eine Horde Baumfäller ist kein *Anlass*!«

Die Packer grinsten breit und ein zuerst nervöses, aber dann erleichtertes Lachen breitete sich unter den anderen Dorfbewohnern aus. Schließlich winkte Reynard seinen Angestellten, die Gepäckstücke allesamt hinauf in die Zimmer zu tragen. Hamish entspannte sich und empfahl, einen Teil der Kisten in der Kutsche zu belassen, was die jungen Männer dankbar aufnahmen.

»Also, was bringt euch hierher?«, fragte Reynard schließlich und lächelte.

Master Scott sah fragend zu seiner Schwester und anschließend zu Hamish herüber, nickte dann und trat ernst auf den Schankwirt zu.

»Guter Mann, liebe Leute!«, sagte er und fasste den Raum mit einer Geste ein. Man musterte ihn verunsichert. »Damit ich Ihnen mitteilen kann, was genau der Grund unseres Aufenthaltes ist, muss ich – wie ich fürchte – zunächst das Weltbild aller Anwesenden in ihren *Grundfesten erschüttern.*« Der junge Adelige trat mit verschwörerischem Gesichtsausdruck vor und untermalte seine Worte mit mysteriösen Handbewegungen, wohl wissend, dass er nun die ungeteilte Aufmerksamkeit aller Anwesenden genoss. »Viele von Ihnen mögen es für einen Irrglauben halten, aber –«

Reynard lächelte und nickte eifrig.

»Werwölfe existieren!«, rief er fast schon feierlich. »Und Ihr seid Jäger.«

Nicht nur Master Scott entglitten die Züge. Einige der Anwesenden sahen besorgt zu Reynard herüber.

»Ähm«, machte Master Scott. »Nun. *Das* ist unerwartet.«

Der Schankwirt wischte sich nervös die Hände an seiner Schürze ab. »Wir haben in letzter Zeit viele Gäste, die unseren Ort für das Aufstocken ihrer Vorräte besuchen. Alles Jäger, so wie ihr. Man sieht es den Leuten irgendwann an, wenn man schon so viele von ihnen getroffen hat.« Hamish horchte auf. Lady Scarletts Augen schienen für einen Moment zu flimmern.

»Dann weiß ich ja, wem wir in den kommenden Tagen einen Besuch abstatten werden«, merkte Master Scott überrascht an und verzog nachdenklich die Mundwinkel.

Reynard schien etwas in seiner Erinnerung zu suchen, dann sagte er: »Soweit man mir erzählt hat, haben sie sogar so etwas wie einen … wie sagt man … einen Stützpunkt hier in der Nähe aufgebaut. In der alten Kathedrale von Calice-Sainte-Lune, glaube ich. Ist eine große Gruppe Männer und Frauen, sehr fleißig anscheinend, muss man sagen!« Ein tieftrauriger Schatten huschte über das Gesicht des Mannes. »Sie … sie hatten leider noch keinen Erfolg.« Der Schankwirt setzte umgehend wieder ein gastfreundliches Lächeln auf und rieb sich munter die Hände. »Aber sicher wird es nicht mehr lang dauern!« Einer der Männer – Pascal? – drehte sich mit zornesrotem Gesicht von Reynard fort.

Kurios, erwog Hamish. Er wandte sich an seine Schützlinge und sagte auf Caledonisch: »Mehr als eine einzelne Gruppe Jäger auf der Jagd nach einem Werwolf anzutreffen, ist eine unerhörte Seltenheit. Merkwürdig, dass der Mercurius-Orden keine entsprechenden Mitteilungen herumgeschickt hat, wie sonst in einem solchen Falle üblich. Master Scott? Ich rate Ihnen, eine entsprechende Notiz festzuhalten.«

»Sind darunter auch ein Mann und eine Frau gewesen?«, fragte Lady Scarlett hoffnungsvoll, nun wieder auf Gallisch. »Sie hat … sie … hatte langes hellbraunes Haar und eine schöne Stimme. Er hatte eine feine Narbe auf der Unterlippe und ein kleines Stück seines linken Ohrs fehlte. Sein Lachen war ansteckend. Haben Sie sie gesehen?«

Etwas in Reynards Augen änderte sich, als er der jungen Adeligen zuhörte.

»Warum fragen Sie?«, sagte er und setzte abermals ein Lächeln auf.

Lady Scarlett sah sich in den Gesichtern des Raumes um, als hätte sie ihre Frage an alle gestellt.

»Weil wir hier sind, um jeden Werwolf zu töten, der sie auch nur schief angesehen hat«, sagte sie energisch. »Also, haben Sie sie gesehen?«

Niemand antwortete ihr. Es war, als hätte der Tonfall, in dem sie die Frage gestellt hatte, den Raum auf die Seite kippen lassen.

»Irgendjemand?«

Die Anwohner sahen einander an, schienen aber darauf zu warten, dass Reynard dem Mädchen eine Antwort gab.

»Nun«, antwortete Reynard, setzte ein versöhnliches Gesicht auf und legte die Hände zusammen. »Wir alle hatten einen äußerst anstrengenden Tag und sicher hatten Sie eine strapaziöse und lange Reise. Ich denke, wir sollten alle erst einmal eine Mütze Schlaf nachholen. Dann können wir morgen in neuer Frische miteinander reden. Sicher ist mein Gedächtnis dann auch etwas besser, junge Dame, und mir fällt etwas ein, was Ihnen weiterhilft. Ich verspreche, dass ich in diesem alten Holzkopf Ausschau halten werde.« Er klopfte sich gauklerisch an die Schläfe.

Lady Scarlett wirkte enttäuscht.

»Ist … vielleicht eine gute Idee, Red«, fügte Master Scott hinzu und legte ihr eine Hand auf den Rücken. Ihre Fäuste waren so stark geballt, dass ihre Knöchel weiß angelaufen waren. »Komm. Wir gehen auf unser Zimmer.«

Der weitere Abend verlief verhältnismäßig ereignislos. Nachdem Hamish mit dem Kutscher noch eine geheime, überaus wichtige Vereinbarung betreffend ihre verbliebenen Gepäckstücke besiegelt hatte, teilte er sich mit den Kindern das größte

Zimmer für die Nachtruhe auf – eine geradezu opulente Besenkammer. Wenig später lösten die Anwohner ihre Versammlung nach kurzem Dialog auf und verabschiedeten sich bis zum nächsten Tag.

Hamish meinte den wenigen dabei geflüsterten Worten entnehmen zu können, dass eine Gruppe fahrenden Volkes am morgigen Abend eine Art Festivität auszurichten gedachte und dass in gewissen Dingen noch nicht das letzte Wort gesprochen sei. Reynard selbst schien irgendwo dort unten sein Gemach zu haben und begann, wenige Minuten nachdem er dort die Tür abgeschlossen hatte, arbeitsam zu schnarchen. Lady Scarlett tat es ihm letztlich in der hergerichteten Kammer gleich, teilte sich scheinbar jedoch unangenehme Träume mit dem jungen Master Scott.

Hamishs letzte Gedanken, bevor er ebenfalls in einen unruhigen Schlaf abdriftete, kreisten um das Gemälde der jungen Frau unten hinter der Theke ... denn sie kam ihm auf unheimliche Art und Weise bekannt vor.

Scarlett

Dieses Bisclavret war ein merkwürdiges Dorf.

Es wirkte beinahe so, als ob dieser Ort nicht dafür gemacht sei, bei Tag gesehen zu werden. So als sei er … *falsch* unter der Sonne. Ihr Bruder kannte wahrscheinlich gleich drei kluge Wörter, die genau dieses Gefühl beschrieben, aber das kam dem, was Scarletts Bauch wahrnahm, am nächsten.

Von Pascal erfuhr Scarlett am Morgen, dass es neben dem kleinen Ortskern aus Fachwerkhäusern ebenfalls einige verstreute Höfe in der Umgebung gab, die man dazuzählte. Die meisten Menschen, die außerhalb lebten, schienen in den letzten Wochen jedoch notdürftig in den Stadtkern umgezogen zu sein. Wirklich viel sicherer schienen sie sich dadurch allerdings nicht zu fühlen.

Insgesamt wirkte diese Gegend sonderbar alt und verlassen, was durchaus Sinn ergab, nach dem, was Hamish erzählt hatte. Wer wusste schon, wie lange diese Häuser nach einem der zahllosen Bürgerkriege unbewohnt geblieben waren, bevor die Menschen, die jetzt hier lebten, sie für einen Neustart in Anspruch genommen hatten.

Aber da lag trotz allem noch etwas anderes, Älteres unter alldem hier … in dem wispernden Rauschen der nahen Wälder. In der Art, wie der süße Wind nach den Behausungen am

Marktplatz tastete. In der kraftvollen Weise, in der die Erde nach dicken Wurzeln roch.

Scarlett verschlang den letzten Bissen Brot und pulte sich ungeniert mit dreckigen Fingernägeln Essensreste aus den Zähnen, als ihr einfiel, dass ihre ganz persönliche Etikette-Glucke mit ihr am Tisch saß. Glücklicherweise schien Hamish damit beschäftigt zu sein, nachdenklich das riesige Bild hinter Reynard anzustarren.

»Sir, darf ich Ihnen eine Frage stellen?«, fragte der Butler. Der Schankwirt, der gerade auf einem alten Ofen eine Gans abkochte, sah auf und lächelte geschäftig.

»Sicher, sicher! Fragen Sie!«

»Dieses Porträt. Wen stellt es dar?«

Reynard seufzte zufrieden und drehte sich zu dem Bild herum.

»Das ist meine Frau«, antwortete er. Die Art, wie liebevoll und stolz er das sagte, ließ Scarlett warm ums Herz werden. So hatte Papa immer Mama angesehen, wenn sie gerade in irgendetwas vertieft war. »Sie ist leider von uns gegangen. Das ist schon ein paar Jahre her. Das Bild haben wir malen lassen, in einer glücklicheren Zeit.« Er schien für einen Moment in Erinnerungen zu schwelgen, aber da war auch ein reuevoller Zug um seine Mundwinkel, fand Scarlett. »Ich habe es nicht übers Herz gebracht, es wegzugeben, also hat es mich hierher begleitet.« Er küsste seine Fingerspitzen und drückte sie an die Leinwand. »Sie hat mir das Leben gerettet.« Er murmelte etwas, was Scarlett nicht verstand. Es war kein Gallisch.

»Faszinierend«, kommentierte Hamish. »Ich hätte schwören können, sie schon einmal gesehen zu haben.«

»Oh!«, machte Reynard. »Tatsächlich?«

»Ich kann nicht genau festmachen, wo oder wie, aber …«, sagte Hamish und schüttelte den Kopf, dann zog er die Augenbrauen hoch und atmete lautstark aus. »Nun gut. Master Scott? Lady Scarlett? Wir haben zu tun! Ich würde sagen, wir treffen uns später wieder hier, nachdem wir genügend Informationen und Anhaltspunkte gesammelt haben. Dann teilen wir unsere Ergebnisse und stellen eine Hypothese auf.«

Scott wackelte bei dem letzten Wort wie ein glücklicher Welpe auf seinem Stuhl hin und her, das erste echte Lebenszeichen von ihm an diesem Tag.

»Ugh«, stöhnte Scarlett.

»Name, Stand und Beruf, bitte«, ratterte Scott abwesend herunter, wie schon so oft an diesem Nachmittag. Scarlett stieß ihrem Bruder die Faust in die Seite, was die beiden Mädchen vor ihnen mehr erschreckte als ihn.

»Wie heißt ihr?«, fragte Scarlett ruhig.

»Marie«, sagte die Kleinere der beiden unsicher, ihr Gesicht voller Sommersprossen und herabhängender Locken. »Das ist Esperanza.« Sie deutete auf die Größere, die langes dunkelbraunes Haar in einem fein geflochtenen Zopf besaß. Wie so viele andere, die sie ausgequetscht hatten, schienen auch diese beiden Anwohnerinnen zu glauben, man würde jeden Augenblick ein Rapier ziehen und es ihnen ins Herz stechen. Scotts Art hatte das nicht unbedingt besser gemacht.

»Esperanza«, wiederholte Scarlett freundlich. »Das ist ein iberischer Name, oder? Ungewöhnlich für dieses Land.«

Scott schmälerte seinen Blick und tippte sich mit seinem Graphitstift auf das Kinn.

»Jetzt, wo ich darüber nachdenke, haben hier alle sehr ungewöhnliche Namen«, sagte er nachdenklich. »Die Bewohner scheinen aus allen Ecken der Welt zu kommen. Merkwürdig, findest du nicht?«

Scarlett zuckte mit den Schultern.

Esperanza nickte eifrig und zwang sich zu einem flüchtigen Lächeln.

»Sind wir in Schwierigkeiten?«, fragte sie.

»Nein, keine Sorge«, erklärte Scarlett ruhig. »Wir wollen euch nur ein paar Fragen stellen. Das habt ihr sicher für die anderen Jäger auch schon gemacht, richtig?«

Die Mädchen schüttelten den Kopf.

»Schon wieder – komisch, oder?«, fragte Scarlett auf Caledonisch. »Man könnte meinen, die werfen das Protokoll vollständig über den Haufen. Gefällt mir.«

Ihr Bruder nickte grüblerisch.

»Nun«, sagte Scott auf Gallisch und erhob sein Lieblingswerkzeug. »Beginnen wir mit den Anfängen – wann genau gab es die ersten Werwolfsichtungen?«

Die beiden Mädchen sahen einander an. Fragend.

»Die Sichtungen, ja«, begann Marie zögernd. »Vor – vor etwa – ich weiß nicht so recht – etwa drei Wochen?«

»Drei Wochen?«, fragten Scarlett und ihr Bruder zeitgleich.

»Das ergibt keinen Sinn«, schloss Scott und tippte mit dem Graphitstift auf sein Notizbuch. »Es muss länger her sein. Seid ihr sicher?«

Esperanza wirkte, als stünde sie vor einem besonders strengen Lehrer, der sie ihrer Abschlussprüfung unterzog.

»Also, es können auch sechs Wochen gewesen sein!«, sagte sie nickend. Sie suchte in Scotts Gesicht nach einem Zeichen dafür, dass sie richtig geantwortet hatte. »Oder acht?«

»Ich weiß es wieder!«, fuhr Marie dazwischen. »Es ist, seit die Schausteller in diese Gegend gekommen sind!«

Scott seufzte. »Und seit wann ist das genau?«

»Das erste Mal, dass man ihre Musik aus dem Wald hören konnte, war vor etwa drei Monaten«, sagte Esperanza nickend.

»Nun, das könnte passen«, erwiderte Scott und verzog konzentriert den Mund. »Wie viele Leute werden zurzeit eigentlich vermisst?«

Marie schossen auf der Stelle Tränen in die Augen.

»Sechzehn«, sagte sie mit leerer Stimme. Esperanza schien plötzlich, als wäre sie um Jahre gealtert.

»Siebzehn«, korrigierte sie leise. »Judiths kleine Schwester. Sie ist im Wald verschwunden. Albert hat heute doch noch nachgesehen. Ihr kleiner Korb lag noch immer an der Stelle, an der sie so gerne sammeln ging.«

Scarlett spürte, wie heiliger Zorn in ihr aufstieg. Was auch immer dort draußen in der Nacht jagte, hatte tiefe Wunden in die Familien dieses Ortes geschlagen. Scarlett schwor sich, dass es nicht zu einem achtzehnten Opfer kommen würde. Diese Menschen hatten genug erlitten.

»Hat vielleicht schon mal jemand die Kreatur gesehen?«, fragte Scarlett. »Gesehen, wie groß sie ist? Oder welche Farbe ihr Fell hat? Hat sie jemand gehört?«

Die Mädchen sahen betreten zu Boden. Marie schüttelte den Kopf. Esperanza biss sich nervös auf die Unterlippe.

»Ich … ich habe es einmal in der Nacht krachen und splittern hören«, sagte sie kleinlaut. »Außerdem – ich kann richtig gut sehen, wenn ich will – war da etwas zwischen den Bäumen, aber weit, weit weg.«

Scarlett nickte grimmig. »Danke, Esperanza.«

»Hat besagter Albert eventuell Spuren eines Kampfes gefunden?«, fragte Scott und notierte fleißig.

»Ich – ich glaube nicht«, antwortete Esperanza.

»Es geht immer so schnell«, murmelte Marie abwesend. »Nie haben wir eine Chance, uns zu – zu wehren.«

Schattenläufer, schoss es Scarlett jetzt zum wiederholten Male an diesem Tag durch den Kopf. *Wenn wir richtig Pech haben, sogar ein Rudel.*

»Monsieur – dürfen wir jetzt gehen?«, fragte Esperanza plötzlich unruhig und ergriff Maries Hand. Sie schoss einen mahnenden Blick auf Marie ab. Scott sah von seinem Buch auf und blinzelte.

»Wie?«, sagte er. »Oh, ähm. Sicher.« Die beiden Mädchen machten einen merkwürdigen Knicks, senkten ihre Blicke und gingen zügig weiter.

»Zu einfach«, sagte Scarlett. »Das mit dem fahrenden Volk. Selbst wenn es tatsächlich zeitlich zueinander passt.«

»Höchst geheimnisvoll, das alles«, erwiderte Scott und nickte zustimmend, während er den Mädchen nachsah. Die beiden tuschelten aufgeregt miteinander und sahen immer wieder ängstlich in ihre Richtung. »Auch das mit den Zeitangaben. Warum ist sich da keiner einig? Jeder erzählt uns etwas anderes.« Scott atmete laut aus. »Schauen wir, dass wir noch weitere Zeugen ausfragen können. Vielleicht bekommen wir ja dieses Mal stimmige Antworten.«

Sie befragten noch mindestens ein Dutzend weitere Dorfbewohner und jedes Gespräch lief ähnlich ab wie das mit Marie und Esperanza. Keine der aufgezeichneten Antworten wollte wirklich klar zu den anderen passen, nur bei einer Sache war Scarlett sich nun zunehmend sicher.

Dieses Bisclavret war *wirklich* ein merkwürdiges Dorf.

Was wurde hier gespielt?

Helga

Südlich von Bisclavret
Ruinen der Kathedrale Calice-Sainte-Lune, Lager der Werwolfjäger

Helga sah sich ein letztes Mal um, schulterte ihr iberisches Gewehr und stieg die Anhöhe hinab, die weg vom Waldrand führte. Sie wurde bereits erwartet.

»Irgendwas erwischt?«, fragte Khaled und kaute auf einer der Gewürzmischungen herum, die er immer mit sich trug. Wahrscheinlich steckte er das Zeug sogar in seine Fährtenbeutel.

»Nein, aber was gesehen«, gab Helga zurück. Sie manövrierte sich durch das Geröllfeld, das der letzte Sturm aus den Innereien des uralten Gotteshauses gerissen und hier auf der Wiese verteilt hatte. »In der Nacht ist eine Kutsche mit drei Fremden in Bisclavret angekommen. Und viele weitere zusätzliche Wagen, am Waldrand.«

Khaled hörte auf zu kauen. »Und?«

Helga überschritt die Schwelle zum steinernen Wall, der die Kathedrale einst umschlossen haben musste. Jedes Mal, wenn sie das tat, hatte sie das unheimliche Gefühl, über Gräber zu laufen oder anderweitig heiligen Boden zu entweihen. Ekelhaft. Sie hätte dieses Gefühl erschossen, wenn sie gekonnt hätte. Wie jedes Problem, das sich ihr in den Weg stellte.

»Die Beschreibung passt«, sagte sie und trat vor ihren Mitstreiter.

»Mist«, sagte Khaled und spuckte schwarze Kaumasse aus. »Sagst du es ihm?«

Helga verzog das Gesicht. »Ist er immer noch so nervös?«

»Noch schlimmer als sonst.«

Helga fluchte. »Dann halt später. Sag den anderen, sie sollen sich bewaffnen.«

»Mit was?«, fragte Khaled zwischen Belustigung und Ratlosigkeit.

Helga sah zurück zum Waldrand. »Mit allem, was wir haben.«

Scarlett

Später am Tag setzte sich Scarlett mit ihrem Bruder und Hamish wieder zusammen, um ihre Erkenntnisse abzugleichen.

»Alles mit einbezogen, erscheint mir ein Werwolf der Schattenläufer-Klasse ebenfalls am wahrscheinlichsten«, beendete Hamish seine Ausführungen.

»Das bedeutet, wir werden eine Menge Fallen auslegen müssen«, sagte Scarlett. »Tagsüber am besten.«

Scott nickte langsam. »Es sieht tatsächlich danach aus. Schattenläufer können sich bei Nacht freien Willens verwandeln, schlagen mit tödlicher Geschwindigkeit zu und verschwinden noch schneller, als sie gekommen sind. Ein Rudel ist zwar selten, aber leider nicht unwahrscheinlich, da wir wissen, dass in der Anfangszeit zwei Dorfbewohner gleichzeitig an zwei unterschiedlichen Waldrändern verschwunden sind.«

Scarlett hob eine Augenbraue. »Hört sich an, als müsstest du dich selbst überzeugen.«

Ihr Bruder verzog das Gesicht. »Ich … ich bin mir nicht sicher. Da passt so vieles nicht zu einem Schattenläufer. Aber es ist nicht nur das, weißt du. Das alles hier, die Stimmung …«

»Ich habe auch das Gefühl, dass hier mehr hinter den Kulissen passiert, als wir im Moment wissen«, sagte Scarlett.

»Oder verstehen …«, fügte Scott grüblerisch hinzu.

Hamish verschränkte die Arme. »Die Leute hier haben einfach Angst. Und dann kommen plötzlich noch mehr Fremde in ihren Ort und stellen ihnen Fragen, die sie nicht verstehen oder sogar einen von ihnen verdächtigen. Ich halte das alles für durchaus nachvollziehbar.«

»Da ist noch etwas«, sagte Scott. »Warum auf einmal so viele?«

»Wie meinen, Sir?«

»Es waren häufig zwischen zwei bis vier Opfer«, erklärte Scarletts Bruder. »Und niemals mehr als fünf oder sechs. Hier in Bisclavret hat er *siebzehn* Menschen auf dem Gewissen. Was hat sich geändert?«

»Diesbezüglich bin ich bedauerlicherweise ebenso ratlos wie Sie, Sir.«

Scarlett hatte sich nach der Befragung der Mädchen dasselbe gefragt.

Vielleicht ist er das hier gar nicht gewesen, flüsterte ihr eine Stimme aus dem Hinterkopf zu. *Vielleicht geht es hier um etwas ganz anderes.* Sie mochte diese Stimme nicht. Daher entschloss sich Scarlett, sie in Zukunft zu ignorieren.

»Mal angenommen, es sind einer oder mehrere der Dorfbewohner«, sagte Scarlett frei heraus. »Wenn ihr wetten müsstet, wen würdet ihr verdächtigen?«

»Master Scott?«, sagte Hamish freundlich. »Ihre Hypothese?«

Scarletts Bruder nickte.

»An dieser Stelle zeigt sich abermals, warum man so viel in der Scriptura auswendig lernen muss«, erklärte er. »Die allerwenigsten Schattenläufer kehren nach ihrer ersten Verwandlung zurück in ihr normales Leben. Und selbst wenn, dann sind sie in der Regel sogar noch verwirrter als ein Heuler, der nach seiner ersten Nacht mit blutigem Hemd und zerfetzter Hose im Ziergarten seines Landhauses erwacht – und dort womöglich noch von einem Angehörigen gefunden wird.« Scott schüttelte entschieden den Kopf. »Stell dir vor, so etwas wäre hier passiert. Das hätte auf der Stelle die Kunde im ganzen Dorf gemacht. Nein. Ich glaube kaum, dass unser großer Unbekannter hier in diesem Dorf lebt.«

Reynard brachte Ziegenmilch und sogar einen heißen Apfelkuchen an den Tisch.

»Gut, dass meine Ohren so schlecht sind«, sagte der Schankwirt lächelnd. »Sonst würde ich heute Nacht nicht schlafen können, wenn ich Ihnen zugehört hätte, Monsieur!«

Scarlett bedankte sich nickend und verbrannte sich prompt die Hand am Kuchen.

»Reynard«, sagte sie und steckte sich missmutig einige Finger in den Mund. »Hattest du Zeit, in deinem Gedächtnis zu kramen?«

Der Schankwirt richtete sich mit knackendem Rücken auf.

»Die hatte ich tatsächlich«, begann er. »Aber leider wollte die Beschreibung nicht recht auf jemanden passen. Vielleicht sollten Sie sich bei diesen Jägern umhören. Sicherlich kennt man sich dort untereinander und kann euch weiterhelfen.«

»Wie finden wir sie?«, fragte Scott. »In der Nähe einer Kirche, richtig?«

»In der Calice-Sainte-Lune, richtig«, schloss Reynard. »Dazu müsstet ihr allerdings den Wald südlich von hier durchqueren. Es gibt allerdings keinen Pfad, also –«

Die Tür zur »Alten Schenke« wurde aufgestoßen.

»Das halte ich für keine gute Idee«, rief eine verhärmte Stimme. Daraufhin trat ein groß gewachsener Mann mit rabenschwarzem Kragenmantel, Dreispitz und schweren Stiefeln durch die Tür, der sich mit der fließenden Art eines Tänzers bewegte. An seiner Seite leuchtete der abgenutzte Griff eines Rapiers in aufwendig verzierter Klingenscheide. Sein raues Gesicht, in dem ein grauweißer Dreitagebart wuchs, wurde von hohen Wangenknochen und einer wohl schon oft gebrochenen Nase beherrscht. Sein einst dunkles, krauses Haar war kurz und an den meisten Stellen schneeweiß, die stechenden Augen besaßen ein helles Grün. »Wirt! Wein und Brot für mich. Wasser für mein Pferd.«

»Simon!«, rief Reynard. »Pascal!«

Die Lehrlinge eilten hinaus und machten dabei einen großen Bogen um den Neuankömmling, der mittlerweile an den Tisch getreten war. Er roch nach Schießpulver und Alkohol.

»Hamish Balthazar Porter« sagte Hamish, erhob sich und streckte die Hand aus. »Und Sie sind ... Sir?«

Der Mann musterte Hamish herausfordernd.

»Denneval«, antwortete er. »Sebastién Denneval.«

Er streckte dem Butler eine behandschuhte Hand hin, während er die andere zugbereit auf den Griff seines Rapiers legte.

Hamish zog eine Augenbraue hoch.

»Soweit ich mich erinnere«, entgegnete Hamish, »bat ich Sie nicht um Ihre Geldbörse. Waffengewalt erscheint mir demnach nicht zwingend notwendig.«

Denneval grinste breit. »Man kann nie vorsichtig genug sein, Mister Porter.«

Hamish musterte seine eigene Hand, die nach dem Handschlag mit Denneval glänzte und ein wenig verdreckt aussah. Der Butler roch daran, dann kniff er die Augen zusammen und nickte verständnisvoll.

»Mistelzweigextrakt?«, fragte er.

Denneval verzog den Mund abermals zu einem Lächeln.

»Los«, sagte er und winkte Scarlett und ihrem Bruder, aufzustehen. »Ihr auch.«

Scott streckte dem Mann verdutzt die Hand hin und verlor jegliche Farbe aus dem Gesicht.

»Junge, was hast du für zarte Hände?«, lachte Denneval. »So, zeig her.« Er griff Scotts Hand und drehte sie mit der Handinnenfläche nach oben. Er nickte zufrieden, dann wandte er sich an Scarlett. »Mademoiselle?«

Scarlett stand auf, verschränkte die Arme und nickte mit schiefem Kopf zur ausgestreckten Hand des Mannes.

»Wenn du nett bittest«, erklärte sie herausfordernd. »Und mir sagst, was das soll... dann denke ich vielleicht drüber nach.«

»Bei manchen Werwölfen in menschlicher Gestalt verursacht Mistelzweigextrakt eine schmerzhafte allergische Reaktion«, murmelte Scott kreidebleich.

Denneval zog die Augen zusammen und schob das Kinn vor. »Ganz genau«, sagte er langsam, und man konnte sehen, wie ein Gedanke hinter seiner Stirn Gestalt annahm. »Ich mag es nicht, zu viel Zeit mit Fragerei zu verschwenden. Das ist eine nette Abkürzung, wenn es funktioniert. Effektiv bei Tageslicht, dann können sie sich langsamer transformieren. Den Rest macht dann ein sauberer Stich von meiner Liebsten hier an meinem Gürtel.«

Scarlett erwischte sich dabei, wie sie breit grinste. Am liebsten, so stellte sie sich vor, hätte sie auch so einen Mantel und so einen Dreispitz getragen wie Denneval.

»Warum sind wir uns nicht schon früher begegnet?«, sagte sie.

Denneval warf Dreispitz und Mantel über einen Stuhl, dann setzte er sich mit an den Tisch.

Reynard brachte den Wein und belegte Brote mit Schinken.

»Monsieur Denneval«, sagte er aufgewühlt. »Gibt es Neuigkeiten? Deshalb sind Sie sicher hier, nicht wahr?«

»Ich hab's dir *letztes* Mal schon gesagt, Wirt«, gab Denneval aufgebracht zurück. »Eure Bestie verbirgt sich unter den Klappschtrötern. Eine fette Taube hat mir gezwitschert, dass diese Halsabschneider euch heute Abend ihre« – er sah aus, als rolle er eine bittere Flüssigkeit auf seiner Zunge hin und her – »*Aufwartung* machen, richtig? Also werden meine Leute und ich heute Abend auch hier sein. Ein wenig Spaß haben. Lachen und tanzen und so weiter. So, und jetzt bring mir was von der Gans, die ich schon vor ein paar Meilen gerochen habe.«

Reynard wirkte überrumpelt, dann sprang das übliche Lächeln zurück in seine Züge, und er nickte eifrig, ehe er sich in Richtung Küche zurückzog.

»Sie glauben, der Werwolf gehört zum fahrenden Volk?«, fragte Hamish interessiert. Denneval nickte und trank, ohne zu fragen, die restliche Ziegenmilch vor Scotts Nase weg. »Wie kommen Sie darauf?«

»Deutet alles darauf hin«, sagte er schulterzuckend.

»Schattenläufer«, sagte Scarlett.

Der Mann sah sie überrascht an und schenkte ihr ein anerkennendes Lächeln.

»Ja, genau«, sagte er und verweilte mit dem Blick gerade lange genug bei ihr, dass Scarlett sich über die Maßen gelobt fühlte. »Ihr seid also auch Jäger, hm? Wo kommt ihr her?«

»Nova Caledonia«, sagte Scarlett.

Denneval verzog den Mund. »Von so weit her, was?«

Scotts Gesicht hatte mittlerweile ein ungesundes Grau angenommen.

»Alles in Ordnung, Euer Durchlaucht?«, fragte Scarlett. Scott nickte eifrig und blinzelte.

»Muss mal kurz wohin«, sagte er fiepsend und entschuldigte sich.

»Wie seid ihr hergekommen?«, fragte Denneval und sah Scott stirnrunzelnd nach.

»Mit der Kutsche«, antwortete Hamish knapp, schnitt liebevoll ein Stück Apfelkuchen ab und schob es Scarlett hin. »Natürlich erreichte uns vorher eine Nachricht des Mercurius-Ordens. Ganz so wie bei Ihnen, selbstverständlich.«

»Ah«, machte Denneval kauend. »Ah, ja. Der Orden. Und was haben die geschrieben?« Er verzog belustigt den Mund und lachte lautlos. »Sollt ihr hier die Seele einer Jungfrau in Nöten aus den Höllenfeuern retten?«

»Wir suchen nach meinen Eltern«, sagte Scarlett. »Elizabeth und Connor Oaknight. Wir dachten, sie wären vielleicht bei euch?«

Denneval lehnte sich zurück, noch immer kauend, und schien Scarlett mit ganz neuen Augen ein zweites Mal einzuschätzen. Dann blickte er zu Hamish und seine flapsige Art schien ihm urplötzlich abhandenzukommen.

»Du und der Junge ... ihr seid die Kinder von den Oaknights?«, fragte er und räusperte sich. »Von *den* Oaknights?«

Hamish lächelte. Man sah es ihm zwar nicht an, wenn man ihn nicht so gut kannte wie Scarlett, aber aus irgendeinem Grund konnte er den Jäger absolut nicht ausstehen. »Lady Scarlett Oaknight und Lord Scott Oaknight, Sir. In der Tat.«

»Dann sind sie hier?«, fragte Denneval ehrfürchtig. Er lehnte sich vor. Sein Blick bohrte sich förmlich in den von Hamish. »Hier in Bisclavret? Wo? Seit wann? Kann ich sie sprechen?«

»Ich fürchte, nein, Sir«, antwortete Hamish. »Das hier war allerdings ihr letzter bekannter Aufenthaltsort.«

Denneval ließ die Worte einen Moment lang auf sich wirken. Langsam, wie in Sirup, lehnte er sich sichtbar betroffen wieder zurück. Dann setzte er dieselbe Miene wieder auf, die er vor der Erwähnung des Familiennamens getragen hatte, und aß ungeniert weiter.

»Wenn ihr Rache wollt, dann habt ihr euch den richtigen Tag ausgesucht«, sagte er nur und leerte seinen Weinkrug in einem Zug. »Wie gesagt, heute Abend veranstalten die Klappschtröter einen Vergnügungsabend.« Er schnaufte abfällig. »Nahe am Waldrand wahrscheinlich.« Er zog die Augenbrauen hoch und blickte Scarlett vielsagend an. »Was für ein Zufall, hm?«

»Ja«, murmelte Scarlett und nickte langsam. »Was für ein Zufall.«

Scott

Scotts Magen rebellierte, als er die Hintertür des Kaminzimmers aufriss und die frische Luft einatmete. Er fiel auf die Knie und verlor das Notizbuch aus seinem Mantel. Seine Hand brannte, als hätte er sie auf einen heißen Ofen gepresst.

Das alles wächst mir über den Kopf, dachte er panisch. *Wenn ich nicht bald eine Lösung finde, bin ich tot.*

Als er die Tür hinter sich mit dem Fuß zustieß, erlaubte er sich ein unterdrücktes Aufstöhnen und einen Blick auf seine Finger. Die Haut darauf hatte Blasen geworfen, die sich allerdings bereits wieder zurückzogen. *Ein Glück, dass die Regenerationskraft schon so weit fortgeschritten ist,* schoss es ihm durch den Kopf. *Sonst hätte ich jetzt eine versilberte Rapierspitze in der Brust. Gut, dass mich keiner gesehen –*

»Geht es Ihnen nicht gut, Monsieur?«, fragte Reynard.

Scott fuhr herum. Der Schankwirt werkelte neben einigen Fässern, einem enormen Käfig voller Federn und einigen Kisten, die er hinter dem Haus lagerte. Irgendein Teil dieses Anblicks alarmierte etwas in Scotts Verstand, doch der Schock spülte jede Logik fort – ruckartig verbarg er seine Hand hinter dem Rücken.

»Ähm, nein, nein, ein wundervoller Tag – großartiges Wetter, finden Sie nicht auch?«, haspelte er.

»Ihre Hand«, stellte Reynard fest und nickte lächelnd. »Das sah nicht gut aus.« Er schien etwas in Scotts Blick zu suchen. »Der Apfelkuchen. Richtig?«

Scott räusperte sich und streckte den Rücken durch. »Davon ist auszugehen, ja.«

Reynard nickte verständnisvoll. »Ah. Das passiert mir auch andauernd.« Er öffnete eine der Kisten mit einem alten Schlüssel. »Mein alter Ofen dadrin hat mich schon etliche Fingerkuppen gekostet!« Etwas klinkerte, als würde der Schankwirt einen Bottich öffnen, dann hörte man das Reißen von Stoff. Es roch nach Kräutern und Fett. »Wie passend, dass wir gerade hier sind. Kommen Sie her, Monsieur!«

Scott schielte dem Mann über die Schulter. »Ähm, wieso?«

Reynard schloss die Kiste und hielt so etwas wie einen kleinen Verband in den Händen. Er trat auf Scott zu, der einen Schritt zurückwich, dann sagte er: »Ich kenne mich ein wenig mit solchen Dingen aus, wissen Sie? Meine Mutter war Ordensschwester in einem Spital. Ich habe ihr oft beim Verbinden geholfen. Lassen Sie mich sehen!«

Scott winkte höflich ab und hielt den Schwankwirt mit der freien Hand auf Abstand. »Wirklich, ich weiß Ihre Bemühungen zu schätzen, aber –«

Reynard griff sanft nach seinem Unterarm und runzelte die Stirn. »Das sah doch gerade eben noch viel schlimmer aus?«

Scott riss die Augen auf. »Ach, tatsächlich? Ist mir gar nicht aufgefallen!«

Reynard drückte ihm den Stofffetzen auf die Hand. »So, hier. Ist das besser?«

Scott fühlte auf der Stelle eine Linderung. »Das … das ist wahrhaftig besser. Ich – danke sehr, Reynard.«

»Altes Familienrezept«, erklärte Reynard und lächelte zufrieden. Er betrachtete den kleinen Verband einen Moment lang, dann musterte er Scott aufmerksam. Warmer Wind rauschte durch die Blätter der nahen Bäume. Die Singvögel schienen sich gegenseitig in ihren Balladen übertrumpfen zu wollen. »Ich … gehe davon aus, dass Monsieur Denneval lieber nichts davon erfahren sollte, habe ich recht?« Er sah Scott ernst an. »Es könnte sonst zu … Missverständnissen kommen.«

Scott hatte das Gefühl, sein Magen würde ihm neben die Füße stürzen.

»Ein ausgezeichneter Vorschlag«, antwortete er heiser und lächelte verlegen, als Reynard nicht auf seine Worte reagierte. Der Schankwirt schien etwas sagen zu wollen, dann fiel sein Blick auf etwas hinter Scott. »Oh! Mir scheint, Sie haben etwas verloren, Monsieur.«

Der Schankwirt bückte sich und hob das Notizbuch auf, aus dem einige lose Seiten geflohen waren. Scott räusperte sich und machte sich daran, sie wieder einzusammeln.

»Sie lesen gern, Monsieur?«, fragte Reynard, überblätterte einige Seiten und schien nach dem Namen eines Autors auf der Bindung zu suchen. Scott prüfte hastig, ob seine Aufzeichnungen vollständig waren, dann nahm er das kleine Buch mit einem erleichterten Aufatmen wieder an sich. Ohne das kleine Gewicht nahe seiner Brust fühlte er sich unangenehm haltlos, wie ein Schiff auf sturmumtoster See.

»Durchaus, durchaus«, antwortete Scott und steckte die Aufzeichnungen zurück in seinen Mantel. »Abenteuerromane und dergleichen. Sie verstehen.«

Reynard klatschte glücklich in die Hände. »Hervorragend, Monsieur! Gute Lektüre weckt die Lebensgeister. Ich selbst habe bedauerlicherweise erst sehr spät zu lesen gelernt, müssen Sie wissen. Wenn Ihnen die Abenteuer ausgehen, dürfen Sie selbstverständlich gern einen Blick auf meine bescheidene Sammlung werfen.«

»Die im Kaminzimmer?«, fragte Scott.

Reynard nickte. »Genau die, Monsieur!« Er lächelte fröhlich. »Einige Stücke dieser Sammlung sind durchaus selten, müssen Sie wissen! Sie finden dort sicher auch etwas nach Ihrem Geschmack.«

Scott erwiderte das Lächeln unsicher. »Danke, sehr großzügig.« Mit einer Mischung aus zaghafter Erleichterung und Neugierde fügte er hinzu: »Sie … sind wirklich außerordentlich vertrauensselig.«

Reynard lächelte bescheiden und vollführte eine Geste, die wohl anzeigen sollte, dass es sich dabei um keine große Angelegenheit handle. Dann fügte er mit einem Blick hinzu, der Scott irgendwie unangenehm war: »Was wäre die Welt denn für ein Ort, wenn wir einander nicht vertrauen könnten?«

Hamish

»Ich halte es nach wie vor für das Beste, der heutigen Veranstaltung beizuwohnen«, bestätigte Hamish und steuerte in Begleitung seiner Schützlinge auf die Miniatur-Stadt aus bunten Kutschenwagen zu, die sich bei Sonnenuntergang wie auf magische Weise materialisiert hatte. Der Duft von süßem Gebäck, heißen Getränken und frischen Lagerfeuern wehte vom Waldrand hinab. Die Luft war erfüllt von verlockenden Melodien, in denen geheimnisvolle Violinen und betörender Gesang so miteinander tanzten, als seien sie Reisende aus einer anderen Welt. »Es geht dabei nicht nur darum, die Augen und Ohren nach eventuellen Spuren offen zu halten, wie Ihnen sicherlich bewusst ist. Wenn Monsieur Denneval hier tatsächlich mit mehreren Jägern auftauchen sollte, könnte die Situation schnell eskalieren. Unschuldige könnten zu Schaden kommen.«

»Ich denke, es ist vor allen Dingen eine gute Gelegenheit, die richtigen Fragen zu stellen«, sagte Lady Scarlett und klopfte sich mit einer behandschuhten Faust auf den Griff ihres mitgeführten Rapiers. Der Färbung des Leders an den Fingern nach, schloss Hamish, hatte sich die junge Adelige anscheinend ein äußerst unangenehmes Beispiel an Monsieur Denneval genommen. »Wenn diese Leute tatsächlich so viel Zeit in diesen Wäldern verbringen, wie wir gehört haben, dann haben sie sicherlich etwas damit … haben sie sicherlich etwas gesehen, das uns weiterhelfen könnte.«

Master Scott, dessen Magen Geräusche von sich gab wie ein Hirsch in der Brunftzeit, hielt sich den Bauch. Sein Gesicht war im Laufe des Abends immer wieder gen Nachthimmel gewandert, so als warte er auf ein Gewitter.

»Dieser Hunger«, verkündete er.

»Haben Sie sich erkältet, Sir?«

»Ähm, was? Warum?«

»Ihre Stimme, Sir.«

Master Scott fuhr zusammen. »Was soll damit sein?«

»Auffallend heiser und kratzig, Sir.«

»Oh«, machte Master Scott, räusperte sich und sprach dann mit ungewöhnlich hoher Stimme: »Danke, mein Lieber, dass Sie mich darauf aufmerksam machen.«

»Hey«, gab Lady Scarlett von sich, trieb ihrem Bruder die Faust in die Seite und deutete nach vorn. »Da sind ja Pascal und Simon. Und ein paar andere Leute aus dem Dorf.« Sie legte fragend den Kopf auf die Seite. »Hätte nicht gedacht, dass sie nach den Ereignissen der letzten Zeit überhaupt so eine Veranstaltung besuchen würden.«

»Sie sind nicht die Einzigen, wie es scheint«, fügte Master Scott hinzu, nachdem er sich umgewandt hatte. Tatsächlich. Einige weitere kleine Gruppen aus dem nahen Ort folgten ihnen ebenfalls. »Wer weiß. Vielleicht ist es für den einen oder anderen gar eine willkommene Ablenkung vom Grauen der letzten Zeit.«

Langsam ließen sich mehr Details ausmachen. Die Wagen waren weit gefächert in einem Waldwinkel aufgebaut worden, ein guter Teil von ihnen stand sogar noch zwischen den Bäumen. Beinahe sah es sogar so aus, empfand Hamish, als sei das Lager der Manousher ein *Teil* des Waldes, der einfach nur besonders schnell gewachsen war. Es hingen Aberhunderte von bunten Laternen, reflektierenden Kristallen und ätherisch klingenden Windspielen in den Ästen und Zweigen. Pfade und Plätze aus eng beieinanderstehenden Sturmkerzen erhoben und rankten sich um prachtvoll geschmückte Wagen, vor denen Musiker, Puppenspieler und Tänzer miteinander scherzten und lachten, ehe sie sich auf die Darbietungen ihrer Künste vorbereiteten. Hamish unterdrückte ein warmes Schmunzeln.

»Wie können die so entspannt sein?«, fragte Lady Scarlett kopfschüttelnd. »Die haben doch garantiert mitbekommen, was hier in letzter Zeit geschehen ist. Sehr verdächtig, wenn ihr mich fragt.«

»Merkwürdig ist es schon«, erwähnte Master Scott missmutig.

»Seien wir auf der Hut«, sagte Hamish leise. »Schattenläufer sind nicht bekannt dafür, große Gruppen von Menschen anzugreifen, da es sich bei der von ihnen präferierten Methode um die Isolationsjagd handelt. Daher gehe ich nicht davon aus, dass heute Abend ein Angriff stattfinden wird.« Er rieb sich das Kinn. »Dennoch scheint die Wahl dieses Ortes für eine derartige Festivität alles andere als ungefährlich, dem stimme ich zu.«

»Hoffen wir's«, fügte Lady Scarlett hinzu. »Wenn Denneval recht hat und sich die Bestie unter diesen Leuten befindet, dann könnten wir hier auch geradewegs in unser Verderben spazieren.«

Hamish erwartete eine unangebracht humorvolle Verbalergänzung seitens Master Scotts, doch im Gegenteil. Der junge

Adelige schien völlig neben sich zu stehen. Auf seinen Schläfen glänzte Schweiß und er wirkte auffällig blass, selbst für caledonische Verhältnisse.

»Sir?«, fragte Hamish. »Geht es Ihnen gut?«

»Es ist nichts«, sagte Master Scott. »Ich bin nur … nur angespannt. Das ist alles. Glauben Sie, man kann hier zufällig irgendwo Lammbraten erstehen?«

Der arme Junge, dachte Hamish und schalt sich selbst einen Narren. *Natürlich!* Er verlangte den Kindern viel zu viel ab, nicht wahr?

»Kein Grund zur Sorge, Master Scott«, antwortete Hamish lächelnd und versuchte, dem jungen Lord mit dem beruhigenden Klang seiner Stimme ein Stück Sicherheit zu schenken. »Ich bin mir sicher, dass der Abend gut verlaufen wird. Und sicher gelingt es uns auch, Ihre, ähem, kulinarischen Bedürfnisse zu befriedigen.« Aufmunternd legte er eine Hand an die Schulter des Jungen.

»Hamish«, sagte Lady Scarlett, plötzlich sanft und offenbar überrascht. Sie blieb stehen.

Master Scott schien aus seiner Trance zu erwachen und sah Hamish verwundert an. Schlagartig und mit peinlichster Offensichtlichkeit wurde Hamish bewusst, was er soeben getan hatte. Er nahm die Hand fort. Scham bildete sich in seiner Brust.

»Verzeihung, Mylord«, sagte Hamish hastig. »Vielleicht sollte ich –«

Einen Moment, schoss es Hamish durch den Kopf. *Die grüne Farbe an diesem riesigen Wagen, dort hinten in dem Schatten einer uralten, nebelumhüllten Eiche … wie Moos, in dem Smaragde schimmerten.*

»Alles in Ordnung, alter Junge?«, fragte Master Scott besorgt.

Hamish widerstand dem Bedürfnis, sich die Augen zu reiben. Das, was er sah, konnte unmöglich wahr sein. Was hatte das zu bedeuten?

»Hamish!«, sagte Lady Scarlett. »Was ist los?«

»Dieser Wagen«, hörte Hamish sich sagen. »Ich *kenne* diesen Wagen.«

»Der?«, fragte Lady Scarlett mit ausgestrecktem Arm.

»Ja«, antwortete Hamish stockend. »Er … er ist es!«

Die blinde Seherin.

Sie war hier.

Unmöglich, flimmerte es durch Hamishs Kopf.

»Hamish?«, hörte er Lady Scarlett. »Wo gehst du hin?«

»Ich … muss mich einer Tatsache vergewissern«, murmelte Hamish benommen. »Bitte warten Sie beide hier.« Mit diesen Worten setzte er sich in Bewegung.

Was hatte das zu bedeuten? War es reiner Zufall, dass sie nun auch hier war? Nein, nein, ganz sicher nicht. Hatte sie vielleicht am Ende all das hier fingiert? Die Oaknights mit einer penibel gelegten Tarotsitzung getäuscht, sie manipuliert, nur um an genau diesem Abend unter genau diesen Umständen wieder auf ihre Kinder zu treffen?

Nein, dachte Hamish. *Zu kompliziert.*

Er ließ eine Gruppe tanzender und singender Frauen hinter sich. Bahnte sich einen Weg durch eine fremd wirkende, flüsternde Welt aus Farben und Melodien. Jemand rief seinen Namen. Sein Verstand schien durch tiefen Morast waten zu müssen, um klare Gedanken zu formulieren.

Woher sollte sie wissen, dass sie hier waren? Hatte sie die

Oaknights beobachten lassen? Die Kinder beobachten lassen? Wie? Warum?

Beruhige dich, redete er sich ein. *Du beginnst, wirr zu denken. Ordne dich!*

Zwei jonglierende Männer sahen ihm freundlich zu, das Grün in ihren Augen leuchtend, schimmernd, flackernd. Hamish wehrte sich gegen die Worte und die Bilder aus der Nacht der Tarotlegung, die durch seine Erinnerungen emporkrochen.

Ihm kam eine furchtbare Eingebung. Hamish erschauerte. Bäume füllten die Ränder seines Sichtfelds, als er sich wie hypnotisiert fortbewegte. Nebel kam unter seinen Füßen auf und verbarg den Boden.

War sie hier, um *den Kindern* die Karten zu legen? Ihnen eine weitere, schreckliche Zukunft zu offenbaren?

Er blieb stehen. Düfte zerrten an ihm. Klangspiele wollten ihn dazu bringen, einen anderen Weg einzuschlagen.

»Hamish, so bleiben Sie doch stehen!«

»Hm?«, machte Hamish abwesend, die Augen starr auf den grün fluoreszierenden Wagen gerichtet, der unter der riesigen alten Eiche stand, so als hätte er auf ihn gewartet.

»Hamish, wir – wir sind gleich mitten im Wald!«

Es war nur ein Blinzeln.

Dann stand sie dort, wo sie auch damals gestanden hatte. Ihre bernsteingoldenen Augen waren mit grauen Schleiern durchsetzt und leuchteten gespenstisch in ihrem uralten Gesicht. Sie war mit goldenen Ketten, weißen Fellen und aneinandergenähten Halstüchern geschmückt, trug enorme Ohrringe voller mystischer Symbole.

Kein Zweifel. Sie war es. Die Ebrâm, die hohe Seherin.

»Hamish, wollen Sie wohl endlich mit der Sprache herausrücken, was hier gespielt – was in Dreihimmelsnamen!?« Lady Scarlett zog ihr Rapier.

»Wir sollten gehen, Lady Scarlett«, sagte Hamish und legte besänftigend die Hand auf die gezogene Waffe. »Master Scott? Wir kehren um.«

Hamish fasste sich und machte kehrt. Seine Schützlinge sahen unschlüssig und verwirrt zwischen ihm und der Ebrâm hin und her, machten sich aber dann daran, ihm zu folgen.

Dem Himmel sei Dank, dachte Hamish.

»Antworten«, kratzte die rauchige Stimme der blinden Seherin.

Hamish erstarrte.

Die Ebrâm lachte leise. Ein Laut wie das Schlagen Hunderter Federn.

»Hamish«, flüsterte Master Scott. »Was – wer ist das? Mich dünkt, Sie würden einander kennen?«

»Soll ich sie kaltmachen?«, schlug Lady Scarlett ebenso flüsternd vor.

Hamish zögerte.

»Antworten«, sagte die blinde Seherin erneut, lockend. Als Hamish sich zu ihr umwandte, lächelte sie raubtierhaft.

»Sie ist eine Seherin«, sagte Hamish leise zu Scott und Scarlett. »Eine *echte* Seherin.«

»Pfff«, gab der junge Lord von sich. »Das ist absurd.«

»So absurd wie Werwölfe?«, antwortete Lady Scarlett zögernd. »Glaubst du, sie will uns etwas antun? Sie sieht so aus.«

»Ich denke, nicht«, musste Hamish zugeben. Besorgt sah er in die fragenden Augen der Kinder. »Es ist nur – es ist nichts. Wir sollten gehen.«

»Nun«, gab Master Scott zu bedenken. »Nehmen wir einmal

an, ich wäre geneigt, diese Farce über mich ergehen zu lassen – dann hat sie uns soeben, wenn mich nicht alles täuscht, ›Antworten‹ angeboten.« Er wandte sich direkt an die Seherin: »Ist das korrekt, meine Dame?«

Die Ebrâm lachte. Dann winkte sie die drei in ihren großen Schaustellerwagen, aus dem das flackernde Licht etlicher Kerzen drang. Der Nebel um den Wagen herum schien sich auf sonderbare Art zu verdichten.

»Komm, komm!«, lachte sie »Ihr sucht Antworten, nicht wahr? Antworten auf eure Fragen. Auf die Rätsel, die euch plagen, seit ihr hier angekommen seid!«

Lady Scarlett seufzte entnervt.

»Ich erkenne einen Wink des Schicksals, wenn ich einen sehe«, sagte sie, steckte ihr Rapier weg und ging auf den Wagen zu. Hamish fluchte innerlich. Master Scott blinzelte verwirrt, tastete seinen knurrenden Magen ab und sah der blinden Seherin gequält hinterher. »Aber wenn sie dadrin versuchen sollte, uns aufzufressen, möchte ich an dieser Stelle festhalten, dass ich es euch ja gesagt habe!«

Scarlett

Den Wagen zu betreten, hieß, eine andere, fremde Welt zu betreten. Weihrauch, Jasmin, Eukalyptus und noch weitere, unbeschreibliche Düfte begingen einen eigenartigen Tanz. Dinge, die man für Glühwürmchen halten mochte, geisterten durch die Luft und zogen ätherische Spuren hinter sich her. Es schien beinahe so, als ob das Innere dieses von Kerzenlicht und Edelsteinflimmern erleuchteten Wagens *jenseits* der Realität lag.

»Setzt euch, setzt euch«, bat die alte Frau und deutete auf einen feierlich geschmückten Tisch, auf dem ein Stapel mit Karten lag. Hinter Scarlett schien Hamish den Atem anzuhalten.

Scarlett und Scott sahen einander an.

Wollen wir das wirklich machen?, schien ihr Bruder zu fragen.

Worauf du dich verlassen kannst, dachte Scarlett.

Sie nahmen Platz.

»Gut, gut«, lachte die Ebrâm. »Willkommen!«

»Eines vorweg, meine Liebe«, sagte Scott und hielt einen Zeigefinger erhoben. »Wenn Sie wirklich in die Zukunft sehen können, dann –«

»Wer ist hier?«, fragte die blinde Seherin.

Sie ließ eine Hand über dem Kartenstapel schweben und lächelte wissend. Dann hob sie die ersten beiden davon ab und drehte sie mit einer eleganten Bewegung ihrer Finger.

Die II der Kelche, las Scarlett. *Und die VI der Schwerter.*

»Ah, ja. Ich sehe Bruder und Schwester vor mir. Ich sehe eine Reise in ein fernes Land, weit weg von zu Hause. Einem Heim, in dem ihr Schmerz erleiden musstet. Ihr seid hier in der Hoffnung, damit abschließen zu können.«

»Das«, sagte Scott mit hochgezogener Augenbraue und offenem Mund. »Ähm, war sicher ein reiner Zufallstreffer.«

Scarlett atmete durch die Nase aus. Ihr Bauch flüsterte ihr, dass diese alte Frau keine Schwindlerin war. Es schien beinahe sogar so, als würde sie Scarlett und Scott bereits seit einer Ewigkeit kennen. Was würde sie ihnen für Geheimnisse offenbaren können?

»Was befindet sich im Herz eurer Reise?«, fragte die Seherin.

Für einen Augenblick schienen die Ränder der Karten unter der Hand der Frau aufzuglimmen. Hinter Scarlett sog Hamish leise die Luft zwischen den Zähnen ein. Warum war er auf einmal so nervös?

Der Mond, sah Scarlett. Aus irgendeinem Grund jagte ihr das einen Schauer über die Schultern. Scott, dem offenbar dasselbe widerfuhr, lehnte sich gemeinsam mit ihr nach vorn.

Die Seherin zog eine weitere Karte.

Der Tod.

Hamishs Hände, die sich von hinten an die Rückenlehnen ihrer beiden Stühle geklammert hatten, ließen das Holz knirschen. Scarletts Herz machte einen Satz.

»Ah, interessant«, gab die Frau von sich und lachte leise. »Ja, interessant.«

Scott wurde kreidebleich.

»Spannen Sie uns nicht so auf die Folter«, hörte sich Scarlett forsch sagen. »Was soll das heißen?«

Die blinde Frau nickte. Es wirkte unendlich langsam.

»Das ist ein Symbol für Täuschung und auch für das, was wir in unser Unterbewusstsein verbannt haben, wo es ungesehen bleiben kann, weg vom Licht der Sonne«, antwortete die Seherin. »Nichts ist so, wie es scheint. Weder in dem Dorf, in dem ihr eure Fragen gestellt habt, noch in den Bildern, die euch eure Spiegel zeigen.«

Scott lehnte sich mit dem Ellenbogen auf den Tisch, rieb sich das Kinn, an dem soeben ein Schweißtropfen hinuntergelaufen war. Scarletts Blick heftete sich auf die Karten.

»Und das?«, fragte sie und deutete auf die Karte mit dem *Tod*. »Heißt das, wir sterben, oder wie?«

Das Lächeln der Seherin war teuflisch.

»Nein«, sagte sie. Es klang … wissend. So als ob schlimmere Dinge auf Scott, Hamish und sie warten würden als nur der Tod. »Es ist das Vergehen alles Vergangenen und der Übergang in alles Neue. So wird es auch mit eurer Täuschung und eurer Selbsttäuschung sein. Mit euren Illusionen.«

»Das ist weitaus unpräziser, als ich es mir vorgestellt habe«, merkte Scott räuspernd an. »Ich rechnete minimalst mit Datum, Uhrzeit und Umstand eines spezifischen Ereignisses.«

»Wer kreuzt euren Weg?«, rief die alte Frau laut. Wieder senkten sich ihre Hände, dieses Mal beide. Sie deckte zwei Karten auf. »Ah, ja. Es gibt zwei wichtige weitere Spieler in diesem Spiel.«

Der König der Kelche, las Scarlett. Daneben legte die Ebrâm eine Karte, auf der ein Fuchs abgebildet war, über dem sieben Schwerter schwebten.

»Einer davon ist ein Mann, der nicht der ist, der er vorgibt zu sein«, erklärte die Seherin. »Er hofft, dass seine Lügen unbemerkt bleiben.« Hamish atmete lautstark aus. »Er ist ein Mann, der weiß, wie wichtig die Kontrolle über die eigenen Gefühle ist. Er hat ein sehr wichtiges Gleichgewicht gefunden, das er großzügig zu teilen versucht.« Ein merkwürdiger Hauch durchzog das Innere des Wagens, trug das sachte Zirpen von Zikaden und warmen, nach Blüten duftendem Wind herein.

»Der zweite Spieler«, sagte die Seherin und legte zwei neue Karten aus. »Hm. Ah, ja.«

»Das sagt sie immer«, flüsterte Scott. »Hm! Ah, ja!«

Der König der Stäbe. Die V der Schwerter.

»Dieser Mann hat uneingeschränkten Ehrgeiz und die Leidenschaft, seine Ziele zu erreichen«, sagte die Frau unheilschwanger. »Er wird jeden Preis bezahlen, um zu gewinnen. Er ist ein großer, inspirierender Anführer für die, die ihm folgen.« Die Seherin sah sie aus ihren blinden Augen heraus an, ihre Miene ausdruckslos. »Zurzeit stehen euch beide im Weg.«

Scarlett lehnte sich vor. »Wie erreichen *wir* unser Ziel? Was müssen wir tun?«

Die III der Münzen. Das Ass der Schwerter.

»Ihr werdet nichts erreichen, wenn ihr euch trennt«, sagte die Seherin warnend. »Euer Verstand muss scharf sein. Eure Kraft muss gebändigt und gebündelt sein.«

Die Geschwister starrten auf die vor ihnen liegenden Karten.

»Aber all das ist nichts, was ihr nicht schon wüsstet«, sagte die Seherin. Einige der Kerzen in dem Wagen flackerten. Die Schatten wirkten stechender, schwärzer als zuvor. »Wissen ist gut. Wissen ist das, was ich euch schenken kann. Wissen ist der Grund, aus dem wir gekommen sind. Wissen für *euch.*« Sie zog abermals zwei Karten. Eine für Scott. Eine für Scarlett. »Doch das, was zählt, sind allein eure Entscheidungen.«

»Eine große Menge Pfeile«, sagte Scott. »Was bedeutet das?«

Die VIII der Stäbe.

»Du musst schnell handeln«, sagte die Seherin ernst. »Eine sehr wichtige Entscheidung muss getroffen werden. Und zwar schnell. Sonst bist du verloren. Aber das weißt du schon längst, nicht wahr?«

»Ich ... ich weiß nicht, wovon Sie reden«, antwortete Scott. Ehe Scarlett ihn fragend ansehen konnte, sagte die blinde Seherin: »Höre mir zu, Kind.«

Scarlett sah auf. »Ja?«

Die II der Schwerter.

»Vor dir liegt die schwierigste Entscheidung von allen«, sagte die Frau. Scarletts Stimmung verfinsterte sich. »Eine Entscheidung, die kein Zurück zulassen wird. Entscheidest du dich für einen Weg, so bleibt dir der andere auf ewig verschlossen.« Die alte Frau neigte den Kopf, so als ob sie etwas gehört hätte. Sie erhob sich. »Ich wünsche euch Glück. Geht nun. Die Zeit wird knapp.« Sie klatschte in die Hände und schlagartig erlosch jede Lichtquelle. Ein Blinzeln später erwachte eine einsame Lampe auf einem leeren Tisch in einem ausgeräumten Wagen zum Leben – und sie waren allein mit einem überrascht einatmenden Hamish.

Scarlett blinzelte verwirrt.

Ihr Bruder hob die Augenbrauen, suchte die Umgebung mit Blicken ab und lehnte sich schließlich in Zeitlupe seitwärts, um äußerst misstrauisch unter den Tisch zu spähen.

»Netter Trick«, sagte Scott, verzog anerkennend den Mund und nickte immer wieder. »Nett. Nett. Wirklich nett. Wirklich.«

Khaled

Südlich von Bisclavret
Ruinen der Kathedrale Calice-Sainte-Lune, Lager der Werwolfjäger

»Komm schon«, gähnte Khaled, schmatzte gemütlich und lehnte sich mit dem Rücken an einen der Geröllbrocken. »Irgendjemand musste schließlich hierbleiben und aufs Lager aufpassen.«

Helga schmollte. »Ich *sterbe* noch vor Langeweile! Ich will irgendwas abknallen.« Sie legte ihr Gewehr an und folgte damit einer imaginären Beute über die Ebene, die vom Wald aus hin zur verfallenen Kathedrale führte. »Seit Monaten schleppt er uns mit sich. Und nicht ein verdammtes Mistvieh kommt mir vor die Flinte. Ätzend.«

»Ist halt ein sehr cleveres Ding«, sagte Khaled und verschränkte die Arme hinter dem Kopf. »Wird schon einen Grund haben, warum wir's bisher noch nicht zu Gesicht bekommen haben. Denneval ist sich sicher, nach heute Abend zu wissen, wer aus dem Dorf infrage kommt.«

»Gott, ich hasse Lykanthropen«, antwortete Helga und feuerte imaginäre Schüsse auf ein sich schnell bewegendes Ziel ab. »Die, die sich unter Menschen verstecken, sind die schlimmsten.«

»Kannst du eigentlich auch mal einen Moment lang entspannen?«, beschwerte sich Khaled. »Jucken dir so sehr die Finger?«

Helga antwortete nicht. Sie gab einen peitschenden Schuss ab.

»Meine Güte!«, stöhnte Khaled.

»Mist!«, fluchte Helga, ihr Ton hilflos. Sie feuerte ein zweites Mal. »Mist, Mist, *Mist! In die Kirche! Jetzt!*«

Khaled zog die Augenbrauen zusammen. »Aber was –«

Sie stürzte los. »*Wir brauchen was Größeres!*«

Khaled sprang auf und wirbelte herum. Seine Augen fielen ihm beinahe aus dem Schädel. Ein marksaugendes Heulen vibrierte in seinen Knochen und entriss ihm jedwede Kontrolle über seinen Körper. Das Signalfeuer … er musste das Signalfeuer zünden!

Ein gewaltiger Schatten traf ihn.

Mehrere Male tauschten Himmel und Erde die Plätze miteinander – ein weißer Geröllbrocken raste auf ihn zu – dann herrschte gnädige Finsternis.

Teil IV

Der siebzehnte Schuss

Scott

Als Scott sich ein letztes Mal nach dem Wagen der Zauberin umsah, war er bereits vom Nebel verschluckt worden und in der Dunkelheit des angrenzenden Waldes verschwunden. Er presste sich beide Hände auf den Bauch und versuchte, sein Stöhnen vor Hamish und seiner Schwester so gut zu verbergen, wie er konnte. Seine Innereien rebellierten noch aufrührerischer als zuvor.

»Das waren ja *tolle* Antworten«, beschwerte sich Scarlett. »Ich dachte, sie sagt uns einfach, wen wir filettieren sollen!«

Scott erwartete eine Antwort von Hamish, denn er selbst war zu diesem Zeitpunkt weiß Gott nicht dazu in der Lage, ein derartiges Manöver ohne ein ungewollt ausgestoßenes Gurgeln zu vollführen. Seitdem er an diesem Abend das erste Mal den fast vollständigen Mond erblickt hatte, war ihm, als hätte sich etwas unter seine Haut geschält, ihn ausgehöhlt und dann damit begonnen, sich den Weg aus ihm herauszubeißen. Er erschauderte und kämpfte zum zigsten Male die Gänsehaut und die Stöße aus heißem Zorn hinunter, die ihn jetzt immer häufiger überfielen. *Irgendwie,* dachte er, *irgendwie werde ich dessen schon Herr werden. Wenn es unausweichlich wird, flüchte ich einfach in den Wald, bevor ich mich verwandle – und dann bete ich, dass sie mich nicht finden. Oder ich sie.*

»Mhm«, antwortete der Butler gedankenverloren.

Auf dem Weg zurück zur Festivität hatte er andauernd merkwürdige Dinge gemurmelt. Viel zu leise, um sie hören zu können. Doch für Scotts Ohren waren sie klar und deutlich gewesen: »Stehe … ihnen im Weg? Bin ich der Grund … ?«

Irgendwie, so dünkte Scott, schien gerade jedes Mitglied ihrer kleinen Familie mit äußerst schwerwiegenden, eigenen Problemen beschäftigt. Wie hatte die unheimliche Hexe sich doch gleich ausgedrückt? Sie würden nichts erreichen, wenn sie nicht zusammenarbeiten würden?

Kurz bevor sie wieder in das eigenartig hypnotische Getümmel eintauchten, blieb seine Schwester ruckartig stehen.

»Jetzt einmal ganz im Ernst«, sagte sie und warf Scott und Hamish einen sonderbar besorgten Blick zu. »Was haltet ihr davon? Glaubt ihr, was sie gesagt hat, kann uns weiterhelfen? Können wir das überhaupt für bare Münze nehmen?« Sie zuckte ratlos mit den Schultern. »Ich meine, wer sind diese zwei Gegenspieler, von denen sie geredet hat? Und warum zwei? Ich dachte, wir hätten es vielleicht nur mit unserem großen Unbekannten zu tun. Den, den Mama und Papa gejagt haben.«

Scott versuchte vergeblich, klar zu denken. Jede Schlussfolgerung, jedes Muster, jedes Puzzlestück in seinem Kopf schien Tonnen zu wiegen, und jeder Gedanke, mit dem er versuchte, ein Stück davon in Bewegung zu setzen, war wie das Einsinken in tiefem Morast. Dafür konnte er allerdings mit seiner Nase ganz hervorragend den Ort jeder Quelle gebratenen Fleisches in seiner unmittelbaren Umgebung ermitteln und präzise nach Sorte, Gewürzmischung und Bratengradienten ausdifferenzieren. Famos. Und so überaus *nicht* hilfreich.

»Ich fürchte, uns fehlen noch immer wichtige Perspektiven

auf die Geschehnisse«, antwortete Hamish sonderbar betroffen. Er schien mit etwas zu ringen.

»Scott?«, fragte Scarlett Hilfe suchend und schien den Sammelvorgang des Butlers zu unterbrechen. »Sag mir bitte, dass du eine gute Idee hast.«

Eine schnelle Entscheidung, hallten die Worte der Hexe durch Scotts Schädel. Ein Teil von ihm hielt es für absolut lachhaft, solcherlei Hirngespinsten auch nur eine Sekunde lang Aufmerksamkeit zu schenken. Ein anderer, sehr gut vor den anderen verborgener Teil von ihm jedoch suchte panisch nach Rettung und war entschieden verzweifelt genug, nach absolut jedem Strohhalm zu greifen.

»Nehmen wir einmal an«, sagte Scott angestrengt, »ich würde diesen Unfug glauben – was ich selbstverständlich nicht tue –, dann sollten wir uns an ihre Formulierungen halten. Sie erwähnte zwei weitere *Spieler*, nicht *Gegenspieler*. Sie sagte nicht direkt etwas von einer moralischen Gesinnung.«

Scarlett seufzte entnervt. »Ich hatte eigentlich etwas Erhellenderes von Euch erwartet, Euer Durchlaucht.«

Vor ihnen kam Unruhe auf. In schwarze, ausgeblichene Jägerskluft gewandete Männer und Frauen stießen überraschte Manousher beiseite und bildeten einen brutalen Kontrast zu den feierlichen und bunten Farben ihrer Umgebung. An ihrer Spitze lief Denneval.

Es war in exakt diesem Moment, in dem eine der zahllosen, in den Zweigen hängenden Spiegelscherben sich langsam wendete, das Prasseln eines nahen Lagerfeuers einfing und Scott einen Blick auf sein eigenes Gesicht ermöglichte. Dickflüssiger Speichel lief seine Mundwinkel hinunter. Um seine Iris flackerte ein goldgelber Rand.

»Der Hüne mit den beiden Kindern«, wandte sich Denneval an einen jungen Mann mit schwarzen Locken, den er unsanft am Kragen gepackt hatte. Es war eigentlich viel zu weit weg von Scott, als dass sein menschliches Ohr es hätte hören dürfen. »Sie sind hier irgendwo. Hast du sie gesehen? Ich muss sie sprechen!«

Mit einem Mal konnte Scott überraschend klar denken.

Wenn jemand wie Denneval sehen würde, was im Moment mit Scotts Augen geschah, würde er sich aller Wahrscheinlichkeit nach wohl kaum mit der Ausrede einer Bindehautentzündung abspeisen lassen. Er würde Scott auf der Stelle töten.

Oder schlimmer, wenn Hamish oder seine Schwester eingriffen, würde die Situation womöglich in ungeahntem Ausmaß eskalieren. Jedwedes Ergebnis, das Scott mit seinen zurzeit zugegebenermaßen eingeschränkten mentalen Kapazitäten durchspielte, endete mit unschuldig Verletzten. Nun ja, und dem Konsum von Lammfleisch. Was allerdings hoffentlich eher seinem momentanen Zustand zuzuschreiben war.

»Was ist da drüben los?«, fragte Scarlett und kniff die Augen zusammen, als die Jäger näher kamen. Die Sänger und Tänzer wichen vor ihnen zurück.

Hamishs Blick verfinsterte sich. »Ich hatte gehofft, dieser Gentleman würde nicht mehr erscheinen. Ein Jammer.«

»Ich glaube, er will zu uns«, sagte Scarlett. Die Männer kamen näher. Die ersten davon hatten sie entdeckt und deuteten es Denneval.

Eine schnelle Entscheidung, dachte Scott. *Und blutiges Lammfleisch.* Er schüttelte den Kopf und erinnerte sich selbst dabei in unangenehmer Weise an einen Hund, der einen Schwarm Flöhe loswerden wollte.

»Ähm, Hamish, mein Lieber?«, sagte er, sein Blick fest auf Dennevals suchende Augen gerichtet. »Schwesterherz? Ich muss mich entschuldigen – ich sterbe vor Hunger! Ich bin umgehend wieder ansprechbar – bis später!«

Scarlett

Scarlett fragte sich, was genau Denneval von ihnen wollen könnte. Der Jäger war in Begleitung mehrerer übel gelaunt aussehender Männer und Frauen, als er sich seinen Weg durch die Manousher bahnte. Die meisten Bewohner Bisclavrets, die ebenfalls hergekommen waren, hatten beim Anblick der bewaffneten Leute in Schwarz den Rückweg nach Hause angetreten.

»Selbstverständlich, Sir«, antwortete Hamish hinter ihr. Scarlett konnte hören, wie Scott sich vom Acker machte. Was war sein Problem? Er hatte dreimal so viel zu Mittag gegessen wie sie und Hamish zusammen! Sie sah ihm ungläubig hinterher. Er rannte, als ob er dringend einen Abort aufsuchen müsste.

»Da vorn«, hörte sie eine Stimme. Sie drehte sich um. Es war Denneval. »Lady Scarlett? Auf ein Wort!«

Hamish trat schützend an Scarlett heran. »Darf ich die Gentlemen nach dem Grund ihres wünschenswerten Benehmens befragen?«

»Mister Porter, das ist nicht die richtige Zeit dafür, sich über Etikette den Kopf zu zerbrechen«, grüßte Denneval flüchtig und legte die Hände zusammen. »Scarlett? Darf ich um ein Gespräch unter vier Augen bitten?«

Scarlett verzog überrascht den Mund. »Mit mir?«

»Ach ja«, sagte Denneval scharfzüngig. »Ich vergaß. *Bitte.*«

Scarlett grinste und legte eine Hand an Hamishs Arm. »Sehr höflich. Hamish hört trotzdem mit. Worum geht es?«

Der Jäger schien nicht sonderlich zufrieden damit zu sein.

»Wofür haltet ihr das hier, hm?«, fragte er und vollführte eine weitreichende Geste, die das Fest des fahrenden Volkes mit einschloss.

»Eine herzliche Einladung, Sir«, antwortete Hamish kühl. Scarlett war sich manchmal nicht sicher, wann er etwas sarkastisch meinte und wann nicht. Denneval lächelte künstlich und nickte Hamish abgehackt zu.

»Ich gebe euch einen Hinweis«, sagte er. »Grelle Farben. Lauter Krach. Gebratenes Fleisch, hm? Merkt ihr was?«

»Erleuchten Sie uns, Sir.«

Scarlett hielt inne. »Ein ... ein Ablenkungsmanöver?«

Denneval nickte zustimmend. »Wenn wir Glück haben. Wenn wir Pech haben, eine ... wie würden Sie es nennen, Mister Porter? Eine gedeckte Dinnertafel?«

Hamish verschränkte die Arme hinter dem Rücken. »Was wollen Sie, Sir?«

Denneval wandte sich an Scarlett. »Sagen wir einmal, ich bin sehr schnell im Fassen einer Meinung, halte mir aber gern auch andere Optionen offen.«

»Und was genau soll das heißen?«, fragte Scarlett.

Dennevals Blick bohrte sich in ihren. »Wenn es irgendetwas gibt, das ich wissen sollte, irgendetwas, das nur .... nur *ihr* über all das hier wissen könnt, dann musst du es mir sagen, verstanden?«

»Vielleicht hätten Sie sich an die Protokolle halten sollen,

Sir«, sagte Hamish. »Dann hätten Sie die Anwohner nach wichtigen Hinweisen befragt und Schlüsse ziehen können.« Denneval schien auf seiner Zunge herumzukauen.

»Das ist alles Zeitverschwendung«, antwortete er überraschend höflich. »Wir leben nicht mehr im Mittelalter. Die Auswahl an Waffen ist besser und größer. Man kann vieles abkürzen, wenn man alles abfeuert, was man hat. Wenn das Ungeheuer dann blutend und mit gebrochenen Hinterbeinen im Silbernetz zappelt, probiert man einfach alles an Munition aus, was man hat – bis etwas funktioniert. Ganz einfach. Die einzige Frage, die man dann noch stellen muss, ist die nach der Höhe der Belohnung.«

Scarlett zuckte mit den Schultern und nickte nachdenklich. »Da hat er nicht ganz unrecht.«

Hamish zog eine Augenbraue hoch. »Das scheint bisher hervorragend zu funktionieren, Sir. Ich applaudiere Ihrem Stil.«

Denneval hielt Hamishs Blick, und für einen Moment widerstand Scarlett dem Impuls, sich zwischen sie zu stellen. Sie mochte es nicht, wenn Hamish so war.

»Mister Porter, entweder legen wir unsere Ressourcen zusammen, oder Sie streicheln Ihr caledonisches Ego weiterhin damit, sich mir überlegen zu fühlen, weil Sie sieben verschiedene Arten beherrschen, Servietten zu falten. Jede Sekunde, die wir hier vergeuden, könnten Menschenleben in Gefahr sein. Und jemand, der in der kulturellen … *Nahrungskette* so viel weiter oben steht als der Rest der Welt will das doch sicher nicht, oder?«

»Wir wissen auch nicht viel«, wandte Scarlett ein und stellte sich vor Hamish, der gerade mit seinen gewaltigen Schultern rollte. »Unsere Befragungen weisen am wahrscheinlichsten auf einen Werwolf der Schattenläufer-Klasse hin.« Denneval nickte ungeduldig. »Keines seiner Opfer scheint weit zu kommen. Und danach … löst er sich einfach in Luft auf. So scheint es zumindest zu sein.«

»Und die Bewohner?«, fragte Denneval. »Glaubt ihr, es ist einer von denen?«

»Nein«, sagte Scarlett. »Das wäre aufgefallen.«

Denneval verzog den Mund. »Die könnten ihn decken.«

»Das glaube ich nicht«, sagte Scarlett und kam Hamish mit einer Antwort zuvor. »Er hat siebzehn Menschen auf dem Gewissen, jeden Alters. Selbst wenn alle wüssten, wer es ist, das würde ihm niemand verzeihen. Sie würden ihn sofort an uns oder Sie verraten.«

Dennevals Gesichtszüge entglitten ihm, wenn auch nur für eine Sekunde.

»Siebzehn Opfer?«, wiederholte er ungläubig, langsam. »Siebzehn …« Dann begann er stoßweise zu lachen. Er sah dabei aus wie ein Erfinder, dem nach Jahren der Experimente endlich sein großes Werk geglückt war. »Siebzehn? Siebzehn! Ha!« Er drehte sich um sich selbst, hielt sich verwundert die Hand vor den schmunzelnden Mund und schloss nachdenklich die Augen. Er schüttelte den Kopf. »Ich Idiot. Ich Idiot!« Schließlich wandte er sich wieder an Scarlett und deutete anerkennend mit dem Finger auf sie. »Sieht wohl so aus, als hätte ich mir eine Scheibe von euren Methoden abschneiden sollen. Ich habe tatsächlich kaum ein Wort mit diesen Hinterwäldlern gewechselt, seit wir hier sind.« Er verzog den Mund, schnaubte belustigt und grinste. »Tja. Wer hätte das gedacht. Hab wohl doch noch was zu lernen.« Er winkte ruppig zwei seiner Begleiter heran. Mit gedämpfter Stimme sagte er: »Es hat sich etwas geändert. Treibt die Leute aus dem Dorf zusammen, sobald die Sonne aufgeht. Alle. Und seid nicht zimperlich.«

»*Wie. Bitte?*«, merkte Hamish in frostigem Ton an. Scarlett kniff die Augen zusammen.

»Was soll das werden?«, fragte sie. Sie suchte verwirrt nach Gründen dafür, was die genaue Zahl der Opfer zur Jagd auf die Bestie beitragen sollte. Oder das Zusammentrommeln der Menschen in Bisclavret.

»Denneval«, sagte sie. »Was –«

»*Denneval!*«, rief eine kratzige Stimme. Ein bärtiger Mann mit Halbglatze prügelte sich förmlich den Weg durch seine Jägerkumpane hindurch. »Denneval!«

Denneval drehte sich entnervt herum.

»Was?«, fragte er gereizt. Der Mann deutete atemlos auf den Horizont, unter dem auf der anderen Seite Bisclavrets die Baumkronen der nahen Wälder rauschten wie ein mit Mondlicht überzogener Ozean. Jetzt sah Scarlett es ebenfalls. Orange schimmernder Rauch flackerte in der Ferne. Unter Dennevals Truppe mischten sich stille Flüche und überraschtes Aufkeuchen.

»Wir – wir müssen sofort zurück!«, ächzte der Bärtige. »Auf der Stelle!«

»Was bedeutet das?«, fragte Scarlett.

»Man hat uns anscheinend einen Besuch abgestattet«, antwortete Denneval kalt. Er hörte sich ganz und gar nicht überrascht an, fand Scarlett. Er nickte ihr vorwurfsvoll zu. »Bist du jetzt immer noch sicher, dass das hier kein Ablenkungsmanöver war?«

Hamish trat vor. »Sie haben keinerlei Beweis dafür, dass diese Menschen hier etwas damit zu tun haben. Die Bestie könnte einfach Ihre Abwesenheit als Vorteil gesehen und genutzt haben.«

Scarlett zog die Augenbrauen zusammen. »Was meinst du damit?«

»Unser Lager«, sagte Denneval. »Die Bestie greift unser Lager an.« Er wandte sich an seine Leute. »Ihr habt's gehört! Die Pferde! Los, los, los!« Er streckte die Hand aus und reichte sie Scarlett.

»Sicher nicht!«, wandte Hamish ein. »Sie wissen doch noch überhaupt nicht, mit welcher Klasse Sie es zu tun haben!«

»Oh doch, mein lieber Mister Porter«, antwortete Denneval, ohne seine Aufmerksamkeit von Scarlett zu nehmen. »Ich weiß sehr wohl, womit ich es zu tun habe.« In seinem Blick funkelte etwas, das ihr ein merkwürdiges Gefühl verlieh … das Gefühl, auf eine tiefe, schwer in Worte zu fassende Art und Weise *verstanden* zu werden. Sie … ja, sie sah einen Teil von sich selbst in den Augen dieses Mannes. »Komm mit mir, Scarlett Oaknight. Du bekommst jetzt die Chance, deine Eltern zu rächen.«

Scott

Alles drehte sich.

Schneller. Schneller!

Über Scott brüllte der Mond, der silberne König des Nachthimmels, seinen Namen, eiskalt und glühend heiß zugleich. Sein Licht versengte Scott die Lunge, brannte in seinen Augen, grub sich unter seine immer dünner werdende Haut.

Kein Aufsehen erregen, schoss ihm durch den Kopf. *Kein. Aufsehen. Erregen.*

Die verwirrenden Muster aus widerspiegelnden Scherben und Kristallen vereinten sich mit dem allgegenwärtigen Parfüm, der kratzenden Musik und dem tropfenden Bratenfleisch zu einem Kaleidoskop der Sinneseindrücke. Ein Strudel, geformt aus der schwimmenden Welt um ihn herum.

Nicht auffallen, dachte Scott. *Nicht auffallen!*

Er torkelte gegen einen Wagen mit Aushang. Wie war er hierhergekommen?

HUNGER!

»Verzeihung, Sir«, murmelte Scott. »Das war meine Schuld.«

KANNST DU NICHT BESSER AUFPASSEN?!

»Ah Vu?«, antwortete eine junge Stimme mit starkem Akzent. Lichter und Farben rauschten auf und ab, als sei die Realität auf einem Schiff unterwegs. »Sprichst du Gallisch, Freund?«

ICH BEISS DIR DEINE ZUNGE AB!

Scott schluckte und räusperte sich. Die Erde wirkte sonderbar schief. Der verschwommene Umriss eines Jungen hinter einer improvisierten Ladentheke blickte auf ihn hinab. Plötzlich sah Scott jede einzelne seiner Poren, jedes einzelne Haar.

»Selbstverständlich. Ähem, Sie … Sie führen Lammfleisch, korrekt?«

HRRGIB ES MIR! JETZT!

»Geht es dir nicht gut?«, fragte die Stimme.

HRRWASGEHTDICHDASAN?!

»Es geht mir außerordentlich blendend«, antwortete Scott und riss ihm das Fleisch beinahe aus der Hand. »Danke der Nachfrage.«

FRRRESSEN!

»Das macht dann fünf Schilling, bitte.«

»WHAFF?«, fragte Scott kauend. Die Welt taumelte und fing sich. Ihm wurde übel. »WOFÜR?«

»Das Stück vom Lammbraten.«

»Orrrh, sicher«, machte Scott geifernd und schlang einen gewaltigen Bissen hinunter, ohne zu kauen. »Sicher habe ich hier irgendwo meine Geldbör … Geldrrr … Rrrr!«

Reiß dich zusammen, Scott!, mahnte er sich selbst immer wieder in Gedanken. *Reiß dich … reißen … RRREISSSEN!*

»Soll … ich es nicht für dich braten, Freund?«

NEIN! ROH!!! BLUTIG!!!

»Ähem, nein. Danke vielmals. Es mundet vorzüglich, wirklich.«

Durchatmen, dachte Scott wie durch Nebel hindurch. *Durchatmen!*

Ein sonderbar süßlicher Geruch strömte durch die Luft.

»Seybell!«, lachte eine glockenhelle Mädchenstimme. Ein sonderbarer Schemen erschien wie aus dem Nichts neben Scott. »Ich übernehme mal kurz für dich, ist das in Ordnung?«

Die Jungenstimme antwortete etwas, lachte, dann fielen sämtliche Konturen um Scott ineinander. Als er wieder zu sich kam, saß er auf den Knien. Zwei zarte Arme, voller goldener und bronzener Armreifen, hielten seine Schultern.

»Ich entschuldige mich vielmals, Madame«, ächzte Scott. »Scheinbar vertrage ich die Gewürzmischungen der lokalen Cuisine weitaus weniger, als ich mir eingestehen möchte.«

»Du bist ein furchtbarer Schauspieler«, lachte das Mädchen. Sie sah sich besorgt um, schien nach etwas zu suchen. Sie fand es. »Ich denke, wir sollten dir schnell einen Ort suchen, an dem du weniger auffällst. Na, wie hört sich das an?«

Als Scott in ihr Gesicht sah, verlor die Welt um ihn herum für einen Augenblick die Bedeutung. Rabenschwarzes Haar floss in langen Kaskaden an ihren Schultern hinunter und rahmte ein kupferfarbenes, makelloses Gesicht, in dem zwei der geheimnisvollsten smaragdgrünen Augen glitzerten, die Scott jemals gesehen hatte. Ihr Kleid, das aus zahllosen Einzelstücken verschiedener Stoffe zusammengenäht worden war, umspielte ihre Silhouette wie ein Strauß frischer Frühlingsblumen. Kurzum, sie war wunderschön.

»Wie heißt du, mysteriöser Junge?«, fragte das Mädchen.

»*Wuff*«, lallte Scott inbrünstig und grinste verträumt. Dann verzog er das Gesicht. »W-wuff!?« Panisch sah er auf seine Hände hinab. Silbriges Haar hatte begonnen, auf ihm zu sprießen.

»Oh«, machte das Mädchen. »Anscheinend sollten wir uns beeilen. Schnell. Hier entlang!«

Ein Paar entschlossener Hände griff ihn an der Taille und schob ihn vorwärts. Bäume rauschten an Scott vorbei. Nebel griff nach seinen Füßen. Baumharz grub sich in seine Nasenlöcher. Nasse Erde. Verfaulendes Laub. *Getier im Erdreich raschelte in seinen Ohrmuscheln.* ZU LAUT. ZU LAUT!

»H-hilfe«, jaulte Scott, hin- und hergerissen zwischen Rausch und Angst. Jemand schien mit einem Schmiedehammer auf seine Fersen, seine Rippen und seine Hände einzuschlagen.

»Halt still, mysteriöser Junge!«

»AROUU!«, gab Scott protestierend zurück.

»Pscht! Leise, du Dummkopf!«

»A … rou?«

»Ich wei-heiß«, sang das Mädchen nervös und schien etwas in den zahllosen Taschen ihres Kleids zu suchen. »… wo ist er denn jetzt? Ausgerechnet heute an meinem ersten Tag!«

»*WAS MACHST DU DA?!*«, grollte Scott, dann schlug er erschrocken die Hände über den Mund und quiekte auf, als er sah, wie ihm dolchartige Krallen unter den Fingernägeln hervorwuchsen. »S-sie führen nicht zufällig eine Nagelfeile mit sich, Madame?«

»Die hilft dir jetzt auch nicht mehr«, säuselte das Mädchen beschäftigt weiter. »Ich habe ihn doch extra eingesteckt?! Das darf doch nicht …«

»Argh!«, machte Scott und fiel auf Knie und Unterarme. Sein Oberkiefer gab Geräusche wie von langsam unter Frost springendem Porzellan von sich. »M-meine Szszähne!«

»Ähm, noch nicht verwandeln, hörst du?«

»Iff bin untröfstlich, Maghame – ich – *argghgh!*«

»Ach, du meine Güte, das sieht ja – ähm, sicher, dass du nicht doch noch etwas durchhalten könntest?«

»*SEHEICHSOAUSALSWÜRDEICHDURCHHALTEN?!*«

»Oh, oh – oh … *oh!* Da ist es ja!«

Jemand schlang ihm ein dünnes Lederband um den Hals. Ein schwach leuchtendes Gewicht baumelte daran – und änderte alles.

»*Hhhh!*« Gierig sog Scott die kalte Nachtluft ein, so als wäre er stundenlang unter Wasser gewesen. Ungläubig tastete er nach seiner Brust. Seine Finger schrumpften. Die Haare auf seinen Armen zogen sich zurück. Das Mondlicht prickelte noch immer auf seiner Haut, wie ein besonders hartnäckiger Sonnenbrand, doch wenigstens verspürte er nun nicht mehr den Drang, sie sich deshalb abzureißen. Sicher, sein Kiefer fühlte sich an, als hätte er ihn mit einem Hebel ausgerenkt, und seine Rippen mussten kurz davor gewesen sein, zu brechen – doch ansonsten schien es ihm wieder erstaunlich gut zu gehen.

»Was«, keuchte er und erkannte jetzt erst, wo er war. Ganz in der Nähe des verlassenen Wagens der blinden Seherin. Er tastete sich ungläubig ab. Seine Kleidung war an einigen Stellen eingerissen. Um seinen Hals hing ein weißer Bergkristall. »Was hast du mit mir gemacht?«

Das Mädchen grinste und stützte eine Faust an ihre Hüfte.

»Magie«, hauchte sie dramatisch und vollführte eine Geste mit der freien Hand, die ihre Armreifen melodiös klimpern ließ. Scott wollte gewohnheitsmäßig einen Kommentar abgeben, der klarmachen sollte, dass er an solcherlei Unfug nicht glaubte, doch dazu hatte er nun mittlerweile weiß Gott genügend Gegenbeweise serviert bekommen. Langsam stützte er sich hoch.

»Was ist das für ein Anhänger?«, fragte er.

»Das ist ein Talisman«, sagte das Mädchen. »Er zögert starke

Veränderungen hinaus.« Ihr Blick wurde mitfühlend. »Leider kann ich dir nicht genau sagen, wie lang er dir helfen wird. Ich bin noch nie einem Lykanthropen begegnet.«

»Einem Lykanthropen?«, wiederholte Scott misstrauisch und musterte das Mädchen. »Wer bist du? Wie lautet dein Name?«

Das Mädchen wirkte enttäuscht, dann zuckte sie mit den Schultern und schenkte ihm ein so strahlendes Lächeln, dass Scott kurz vergaß, was er eigentlich gefragt hatte.

»Zavah«, sagte das Mädchen achtlos und betrachtete interessiert Scotts Gesicht.

Scott lächelte verwirrt. »Das ... ist nicht dein richtiger Name, oder?«

Zavah lächelte verschwörerisch. »Nein.« Der warme Nachtwind rauschte durch die Bäume. Es duftete nach Lavendelfeldern und frisch umgegrabener Erde. Zavah – oder wie auch immer sie in Wahrheit hieß – erhob sich und sah hinüber zum nahen Waldrand. »Aber heute? Hier?«, sie nickte zufrieden. »Ja, du darfst mich Zavah nennen.«

»Ein lebendes Rätsel«, murmelte Scott kopfschüttelnd, ohne es zu wollen.

Zavah lächelte warm. »Ich danke dir.«

Scott zögerte. Ihm kam eine Idee.

»Die alte Frau«, sagte er. Zavahs Reaktion bestätigte seinen Verdacht. »Du bist ihre Schülerin, nicht wahr?«

Zavah lachte herzlich und so laut, dass Scott beinahe erschrak. »Wirklich gut, mysteriöser Junge. Wirklich gut! Ja.« Sie nickte fröhlich. »Ihre Schülerin. So kann man es sicher nennen.«

»Ich meine, wieso sollte ich dir trauen? Vielleicht steckst du ja sogar mit ihr unter einer Decke?«

Zavah sah ihn belustigt an, mit einem Gesichtsausdruck, als

sei er der mit Abstand dümmste Mensch, der ihr je über den Weg gelaufen wäre.

»Sicher. Ich binde mir jeden Abend einen Gürtel aus Wolfsfell um den Bauch und stehle Kinder, die vom Weg abgekommen sind«, sagte sie. »Ich weiß nicht, wer deine Bestie ist, Scott Oaknight. Um das herauszufinden, müsste man wohl am besten einen fähigen Jäger fragen, hm?«

»Wieso hast du mir dann geholfen?«, fragte er, dann schüttelte er mit gerunzelter Stirn den Kopf, straffte sich und schenkte dem Mädchen eine höfliche Verbeugung. »Ich meine: *Danke.* Danke vielmals. Du hast mir und vielen anderen Menschen gerade das Leben gerettet … denke ich.« Er zwang sich zu einem Lächeln und erschrak, als die Spitzen seiner Schneidezähne sich trotz ihres fortsetzenden Rückzugs ineinander verkeilten.

Das Mädchen lachte, ging in die Hocke und stützte ihr Gesicht schief auf ihre Hände.

»Sind dir Gründe so wichtig?«

Scott verstand die Frage nicht. »Ich – schätze schon.«

»Hm«, erwiderte das Mädchen und ihr verspielter Blick wurde forschend. »Und was, wenn ich keinen gehabt hätte? Was dann?«

Scott runzelte die Stirn. »Das ergäbe keinen Sinn. Es gibt für jede Handlung einen Grund.«

Das Mädchen nahm eine Handvoll Laub in die Hand und ließ es langsam über Scotts Kopf regnen. Ihr forschender Blick wurde noch konzentrierter.

»Und warum habe ich das gemacht?«, fragte sie und lehnte sich zurück. Ihr Blick war aufrichtig wissbegierig. Scott fühlte sich zwar nicht danach, erwischte sich jedoch dabei, wie er schmunzelte.

»Es war nicht der richtige Zeitpunkt für dich, um dich zu verwandeln«, sagte Zavah ernst.

Scott hob einen Zeigefinger und öffnete den Mund, dann ließ er die Hand wieder sinken, nickte und sagte: »Ähm, nun, ich denke, da hast du recht.« Er musterte Zavah. »Woher wusstest du, das ich mich verwandeln würde?«

»Deine Augen. Sie haben es mir schon sehr früh erzählt.«

»Und woher wusstest du, dass mir dieser Kristall helfen würde?«

Zavahs Blick sah entschuldigend aus. »Das wusste ich nicht. Ich habe es aber gehofft.«

Scott kniff verwirrt die Augen zusammen. »Du … kennst dich mit solcherlei Dingen aus.«

Zavah zuckte mit den Schultern. »Ich kenne die alten Geschichten. Meistens reicht das.« Sie verschränkte die Finger hinter ihrem Rücken, ging im Kreis um Scott herum und schmunzelte. »Ich weiß die wichtigen Dinge. Warum du und deine Schwester hier seid. Dass es gefährlich werden wird. Sogar sehr.«

»Woher?«

Zavah unterbrach ihn mit der Hand. Sie sah besorgt zu den anderen Wagen herüber. Pferde wurden ganz in der Nähe angetrieben. »Ich schenke dir dieses Geheimnis, Scott Oaknight, und dabei soll es für diesen Moment bleiben.« Sie sah ihm ernst in die Augen. »Aber glaube mir, wenn ich es dir sage: Ich bin auf deiner Seite und auf der Seite deiner Schwester. Du kannst mir vertrauen.« Sie deutete auf den Talisman um Scotts Hals. »Für mehr ist keine Zeit. Und jetzt folge mir. Man sucht dich bereits, und du musst mit deiner Schwester sprechen, ehe es … weitergehen kann.«

Isegrim
Einzig bekannte Art mit Sprachbegabung
Verbreitung: Teutonische Wälder
Extrem gefährlich – sofortige Erlegung

Scarlett

Scarlett drehte die zweite Runde durch das Labyrinth aus Wagen und Kerzen. Noch immer keine Spur von Scott. Sie wollte es sich zwar nicht eingestehen, doch langsam sorgte sie sich um ihn.

»Er muss hier doch noch irgendwo sein?«, sagte sie laut. »Denneval wird nicht mehr lang auf uns warten!«

»Sie sollten Ihren Entschluss noch einmal überdenken, Mylady«, merkte Hamish an.

»Meinen nichtsnutzigen Bruder mit auf die Jagd zu nehmen, meinen Sie?«

»Diesem Mann zu trauen, Mylady.«

»Das hat nichts mit Vertrauen zu tun, Hamish«, sagte Scarlett. »Wo ist jetzt – da! Ich hab ihn!«

Ihr Bruder kam merkwürdig lädiert nur wenige Schritte vor ihr hinter einem der Wagen zum Vorschein.

»Scott!«, rief Scarlett. »Hier drüben! Denneval will mit uns auf die Jagd! Wir müssen schnell handeln! Wo hast du geste–«

Ein Mädchen, etwa in ihrem Alter, trat hinter ihm aus dem Schutz eines Baumes. Ihre Augen waren so giftgrün, dass sie zu glühen schienen. Aus irgendeinem Grund schrillten bei diesem Anblick bei Scarlett sämtliche Alarmglocken. Irgendetwas stimmte hier nicht.

Scott sah sie. Er sackte erleichtert in sich zusammen und kam ihr schnellen Schrittes entgegen.

»Schwesterherz!«, sagte er. »Gut, dass ich dich so schnell finde. Hamish?«

»Ich hoffe, Sie waren auf Ihrer Suche erfolgreich, Sir?«

Scott kratzte sich verlegen den Hinterkopf. »Ähm, ja, ich denke schon. Hör zu, Red, wir sollten –«

»Wer ist das?«, fragte Scarlett kalt und deutete auf das Mädchen neben ihrem Bruder. Ihrer bunten Kleidung nach gehörte seine Begleitung zu den Manousher. Ihr Bruder suchte nach Worten, so als wolle er eigentlich über etwas anderes sprechen.

»Das – das ist Zavah«, sagte Scott und stellte sie mit einer Geste vor. »Zavah, das ist meine Schwester, Scarlett Oaknight. Oh, und Hamish, unser Butler.«

Zavah neigte neugierig den Kopf. »Ah, euer Sklave?«

»Es gibt durchaus Tage, an denen diese Bezeichnung zutreffen mag, Madame Zavah«, nickte Hamish freundlich und tauschte einen auffallend wissenden Blick mit dem Mädchen. Das sorgte nicht gerade dafür, dass Scarlett sich sonderlich zugehörig fühlte.

Wollen wir doch mal sehen, woraus du gemacht bist, dachte Scarlett.

»Freut mich«, sagte sie ohne ein Lächeln und steckte dem Mädchen ihren mit Mistelzweigextrakt präparierten Handschuh hin, so wie sie es sich von Denneval abgeschaut hatte. Scott schien ihr zuerst einen scheltenden Blick zukommen lassen zu wollen, doch dann machte er einen Schritt zur Seite und beobachtete neugierig die Reaktion des Mädchens.

Zavah drückte lächelnd Scarletts Hand. »Hallo, Rotkehlchen.«

Scarlett spürte einen Stich und ein Brennen in ihrem Bauch. Nur ihr Vater hatte sie früher Rotkehlchen genannt – und anscheinend hatte Scott es diesem Mädchen einfach erzählt!

»Oh«, sagte sie und musterte ihren Bruder abfällig. »Dann gehört sie ja quasi schon zur Familie, nicht wahr?«

»Das – darum geht es jetzt nicht«, sagte Scott. Er sah besorgt zu Denneval herüber, der in einigen Metern Entfernung neben vier anderen Jägern auf seinem Pferd wartete. »Also, was ist passiert?«

»Die Bestie«, sagte Scarlett. »Sie hat Dennevals Lager in der Kirche angegriffen – und sie ist vielleicht noch da. Ich gehe mit ihm.« Sie zögerte, ehe sie weitersprach. »Bist du dabei?«

Bitte sag Ja, dachte sie. *Bitte.*

Ihr Bruder sah zu Denneval. Dann wieder zu ihr.

Komm schon, flehte Scarlett in Gedanken. *Tu einmal etwas mit mir gemeinsam.*

Scott öffnete den Mund und schloss ihn wieder.

Seine Hand rieb über seine Brust und schien nach etwas unter seinem Hemd zu tasten.

»Ich denke«, sagte er leise, »wir sollten hierbleiben. Weitere Fragen stellen.«

»Wie bitte?«, sagte Scarlett. »Scott, wir wissen nicht, wann diese Chance wiederkommt, verstehst du das nicht?«

Tu das nicht, flüsterte eine Stimme in Scarletts Kopf. Funken segelten auf ihr Innerstes hinab.

»Das verstehe ich sehr wohl«, antwortete ihr Bruder. »Aber, Red, es ist zu gefährlich, wenn wir nicht –« Er sah zu Zavah herüber. »Ich werde *hier*bleiben. Hier in Bisclavret.« Besorgt trat er vor und legte die Hände auf Scarletts Schultern. Sie drückte die Augen zusammen, presste die Lippen aufeinander.

»Bleib hier und forsche weiter mit mir! Ich glaube, Zavah kann uns vielleicht helfen –«

Scarlett drückte die Augen zusammen, presste die Lippen aufeinander. »Ich dachte, ich könnte auf dich zählen!«, platzte sie vorwurfsvoll heraus und stieß die Hände ihres Bruders von sich. »Dann bringe ich die Sache eben allein zu Ende. Mit Denneval und seinen Leuten.«

»Du kannst doch nicht einfach mit diesen Fremden gehen!«, wandte Scott ein.

»Das ist korrekt, Mylady«, warf Hamish nickend ein und trat vor. Er warf einen misstrauischen Blick auf die anderen Jäger. Der Ton, in dem er weitersprach, drückte weit mehr aus als seine Worte. »Ich werde Sie begleiten.«

Danke, Hamish ... wenigstens du ...

»Nicht mit diesen – hörst du überhaupt, was du da sagst?«, bellte Scarlett ihren Bruder an. »Denneval hat ja wohl mehr mit uns und unseren Eltern gemeinsam als dieses Mädchen – oder jagt sie etwa auch Werwölfe?«

»Das mag sein«, gab ihr Bruder mit einer besänftigenden Geste zu. Dass er sie beruhigen wollte, machte es auf der Stelle schlimmer. »Aber Zavah, auch wenn sie vielleicht keine Jägerin ist – sie ... sie weiß Dinge. Sie kann uns vielleicht helfen, weiterzuforschen.«

»Schon mal darüber nachgedacht, dass sie vielleicht mit drinsteckt?«

»*Mit drin?*« Scott war entrüstet. »Hörst du dich eigentlich selbst reden? Auf Grundlage welcher ...«, er suchte nach dem richtigen Wort, » ... Hinweise? Sie hatte vorhin die Möglichkeit, mich in aller Ruhe zu fressen – und wie du siehst, stehe ich noch in einem Stück vor dir!«

Scarlett spürte, wie sich Druck in ihrem inneren Dampfkessel aufbaute. Es brannte in ihrer Brust.

»Du gehst sprichwörtlich mit einer Fremden allein in das Waldstück, in dem die Bestie Menschen gerissen hat?«, gab sie zurück.

»Meine Güte, seid ihr jetzt fertig?«, unterbrach sie Denneval, der sich mit seinem Pferd genähert hatte. Er führte ein zweites, mit leerem Sattel, neben sich und fragte: »Letzte Chance, kommst du jetzt mit uns oder nicht?«

»*Ja*«, bellte Scarlett und versuchte ernsthaft, ihren Bruder mit Blicken aufzuspießen. »Hamish?«

Der Butler sah zögernd zwischen ihr und Scott hin und her, dann suchte er die Augen des schwarzhaarigen Mädchens. Sie nickte kaum sichtbar. Aus irgendeinem Grund schien das Hamish zu beruhigen und schließlich räusperte er sich und trat an eine ältere Jägerin auf einem Pferd heran. Er lächelte höflich. Die ruppig aussehende Frau musterte Hamish abfällig, dann warf sie Denneval einen fragenden Blick zu, den er mit einem Nicken beantwortete.

»Dann steig mal auf, Großer«, rasselte die Jägerin und bedeutete Hamish mit einer Kopfbewegung, hinter ihr auf das Pferd zu steigen. »Wenn die alte Mähre schlappmacht, geb ich dir die Schuld.«

»Master Scott«, sagte Hamish und stieg mühelos auf. »Halten Sie die Stellung. Wir kehren sicher bald zurück!« Er bedachte die junge Madame mit einem flehenden Blick.

»Dann los jetzt!«, rief Denneval und preschte vorwärts. Seine Leute folgten ihm.

»Red!«, rief ihr Bruder. »Red, tu das nicht! Das ist doch genau dasselbe wie damals mit der Duchess! Du kannst nicht –!«

»Du hast deine Entscheidung getroffen!«, rief Scarlett zurück und rang die Tränen und die Enttäuschung nieder, die in ihr hochkochten. Sie wendete das Pferd, während die Reittiere der anderen Jäger mit wehenden Mähnen an ihr vorübersausten wie ein Mahlstrom aus dunklen Gewändern. »Viel Spaß mit deiner neuen Freundin!«

Hoffentlich ist das Ding noch da, wenn wir ankommen, dachte sie grimmig und trieb ihr Pferd an, ohne sich noch einmal umzublicken. Ihre Hand wanderte langsam an die lederne Befestigung um ihr rechtes Bein und fand den heiligen Amantius-Silberdolch, den sie vor ihrer Abreise aus dem Armamentarium hatte mitgehen lassen. *Ich werde meine Rache bekommen – auch ohne die Hilfe meines Bruders.*

Scott

Wo?, geisterte es durch Scotts noch immer dröhnenden Schädel. *Wo soll ich jetzt noch suchen?*

Ein merkwürdiges Stechen und Brennen in seiner Brust begleitete jeden seiner Schritte. Zuerst hielt er den Kristall für den Schuldigen, doch schon bald wurde ihm klar, was diesen Schmerz wirklich hinterlassen hatte.

Ablenken, sagte er sich. *Jetzt weiter darüber nachzudenken, macht es nicht besser. Darüber, dass Scarlett und Hamish fort sind. Darüber, dass ich keine Zeit mehr habe. Darüber, dass ich jetzt nach dem letzten Strohhalm greifen muss und in dieses Dorf zurückkehre, um irgendeinen Hinweis zu finden …*

»Das mit deiner Schwester …«, sagte Zavah, nachdem sie auf dem Rückweg zum Marktplatz Bisclavrets eine Zeit lang schweigend nebeneinander hergelaufen waren, »… das tut mir leid.« Sie musterte Scott besorgt.

»Ich habe das Gefühl, sie im Stich gelassen zu haben«, antwortete Scott und schüttelte vergeblich den Kopf, um seine finsteren Gedanken loszuwerden. Er sah zurück in Richtung Waldrand, wo jetzt bereits einige Mitglieder des fahrenden Volkes sich daranmachten, den Ort wieder zu entzaubern, um offenkundig ihre Abreise vorzubereiten. Die Anwohner Bisclavrets, die dort gewesen waren, hatten sich gleichwohl wieder auf den Rückweg gemacht. »Hast du keine Angst, dass sie ohne dich wieder abreisen?«

Zavahs Augen füllten sich mit Tränen, doch sie lächelte. »Nein.«

Scott zog die Stirn kraus. »Diese Antwort passt nicht wirklich zu deinem Gesichtsausdruck.«

Zavah lächelte und blinzelte die Tränen fort. »Du musst nicht immer alles verstehen, Scott Oaknight.«

Er musterte sie und lächelte leer. »Auch nicht, wenn es mich ablenkt?«

Zavah lachte leise und zog die Nase hoch. »Vielleicht. Stell deine Fragen.«

»Du und deine Urgroßmutter«, begann Scott, dankbar über den Themenwechsel. »Woher kommt ihr?«

Zavah wurde ernst. »Wir ... kommen nicht von hier.«

Scott verschränkte die Arme hinter dem Rücken. »Das war mir bekannt.«

»Einst waren wir so wie die Manousher, wie viele andere Menschen auf dieser Welt. Nun reisen wir viel. Und wir hören zu. Und wir erzählen weiter, was wir gehört haben. Zur richtigen Zeit, den richtigen Personen.«

Scott nickte. »Personen wie uns?«

Zavah lächelte. »Ja. Personen wie dir und deiner Schwester. Wir greifen nie selbst aktiv in das Geschehen ein, doch lassen wir unsere Worte gern das Zünglein an der Waage des Schicksals sein. So hat es Urgroßmutter mir immer erklärt.« Die Augen des Mädchens füllten sich mit tiefer Trauer, als sie die letzten Worte aussprach.

Scott war sich nicht sicher, ob seine nächste Frage sie kränken würde.

»Hast du oder deine Urgroßmutter etwas mit den Dingen zu tun, die hier geschehen?«

Zavah schüttelte entschieden den Kopf. »Nein. Nicht so, wie du denkst. Wir haben dieses Fest ausgerichtet, damit sie mit euch sprechen konnte. Und damit du und ich hier sein können, während die Jäger nach der Bestie suchen.«

Scott verzog das Gesicht und winkte sarkastisch ab. »Und das habt in euren Kristallkugeln vorausgesehen, nehme ich an?« Er bereute seine Worte auf der Stelle. Zavahs Blick wurde finster, fast bedrohlich.

»Du darfst mir ruhig ein wenig mehr Dankbarkeit zeigen«, sagte sie langsam.

Scott lächelte verlegen und räusperte sich. »Verzeihung. Es ist nur ... ich kann mich noch nicht wirklich mit dem Gedanken anfreunden, dass man ... du weißt schon. Werwölfe sind in Ordnung – du weißt, was ich meine – aber ... solcherlei Dinge lassen sich auch mit Tricks und Augenwischerei erreichen, verstehst du?«

»Ja«, antwortete Zavah kühl.

In der Nähe gaben Grillen ein Nachtkonzert. Der Marktplatz kam in Sichtweite.

»Zavah?«

»Mhm?«

»Warum willst du mir helfen?«

Zavah befeuchtete ihre Lippen, ehe sie weitersprach. »Ich bin seit Generationen die Erste, die die Familie verlässt«, sagte sie, blieb stehen und wandte sich niedergeschlagen an Scott. »Das geschieht nur sehr, sehr selten, musst du wissen. Du weißt ja: weil wir geschworen haben, nie aktiv einzugreifen. Aber am Tag meiner Geburt wurden meinen Eltern die Karten gelegt, um mein Schicksal preiszugeben. Und … ich … meine Aufgabe liegt darin, mit euch zu kommen.«

Scott zog die Augenbrauen hoch. »Mit *uns*? Aber –«

Jemand rempelte Scott an.

»Oh, oh!«, sagte eine bekannte Stimme. »Pardon, Monsieur!«

Reynard ging zügig an ihnen vorüber. Er trocknete sich mit einem Lappen die Hände und wirkte abgehetzt, so als hätte er ein Bad genommen und ihm wäre im letzten Augenblick eingefallen, dass er noch eine wichtige Verabredung hatte.

»Reynard?«, fragte Scott überrascht. »Guten Abend! Wohin so eilig?«

»Eine Ratssitzung, Monsieur«, erklärte Reynard freundlich und machte sich daran, die Tür zu seiner Schenke aufzuschließen. »Wir, nun, wir sind bei der letzten nicht ganz zu einem Schluss gekommen, müssen Sie wissen.«

»Oh«, machte Scott. »Sicher, sicher. Wir hatten Sie unterbrochen.«

»Das macht nichts!«, erwiderte Reynard. »Kommt nur herein, Sie stören nicht! Bringen Sie gern auch Ihre junge Freundin mit, vielleicht habe ich noch etwas Gänsebraten!« Er wischte sich die Stirn ab und verschwand im Inneren der Schenke. »Simon? Vivien? Habt ihr alles vorbereitet?«

Zavah richtete einen fragenden Blick auf Scott.

»Ganz schön spät für so etwas, meinst du nicht?«, sagte sie.

»Ähm, das ist der Wirt der örtlichen Schenke«, erklärte Scott. »Bei ihrer letzten Ratssitzung haben wir sie gestört. Ich denke, sie holen das heute Abend nach.«

»Möchtest du denn mit hinein?«, fragte Zavah.

Scott nickte müde. »Meine ganzen Aufzeichnungen – also, die von zu Hause – sind noch oben bei Reynard in einem der

Zimmer. Außerdem wollte ich ehrlich gesagt in frische Kleidung schlüpfen, du verstehst?«

»Hm«, machte Zavah. Sie schien sich dabei nicht sonderlich wohlzufühlen. »Dann mal los.«

Scarlett

Ein schwacher, gelblicher Rauchfaden zog sich aus dem Inneren der Calice-Sainte-Lune in den wolkenlosen Nachthimmel, als wolle er dem Mond die Hand reichen. Unter anderen Umständen wäre der Anblick prächtig und erhaben gewesen, da war Scarlett sich sicher. Die Kathedrale musste einst wahrhaft majestätisch gewesen sein, doch die Natur hatte sich diesen Ort zurückgeholt und ihn in ein Märchen verwandelt: Es sah weniger aus, als hätten Wind und Witterung dem steinernen Giganten zugesetzt, sondern als hätte ein besonders begabter Maler einen wilden Garten Eden mitten in das Herz dieses Ortes gepflanzt und ihm mit blühender Fantasie neues Leben eingehaucht.

Denneval gab seinen Leuten ein Signal, abzusitzen. Routiniert sammelten sich die bewaffneten Männer und Frauen und verteilten sich auf dem Gelände. Die Jäger näherten sich dem verfallenen Gotteshaus aus mehreren Richtungen. Scarlett ging gemeinsam mit Hamish, Denneval und zwei weiteren seiner Männer in Richtung Kirchenportal und erreichte den Eingang.

»Hey, Denneval!«, zischte jemand wenige Meter entfernt. »Ich habe Khaled gefunden.«

Scarlett horchte auf und wechselte einen Blick mit Hamish.

»Ist noch was von ihm übrig?«, rief Denneval zurück, ohne innezuhalten. Scheinbar machte er sich keinerlei Sorgen darüber, dass man ihn hören könnte.

»Nicht genug!«, rief die Stimme zurück.

»Schaff ihn weg, wenn wir drin sind!«, rief Denneval. Er nahm schnaubend die Armbrust herunter. Seine Schultern lösten sich. »Dann muss Helga das Signalfeuer gezündet haben. So wie ich sie kenne …« Er sah hoch zu einem der noch intakten Kirchtürme. Als Scarlett dem Blick weiter zu einer der Turmspitzen folgen wollte, erschrak sie – gewaltige Krallenspuren zogen sich in etwa fünf Metern Höhe über das Gestein, direkt darüber sah man Prankeneinschläge – dann stellte sich Hamish schützend vor sie, sah ihr alarmiert in die Augen und schüttelte mahnend den Kopf. Zuerst wollte Scarlett protestieren, doch dann nickte sie nur betreten und steckte ihr Rapier weg.

Denneval seufzte. »Schande. Sie war gut. Sie war richtig gut. Tja.«

»Ihre Trauer ist überwältigend, Sir«, merkte Hamish an. Denneval schenkte ihm beiläufig einen mahnenden Blick.

»Anscheinend sind wir zu spät«, murrte Scarlett und röstete ihren Bruder in Gedanken über einem offenen Feuer, um sich von dem abzulenken, was ihr Körper beim Anblick der grausigen Bestienspuren empfunden hatte. Ein Teil von ihr schob das Bild weit von sich fort, um sich nicht weiter daran erinnern zu müssen.

Bisher war die Jagd auf das Ding ihr fast wie eine Fantasie vorgekommen, in der sie einfach heldenhaft ihre Eltern rächte. In einem Duell, das sie wie alle anderen Duelle auch unversehrt überstehen würde. Aber das hier … war fast *zu* real.

»Raphael! Kenji!«, rief Denneval. »Donnovan, Ebelmeier!

Sichert die Kirche! Seht nach, ob die Vorräte und die Waffen unbeschadet geblieben sind!«

Mehrere schwarze Schemen setzten sich in Bewegung.

»Die Vorräte, Sir?«, fragte Hamish ernst. »Er hatte die Gelegenheit zu fressen und hat es nicht getan. Warum sollte er also an die Vorräte?«

»Stimmt«, sagte Scarlett. »Und warum sollte er an die Waffen?«

Denneval schnaubte belustigt. »Ist nur so ein Gefühl, Mister Porter.«

Nach wenigen angespannten Minuten gaben Dennevals Männer eine erste Entwarnung. Wie sich herausstellte, hatte er mit seinem Gefühl tatsächlich recht gehabt: Die Vorräte waren vernichtet, sämtliches in der Kathedrale befindliches Waffenarsenal scheinbar gezielt – wenn auch mit außerordentlicher Gewalt – unbrauchbar gemacht.

»Das«, sagte Denneval resigniert und setzte sich auf eine der umgeworfenen Gebetsbänke, »war strategisch.« Er sah Hamish vorwurfsvoll an. »Ziemlich kalkuliert für einen Lykanthropen, finden Sie nicht auch?«

Seine Männer und Frauen, die sich nun um ihn geschart hatten, tauschten angeregt Flüche und Racheschwüre aus. Einige erwähnten ängstlich, einen Rückzug in Betracht zu ziehen.

»Dem stimme ich durchaus zu, Sir«, merkte Hamish an. »Wie wollen Sie nun weiter vorgehen? Wenn Sie unsere Unterstützung nicht mehr benötigen, würde ich vorschlagen, wir –«

Denneval sprang mühelos auf einen herabgestürzten Gesteinsbrocken und klatschte mehrfach in die Hände, dann machte er einen Satz zu der halb zerstörten Kanzel hinauf und postierte sich.

»Hergehört!«, rief er, und Scarlett fand sich in stiller Erwartung dessen, was er wohl nun verkünden würde. Abermals erwischte sie sich bei dem Gedanken, dass sie eines Tages einmal so sein wollte wie er. »Wir lecken unsere Wunden! Wir kratzen alles an Schießpulver und Munition zusammen, was noch brauchbar ist! Sammelt euer Silber und setzt euch in Dreiergruppen ans Lagerfeuer. Sucht euch ein paar Beeren und Wurzeln, wenn ihr es nicht aushaltet. Es dauert nicht mehr lang! Das verspreche ich euch! Dann machen wir den größten Fang unserer Laufbahn!«

»Und was tun wir jetzt dafür?«, rief die Frau, mit der Hamish hergeritten war. Andere folgten ihrem Beispiel.

Denneval nickte zustimmend.

»Wir rasten diese Nacht!«, rief er. »Dann gehen wir bei Sonnenaufgang ins Dorf – keine Sorge, ich verspreche euch, dass es der letzte Tag in diesem Drecksloch für uns sein wird! Also, hopp, hopp! Nutzt die kommenden Stunden.« Als seine Stimme verhallte, mischte sich Gemurmel in das Echo, doch man kam seinen Worten nach. Denneval sprang zugegebenermaßen elegant von seinem steinernen Podest hinunter. »Scarlett?«

Scarlett horchte auf. »Ja?«

»Wir sollten uns in der Zwischenzeit unterhalten.« Er sah zu Hamish herüber, ausdruckslos. »Im zweiten Turm. Allein.«

Hamish

Nachdenklich blickte Hamish in die prasselnden Flammen des kleinen Feuers, von denen etwa ein gutes Dutzend innerund außerhalb der Calice-Sainte-Lune brannte. Eine sonderbare Ruhe war im improvisierten Jägerlager eingekehrt. Man schien auf etwas zu warten, und es hatte allem Anschein nach damit zu tun, wie das Gespräch zwischen Lady Scarlett und Denneval verlief. Hamish fragte sich, über was die beiden überhaupt so lang sprachen, und hoffte inständig, dass er keinen Fehler damit begangen hatte, die junge Adelige allein in dieser zwielichtigen Gesellschaft gelassen zu haben. Vielleicht ging es um wichtige Details, wie die Tatsache, dass Monsieur Denneval scheinbar mehr mit der Anzahl der Opfer anfangen konnte als sie.

Hamish rieb sich mit den Fingern die Nasenwurzel und atmete laut aus. Dieser ganze Fall war wahrlich ein heilloses Durcheinander, von Anfang an. Hoffentlich fand Master Scott in Bisclavret einen wichtigen Hinweis, der ihnen allen bisher entgangen war. Wenn es jemand schaffen konnte, dann dieser Junge. Hamish hatte es kaum über das Herz gebracht, ihn zurückzulassen, doch war er im Gegensatz zu seiner Schwester nun größtenteils in der Gesellschaft verängstigter Menschen, nicht in Begleitung bewaffneter, fragwürdiger Gestalten. Er hatte eine Entscheidung treffen müssen und es war – hoffentlich – die richtige gewesen.

Er erhob sich von dem Lagerfeuer, wich den misstrauischen Blicken seiner unangenehmen Gesellschaft aus und entschloss sich, noch einmal alles Revue passieren zu lassen. Langsam schritt er durch die verfallene Kathedrale und ließ seinen Kopf arbeiten, während er sich die Füße vertrat. Ein Spaziergang hatte ihm in der Vergangenheit stets in solcherlei Situationen geholfen … aber als er vor dem Altar ankam, musste er sich eingestehen, dass dem dieses Mal nicht so war, auch wenn sein Hinterkopf mühevoll alles wieder und wieder aufarbeitete, jedes Detail zweimal wendete.

Für den Bruchteil eines Moments erwog Hamish tatsächlich, zu beten. Der Gedanke ließ ihn wehmütig lächeln. Das letzte Mal, dass er das getan hatte, war schon sehr lang her. Und es war nicht in einer Kirche wie dieser hier gewesen.

Ein Teil seines Verstandes bewunderte die außerordentliche Architektur dieses Ortes. Die Zeit hatte jeden Stein hier verändert. Einst musste es hier vollkommen anders ausgesehen haben –

Einen Augenblick, dachte er.

Warum hatte er nicht schon eher daran gedacht? Das Gemälde in Reynards Schenke. Er hatte die Frau auf dem Bild *definitiv* bereits gesehen – doch auf dem Bild, das Hamish kannte, war sie noch um so vieles *jünger* gewesen! Und sie hatte ein sehr auffälliges Kleidungsstück getragen.

Aber wenn *sie* es war, dann …

Die Teile des Puzzles fügten sich zusammen.

Die Werwolfsichtungen.

Die vermissten Menschen.

Er schwankte beinahe, als ihn die Erkenntnis mit voller Wucht traf.

Alle Zusammenhänge waren nun klar – auch wenn das *Warum* hinter allem sich Hamishs Verstand noch immer entzog, doch das war nun nebensächlich.

Er musste auf der Stelle Lady Scarlett aufsuchen.

So schnell er konnte, machte er sich auf in Richtung Turm und passierte dabei einige der Lagerfeuer – bis man ihm den Weg versperrte.

»Hey, hey, hey«, murrte ein humpelnder Mann mit wildem Bart und Armbrust auf dem Rücken. »Wo willst du denn so schnell hin, Caledonier?«

Hamish sah mit hochgezogener Augenbraue auf die ausgestreckte Hand vor seiner Brust hinunter. »Ich muss umgehend mit Lady Scarlett sprechen, Sir«, sagte er. »Gehe ich recht in der Annahme, dass sie sich noch immer in einer Unterredung mit Monsieur Denneval befindet?«

»Ja, kann schon sein«, antwortete der Mann und musterte Hamish von oben bis unten, dann sah er an ihm vorbei. »Hey, Runa! Der will zu Denneval.«

»Runa?«, wiederholte Hamish. *Runa Ravsdottír?*, dachte er. Er wandte sich um. Eine hochgewachsene Frau mit harten Gesichtszügen und einer Narbe über dem Hals richtete sich aus den Schatten auf und kam näher. Drei zusätzliche Gentlemen folgten ihr.

»Wir sollen ihn nich' stör'n«, antwortete die Frau gereizt. Sie trat an Hamish heran und konnte ihm in die Augen sehen, ohne den Kopf in den Nacken zu legen. »Gehört, Pinguin?«

»Tatsächlich«, merkte Hamish an. »Sie sind Runa Ravsdottír!«

Ms Ravsdottír verzog abfällig den Mund. »Ja, die bin ich. N' Problem damit?«

»Der Mercurius-Orden hat Sie exkommuniziert«, stellte Hamish fest und verschränkte die Arme. »Sie sind eine gesuchte Brandstifterin, Mörderin und Diebin.«

Langsam ging ihm ein Licht auf.

»Jetzt schön vorsichtig, Freundchen«, erwiderte Ms Ravsdottír.

»Und Sie«, fuhr Hamish fort und deutete auf einen der beiden bewaffneten Männer hinter ihr. »Sie sind Percival Brimstone. Sie haben zwei ganze Dörfer niedergebrannt, nachdem Sie dort Nahrungsmittel und Brunnen vergiftet hatten. Der Orden hat Sie ebenfalls exkommuniziert.«

»Da hast du verdammt noch mal recht, Bürschchen«, antwortete der Mann lachend.

»Und ich gehe davon aus, dass sich dieses unerfreuliche Muster nahtlos in Ihren Reihen fortsetzt, nicht wahr?«, sagte Hamish. In der Nähe waren jetzt einige von Dennevals Jägern auf die Situation aufmerksam geworden und kamen herüber. »Ein jeder hier sollte eigentlich in irgendeinem finsteren Loch sitzen und – Verzeihung – verrotten. Jeder Einzelne von Ihnen ist ein gesuchter Mörder, Totschläger oder weitaus Schlimmeres.«

»Und was geht dich das an, Pinguin?«, fragte Ms Ravsdottír, zog lautstark die Nase hoch – und spuckte ihm auf die Brust.

»Meine Vorahnung hat sich also bewahrheitet«, sagte Hamish freundlich. »Darf ich Sie nun, alle miteinander, darum bitten, mich zu Lady Scarlett durchzulassen?«

»Durchlassen geht immer, Pinguin.«

Hamish ließ seine Nackenwirbel knacken.

»Ich fürchte, es wird bei einem bewundernswerten Versuch bleiben, Ms Ravsdottír.«

Schusswaffen wurden gezogen.

Messer hervorgeholt.

Klingen gezückt.

»Denneval hat uns 'ne zweite Chance gegeben«, sagte ein breitschultriger Mann, Rurion Zarpas, ebenfalls ein gesuchter Mörder. »Und jetzt löschen wir weiter Ungeheuer aus. Nur eben ohne die Abgaben an den verdammten Orden.« Er nickte herausfordernd. »Und noch hast du deine Innereien in deinem Wanst. Wenn du also ein Problem damit hast, dass wir die Welt besser und unsere Arbeit weitermachen, dann können wir dir ganz schnell die Nacht vermiesen. Kapiert?«

»Hm«, machte Hamish. »Wenn es nur *einen* offiziellen Auftrag des Ordens gab, für Lord und Lady Oaknight hier in Bisclavret, wie hat dann Monsieur Denneval von alldem hier erfahren?« Die Männer und Frauen sahen einander unschlüssig an. Hamish seufzte. »Nun denn. Wenn sich nun jeder für einen Tanzpartner entschieden hat, würde ich vorschlagen, ich führe. Einverstanden?«

Scott

Als sie die Schenke betraten, hatte Simon bereits Tische und Stühle verschoben. Er bedachte Scott und Zavah mit einem flüchtigen Nicken, dann wandte er sich an Reynard, der sich hinter dem Tresen ein neues Hemd angezogen hatte.

»Wissen alle Bescheid?«, hörte Scott Reynard flüstern.

»Ja«, antwortete Simon ebenso leise. »Sie sollten jeden Moment hier sein, ganz wie du gesagt hast.«

Was trug der Schankwirt da an seinem Unterarm? Sah aus wie ein …

»Oh«, machte Zavah und deutete auf den locker sitzenden Verband, den Reynard trug. »Was ist dir zugestoßen?«

»Nicht der Rede wert«, beteuerte Reynard höflich und nickte ihr zu. »Nur eine Kleinigkeit in der Küche. Wie immer.«

Zavah runzelte die Stirn. »Gefährliche Küchen habt ihr hier.«

Der Schankwirt lächelte verlegen und vollführte eine entschuldigende Geste, bei der besagter Verband eine Winzigkeit verrutschte – und mit nicht zu leugnender Deutlichkeit die Überreste einer verheilenden Schusswunde preisgab.

Was?!, schoss es Scott durch den Kopf. Ihm war, als hätte jemand das Blut in seinem Körper gegen Eiswasser eingetauscht. Seine Gedanken rasten. Wie kam jemand in Bisclavret an eine

Schusswunde? Von einem Schuss, den man selbst unter den Feierlichkeiten des fahrenden Volkes hätte hören müssen? Die hatte der Schankwirt gestern noch nicht gehabt – und selbst wenn, hätte sie nicht so schnell heilen können.

Das, dachte Scott, *ist ein Problem.*

»Also, was kann ich für Sie und Ihre Begleiterin tun, Monsieur?«, fragte Reynard und räusperte sich.

Scott fuhr herum, um seine aufgerissenen Augen zu verbergen.

Zavah sah ihn fragend an.

»Ähm, nichts!«, antwortete er. »Ich, nun, ähm, ich wollte lediglich, also, wie man so schön sagt – Bücher!« Sein Blick fiel auf das Regal mit Reynards Sammlung. »Ja! Ja, Bücher, ganz wie Sie mir angeboten haben.« Er wandte sich um, setzte ein unschuldiges Lächeln auf und vollführte eine beschwingte Geste mit dem Arm. »Nichts, worüber man sich Sorgen machen müsste!« Reynard lächelte freundlich, aber seine Augen schimmerten verwirrt.

»Schön, dass Sie über mein Angebot nachgedacht haben, Monsieur«, sagte der Schankwirt und deutete mit dem unverbundenen Arm auf das Regal. »Ich denke, dass Ihnen einige der Bücher in der Mitte besonders zusagen dürften.« Scott nickte hastig und griff nach der erstbesten Lektüre. Ein uralter graugrüner Einband.

»Ah, ja«, haspelte Scott. »Hervorragender Zustand, mein Lieber!« Er fuhr demonstrativ mit dem Daumen über die Lettern. Dann hielt er inne. »Sogar … ein *erstaunlich* guter Zustand, wenn ich das Alter dieses Werkes soeben richtig geschätzt habe.«

»Ich wusste, es würde Ihnen gefallen, Monsieur!«

Es klopfte an der Tür. Simon machte sich daran, zu öffnen, und die ersten Dorfbewohner strömten herein.

Ungläubig begann Scott zu blättern. Seine Augen weiteten sich.

»Alles gut?«, fragte Zavah. »Du siehst aus, als hättest du ein Gespenst gesehen.«

»Ein Gespenst wäre mir weitaus lieber gewesen«, sagte Scott und blätterte zwischen blankem Entsetzen und purer Faszination weiter. Seine Finger zitterten.

»Liest du es mir vor?«, fragte Zavah sanft.

Sie lehnte sich über seine Schulter. Der Wildrosen-Geruch ihrer Haare umhüllte Scott, und für einen Sekundenbruchteil hätte er beinahe vergessen, was diese Niederschrift in seinen Händen wirklich *bedeutete.*

Die Tür zur Schenke wurde abermals geöffnet. Eine Vielzahl von verhaltenen Stimmen sprach durcheinander. Es waren viele Menschen – weitaus mehr als an dem Abend, an dem Scott mit dem verbliebenen Rest seiner Familie angekommen war. Die Schenke füllte sich noch immer, als er sich umwandte, das Buch fest an seine Brust gedrückt. Er tauschte einen beunruhigten Blick mit Zavah.

»Reynard«, sagte er. »Wir, ähm, wir sollten …« – er räusperte sich lautstark – »Wir sollten euch dann wohl nicht weiter bei eurer Versammlung stören, nicht wahr?«

»Ach«, antwortete Reynard und winkte ab. »Sie sollten hierbleiben, Monsieur! Es gibt einige interessante Dinge zu besprechen.«

Scott lächelte schief und nickte. Er verzog den Mundwinkel und flüsterte daraus: »Zavah – wir müssen von hier fliehen. Sofort.«

Das Mädchen horchte auf.

»Was steht in diesem Text?«, fragte sie alarmiert.

»So«, verkündete Reynard seufzend. »Es sind alle da. Lasst uns anfangen.«

Sein Blick traf den Scotts und die Welt schien aus ihren Angeln zu fallen.

Dann verriegelte der Schankwirt die Tür.

Scarlett

Nachdem Denneval mit ihr über einen Leiterparcours in einen der beiden halbwegs intakten Türme geklettert war, warf er seinen Mantel und seinen Dreispitz fort und bat Scarlett, auf einem Schemel Platz zu nehmen, der vor drei unterschiedlich großen Glocken stand. Seine Einrichtung war spartanisch. Bis auf Klingenöl, einen Schärfstein und ein stark abgenutztes Buch – igitt! – mit dem Titel »*Die göttliche Komödie von Dante Alighieri*«, von dem er anscheinend die erste Hälfte immer und immer wieder gelesen hatte, schien der Jäger nicht viel zu brauchen.

Zu ihrer eigenen Überraschung stellte er Scarlett Fragen über ihre Eltern – die berühmten Oaknights –, über ihr normales, alltägliches Leben. Der Jäger hörte bei jeder knappen Antwort, die er von ihr bekam, aufmerksam und offen zu. Er erinnerte dabei an einen kleinen Jungen, der die Möglichkeit ergriff, mehr über seine persönlichen Helden zu erfahren. Schließlich kehrte Schweigen ein, als Scarlett mit ihren Erzählungen wieder bei ihrem Aufenthalt in Bisclavret angelangt war.

»Wieso wolltest du mich allein sprechen?«, fragte Scarlett schließlich. »Wenn du mich nur nach meinen Eltern fragen wolltest, hätten wir ganz einfach bei Hamish und deinen Leuten bleiben können.«

Denneval nickte. »Ich traue ihm aber nicht.«

Scarlett runzelte die Stirn. »Wieso?«

Denneval zuckte mit den Schultern. »Ist so ein Bauchgefühl. Du kennst ihn vielleicht länger, aber er hat trotzdem eine Menge Dinge zu verbergen.«

Scarlett schüttelte entschieden den Kopf. »Nein. Nicht Hamish. Das glaube ich nicht.«

Denneval trat ein Stück an die halb eingefallene Seitenwand des Turms heran. Kühle Nachtluft wehte durch sein Haar und brachte hinter ihnen die Glocken sachte zum Klingen.

»Wenn du meinst«, sagte Denneval. »Ich verlasse mich nur auf mein Bauchgefühl.«

Scarlett schmunzelte. »Das tue ich auch immer. Du musst dir über Hamish aber keine Sorgen machen.«

»Du hörst auf deinen Instinkt«, sagte der Jäger und nickte anerkennend. »Das ist gut. Das ist sehr gut.«

Scarlett genoss das Kompliment, dann überlegte sie einen Moment lang und kniff die Augen zusammen. »Du wolltest aber eigentlich noch über etwas anderes reden, nicht wahr?«

Für einen Moment herrschte Schweigen zwischen ihnen.

»Es gibt etwas, das du über dieses Dorf wissen solltest«, erklärte Denneval ruhig. »Seit ich mit meinen Leuten hergekommen bin, sind mir dieser Landstrich und seine Bewohner ein verdammtes Rätsel.« Er rümpfte die Nase. »Wir haben hier Wochen damit verschwendet, darauf zu warten, dass uns dieser Werwolf vor die Flinten läuft. Ergebnislos.« Er fuhr sich mit der Zunge über die Zähne und rieb sich frustriert den Nacken. Schließlich zog er die Augenbrauen hoch und lächelte Scarlett fasziniert an. »Und dann läufst du mir über den Weg. Erzählst mir von den siebzehn Opfern, die die Bestie bereits gefordert hat. Zu sagen, dass das die Situation verändert, wäre wohl übel untertrieben.«

Der Jäger sah in die vom Mond erhellte Nacht hinaus, sein Blick fest auf das kleine Dorf in der Ferne gerichtet, das man von hier oben aus hinter dem weitläufigen Wald ausmachen konnte. Scarlett trat neben ihn und spürte, wie ihr Bauchgefühl ihr etwas zuflüsterte. Die Worte der alten Frau geisterten ihr durch den Kopf, als sie Denneval musterte.

Es gibt zwei weitere Spieler.

Der zweite Spieler hat uneingeschränkten Ehrgeiz.

Er ist ein großer, inspirierender Anführer.

Scarlett nickte innerlich. Damit war zweifelsohne der Jäger gemeint, der an ihrer Seite stand. An ihrer Seite kämpfte, wie eigentlich Scott es hätte tun sollen.

Der andere Spieler ist ein Mann, der nicht der ist, der er vorgibt zu sein.

Er hofft, dass seine Lügen unbemerkt bleiben.

Ihre Nackenhaare sträubten sich.

Der große Unbekannte.

Der Lykanthrop, der ihre Eltern auf dem Gewissen hatte.

Sie fühlte, dass sie der Lösung des Rätsels ganz nah war.

Denneval drehte sich zu ihr herum.

»Meine Leute haben bisher keinen Blick auf die Bestie erhaschen können«, sagte er. »Ich dagegen schon. Du musst wissen, schon die Augen meines Vaters und meines Großvaters sind mit der Gabe auf die Welt gekommen, auch bei schlechten Sichtverhältnissen hervorragend sehen zu können. Deshalb kann ich mit Fug und Recht behaupten, dass ich bei Nacht der zuverlässigste Schütze im Umkreis von mehr als eintausend Meilen bin.« Sein Blick wurde finster. »Mehrere Male habe ich auf der

Lauer gelegen und in den Wald gestarrt. Ich habe die Bestie *gesehen.* Ich habe auf sie *gefeuert* – und verdammt noch mal tödlich getroffen. Sie hätte sich auflösen *müssen*! Trotzdem habe ich sie immer wieder gesehen – das dachte ich zumindest!«

Scarlett nickte grimmig. »Sie ist halt hart im Nehmen.«

Denneval schnaubte. »Das könnte man meinen. Ja.«

»Warum erzählst du mir das?«

»Weil dein Bruder wahrscheinlich in gerade diesem Moment zerfleischt wird.«

Scarlett zuckte zusammen. Gnadenloser, eiskalter Schrecken durchflutete ihren Körper.

»Was?!«, erwiderte sie. »Aber wie – dann – dann müssen wir sofort zurück!« Sie fuhr herum und machte sich daran, die Leiter hinunterzuklettern. »Ich reite vor! Sag Hamish, er soll nachkommen!«

»Du verstehst es noch nicht«, antwortete Denneval harsch und hielt sie am Arm zurück. »Du kannst da jetzt nicht einfach reinstürmen und um dich schießen!«

»Und wie ich das kann! Lass los!«

»Du verstehst das nicht!«

»*Was* verstehe ich nicht?!«

»Ich habe jeden Schuss gezählt, den ich auf die vermeintliche Bestie abgegeben habe«, sagte Denneval und sah Scarlett konzentriert an. »Es waren *siebzehn*!«

Scott

Scott beobachtete mit schlagendem Herzen, wie sich die Dorfbewohner neu ordneten. Langsam begannen sie, einen großen Kreis zu bilden. Diese armen Seelen hatten nicht die geringste Ahnung, was für einem Monster sie hier in die Arme liefen!

»Scott!«, sagte Zavah leise und deutete auf das Buch. »Was wurde darin niedergeschrieben?«

»Das ist eine Aufzeichnung über einen Druidenkult«, flüsterte Scott zu Zavah und lächelte Reynard nervös aus mehreren Metern Entfernung an. »Darüber, dass sie die besondere Energie des nahe liegenden Waldes für Rituale benutzt haben –«

»Ich habe sie auch gespürt«, unterbrach Zavah und nickte ernst. »Kein Wunder, dass dieser Ort eine mystische Vergangenheit hat.«

»– und Dinge über die Verehrung eines seltenen Blutmonds. Der Schein dieses besonderen Vollmonds zeigt anscheinend für kurze Zeit den Weg zu einer Art Quelle auf, die ein Teil dieser Rituale war.«

Zavah beäugte die Versammlung jetzt ebenfalls beunruhigt. Der Schankwirt hatte sich zu einer kurzen Begrüßung in die Mitte des Kreises gestellt.

»Und warum sollte uns das jetzt in Gefahr bringen?«, fragte sie flüsternd. Die Fingerspitzen ihrer linken Hand vollführten subtile, tanzende Bewegungen, und sie murmelte Worte in einer Sprache, die er nie zuvor gehört hatte.

Scott schluckte. »Diese Quelle wandert mit diesem besonderen Blutmond über die ganze Welt. Wer dieses Buch besitzt, kann jeden der kommenden Aufenthaltsorte dieser Quelle vorhersagen … und ihr hinterherreisen.«

Zavah stellte sich schützend vor Scott. »Warum sollte das jemand tun?«

»Das weiß ich nicht«, antwortete Scott. Warum war es hier auf einmal so schrecklich heiß? »Aber dieses Buch besitzt einen Vermerk über die Bibliothek, in der es aufbewahrt wurde. Es gibt nur eine Person, die es von dort gestohlen haben kann. Nur eine Person, die es danach mit sich genommen hat.«

Zavah drehte sich voller Sorge zu ihm herum.

Scotts Bauch rebellierte. Der Talisman um seinen Hals war glühend heiß geworden.

»*Ich denke*«, ließ Reynards Stimme den Raum erbeben. »*Es ist jetzt an der Zeit, Monsieur Oaknight.*«

»S-sie sind das, nicht wahr?«, sagte Scott, stellte das Buch zurück und ließ seine Hände langsam in seinen Mantel wandern. Mit einer Geste wies er Zavah an, sich hinter ihm zu postieren. »Sie sind der, den wir die ganze Zeit gesucht haben!« Er trat vor und wandte sich warnend an die Bewohner Bisclavrets. »Hören Sie mir zu! Dieser Mann ist kein Mensch! Fliehen Sie, solang Sie noch können!«

Niemand antwortete ihm.

Reynards Augen veränderten sich.

»*Monsieur*«, sagte er. »*Ich denke, Sie haben die Situation nicht ganz richtig eingeschätzt.*« Er hob die Hände. »*Zeigt es ihm!*«

»W-was …«, stammelte Scott, dann breitete sich in ihm Entsetzen aus wie ein Schwarm Schmetterlinge aus Bitterfrost, als er sah, was mit den Bewohnern Bisclavrets geschah: Ein Augenpaar nach dem anderen färbte sich, verschwamm von Grün, Blau, Grau und Braun … zu strahlendem Gold.

»Werwölfe«, stammelte Zavah neben Scott. »Sie sind *alle* Werwölfe!«

»*Und jetzt*«, grinste Reynard. »*Kommen Sie mit uns, Monsieur.*«

Denneval

»Hörst du nicht! Bist du vollkommen übergeschnappt!?«, rief Denneval dem Mädchen hinterher und sprang direkt abwärts, anstatt die letzte Leiter zu nehmen. *Das darf doch nicht wahr sein!*, dachte er und rieb sich den schmerzenden Arm.

Ebelmeier, der hünenhafte Bavarier mit dem Messergürtel und dem vernarbten Glatzkopf, saß in der Pforte des Glockenturms und sah der kleinen Oaknight verwirrt hinterher. Denneval packte ihn an den Schultern.

»Die Pferde!«, keuchte er. »Wir reiten ins Dorf zurück!«

Ebelmeier grunzte. »Was? Jetzt?«

»Ja, jetzt! Nehmt alles an Waffen mit, was ihr zusammengekratzt habt!«

»Aber warum?«

Denneval übersprang das Loch im westlichen Mauerwerk und rannte dem Mädchen über das Trümmerfeld hinterher.

»Sie sind *alle* Lykanthropen, du Vollidiot!«, rief Denneval.

Wie zum Teufel macht sie das?

Die kleine Oaknight sprang wie eine vermaledeite Bergziege von einem Gesteinsbrocken zum nächsten und ließ dabei zwei Lagerfeuer mit Jägern hinter sich. Fluchend sah er dem Mädchen hinterher, wie sie sich auf das nächstbeste Pferd schwang und ihr Rapier zog, dann blieb er stehen.

»Ähm, Denneval?«, fragte jemand hinter ihm. Es war Runa, aber sie war kaum wiederzuerkennen.

»Was?«, bellte Denneval, dann stutzte er. »Wie – wieso siehst du verdammt noch mal aus, als hätte man dich in einen Sack gesteckt und eine Steilklippe hinuntergeworfen?«

»Das war dieser Pinguin!«, plapperte Runa. »Der is' total irre! Hat sich sogar andauernd entschuldigt, als er links und rechts Schultern ausgekugelt und Kiefer gebrochen hat!«

Mein Gott!, fluchte Denneval innerlich. Er *hasste* es, Belanglosigkeiten zu regeln, wenn es gerade um viel Wichtigeres ging.

»Hat er euch aufgemischt?«, fragte er gereizt. »Das ist doch nur *ein* Mann, verdammt!«

Runa riss die Augen auf. »D-dachten wir auch. Wir mussten ihn zu fünf –«

»Dann kann es ja wohl nicht so schlimm gewesen sein!«, bellte Denneval.

Runa schüttelte energisch den Kopf. » – zu fünf*zehnt* überwältigen!«

Denneval fiel die Kinnlade herunter. »Habt ihr ihn kaltgemacht?«

»Was?«, sagte Runa. »Nein! Hast doch gesagt, wir sollen die Oaknights in Ruhe lassen!«

Denneval fluchte. »Fesselt und knebelt ihn – mit verdammten Ketten, wenn es sein muss – und dann schwingt gefälligst eure Hinterteile auf eure Pferde und *folgt mir!*«

Er fuhr herum und rannte zu seinem Pferd, an dessen Sattel bereits seine Waffen befestigt waren.

»Aber –!«, rief Runa.

»Nein!«, rief Denneval zurück. »Regle das! Sag den anderen Bescheid! Wir reiten ins Dorf – es warten Werwölfe auf uns!«

Scarlett

Tief in sich spürte Scarlett, dass sie zu spät kommen würde.

Hin- und hergerissen zwischen der Angst um ihren Bruder und einem unbändigen Rachedurst schoss sie mit ihrem Pferd aus dem Unterholz hervor und landete an der Anhöhe, wo zuvor die Wagen des fahrenden Volkes gestanden hatten. Sie trieb das Reittier an, als wäre ihr das Höllenfeuer selbst auf den Fersen. Wenn Scott tatsächlich weiterforschen wollte, dann würde er sicher zurück zu Reynards Schenke und seine Bücher holen. Dort würde sie ihn finden.

Bei Reynard.

Wenn wirklich jeder Mensch in diesem Dorf ein Werwolf war und dieser alte Schankwirt ihr Anführer – dann war er der große Unbekannte. Es *musste* einfach der Anführer sein.

Wind kam auf. Eisige Luft verbiss sich in Scarletts Haaren und schlug sie ihr ins Gesicht. Das Pferd unter ihr bäumte sich auf. Sie erlangte die Kontrolle zurück und trieb es abermals an – direkt auf den Marktplatz zu. Licht flackerte in wenigen Fenstern. Reynards Schenke war hell erleuchtet. Scarlett hörte jemanden aufschreien.

Scott!

Wieder scheute das Pferd.

Ein Krachen erschütterte das Fachwerkhaus. Glas splitterte.

Das Pferd stellte sich wiehernd auf die Hinterbeine, schlug aus – und warf Scarlett ab. Kalter Stein trieb ihr die Luft aus den Lungen, und im letzten Moment wich sie den donnernden Hufen des Tiers aus, als es panisch die Flucht ergriff.

Na gut, fluchte Scarlett innerlich und nahm ihr Rapier mit einer Rolle seitwärts wieder an sich. *Dann eben ohne Rammhilfe.*

Sie kam auf die Füße und spurtete auf das Gasthaus zu. Kein Riegel dieser Welt würde sie jetzt aufhalten können.

Über ihr krachte es. Ein grauer Schemen explodierte aus dem Dach des Gebäudes – es regnete blasses Mauerwerk und dunkles Holz. Ein finsteres Heulen warf sich hinaus in die Nacht und einen Sekundenbruchteil später sah Scarlett einen geifernden Lykanthropen auf sich zustürzen.

Es geht los!

Scarlett warf sich zur Seite und wirbelte herum, dann schlug sie blitzartig mit dem Rapier nach den Hinterläufen des Ungeheuers. Die Bestie brüllte auf und fiel auf ein Knie.

Es transformiert sich noch, schoss es Scarlett durch den Kopf. *Es ist noch nicht im Vollbesitz seiner Kräfte! Noch habe ich eine Chance!*

Die Kreatur schlug wild mit der Rückseite einer Pranke nach Scarlett. Sie warf sich mit dem Oberkörper nach hinten, drehte sich und tänzelte in einen Ausfallschritt hinein – und traf. In letzter Sekunde zuckte die Schulter der Bestie nach oben und die Klinge bohrte sich durch ihren Arm. Das Monster knurrte wütend auf und schnappte nach ihr, dann stieß es sich wuchtartig ab und prallte so hart mit Scarlett gegen eine Hauswand, dass es Steinchen rieselte. Schwärze brach über die Ränder von Scarletts Sicht und die Welt ruckte schlagartig einen Wimpernschlag ohne sie weiter voran – ihr Rapier fiel klappernd zu Boden. Scarlett krallte sich halb blind in das Nackenfell des Monsters. Sie kletterte ihm auf den Rücken, schlug mit brodelnder Wildheit auf den Schädel der Kreatur ein. Irgendwo wurden aufgebrachte Stimmen laut. Flammen züngelten in der Nähe. Scarlett brüllte auf, zerrte an einem der spitzen Ohren und biss wild hinein. Das nach nassem Hund stinkende Ungeheuer jaulte auf, wirbelte im Kreis und kratzte wild mit den handlangen Krallen hinter sich. Sein dampfender Körper schien unter Scarlett noch immer weiter zu wachsen. Haltlos schleuderte einer der Hinterläufe des Monsters das am Boden liegende Rapier in hohem Bogen fort.

Mist!, fluchte Scarlett innerlich.

Ruckartig stieß sie sich mit beiden Beinen ab, vollführte eine missglückte Rolle rückwärts und stieß mit zusammengebissenen Zähnen ein Knurren aus – dann zuckte ihre Hand an ihr Bein.

Zeit für dein Ende, Monstrum, dachte Scarlett grimmig und zog den Amantius-Silberdolch.

Scott

– Fünf Minuten zuvor –

Scott zog eine seiner Pistolen und richtete sie auf Reynard.

»Mitkommen?«, wiederholte er. »Ähm, nein, danke. Ich würde bevorzugen, das nicht zu tun.« Reynard trat einen Schritt vor. Scott schoss. Der Schankwirt betrachtete ihn besorgt. Scott blinzelte. »Wenn Sie, ähm, uns also nun einfach unseres Weges ziehen lassen würden, dann – *ah!*«

Scott stöhnte auf, als ein gleißender Schmerz seine Brust und seinen Hals verbrannte. Fieberhaft riss er sich das Hemd auf und riss reflexartig den Talisman ab. Der leuchtende Kristall zerplatzte in einer Wolke aus silberblauen Funken.

»Monsieur!«, rief Reynard und machte einen weiteren Schritt auf Scott zu. Unter dem Hemd des Schankwirts breitete sich ein kleiner roter Punkt aus. »Ich sagte doch, Sie schätzen die Situation falsch ein!«

Zavahs Gesicht erschien vor Scotts Augen. Sorge und Angst flackerten in ihrem Blick.

»Es tut mir leid!«, sagte sie. »Ich dachte, der Talisman würde die Verwandlung länger hinauszögern!«

»A-aber«, murmelte Scott und hatte plötzlich das Gefühl, wiederholt von einem Pferd in den Magen getreten zu werden.

Etwas in seinem Inneren warf ihn auf den Rücken. Mit nackter Panik sah er mit an, wie graue dicke Haare auf seiner blassen Brust sprossen. *»Meine Güte! Hilf mir!«*

»Monsieur!«, herrschte Reynard ihn an. »Ich will Ihnen doch helfen, so verstehen Sie doch!«

»Was wollt Ihr tun?«, fragte Zavah. »Bleib bei mir, mysteriöser Junge. Bleib bei mir.« Sie hielt Scotts Kopf in ihren Händen. Die Worte, die sie in einer fremdartigen Sprache murmelte, fühlten sich an wie ein extra Stück Kandiszucker in seinem Lieblingstee.

»Jeder von uns hat einen Käfig unter dem Haus«, erklärte Reynard fahrig und half Scott auf die Füße. »Für Momente wie diesen – meiner steht hinter der Schenke! Wenn wir –«

Nein. NEIN. FRESSEN!

Scott riss sich los und schleuderte Reynard und Zavah fort.

Dann legte sich ein Schleier aus glühend roter Wut über die Welt.

Zavah

Ohrenbetäubender Krach und Lärm umtosten Zavah. Es stank nach Staub und Holz. Irgendwo kämpfte jemand.

»Verletzt ihn nicht«, murmelte sie orientierungslos und stützte sich in der Tür ab. Der Aufprall hatte sie heftiger erwischt als erwartet. »Wir müssen ihn –«

»Wer ist das?«, rief jemand hinter ihr.

»Es ist seine Schwester!«, rief Reynards Stimme. »Er ... er wird sie umbringen!«

»*Reiter!*«, schrie die Stimme eines Jungen.

Reynard sah erschrocken zwischen dem Jungen und den zwei Schemen vor dem Haus hin und her.

»Die Jäger?«

»Ja! Alle! Und sie kommen nicht zum Plaudern!«

Zavah schloss die Augen, sammelte sich und sprach das alte Wort für ›Erwachen‹ – dann nahm sie alles um sich herum wieder mit gestochener Schärfe wahr. Ihr Herz machte einen Satz.

Scott kämpfte mit seiner Schwester – und sie würde verlieren. Er hatte sie gegen eine Hauswand geschleudert, machte einen Satz zurück und knurrte sie an. Jeden Augenblick würde er sich vorwärtswerfen und den Körper seiner Schwester unter Klauen und Zähnen begraben.

»Scarlett!«, rief Zavah und rannte auf den Marktplatz. Hinter ihr überschlugen sich panische Stimmen. »Hör auf! Das ist dein Bruder! Es ist Scott!«

Die Zeit verlangsamte sich.

Zavah rannte, so schnell ihre Füße sie trugen. Scott bäumte sich auf und streckte die grausig geformten Krallenhände von sich, seine Brust erhoben und verwundbar. Scarlett spannte sich, ebenso einer Bestie gleich, in ihrer Hand ein Aufblitzen – und schoss vorwärts.

»*Nein!*«, schrie Zavah und streckte ihre Hand aus. Wie gelähmt sah sie das Unvermeidliche mit an: Scotts Schwester katapultierte sich vorwärts, riss die Klinge des Dolches hoch – und landete damit im Körper ihres Bruders wie ein Donnerschlag.

Scott jaulte herzzerreißend. Scarlett starrte ihn mit einem bohrenden Blick in die Augen, den Dolch mit beiden Händen fest umklammert – dann riss sie am Griff und trieb die Klinge noch tiefer. Die Silhouette des Werwolfs zuckte unkontrolliert, brüllte vor Schmerz und schleuderte Scarlett fort. Der Griff der Waffe zerfiel. Aus Scotts Brust löste sich grauschwarzer Rauch, der in silberblauen Facetten schimmerte. Kälte breitete sich in Zavah aus, als sie die Qualen sah, die der junge Lykanthrop nun erleiden musste: Schwarze Venen breiteten sich auf seinem bebenden Körper aus, seine Zähne und Krallen zogen sich unter furchtbaren, knackenden und knirschenden Lauten wieder zurück in seinen blassen Leib.

Zavah stürzte zu ihm. Gurgelnd versuchte er, nach ihr zu beißen, doch seine Kraft verließ ihn, und er stürzte krampfartig zur Seite. Übrig blieb die zitternde und schweißnasse Gestalt des jungen Jägers.

»Shhshh«, stieß Zavah aus und hielt seinen Kopf. Sie sah

zu dem schnell atmenden Mädchen herüber, das nur wenige Schritte neben ihr stand und nun begann, rückwärtszutaumeln.

»Was –«, murmelte Scarlett, ihre geisterhaften Augen voller Schrecken. »Aber wie – wann? Du …« Sie riss in plötzlicher Erkenntnis die Brauen hoch. »Die Duchess, nicht wahr? All die Zeit … wieso – wieso hast du *nichts gesagt?!*« Tränen liefen ihre Wangen hinab und in ihren Blick kehrte das unheimliche Feuer zurück. »Was hast du *angerichtet?!*«

Scott schien etwas sagen zu wollen, aber seine Worte gingen in einem Schmerzensschrei unter. Er warf sich auf die Seite und spie eine zähe Flüssigkeit aus, die sich unter ihm ausbreitete wie ein Glas umgeworfene pechschwarze Tinte. Seine Augen waren milchig. Halt suchend griff er um sich, voller Angst und Verwirrung.

»Komm«, presste Zavah hervor und versuchte, Scott auf die Beine zu zerren. »Hilf mir, Scarlett!« Scotts Schwester starrte noch immer weinend ihren Bruder an, hin- und hergerissen zwischen Verzweiflung und Zorn. Zavah warf sich Scotts Arm über die Schultern und sah flehend zu seiner Schwester herüber. »Er – er ist immer noch dein Bruder!«

Der Blick von Scotts Schwester bohrte sich in den von Zavah. Ihre Lippen bebten.

»Mein Gott!«, rief eine tiefe Männerstimme hinter Zavah. Es war Reynard. Der Schankwirt stürmte heran und half ihr, seine Augen immer wieder in Richtung Waldrand gerichtet. »Wir müssen hier weg! Dennevals Leute sind fast da!«

»Er … er wird sterben«, murmelte Scarlett. Zavah konnte auch ohne ihre Gabe sehen, wie die Säulen der Welt dieses Mädchens um sie herum zusammenzubrechen drohten. »S-selbst mit den Heilkräften eines Vernarbten ... er wird ... und *ich* habe ihn getötet ...«

»*Sie kommen!*«, schrie eine Frau vom anderen Ende des Marktplatzes. Ein Schuss knallte in der Nähe. Dann ein weiterer.

»Wir müssen fliehen!«, sagte Reynard und ergriff mit der freien Hand den jungen Mann namens Simon am Arm. »Wenn wir es in die Wälder schaffen –«

»Nein!«, wehrte sich Simon. Mit schimmerndem Blick und verzogener Unterlippe sah er Reynard fest in die Augen. »Sie würden auf der Stelle Jagd auf uns machen. Wenn wir hierbleiben und du –«

Reynards Augen weiteten sich.

»Nein – Simon, nein!«, sagte er. »Ich lasse euch nicht im Stich!«

»Es geht nicht anders!«, beteuerte Simon. »Wenn er hinter der Quelle her ist, wird er denken, dass er dich braucht! Wenn du allein fliehst, wird er also ein Druckmittel brauchen – er muss uns am Leben lassen! Das ist jetzt der einzige Weg!«

Reynard schüttelte vehement den Kopf. Zavahs Blick zuckte zum Waldrand. Mündungsfeuer und Schreie in der Nacht.

»N-nein! Das *dürfen* wir nicht riskieren!«

»Er tötet uns auf jeden Fall, wenn wir jetzt alle fliehen!«

»Wenn wir kämpfen würden ...«

»Dann war all unser Streben umsonst! All unser Leid, das wir auf unserem Weg erleiden mussten, um bis hierher zu kommen!«

Reynard kämpfte um Worte, dann schüttelte er den Kopf, biss sich auf die Zähne und nickte. »Ich werde euch nicht im Stich lassen! Haltet durch! Ich – ich werde einen Weg finden!«

Simon lächelte leidend. »So, wie du es immer getan hast.« Er küsste Reynard auf die Stirn, dann winkte er die anderen Leute aus der Schenke zu sich heran und rief Dinge, die Zavah nicht mehr hörte.

»Kommt!«, keuchte sie und hatte das Gefühl, Scott *und* Reynard stützen zu müssen. »Kommt!«

Als sie sich ein letztes Mal umwandte, starrte Scarlett ihr noch immer nach. Hinter der jungen Jägerin brach ein schrecklicher Kampf aus. Das Chaos zirkelte ihren Körper ein wie ein Gemälderahmen aus prasselndem Feuer. Ihr Brustkorb hob und senkte sich stoßartig, und ihre Augen, diese unheimlichen, brennenden Augen, jagten Zavah eine Gänsehaut über den ganzen Körper.

Teil V

Die II der Schwerter

Scott

Ruinen der Kathedrale Calice-Sainte-Lune

Scotts Beine stolperten noch immer wie von allein, als er einmal mehr das Bewusstsein wiedererlangte. Jemand stützte ihn. Mühsam sog er kalte Luft in seine Lungen und stöhnte auf, als seine Adern von einem Schwall pechschwarzer Säure heimgesucht wurden. Jeder Atemzug schien ihm unendlich langsam und mit todesversprechender Sicherheit ein wenig schwerer zu fallen als der vorherige.

»Hier … hier vorn!«

Reynard.

Blitzartig aufleuchtende Bilder schlugen hinter Scotts Stirn ein. Die silbern funkelnde Spitze eines Dolchs, der sich splitternd durch den Knochen seines Brustbeines hämmerte.

Dieser Hass in ihren Augen …

Das Grausamste war wohl kaum die Erkenntnis, dass sein Geheimnis nun gelüftet war – es war die Tatsache, dass die Augen seiner Schwester nach dem Erkennen der Wahrheit nicht etwa Spuren von Mitleid, Schuld oder Schrecken gezeigt hatten, sondern nur brennenden Verrat, Schmerz und Mordlust. Nicht zum ersten Mal fragte sich Scott, ob der Schmerz, den er fühlte, wirklich nur vom Gift des Amantius-Dolches stammte.

»Sicher, dass das ein guter Ort ist?«, fragte Zavah.

»Für diesen Moment erschien es mir das sinnvollste Versteck«, entgegnete Reynard und setzte Scott an einer nahe gelegenen Wand ab.

»Das mag sein«, antwortete Zavah und sah Scott voller Sorge an. Selbst in diesem jämmerlichen Zustand war ihre bloße Aufmerksamkeit wahrer Seelenbalsam. Scott wollte abwinken und lächeln, doch ein Hustenanfall warf ihn mit dem Rücken zurück an die Wand. Zitternd schlang er seine Arme um seinen Oberkörper, der sich noch immer anfühlte, als würde man ihn mit einem glühenden Eisen ausweiden. Er unterdrückte ein Stöhnen, stieß auf und erbrach eine schwarze Flüssigkeit auf den Boden. Wenigstens waren der Hunger und das Heulen in seinen Gedanken nun stiller geworden. Er spürte, wie sich ein verrücktes, bitteres Lächeln auf seinen Zügen ausbreitete. Fast empfand er Dankbarkeit gegenüber der Duchess. *Wäre ich auch nur von irgendeiner anderen Klasse verwandelt worden, wäre ich sicher längst Futter für die Würmer.* Er fragte sich, wie lange ihm wohl noch blieb. Ein paar Stunden? Ein Tag?

Jemand räusperte sich lautstark und gab ein leises, angestrengtes Ausatmen von sich. Reynard und Zavah wirbelten herum. Scotts Verstand arbeitete zu langsam, um sich vor dem plötzlichen Laut erschrecken zu können. Alles, was sich aus der moorartigen Schwärze seines verblassenden Geistes zu erheben vermochte, war ein Bild: der silberne Dolch, mit dem seine eigene Schwester ihn zum Tode verurteilt hatte.

Sterben, dachte er finster. *Ich werde jämmerlich unter diesem Mond verenden.* Erschrocken über die plötzliche Schwere in ihm, streckte Scott mühsam seinen brennenden Rücken durch und biss auf seine noch immer unförmigen Zähne. *Nein. Nicht so. Scarlett braucht mich.* Und wenn ihn der Knochenmann in der schwarzen Kutte mit der blitzenden Sense auffordern sollte, ihm zu folgen … dann würde Scott einen Weg finden, ihm zu entkommen. *Ein Heilmittel. Du hast es selbst gelesen. Irgendwo da draußen ist eine letzte Chance auf Rettung …*

»Wären Sie so freundlich, junge Dame?«, hallte eine Scott wohlbekannte Stimme zu ihm herüber. Der Klang gab ihm die Kraft, sich hochzukämpfen und einige wenige Schritte in die Richtung zu schleppen. Unwirkliche, schwarze Schemen tanzten in den Horizonten seines Sichtfelds. Es war beinahe so, als hätte er seinen Körper bereits verlassen und sähe ihm nun aus sicherer Entfernung beim Herumtorkeln zu.

»Der Wächter!«, stieß Zavah voller Freude aus. »Ich helfe dir mit den Fesseln!«

Scott kniff die Augen zusammen. War das etwa …

»Hamish!«, entfuhr es Scotts grollender Kehle. »Meine Güte! Sie haben ja keine Ahnung, wie schön es ist, Sie zu sehen!«

»Ganz meinerseits, Sir.« Der halb mit dem Rücken zu Scott gewandte Butler nickte Zavah freundlich, aber auch mit einer Spur Neugierde und Überraschung zu, während sie ihn von den enormen Fesseln befreite. Als Hamish sich erhob, erschrak Scott. Der Butler sah aus, als wäre er in einen Boxkampf mit einer Herde wilder Ochsen verwickelt gewesen.

»Um Himmels willen – was haben Sie angestellt?«, fragte er.

»Ich geriet in eine bedauerliche Meinungsverschiedenheit Sir.«

Reynard trat, eine helfende Hand anbietend, an den Butler heran.

»Sind Sie schwer verletzt, Monsieur?«, fragte er. Hamish musterte ihn, schüttelte dann höflich den Kopf.

»Lediglich meine Laune trug nicht mindere Einschränkungen davon«, antwortete er und hob abfällig die Augenbrauen. Sein Blick fiel zum ersten Mal auf Scott und mit einem Male wurde Hamish kreidebleich. »Sir? Ich … nehme an, es sind in der Zwischenzeit wichtige Ereignisse an mir vorübergegangen?« Er sah sich um. »Wo … wo ist Ihre Schwester?!«

Scarlett

Hinter der »Alten Schenke«, Bisclavret

Es war nicht viel Zeit zum Reden geblieben.

Scarlett starrte den nahezu vollen Mond an, der über der samtblauen Nacht thronte. Er sah aus wie ein aus Silber gegossener König mit einer tödlichen Wunde, die langsam seine zerschlissenen Gewänder immer stärker und stärker einfärbte. Morgen Nacht würde es so weit sein.

Unter dem siebten Blutmond.

Die Symbole der Tarotkarte – *der Mond* – tanzten in ihrem Geist: zwei aufragende Monolithen, in deren Mitte sich ein weißblau schimmernder See ergoss. Zwei schreckliche Wolfsbestien, die an seinem Ufer miteinander rangen. Eine mit fast menschlichen Augen, die andere mit blutumrandeter, goldener Iris. Und all das, in ihrer Vorstellung, umhüllt von einem gierigen Inferno.

»Wir haben einen dieser schweren Käfige hinter jedem Haus oder in jedem Keller gefunden«, erklärte Scarletts Jägerschwester mit der gebrochenen Nase – Runa? – und deutete auf das massive Gebilde aus Metall, welches inmitten der zahlreichen Vorratskisten Reynards stand, hier hinter der Schenke. Denneval, der gemeinsam mit einem bärtigen Jäger neben

Scarlett stand, nickte abwesend. »Der Himmel weiß, wofür sie die benutzen wollten. Würde mich nicht wundern, wenn wir darin noch Knochen oder Überreste von irgendwelchen armen Mistkerlen wiederfinden würden.«

»Gehen wir zurück ins Haus«, seufzte Denneval. »Runa, geh zurück zu den anderen. Ich muss nachdenken.«

Die Frau nickte und machte sich schnellen Schrittes auf den Weg.

Scarlett horchte auf, als ein hochgezogenes Schluchzen von der anderen Seite der Schenke zu ihnen hinüberwehte. Sie erspähte einen Teil des Marktplatzes durch eine Spalte zwischen zwei angrenzenden Fachwerkhäusern hindurch. Dort hatte Dennevals gesamte Jägerschaft mit gezogenen Waffen einen Kreis um die zusammengetriebenen Dorfbewohner – *Lykanthropen,* berichtigte sich Scarlett – gebildet. Gewalt lag in der mit Asche beschwerten Nachtluft. Erst kurz zuvor hatten zwei Pistolenschüsse einen der Werwölfe in eine silbern funkelnde Nebelwolke verwandelt. Zwei kleine Mädchen, die Scarlett als Esperanza und Marie wiedererkannte, hatten den darauffolgenden Aufruhr dazu genutzt, um zu fliehen. Wenig später war ein breitschultriger, abgekämpfter Jäger allein mit der herzzerreißend schluchzenden Marie wieder zurückgekehrt.

Gemeinsam mit Denneval und dem bärtigen Jäger trat Scarlett durch die Hintertür in den verwüsteten Schankraum zurück. Ein Teil von ihr rang schwer mit der Frage und Sorge darüber, wohin die beiden Werwölfe – Reynard, Scott – und das sonderbare Mädchen geflohen waren. Instinktiv hatte Scarlett angenommen, sie würden Unterschlupf beim fahrenden Volk im Wald suchen, doch von den reisenden Künstlern hatte sich schon lang jedwede Spur in Rauch und Nebel aufgelöst. Nach ihnen suchen zu lassen hatte Denneval als einfältig abgetan – er sprach davon, die Situation eleganter lösen zu wollen. Was auch immer zur Hölle das heißen sollte.

Scarlett schüttelte sachte den Kopf und fühlte, wie sie sich die Innenseiten ihrer Wangen blutig kaute. Ihr eigener verdammter Bruder war einer von denen und tat wahrscheinlich in diesen Momenten seine letzten Atemzüge. Dank ihr. Die ganze Zeit über hatte er es einfach vor ihr verborgen …

Was hätte er tun sollen?, hörte sie sich selbst wie aus weiter Ferne. *Es dir sagen? Was hättest du dann getan?*

Sein Leiden früher beendet, gab sie grimmig zurück, doch eine Hälfte ihres Herzens verweigerte dabei seine Arbeit. Mein Gott. Was würden ihre Taten Mama und Papa antun, wenn sie noch irgendwo dort draußen auf Rettung warteten und erfuhren, was geschehen war? Ihr einziger Sohn die todbringende Bestie, von der sie geschworen hatten, sie vom Antlitz der Erde zu tilgen … und ihre einzige Tochter ein strahlendes Abbild ihres Erbes und eine unbarmherzige Mörderin zugleich. Sie sehnte sich nach Hamishs tröstenden Worten. Leider war er den ganzen Abend über nicht auffindbar gewesen. Denneval hatte gesagt, er ginge davon aus, dass der Butler in der Kathedrale zurückgeblieben war.

Still wanderte Scarletts Blick in das langsam sterbende Feuer des Schankraumkamins. Die Holzscheite knackten bedrohlich, und das Prasseln, wenn auch klein, schien den gesamten Raum zur Gänze zu füllen. Der Geruch von altem Bratenfett, von feuchtem Holz und abgehangenem Schinken hatte sich mit dem Geschmack von Kupfer und dem Gestank von nassem Hund gemischt und machte die Luft so schwer, dass sie sich scheinbar nicht einmal dann bewegen wollte, wenn man sie einatmete.

War all das hier das, was sie sich gewünscht hatte? War das die Art von Jagd, die sie wollte? War Denneval das Vorbild, nach dem sich ein Teil von ihr schon immer, ohne Worte, gesehnt hatte?

»Sind immer noch mächtig nervös da draußen«, raunte der bärtige Jäger und stieß sein schorfiges Kinn in Richtung Marktplatz. Er sah von Scarlett zu Denneval und schien mit seinen Worten kaum mehr tun zu wollen, als die Stille zu durchbrechen.

Jedes Raubtier braucht etwas, um auf den ersten Blick weniger gefährlich für seine Beute auszusehen, flüsterte ein Teil von ihr. Er sprach mit der Stimme ihres Bruders, beim Zitieren eines der zahllosen Bücher, über die er sich in der Scriptura hergemacht hatte. *Das alles ist Teil ihrer Überlebens- und Jagdstrategie. Ihrer natürlichen Entwicklung. Für eine Bestie ist ihr menschliches Aussehen die Maske – und das darunter die blutberauschte Wahrheit.* Wer weiß schon, wie viele unschuldige Leben jeder einzelne Lykanthrop in Bisclavret auf dem Gewissen hatte. Vielleicht tat man der restlichen Menschheit einen großen Gefallen damit, sie hier in einem Kreis schwer bewaffneter Jäger auf dem Dorfplatz zusammenzutreiben und …

»Jetzt mal ehrlich, Denneval, was soll das werden?«, sagte der bärtige Jäger. »Warum erlösen wir diese Mistviecher nicht auf der Stelle und ziehen ihnen das Fell ab?«

»Alles zu seiner Zeit, alter Freund«, gab Denneval zurück.

»Hä? Was sollen wir also jetzt mit ihnen machen?«

Denneval nickte desinteressiert in seine Richtung. »Wartet meine nächsten Befehle ab.« Der Mann mit der Halbglatze schien noch auf etwas anderes zu warten, doch schließlich sagte Denneval einfach nur: »Du kannst uns jetzt allein lassen.«

Der Jäger sah zuerst verblüfft, dann wütend zwischen seinem Anführer und Scarlett hin und her, dann knirschte er mit den Zähnen und nickte.

Nachdem er die Tür hinter sich geschlossen hatte, drehte sich Scarlett zu Denneval herum und verschränkte die Arme. Sie spürte, wie ihr Hals und ihr Gesicht heiß wurden. Ihr Blick fiel auf Krallenspuren im Holzboden. Ein unruhiges Zucken durchlief ihren Bauch. Stammten die von Scott? Ihrem Bruder … nein – *nicht mehr* ihrem Bruder. Sie wollte irgendetwas oder irgendjemandem wehtun. Knochen brechen. Rapierspitzen in Herzen treiben. Denneval würdigte sie keines Blickes. Er nahm sich eine der Weinflaschen von hinter der Theke hervor, ließ sich müde auf den letzten stehenden Schemel fallen und zog den Korken mit den Zähnen. Er spuckte den Verschluss fort und trank. Er schmatzte ungeniert, verzog anerkennend den Mund und musterte die Flasche. Erst danach sah er zu Scarlett auf, zog seinen Säbel und legte ihn vor sich auf den Tisch. Er betrachtete das blitzende Metall, dann sagte er: »Ich habe jemanden gejagt. Schon sehr lang, musst du wissen. Jahrelang. Bis hierher, bis nach Bisclavret. Gemeinsam mit meinen Leuten, die ich von überall auf Terra Europa eingesammelt habe. Für die Chance auf ein neues Leben.« Er schmunzelte abfällig. »Wie auch immer. Ich habe einen Werwolf gejagt, so heimtückisch, so durchtrieben, wie du es dir nur vorstellen kannst.«

Scarlett horchte auf. Genau wie ihre Eltern. Denneval schien in ihrem Gesicht nach etwas zu suchen.

»Ich habe erst durch dich erkannt, wer es sein muss – aufmerksam, wie du bist«, sagte der Jäger und lächelte Scarlett mit echtem Stolz an, was eine merkwürdige Reaktion in ihrem Bauch auslöste. Sie setzte sich auf den Tresen und zog die Knie an sich.

»Reynard«, sagte sie leise.

»Ich will ihn hervorlocken, Scarlett Oaknight«, sagte Denneval. Er leerte die Flasche in einem Zug und warf sie hinter sich. Wenn ihm der Alkohol etwas ausmachte, so ließ er es sich zumindest nicht ansehen. »Weißt du, ich bin diesem Ungeheuer gefolgt, bis zu einer Londoner Abtei – wo ich, nebenbei bemerkt, erst später davon erfuhr, wie ich um ein Haar dem berühmten Sir Connor Oaknight über den Weg gelaufen wäre –, übrigens, wo wir gerade von deinen Eltern sprechen …«

Scarlett blickte hoffnungsvoll auf. Selbst das weit entfernte Versprechen einer guten Nachricht reichte beinahe aus, ihr den Magen umzudrehen.

»Ja?«, sagte sie und ließ ihre Beine los, um sich aufzustützen. »Was ist mit meinen Eltern?«

Denneval musterte sie aufmerksam.

»Wenn deine Eltern *hier* waren und es jetzt *nicht* mehr sind – und wir können davon ausgehen, dass ihr ach so geliebtes Protokoll sie früher oder später direkt in Reynards Arme geführt haben muss –, dann muss man nicht schlau sein, um zwei und zwei zusammenzuzählen. Was glaubst du, ist mit ihnen geschehen, hm?«

Wieder tauchte da dieses eigenartige Bild von der Tarotkarte in Scarletts Innerem auf. Gierig und geifernd schnappten die beiden Wölfe nacheinander. Dieses Mal trug einer von ihnen eine tiefe Wunde davon.

Denneval lehnte sich vor und stützte seine Unterarme auf seine Knie. Sein Blick durchbohrte Scarlett förmlich.

»Ich frage dich das jetzt nur noch ein einziges Mal, Mädchen«, sagte er. »Wenn es da irgendetwas gibt, das du mir noch nicht erzählt hast – egal was, egal, wie unwichtig es dir erscheinen mag –, dann sag es mir. Irgendwelche Hinweise, die sie dir hinterlassen haben? Ideen, die sie dir mitgeteilt haben?«

Verloren in dunklen Gedanken, sah Scarlett auf, und dann flossen ohne ihr Zutun bittere Tränen über ihre Wangen.

»Eine … Nachricht«, sagte sie. »Eine verschlüsselte Botschaft.«

»Was?«, sagte Denneval wie verzaubert. »Wie lautet sie?«

Scarlett rezitierte die Zeilen, die sich tief in ihr Gedächtnis gebrannt hatten: »*Wenn diese Nachricht ankommt, haben wir endlich gefunden, wonach wir gesucht haben – und er hat es wahrscheinlich auch. Vielleicht ist es noch nicht zu spät. Vielleicht könnt ihr ihn aufhalten. Unter dem siebten Blutmond.*«

»Verdammt!«, platzte es aus Denneval hervor, wobei seine Augen vor Überraschung und Wut für den Bruchteil einer Sekunde aufzuglühen schienen. »Dann hat er die Quelle also bereits ausfindig gemacht? Wo? Wo ist sie?«

»Quelle?«, wiederholte Scarlett und wischte sich ihre Tränen von den Wangen. Einsamkeit und Bitternis krochen aus ihrem Bauch empor und bis tief in ihre Brust hinein. »Was für eine Quelle?«

Dennevals Blick wurde finster und für einen Moment hielt er einen unangenehmen Augenkontakt mit Scarlett. Schließlich seufzte er leise und schien durch sie hindurchzusehen.

»Ich wusste, dass mich das eines Tages noch einmal heimsuchen würde«, sagte er, sah zu Boden und schüttelte kaum wahrnehmbar den Kopf. »Lass uns zurück hinter das Haus, dieses hässliche Gemälde verdirbt mir die gute Laune. Es wird Zeit, dass ich dir eine Geschichte erzähle, Scarlett Oaknight … eine Geschichte, die deinen Bruder retten könnte.«

Scott

»Ich … verstehe«, antwortete Hamish schließlich. Seine strengen Züge hatten sich mehr und mehr verhärtet. Nur seine Augen verrieten, wie sehr ihn die Tatsache schockierte, was Scarlett aus dem Armamentarium gestohlen hatte, wofür sie den Amantius-Dolch *benutzt* hatte. »Dann bleibt mir nur noch eine letzte Frage.« Er sah in die Runde, die sich mittlerweile um die Flamme einer einsamen Kerze versammelt hatte. Eine Runde, in der man sich an etwas altem Brot und einem Wasserkrug gütlich tat, welche Zavah irgendwo in diesem Durcheinander aufgetrieben hatte. »Was tun wir jetzt?«

Zavah tauschte einen vielsagenden Blick mit Scott, dann mit Hamish.

»Das Messer, das ihn verletzt hat … es gibt kein Gegenmittel für dieses Gift, nicht wahr?«

Hamishs Blick wurde finster. »Kein Mensch, der von einem Werwolf gebissen wurde, kann einen Stich mit diesem Dolch überleben.«

Scotts Magen sank noch weiter.

»Ich kann so nicht gehen«, murmelte er und verstand erst einen Moment später erschrocken, dass er seine Gedanken laut ausgesprochen hatte. »Ich kann sie nicht allein lassen. Es … es würde ihr Herz endgültig brechen. Es würde sie verbrennen.«

»Was sollen wir jetzt also tun?«, fragte Zavah leise. »Was *können* wir tun?«

Hamish blieb ihr eine Antwort schuldig.

»Wir gehen zurück«, erwiderte Scott ratlos und ärgerte sich darüber, wie dumm sich diese Worte in seinen Ohren anhörten.

Reynard zuckte energisch mit dem Kopf.

»Junger Monsieur, ich verstehe selbstverständlich Ihre Situation, aber wir müssen zuerst meine Brüder und Schwestern retten!«, sagte er und wirkte nahezu ratlos in seiner aufkeimenden Wut. »Er hält sie alle dort fest – das spüre ich –, nur, um *mich* hervorzulocken.« Er sah mit einer Mischung aus Hoffnung und wachsender Entschlossenheit auf und heftete seinen Blick an Scott und Zavah. »Es … es ist kaum noch Zeit.«

Scott stöhnte auf, als ein beißender Schmerz durch seine Eingeweide zuckte.

»Zeit wofür?«, presste er hervor.

»Für eine Rettung, Monsieur«, antwortete der Wirt. »Für Sie, für die Seelen in Bisclavret …« Das stille *›für mich‹*, das in diesem Moment mitschwang, sprach der Wirt nicht aus, so als verdienten es diese Worte nicht, gleichzeitig gesprochen zu werden. Zavah rutschte unruhig hin und her, und für einen Moment glaubte Scott, sie würde einer nur für sie wahrnehmbaren Melodie lauschen.

»Das Porträt über meiner Schenke«, begann Reynard und schien in sich zu gehen. Er wandte ihnen den Rücken zu und wurde sanft von einem einfallenden Strahl hellen Mondlichts umzeichnet. »Damit ihr wahrlich versteht, sollte ich euch etwas darüber erzählen. Über sie.«

Hamish nickte. »Die erste vermisste Person aus dem langjährigen Falle der hohen Herrschaften Oaknight. Ich habe sie zuerst nicht erkannt, aber dann war es mir klar. Sie war natürlich in der Zwischenzeit gealtert.« Reynard nickte anerkennend. »Was also hat sie mit alldem hier zu tun?«

Der Wirt wandte sich halb zu ihnen herum. »Ihr Name war … Jehanne. Und die Geschichte, die ich euch nun erzähle – ihre Geschichte – *unsere* Geschichte –, ist der Schlüssel zur Heilung von Lykanthropie.«

Die Bestie und der Jäger: Die Geschichte von Denneval und Reynard

»Lauscht«, begann Reynard und sah in die flackernde Kerzenflamme. »Lasst mich euch von einem gefährlichen Jungen und einem noch gefährlicheren Mädchen erzählen.«

Denneval drehte Scarlett den Rücken zu, dann schien er in sich zu gehen und sagte: »Es war einmal vor nicht allzu langer Zeit, als der Sohn eines Handelsreisenden nach dem plötzlichen Tod seiner Mutter ein schreckliches Geheimnis über seine Familie erfuhr. Sein Name war Sebastién Denneval.«

Scarlett horchte auf und nickte kaum sichtbar.

»Eine geheime Familie aus Jägern?«, wisperte sie. *Wie bei mir … und Scott.*

Denneval hielt inne, rümpfte die Nase und schnaubte.

»So mag man es nennen, ja«, sagte er bitter. Er sah hinauf zum Mond, drehte sich dabei langsam um die eigene Achse. »Ich wurde als Jäger geboren. So, wie auch mein Vater – Virgil Denneval – und sein Vater vor ihm als Jäger geboren wurden. Mein Leben war also in gewisser Weise … vorherbestimmt.« Er ließ die Schultern sinken. »Mein Erbe war simpel. Ich würde jagen.

Die Familientradition fortsetzen.« Ein Moment verstrich. »So dachte ich es mir zumindest für viele Jahre. Dann begegnete ich *ihr.* Ich begegnete Beatrice.«

»Ich werde mich immer an den Tag erinnern, an dem ich meine Jehanne kennenlernte«, erzählte Reynard mit bittersüßem Lächeln. Seine Worte klangen liebevoll, doch seine Stimme zitterte leicht. »Sie war … wie ich.«

»Ein Werwolf?«, fragte Scott neugierig und unterdrückte ein Stöhnen, als seine Wunde aufglühte.

Reynard nickte abwesend.

»Ja, oh ja, das war sie«, antwortete er. »Aber das meinte ich nicht. Sie war … da war ein Hunger in ihr, verstehst du. Ebenso wie bei mir. Ein Feuer.«

»Woher wussten Sie, dass sie Lykanthropin war?«, fragte Hamish konzentriert und sah besorgt zu Scott herüber. Reynard lächelte raubtierhaft.

»Ich hatte vor, sie zu fressen«, sagte er. »Und habe mir Zeit gelassen, um einen Moment zu finden, in dem ich zuschlagen konnte. Eines Tages folgte ich ihr in den nahegelegenen Wald am Rande ihres Dorfes. Sie besuchte dort, wie so oft, ihre Großmutter. Die Tür des Hauses, in dem die alte Frau lebte, stand offen. Das tat sie sonst nie. Und nicht nur das. Krallenspuren überzogen den Stein und das Holz.«

»Eines Tages wurde ich für einen Auftrag zu einem Anwesen gerufen«, erklärte Denneval sachlich. »Als ich ankam, empfing mich ein Massaker. Der Lykanthrop – es war der Vater von Beatrice – hatte sich während eines Gewittersturms das erste Mal verwandelt. Ich konnte nichts mehr tun. Es war für den Rest ihrer Familie bereits zu spät.« Der Jäger schmunzelte belustigt. »Das hat Beatrice allerdings nicht davon abgehalten, ihren Vater für seine Taten büßen zu lassen.« Er schüttelte ungläubig den Kopf und lächelte dabei, als würde er sich eine leuchtende Sonne über blühenden Frühlingswiesen ins Gedächtnis rufen. »Verstehst du, wie beeindruckend das ist? Ich meine, kannst du dir das vorstellen? Ohne Ausbildung? Ohne Silberwaffen? Ihren eigenen Vater unter die Erde bringen?« Er hob die Hände, schien damit Dinge formen zu wollen, denen er keine Gestalt geben konnte. »Sie war … *wild*, verstehst du? Als wäre sie dafür *geboren* worden, Lykanthropen zu jagen.« Denneval lachte. »Es war Liebe auf den ersten Blick.«

»Es war Liebe auf den ersten Blick«, erinnerte sich Reynard wehmütig. »Es mag grausam klingen, doch verzeiht meinem jüngeren Ich. Es waren andere Zeiten, und ich war nicht der, den ihr heute vor euch seht.« Er trat vor, machte einen Schritt durch einen imaginären Türrahmen und drückte mit einer Hand eine schief in den Angeln hängende Tür auf. »Jehanne hatte ihre Großmutter bereits vollends verschlungen, als ich ankam. Die alte Frau hatte ihr erklärt, dass ihre Medizin nicht mehr anschlug und sie Jehanne schon bald würde für immer verlassen müssen, dabei fürchtete dieses wunderschöne Mädchen nichts mehr als genau das: allein gelassen zu werden. Ihre Großmutter hätte das nicht in einer Vollmondnacht aussprechen dürfen. Jehanne verfiel ihrem Zorn und verwandelte sich zum ersten Mal.« Reynard drehte sich zu Scott. »Das Erste, was ich ihr nach ihrer Rückverwandlung klarmachen musste, war, ihren roten Kapuzenmantel hinter sich zu lassen.«

»Weil man sich sonst überall an sie erinnert hätte«, sagte Scott mit einem angestrengten Nicken und tauschte einen Blick mit Hamish. »So ein Kleidungsstück macht es so gut wie unmöglich, unerkannt durch die Lande zu fliehen, nicht wahr?«

Der Schankwirt nickte. »Oh ja. Besonders dann, wenn man zusammen durch die Lande zieht, um gemeinsam auf die Jagd zu gehen.«

»Schon bald jagten Beatrice und ich gemeinsam«, erzählte Denneval weiter. »Ich wurde ihr Ausbilder – und sie die unglaublichste Schülerin, die der Orden jemals gesehen hatte.« Seine Augen leuchteten auf, und Scarlett hatte das Gefühl, donnernden Pferdehufen, krachenden Gewehrschüssen und singenden Rapierklingen zu lauschen. »Du hättest uns sehen müssen. Wir waren wie Sensen auf einem Feld reifer Ähren. Wir schickten die Bestien zum Teufel, eine nach der anderen, so wie sie es alle verdient hatten.« Der Jäger schob den Kiefer vor und kniff die Augen zusammen. »Beatrice, sie … ihr Gespür war einzigartig. Sie wusste sofort, wenn ein verzweifeltes Familienmitglied versuchte, jemanden zu decken. Wenn uns eines der Ungeheuer ins Gesicht log. So oder so, sie hat *immer* ihre Antworten bekommen. Und ich liebte sie dafür.«

»Wir wurden schnell so etwas wie Legenden«, sagte Reynard wehmütig. »Unsere Raubzüge verbreiteten Schrecken und Terror in jedem Dorf auf unserem Weg. Es war ein Rausch.« Er zögerte einen Augenblick. »Es muss in jener Zeit gewesen sein, dass die ersten Jäger auf uns aufmerksam wurden.« Tränen sammelten sich in den Augen des Schankwirts. »Wie hätte es auch anders kommen sollen.« Er warf die Hände in die Luft. »Jehanne und ich waren so zügellos, so unbedacht. So sorglos. So verliebt ... und wir hinterließen Spuren.«

»Jahre später verfolgten wir die Spur eines Zweiergespanns«, zeichnete Denneval nach. »Den Geschichten nach, die wir hörten, absolute Monster.« Der Jäger wurde nachdenklich und musterte Scarlett ernst. »Du solltest wissen, Beatrice und ich hatten vor Kurzem erst eine Höhle im Schwarzwald ausgeräuchert, in der sich noch immer lebendige Anwohner aus einem nahen Bergdorf befunden hatten – als persönliche Vorratskammer eines Isegrim. Zwei davon waren Kinder.« Denneval hob resigniert die Augenbrauen und rieb sich mit der Hand die rauen Bartstoppeln. »Das war der Punkt, an dem Beatrice damit anfing, anders über die Jagd zu denken. Es war der Anfang vom Ende.«

Reynard verzog verbittert den Mund. »Jehanne kam eines Nachts zu mir, während ich einen Hirtenjungen einen steinernen Abhang hinunterjagte.« Er sah auf, doch sein Blick war vollkommen leer. »Sie hielt mich auf und der Junge entkam. Sie weinte. Ich hatte sie *noch nie* weinen sehen. Sie erzählte mir, dass sie sich fragte, ob es mit uns nun für alle Ewigkeit so weitergehen würde, ob da außer der Jagd noch jemals etwas anderes am Ende des Pfades auf uns wartete.«

»Sie wollte Kinder«, stellte Hamish nickend nach einer Pause fest. Die Züge des Butlers waren sanft geworden. »Eine Familie.«

Scott blinzelte und räusperte sich. Schweiß lief seine Schläfen hinab und ständig musste er nun Krämpfe in seinen Armen und Beinen niederringen. »Sie wünschte sich für ihre Kinder ein anderes Leben. Und das bedeutete wahrscheinlich auch ein Leben ohne die Jagd.«

»Beatrice wünschte sich ein Leben ohne die Jagd?«, fragte Scarlett.

»Viel mehr als das«, sagte Denneval und schien plötzlich von einer neuen, unheimlichen Energie beseelt zu sein. »Eine Welt ohne Lykanthropen.« Er zog seine Augenwinkel in Falten. »Sie war pragmatisch. Wir würden nicht ewig weiter jagen können. Irgendwann würden wir zu alt, zu langsam, zu schwach sein. Ein Heilmittel für Lykanthropie zu finden, wäre gleichbedeutend mit einer neuen Waffe, die man einsetzen könnte. Ein weiteres Werkzeug in unserem Armamentarium.« Denneval winkte ab. »Ich hielt nichts davon. Es fühlte sich falsch an.«

»Dieses alte Leben abzulegen, was mich seit meiner Kindheit ausgemacht hatte«, erzählte Reynard. »Das konnte ich mir unmöglich vorstellen.«

»Aber es war nicht nur das, nicht wahr?«, flüsterte Scott.

Der Schankwirt lächelte ihn traurig an. »Ich stand vor der Wahl, meinen Zorn zu behalten oder loszulassen, junger Caledonier.« Er schüttelte den Kopf. »Aber wie hätte ich das tun sollen? Mein Leben hatte mich geformt. Und ich konnte diesen Teil von mir schließlich nicht einfach so vergessen!«

»Was hätte ich tun sollen?«, fuhr Denneval fort. »Mein bisheriges Leben einfach ausblenden? Meinen verhassten Vater wieder lebendig machen und mich vor ihm ausweinen wie ein zittriges Waschweib? Meine nichtsnutzigen Brüder aus ihren Gräbern zurückholen und Hunderte von fälligen Entschuldigungen winseln?« Energisch schüttelte er den Kopf. »Das Jagen des Monsters aufgeben, das für den Tod all dieser Dummköpfe verantwortlich ist?« Der Jäger redete sich in Rage. »Und wenn überhaupt, wo hätten Beatrice und ich anfangen sollen? Wir hatten schließlich nur das Wissen, das wir benötigten, um die Bestien zu vernichten – nicht sie zu *heilen.*« Plötzlich wurde Denneval wieder ruhig. Sein Brustkorb hob und senkte sich lautlos. »Es hätte eine Intervention des Schicksals gebraucht.« Er blickte auf und sah Scarlett vielsagend an. Sein Ton war zynisch. »Und genau das war es wohl, was als Nächstes geschah.«

»Ich glaube, das Schicksal hat Jehannes Flehen erhört«, hallte Reynards Stimme in der Kathedrale wider. »Eines Tages erschien ihr ein grüner Wagen am Wegesrand, neben einer alten Eiche.«

»Die Ebrâm«, stellte Scott verblüfft fest und sah Zavah an, die die ganze Zeit über kein Wort verloren hatte. Hamish wurde bleich.

Reynard nickte sanft.

»Selbst mir war diese Erscheinung unheimlich«, sagte der Schankwirt. »Ich bat Jehanne, weiterzugehen, doch sie schien wie magisch von dem Wagen der alten Frau angezogen zu werden. Ich bestand darauf, sie in das Innere zu begleiten.«

»Eines Tages zerrte Beatrice mich in den Wagen einer blinden, uralten Hellseherin«, erzählte Denneval und sah dabei aus, als wünschte er sich im Nachhinein, die Seherin zum Teufel gejagt zu haben. »Ein Teil von mir spürte, wie mit jeder der gelegten Karten etwas Schreckliches Gestalt annahm.«

»Ich werde nie vergessen«, sagte Reynard, »welche der Karten über allen anderen stand.« Er blickte hinauf, zur teilweise eingestürzten Decke der Calice-Sainte-Lune. »Es war –«

»– der Mond«, sagte Denneval, und seine Augen begannen, unheilvoll zu funkeln. Scarlett fühlte, wie sich eine Gänsehaut über ihre Schultern ausbreitete und ihren Haaransatz im Nacken überlief. »Und, als hätte ich es geahnt –«

»– der Tod«, schloss Reynard mit ausdruckslosem Blick.

»Warum denken immer alle, das sei ein schlechtes Omen?«, warf Zavah leise ein, während Scott mit Schrecken feststellte, dass genau dieselben Karten für ihn und seine Schwester auf dem Tisch der Ebrâm gelegen hatten. »Er steht für ein Ende. Für einen neuen Anfang. Für Transformation. Verwandlung.«

Reynard hörte ihr aufmerksam zu, dann nickte er nachdenklich.

»Das verstehe ich nun«, sagte er bedrückt. »Ich habe die Bedeutungen der Karten in den nachfolgenden Jahren studiert, um besser verstehen zu können, was danach geschah. Zuerst hielt ich es einfach für ein Symbol meines … Zustands.«

»Es sollte euch einen Weg zu einer Quelle aufzeigen, die die Macht besitzt, euch von eurem Fluch zu befreien«, flüsterte Zavah, die Melodie in ihrer Stimme plötzlich voller Mitgefühl. Sie erhob sich, trat an den Schankwirt heran und legte ihm eine Hand auf den Unterarm.

Reynard sah müde auf ihre Hand hinunter, dann lächelte er ungläubig.

»Es war wie ein Fenster in die Zukunft«, sagte er. »Was wir dort sahen, auf dieser Abbildung von der Tarotkarte des Mondes, waren zwei miteinander streitende Wölfe –«

»– waren zwei miteinander streitende Wölfe unter einem Vollmond, ein Gewässer und zwei in den Himmel wachsende Steine im Hintergrund. Das war ein besonderer Punkt auf einer Landkarte, eine ehemalige Druidenkultstätte«, erklärte Denneval. »Eine bekannte Felsformation, damals nur unwesentlich vom nächstgelegenen Dorf entfernt.« Der Jäger beschrieb die Formen in der Luft. »Die Alte faselte noch etwas davon, dass es die Liebe eines weiteren anwesenden Menschen sei, die der Quelle letzten Endes ihre Heilenergie verleihen würde, dass man es zum richtigen Zeitpunkt tun müsste, bla, bla.« Denneval warf entnervt den Kopf hin und her. »Aber das war längst nicht alles, was die merkwürdige Vettel uns mit auf den Weg gab.« Er nickte unruhig. »Sie sprach eine Warnung aus. Ich tat es als Unsinn ab, aber Beatrice glaubte ihr jedes Wort.« Scham huschte über das Gesicht des Jägers, nur für den Bruchteil eines Moments, doch Scarlett erkannte es am Gewicht dieses Gefühls auf seinen Schultern wieder.

»Was hat sie euch gesagt?«, fragte sie. »Wie lautete ihre Warnung?«

»Sie warnte Jehanne vor«, brachte Reynard mühsam hervor. »Sie warnte sie vor mir.«

»Sie warnte Beatrice vor mir«, schloss Denneval. Eine reuevolle Stille kehrte ein und umgab die Silhouette des Jägers. »Und dass, wenn Beatrice ihren Weg nicht allein fortsetzen würde, die Jagd niemals aufhören würde.«

Reynard wirkte um Jahre gealtert, als er heiser mit rechtfertigender Stimme weitersprach. »Ihr müsst das verstehen ... ich kannte es nicht anders. Über etwas anderes als Wut mit jemandem verbunden zu sein, das – das verstand ich einfach noch nicht.«

Zavah atmete laut aus. »Das ist das, was es erst zu einem Fluch macht.« Ihre Stimme klang unheilvoll. »Denn früher oder später wird genau diese Wut es wieder sein, die den Menschen verjagt, den man liebt.«

Hamish sah zu Boden. »Und dann beginnt der Teufelskreis erneut.«

Scott wagte es kaum, zu fragen. »Was ist dann geschehen?«

Reynard seufzte. »An dem Tag, an dem man uns auf die Spur kam, veränderte sich der Himmel. Ich hatte so etwas noch nie zuvor gesehen.«

»Wir hatten beinahe das Dorf erreicht, in dessen Nähe wir die Steinformation suchen wollten«, sagte Denneval. »Das Wetter schlug plötzlich um und verhielt sich ... sonderbar.«

»Was meinst du damit?«, fragte Scarlett.

Dennevals Gesicht verfinsterte sich.

»Der Blutmond ging auf. Damals hielt ich es noch für unwichtig, obwohl es sogar der Auslöser der vor uns liegenden Dinge war.« Er vollendete eine wegwerfende Geste. »Wie auch immer, kurz bevor Beatrice und ich in diesem Dorf ankamen, sprachen wir mit einem jungen Schafhirten, der uns von zwei Werwölfen berichtete, denen er nur knapp mit dem Leben entkommen war.« Der Jäger holte seine ledernen Handschuhe aus seinem Mantel, zog sie sich an und überprüfte mit knarzenden Fäusten ihren Sitz. »Kannst du dich noch an das Zweiergespann erinnern, von dem ich vorhin sprach? Es schienen eben jene Lykanthropen zu sein, denen wir schon seit geraumer Weile dicht auf den Fersen gewesen waren.«

»Zwei Tage nach unserer Ankunft wurden wir von einer Jägerin und einem Jäger enttarnt«, berichtete Reynard. »Sie waren hervorragend ausgebildet. Gut bewaffnet. Schnell.« Er verengte die Lider. »Getrieben. Wir konnten sie zuerst noch in den Wäldern abschütteln.«

»Die beiden Werwölfe hängten uns zu Anfang noch in den Wäldern ab«, erklärte Denneval. Er kniete sich hin und verrieb imaginäre Erde zwischen seinen Fingern. »Aber Beatrice war eine Fährtenleserin von tödlicher Präzision. Sie hatten zwar Zeit gewonnen, aber das würde nichts an dem Ausgang dieser Jagd ändern. So war zumindest der Plan.« Der Jäger legte eine schwere, unsichtbare Waffe an, und für einen Augenblick glaubte Scarlett, einen eisigen Wind durch sein Haar fahren zu sehen. »Ich legte mich auf die Lauer, suchte mir eine erhöhte Position. Ich fand eine geeignete Stelle. Wir konnten sogar schon die beiden Steinsäulen in der Ferne erkennen, gleich hinter einem kleinen See!« Er grinste schief, beinahe angeekelt. »Für Beatrice war das ein Zeichen des Schicksals. Sie glaubte, dass diese beiden Kreaturen uns *erschienen* seien, um uns dorthin zu führen.«

»In der darauffolgenden Nacht machte Jehanne einen Fehler«, erklärte Reynard. »Sie überquerte eine kleine Lichtung. Ich rief ihr noch eine Warnung zu, aber es war zu spät.«

»Es waren zwei saubere Schüsse«, sagte Denneval beiläufig. »Spezialmunition. Eigenes Rezept. Dumm nur, dass das Ungeheuer zu der Vernarbter-Klasse gehörte.«

Scarlett zuckte unmerklich bei der Erwähnung der Klasse zusammen.

»W-wie ging es weiter?«, fragte sie gefesselt.

»Es gab für meine schwer getroffene Jehanne nur noch eine Möglichkeit der Rettung«, fuhr Reynard hastig fort. »Da sie in diesem Zustand zu lange brauchen würde, um zu heilen – gemeinsam mit mir fliehen zu können –, trug ich sie in die

Richtung der Gebilde, die von den Karten beschrieben worden waren. Es war, als hätte die Welt bereits all ihre Farbe verloren und nur noch der Blutmond würde die seinige halten.«

Zavah lehnte sich gespannt vor. »Du wolltest sie nicht einfach nur von ihrer Wunde befreien, nicht wahr?«

Scott setzte sich abermals unter brennenden Schmerzen auf. »Eine vorausschauende Idee, Reynard.« Er nickte anerkennend und kämpfte die Übelkeit hinunter, die seine Kehle hinaufkletterte. »Jehanne von ihrer Lykanthropie zu heilen würde sie für die Jäger uninteressant machen.« Er verzog nachdenklich den Mund. »Auch wenn es für die beiden wahrscheinlich keinen großen Unterschied gemacht hätte, so wie du sie beschreibst.«

Der Schankwirt lächelte traurig. »Es wäre wirklich ein guter Einfall gewesen. Ich hätte darauf bestehen können, dass man sie einem Test unterzieht, hätte mich gestellt und behauptet, sie sei unschuldig und ich hätte sie einfach verschleppt.« Er schüttelte den Kopf. Seine Stimme war kurz davor, zu brechen. »Wie hätte ich ahnen können, dass es so grausam enden würde?«

»Wir verfolgten ihre Fährte durch den immer farbloser werdenden Wald«, sprach Denneval weiter und schüttelte abfällig den Kopf. »Genauso gut hätten sie Wegweiser aufstellen können. Sie waren langsam.« Er zog die Augenbrauen hoch. »Wie auch immer. Auf den Anblick, der hinter den Bäumen auf uns wartete, waren wir trotzdem nicht vorbereitet.«

»Die Seherin hatte uns nur sehr bruchstückhafte Anweisungen mit auf den Weg gegeben«, erklärte Reynard hastig, so als renne er noch immer mit einer verwundeten Frau auf den Armen durch einen Wald, als würde ihm aufkommender Regen die Sicht auf die schwarz-weiße Szenerie erschweren. »Alles, was ich wusste, war, dass ich im richtigen Augenblick eintauchen musste ... wenn ich doch meine Zeit mit Lernen anstatt mit der Jagd verbracht hätte! Was hätte ich für ein Unglück abwenden können!«

Der Schankwirt begann zu schluchzen.

»Mit Lernen?«, wiederholte Scott perplex. »Wovon sprichst du?«

»Ich – ich bin nicht wie die anderen Lykanthropen!«, schluchzte Reynard. »Etwas stimmt nicht mit mir!«

»Es fiel mir irgendwann auf, als ich auf dem Weg durch die Bäume versuchte, dieses andere Ding zu klassifizieren«, sagte Denneval. »Ich hatte noch nie gehört, dass sich ein Vernarbter ein Revier mit einem anderen Lykanthropen teilt, und erst recht nichts darüber, dass sie sich einem anderen Werwolf anschließen.« Er kaute hektisch auf der Innenseite seiner Wange. »Ich sagte es Beatrice. Sie begann, mir die Dinge aufzuzählen, die *ihr* aufgefallen waren.«

»Nach all der Zeit – und dem getarnten Kontakt zu vielerlei Jägern – hättest du dich unlängst in einer der Klassen-Beschreibungen wiederfinden müssen«, sammelte Scott nacheinander seine Gedanken. Er sah verblüfft auf, tauschte Blicke mit Hamish und Zavah. »Aber das *hast* du nicht, nicht wahr? Und dafür kann es auch nur einen einzigen Grund geben …«

»*Bestia Enigma?*«, flüsterte Scarlett perplex. »Sie glaubte, ihr würdet einer Bestia Enigma hinterherjagen?«

»Ja.«

»Wie kam sie darauf?«

Denneval winkte ab.

»Was weiß ich – sie war immer die Belesene von uns«, sagte er schulterzuckend. »Aber ich glaubte ihr. Ihr Bauchgefühl hat niemals danebengelegen.«

»Was geschah dann?«

»Ich erreichte das Gewässer«, dröhnte Reynards Stimme. Er hatte sich kaum noch in der Gewalt. Zavah versuchte, ihn zu beruhigen. Hamish und Scott warfen sich nervöse Blicke zu. Die Augen des Schankwirts hatten ein beunruhigendes Orangebraun angenommen. »Ich watete hinein, während Jehanne mit rasselnden Atemzügen in meinen Armen lag.« Er riss den Kopf in den Nacken und stieß ein unterdrücktes Winseln aus. »Über mir ragten die beiden Steinsäulen auf, zwischen ihnen ein Mond, so leuchtend rot wie das Blut einer frisch gerissenen Beute. Ich spürte sofort, dass der Zeitpunkt gekommen war. Ich sang ein Lied, das meine geliebte Jehanne mir beigebracht hatte. Ich presste sie an mich, ich wiegte sie in meinen Armen. Nichts geschah! Dabei konnte ich bereits den Gestank der beiden Jäger wittern!«

»Als ich anlegte, legte Beatrice die Hand auf den Lauf meines Gewehrs«, berichtete Denneval. Er gestikulierte verärgert. »Ich hätte der Sache auf der Stelle ein Ende machen können, aber sie war vollkommen fasziniert von dem, was sie sah.«

»Ich legte sie voller Verzweiflung auf den See, wo sie leblos an der Oberfläche trieb«, sagte Reynard. »Das Wasser begann, in einem geisterhaften Hellblau zu erstrahlen, als Jehanne … sie … sie flüsterte mir etwas zu. Sie sagte, dass jetzt der Moment gekommen sei. Dass sie es jetzt *verstehen* würde. Sie sagte, es sei der Moment, in dem ich loslassen müsste, was in mir tobt.«

»Irgendetwas tat sich«, erklärte Denneval und hatte dabei einen Ausdruck, als würde er nicht verstehen, was er sah. »Die Lykanthropin versank auf einmal unter die Oberfläche. Ich forderte wütend die Schusserlaubnis von Beatrice, aber wieder hielt sie mich zurück. *Ich habe freies Schussfeld!*, zischte ich. *Lass es mich beenden!*«

Reynards Augen verloren sich in unendlicher Leere, als er weitersprach.

»*Beende es,* flüsterte Jehanne in meinen Gedanken, immer wieder. *Lass los, Geliebter. Lass ab von dem Feuer in dir.*« Er schüttelte ungläubig den Kopf, so als sei er vollkommen in seiner zum Leben erwachten Erinnerung ertrunken.

»*Ich kann nicht,* sagte ich.

Bitte!, flehte sie mich an, doch ich konnte nichts tun.

Es liegt nicht in meiner Natur!, rief ich voller Verzweiflung. *I-ich wurde so geboren!* Ich sah zurück zum Waldrand, wo die beiden Jäger regungslos verharrten, auf uns lauerten. Sie trieben ein grausames Spiel mit uns. Plötzlich …« Reynard formte wie in Trance mit beiden Händen ein blitzschnell hochspritzendes Gewässer.

»Auf einmal schießt ein Gestalt gewordener Albtraum mit silbernem Fell aus dem strahlenden Wasser und direkt auf uns zu – ich hatte diesen Zustand schon oft genug auf anderen Jagden beobachten können: Wenn man einen Lykanthropen schwer genug verletzt oder er genügend Schmerzen leidet, provoziert man eine Raserei, beinahe so brutal wie bei der ersten Verwandlung.«

Scarlett nickte und erinnerte sich an einen Begriff aus ihrer viel zu kurzen Ausbildung.

»Eine … *transformatio ex ira,* richtig?«, fragte sie.

Denneval nickte knapp.

»Ich konnte nicht länger warten«, sagte er. »Ich stieß Beatrice beiseite und feuerte alles ab, was ich hatte.«

»Es ging so schnell«, murmelte Reynard ungläubig und vollkommen neben sich. »Jehanne war nicht mehr sie selbst – und ich wurde mehrere Male in die Seite getroffen, noch ehe ich mich aus dem Wasser gekämpft hatte. Meine Verwandlung verlangsamte sich. Ich sah hilflos dabei zu, wie Jehanne mit zwei schwarz gekleideten Schemen kämpfte – dann heulte sie auf. Ich schrie ihren Namen, suchte ihren Blick – und unsere Augen fanden einander trotz der Entfernung ein allerletztes Mal.

›*Lauf*‹, schallte ihre Stimme in meinen Gedanken. ›*Rette dich. Lass mein Opfer nicht umsonst gewesen sein.*‹«

»Die am Ufer stehende Bestia Enigma brüllte auf, aber … sie griff uns nicht an«, setzte Denneval seine Erzählung verwundert fort. »Stattdessen flüchtete sie direkt wieder in den Wald hinein, in die entgegengesetzte Himmelsrichtung. Ich wischte mir die Partikel des sich auflösenden Körpers der Lykanthropin aus dem Gesicht und setzte ihm nach, doch wieder hielt mich Beatrice auf.

›*Der ist jetzt nicht mehr wichtig*‹, sagte sie. ›*Wir haben, was wir gesucht haben.*‹«

Denneval schien seine Erinnerung zu durchleben, als stünde er mitten darin und könnte sie ergreifen. Er wischte sich mit einer unterschwellig zitternden Hand über den Kiefer, dann verbarg er sie hinter seinem Rücken, als er Scarletts Blick bemerkte.

»›*Haben wir das?*‹, sagte ich zu ihr. Plötzlich da – da ging sie hinunter auf ein Knie und presste hervor: ›*Ein guter Moment, um die Heilquelle einem Test zu unterziehen, findest du nicht?*‹« Das Gesicht des Jägers wurde bleich, schien vor Schrecken langsam bis auf die Knochen zu vertrocknen. »Das Ding hatte sie erwischt. Direkt am Oberschenkel. Eine Arterie. Du weißt, was das bedeutet?«

Scarlett schüttelte den Kopf. »Sie … würde schnell verbluten?«

Denneval nickte.

»Sehr schnell sogar«, sagte er. »Ich band ihr das Bein ab, aber die Wunde hörte schon einen Moment vorher auf, zu bluten. Sie verwandelte sich bereits.«

Scarlett riss die Augen auf. »Was? Wie – so schnell?«

Denneval schüttelte ratlos den Kopf. »Es hatte mit dem Blutmond zu tun. Ganz sicher. Er wirkt wie eine Art Kraftverstärker, glaube ich, wahrscheinlich besonders für die erste Verwandlung.« Er nickte, wie um sich selbst zu beruhigen. »Es gab nur noch eine Chance. Ich musste sie zu dieser verdammten Quelle bringen, wenn ich verhindern wollte, dass sie vollständig zu einer von ihnen wird.«

»Hat es … hat es funktioniert?«

Denneval rang um Fassung. »Ich schleppte sie vorwärts, zerrte sie ins Wasser. Es leuchtete noch immer mit diesem ätherischen Funkeln. Ich – ich dachte mir, dass es vielleicht noch funktionieren würde.« Seine Augen flackerten, als würde er dem Sensenmann persönlich gegenüberstehen.

»Ich sah, wie ihr Gesicht unter der Oberfläche versank«, sagte Denneval. »Sie … sie lächelte mich an. So, wie sie es immer getan hatte.

›Wieso hast du mich nicht schießen lassen, verdammt?‹, platzte es aus mir heraus. *›Dann – dann wäre das nicht passiert!‹* Sie lächelte nicht mehr. Dann geschah es.«

Reynard erhob sich und hielt inne, als würde eine ferne Stimme nach ihm rufen.

»Als ich durch die Wälder flüchtete, hörte ich Schreie«, erklärte Reynard. »Dann – einen Schuss.«

»Das Wasser um mich herum färbte sich«, sagte Denneval. »Es war, als stünde ich in einem Meer aus … aus Blut. Kurz bevor ich Beatrice nicht mehr erkennen konnte, sah ich wie – ich sah, wie sich ihre Zähne, ihr Kiefer und ihr Gesicht verformten, wie ihre Augen begannen, golden aufzuleuchten.«

Scarlett hatte das Gefühl, jemand würde ihr die Kehle mit einem rissigen Tau zuschnüren.

»Eine riesige Form erhob sich aus dem Wasser vor mir, als ich rückwärts wieder hinausstolperte. Beatrice, sie – *es* stieß ein fürchterliches Heulen aus.« Das Gesicht des Jägers war vollkommen regungslos, als er Scarlett anblickte, um die nächsten Worte zu sprechen. »Ich lähmte den Lykanthropen mit einem versilberten, gezahnten Jagdmesser, welches ich ihm ins Rückenmark rammte. Dann vernichtete ich die zuckende Bestie mit dem letzten Schuss aus Beatrices Gewehr.«

Scott

Reynard fiel kraftlos zurück an den Platz, an dem er die Erzählung begonnen hatte.

»Sie hat mir an diesem Tag das Leben gerettet«, sagte er. »Da bin ich mir sicher.« Er sah zu Hamish herüber. »Das Bild habe ich auf meinen Reisen mit mir genommen, um mich jeden Tag daran zu erinnern.« Er blickte Scott und Zavah an. »Dieses Erlebnis … hat mich verändert.«

Scott nickte betreten. Zavah sah den Schankwirt mitfühlend an.

»Mit Verlaub, Sir«, meldete sich Hamish zu Wort. »Ich will nicht taktlos erscheinen, aber eine Sache interessiert mich angesichts unserer Lage außerordentlich.«

»Bitte, bitte«, sagte Reynard und schien zumindest einen kleinen Teil seiner Leichtigkeit wiedergefunden zu haben. »Was möchtest du wissen?«

Hamish lud Scott und Zavah mit einer Geste dazu ein, seinem Gedankengang zu folgen.

»Ich habe Ihnen sehr aufmerksam zugehört«, erklärte der Butler nachdenklich. »Es mag zwar an dieser Stelle etwas zu pragmatisch erscheinen, doch frage ich mich, wie genau der Mechanismus dieser Heilquelle funktioniert. Und es *ist* doch sicherlich die Heilquelle – *eine* der Heilquellen –, auf die sich dieses ominöse druidische Buch von Ihnen bezieht, sehe ich das richtig?«

»Mit an Sicherheit grenzender Wahrscheinlichkeit«, gab Scott zurück und legte aufmerksam den Kopf auf die Schulter. Er verstand plötzlich, worauf Hamish hinauswollte. Hoffnung keimte ihn seiner Brust auf.

»Der Mechanismus ... wenn eine zweite Person benötigt wird«, führte Scott den Gedanken weiter, »die einen liebt, um den Prozess in Gang zu setzen, hätte es dann nicht auch *dich* heilen müssen, Reynard?«

Der Schankwirt räusperte sich. »Genau davon habe ich vorhin gesprochen, meine Freunde. Ich glaube, dass jemand wie ich ... eine – wie hast du es genannt? Eine Bestia Enigma?«

Scott nickte.

»Ich glaube, dass eine Bestia Enigma die einzige Art von Werwolf ist, die *nicht* von dieser Quelle geheilt werden kann. Meine Nachforschungen haben mich darin bestärkt. Vielleicht kommen wir schon so auf die Welt. Ein Schatten liegt auf unseren Blutlinien.«

Scott fühlte sich unwohl bei dem Gedanken, den sprichwörtlichen Elefanten im Raum anzusprechen, doch es musste getan werden. »Vielleicht hat Jehanne dich ... also, nun, hast du vielleicht einmal darüber nachgedacht, ob sie dich *wirklich* geliebt –«

Zavah legte ihm eine Hand auf den Arm, schüttelte ernst den Kopf und ließ ihn verstummen. Sie hielt den Blick Reynards, der aufgewühlt zu Scott hinübersah.

»Sie *hat* ihn geliebt«, sagte Zavah leise, nickte und lächelte kraftvoll. »Ganz sicher. Mehr, als sie jemals hätte ausdrücken können.«

Reynard wandte den Blick ab, schluckte und nickte dann.

»Danke«, sagte er kleinlaut. »Ich danke dir, Zavah.«

Scott war sich nicht ganz sicher, ob ihm das als Antwort ausreichte, doch er kam sich furchtbar dabei vor, mit einem enthusiastisch zustimmenden Nicken noch weiter zu warten.

»Was hast du danach getan?«, fragte Zavah ruhig.

»Ich habe in jener Nacht versagt«, antwortete Reynard. »Es hat mich eine lange Zeit der Reflexion und des Rückzugs gekostet, um zu einer wichtigen Erkenntnis zu kommen.« Er nickte, wie um sich selbst zu bejahen. »Ich musste mich ändern. Musste lernen, diese Wut in mir zu kontrollieren. Und wenn mir schon die Heilung versagt bleiben musste, dann sollten wenigstens nicht andere dasselbe schreckliche Schicksal wie ich teilen.«

Langsam fielen für Scott viele Puzzleteile an die richtigen Stellen.

»Du hast versucht, anderen dabei zu helfen, mit ihren Gefühlen zurechtzukommen«, sagte er. »Zumindest genug, um sich nicht ständig bei der geringsten Kleinigkeit in eine blutrünstige Bestie zu verwandeln.«

Reynard nickte.

»Erstaunlich«, sagte Hamish und nickte anerkennend. »Eine ganz, ganz außerordentliche Leistung, Sir!« Plötzlich richtete sich der Butler kerzengerade auf – das hieß, noch kerzengerader als sonst – und hob die Augenbrauen. »Sie haben überall auf Terra Europa Menschen gesucht, die sind wie Sie! Sie haben all diese Vermissten nicht *verspeist*, sondern ihnen angeboten, *mit* Ihnen zu kommen!«

»Es hat nicht immer funktioniert«, sagte Reynard. »Oft mussten wir Partner, Kinder oder andere Familienmitglieder einweihen und sie ebenfalls ›verschwinden‹ lassen. Ich war äußerst gewissenhaft in meiner Arbeit – aber irgendwann wurden es einfach zu viele Menschen.«

»Und meine Eltern sind dir auf die Spur gekommen, richtig?«, fragte Scott.

»Sie kannten mich noch aus meiner wilderen Zeit«, erklärte Reynard. »Als sich meine Aufgabe änderte, folgten sie mir weiterhin. Auch während ich meine Recherchen fortführte oder versuchte, meine Schützlinge für kurze Zeiträume auf mehrere Dörfer zu verteilen. Letztlich gab ich den Plan auf, dem jeweils nächsten Blutmond hinterherzureisen, der eine Quelle preisgeben könnte. Ich fand eine Möglichkeit, beides zu tun: den Werwölfen in meiner Obhut ein Zuhause zu schenken *und* sicherzustellen, dass wir am richtigen Zeitpunkt alle möglichst nah an einer Heilquelle sein können.«

»In Bisclavret«, hüpfte es Scott über die Zunge. Mit einem Male leuchtete wieder Licht zwischen seinen Ohren, schenkte ihm Zuversicht. »Das ist brillant, mein Lieber! Dann konntet ihr euch in aller Ruhe vorbereiten, da ihr wusstet, dass in einigen Jahren der Blutmond zu *euch* kommen würde!«

»Woher wusstest du das?«, fragte Zavah mit schief gelegtem Kopf und kam damit Scotts Frage zuvor, wo die Quelle von Bisclavret zu finden sei.

»Ich fand ein Buch in der sehr alten Bibliothek einer Londoner Abtei«, sagte Reynard. »Man sagte mir zwar, dass es noch ein weiteres Buch gebe – sozusagen den Zwilling des dortigen Manuskripts –, doch dieser ebenfalls einzigartige Band war wohl kurz zuvor bereits von jemand anderem entwendet worden.« Der Schankwirt winkte ab. »Doch das kümmerte mich wenig. Alles, was ich für die Heilung meiner Brüder und

Schwestern wissen muss, habe ich in meinem Exemplar nachlesen können.«

»Sehr gut!«, bekräftigte Zavah. Sie legte abermals den Kopf schief. »Aber sag mal, Reynard, warum hast du Scott nicht viel früher von alldem erzählt?«

»Oh, das hatte ich vor!«, beteuerte der Schankwirt vehement. »Ich war sogar kurz davor – doch dann wählte seine Schwester leider äußerst unglückliche Worte, und das direkt vor den Menschen, die ich geschworen habe, zu schützen und zu leiten.«

Scott verzog entschuldigend das Gesicht. »Verzeihung.«

»Dann sollten wir uns nun, wenn mich nicht alles täuscht, dem Standort der Quelle widmen«, schlug Hamish vor.

»Hamish, mein Lieber, Sie nehmen es mir von der Zunge«, fügte Scott hinzu, lehnte sich voller Erwartung ein Stück vor und fragte. »Also, wo ist sie?«

Reynard lächelte verlegen. »Ich habe nicht die geringste Ahnung.«

Scarlett

Für eine gewisse Zeit, die sich anfühlte wie eine Ewigkeit, herrschte bis auf das melodiöse Rauschen des nahen Waldes vollkommene Stille zwischen Scarlett und Denneval. Nie in ihrem Leben hatte sie sich derart zerrissen gefühlt. Und aus Gründen, die sie nicht in Worte fassen, aber sehr wohl fühlen konnte, schien Dennevals Geschichte wie Öl für ihr inneres Feuer gewesen zu sein.

»Dann *gibt* es also eine letzte Chance für Scott«, flüsterte sie so leise, dass nur sie es hören konnte. *Und irgendwo in den Aufzeichnungen meiner Eltern ist die Antwort darauf, wo diese letzte Chance verborgen liegt.* Hoffnung keimte in ihr auf – ein Samenkorn in einem noch immer glühenden Aschehaufen aus Wut auf sich selbst, auf *alles*, darauf, von ihrem Bruder verraten und verlassen worden zu sein.

Der Blick des Jägers war leer, als er antwortete.

»Wenn du deinen Bruder retten willst, musst du mir helfen«, erklärte Denneval.

»Ich – ich weiß nicht, ob ich das kann«, sagte Scarlett. »Scott ist immer derjenige von uns gewesen, der sich durch meterhohe Papiertürme kämpfen konnte, nicht ich!« Sie spürte, wie sich ihre Hände zu Fäusten ballten. »Was, wenn ich nicht die geringste Ahnung habe, wo wir überhaupt anfangen sollen?«

Denneval nickte nachdenklich.

»Wir bringen sie in ihre Häuser zurück«, sagte er. »Stecken sie in ihre Käfige und zünden das Dorf an.« Scarletts erster Impuls waren Schock und Ekel, dann riss sie sich wieder zusammen.

Keine Menschen, wiederholte sie in ihrem Kopf. *Es sind. Keine. Menschen. Es sind Monster. Und wir beschützen Menschen vor Monstern ...*

Denneval zuckte beiläufig mit den Schultern, aber die Geste wirkte sonderbar kalkuliert. »Wenn ihn *das* nicht rauslockt, dann weiß ich auch nicht mehr.«

»Rauslocken, um ihn zu erlegen?«, fragte Scarlett.

»Was?«, gab Denneval überrascht zurück. »Nein! Um zu verhindern, dass er an die Quelle kommt!«

Verwirrt schüttelte Scarlett den Kopf. »Habe ich irgendwas Wichtiges verpasst?«

Der Jäger rieb sich nachdenklich das stopplige Kinn und musterte Scarlett. Er schien gewissenhaft abzuwägen, was er ihr nun erzählte.

»Hast du so etwas wie das hier schon einmal gesehen?«, fragte er und holte ein zerfleddertes, uraltes Buch aus einem ledernen Rucksack hervor, den er zwischen Mantel und Umhang trug. »Ein Buch, so wie dieses hier. Es lag dort drüben im Schankraum, als wir ankamen.« Er wedelte mit dem zerstörten Einband herum. »Ich habe schon einmal so ein Buch gesehen. Und zuerst dachte ich, es wäre ein und dasselbe. Das heißt, bis ich das *Ende* gelesen habe.« In seine Augen kehrte das Leben zurück, als er weitersprach. »Hast du vielleicht eine Idee, wofür man die Quelle ursprünglich *noch* genutzt haben könnte? Nachdem du meiner ergreifenden Erzählung gelauscht hast.«

»Für die Heilung von Lykanthropie, oder nicht?«, antwortete Scarlett. *Was will er von mir hören?* »Was ja scheinbar nicht funktioniert.«

Denneval strich über den Rücken des zerstörten Buches. Er schien sich mit großer Mühe an etwas zu erinnern.

»Hier ist meine – Beatrices – Hypothese«, sagte er. »Eine Bestia Enigma kann die Quelle zu einem anderen Zweck als Heilung nutzen. Sie kann sie nutzen, um ein eigenes Rudel zu erschaffen.«

»Das können sie so doch irgendwie auch schon, oder nicht? Es sind ja immerhin Werwölfe.«

Denneval schüttelte den Kopf. »Eine Bestia Enigma wird im Gegensatz zu anderen Werwölfen mit ihrem Fluch geboren und sie kann ihn nicht einfach mit einem Biss weitergeben. Aber darauf wollte ich nicht direkt hinaus.« Er befeuchtete seine Lippen. »Wenn sie damit ihr eigenes Rudel erschaffen hat, kann sie jedes einzelne Gruppenmitglied steuern und manipulieren wie eine Spielpuppe.«

Scarlett überkam ein Schauer.

»Das wäre ein Albtraum. Ein heilloses Gemetzel.«

»Hätte ich nicht besser ausdrücken können«, fuhr Denneval fort. »Aber stell es dir ruhig vor. In allen blutigen Einzelheiten. Dann wird dir klar, dass man eine Bestia Enigma nicht einfach frei herumlaufen lassen kann. Nicht mit dieser Fähigkeit. Nicht mit diesem Wissen.«

Scarletts Blick wanderte zum Marktplatz. Viele der eingekreisten Bestien hatten sich bereits auf den Boden gesetzt und aneinandergeklammert. Leise Schluchzer und ein immer wieder aufkommendes Wimmern wanderten wie Gespenster durch ihre Mitte.

»Was, wenn wir falschlagen«, hörte Scarlett sich sagen und erschrak so sehr vor ihren eigenen Worten, dass ihr Herz anfing, schneller zu schlagen. »Bevor wir herkamen, da dachte ich, Werwölfe würden blindlings in Rage verfallen und alles jagen, was ihnen vor die Fänge kommt. Nur Vernarbte behalten ihre menschliche Gestalt ganz bewusst, aber auch nur, bis sie mit ihren Opfern allein sind. Die ... Wesen in diesem Dorf sind so ... anders.«

Denneval schien sich beinahe zu verschlucken.

»Unschuldig?«, platzte es aus ihm hervor. »Ist das etwa das Wort, das du gerade suchst? *Unschuldig?!*« Er rang sichtbar um Beherrschung. »Bloß weil sie dazu imstande sind zu fühlen, sich zu verlieben oder was weiß ich – nichts davon rechtfertigt das, wozu ihr Blutrausch sie früher oder später treiben wird, verstehst du das nicht?« Dennevals Augen verengten sich zu Schlitzen. »Werwölfe werden *alt,* Kind. Und selbst wenn sie ihre Käfige haben, ihre eigenen, abgeschiedenen Dörfer ...« Denneval hielt drohend einen Zeigefinger in die Luft. »Es reicht. Ein. Einziger. Werwolf. Ein einzelner von ihnen, der ausbricht. Ein einzelner, den man nicht rechtzeitig wegsperren kann. Ein einzelner, der dem Rausch der Jagd verfallen kann und *wird* und im Alleingang in jeder Siedlung, jedem Dorf und jeder Stadt, die seinen gottlosen Weg kreuzt, ein Massaker anrichten wird ... was sagst du den Hinterbliebenen? *›Ist halb so schlimm, sie werden irgendwann friedlicher!‹?*« Mit Abscheu schüttelte der Jäger ungläubig den Kopf. »Was sagst du zu den Kindern, die ihre Eltern an solcherlei Bestien verloren haben? Was würdest du jemandem wie *dir* sagen?«

Scarlett wusste keine Antwort darauf. Aber als sie daran dachte, was sie mit ihrem Bruder getan hatte, daran, was Denneval mit den Bewohnern Bisclavrets tun würde, da nahm eine Frage hinter ihrer Stirn Gestalt an.

Scarlett wandte ihren Blick ab. Ihre Augen suchten den Mond.

»Wenn das wahr ist«, sagte sie in sich gekehrt. »Was ist dann der Unterschied zwischen uns und ihnen?«

Dennevals Ton war kühl.

»Ganz einfach«, sagte er. »*Wir* hören irgendwann damit auf. *Die* würden *niemals* aufhören. Sich ausbreiten wie ein Flammenmeer in einer Welt aus Strohdächern. So lange, bis jemand oder ... *etwas* sie aufhält. Ein für alle Mal.«

Aus einem Grund, den Scarlett nicht ganz verstand, berührten diese Worte etwas in ihr. Sie fragte sich, ob sie selbst mit der Jagd aufhören könnte, nachdem sie die Bestie vernichtet hätte, die ihr ihre Eltern weggenommen hatte. Ob es ihr leichtfallen würde. Oder schwer. Oder unmöglich. Dem Feuer in ihr für immer ausgeliefert.

»Wie ist also der Plan?«, sagte sie schließlich und nickte Denneval abgeklärt zu. »Mal angenommen, wir finden die Quelle, er ist – keine Ahnung – abgelenkt, und dann?«

»Ich und meine Männer erwarten ihn dort«, sagte Denneval. »Wir erlegen ihn. Wir erlösen seine Gefährten. Kannst du dich damit anfreunden?«

Scarlett atmete lautstark aus und ließ einige Momente verstreichen. Schließlich sah sie Denneval an und nickte.

»Und wo finden wir diese Quelle jetzt?«, sagte sie. »Irgendwelche Hinweise in Reynards Buch?«

»Nichts Neues für mich«, antwortete der Jäger und verzog die Lippen. »Außer diesem Symbol hier.« Er öffnete das Buch und deutete auf die verwaschene Zeichnung einer Sichel in einem Mond, die –

Scarlett erstarrte.

Denneval riss die Augen zuerst auf, dann zog er sie zusammen.

»Ja!«, sagte er. Er tippte wie manisch auf das dicke Papier. »Ich wusste es! Du kennst es, nicht wahr?«

Scarlett brachte nur ein vages Nicken zustande.

»Ich … habe es tatsächlich schon einmal gesehen!«

»Wo!«, sagte Denneval eindringlich. »*Wo* hast du es gesehen?!«

Scarlett fühlte noch immer das kalte Gewicht des zerfallenden Dolches heiligen Silbers in ihrer Hand. Sie roch die Angst der Bewohner Bisclavrets, hörte ihr Flehen um Gnade. Sie spürte die letzte flüchtige Berührung ihrer Mutter und ihres Vaters an ihrer heißen Wange.

Der Mond.

Der Tod.

Die II der Schwerter.

Sie sah dem Jäger vor sich tief in die Augen. Sie suchte, sie *wühlte* nach etwas … dann traf sie eine Entscheidung. Die einzig richtige.

Sie sagte Denneval, wo sie die Quelle finden würden.

Teil VI

Blutmond

Scarlett

In der Ferne rollte Donner über die Wolken und erfüllte den Horizont mit der Farbe glänzenden Rabengefieders. Scarlett versuchte, das Pferd unter sich zur Ruhe zu bringen, als ihr Blick über die Baumspitzen der nahen Wälder sprang. Die Hufe des Tieres schabten auf den Steinen des gespenstisch leeren Marktplatzes.

Spürst meine Unruhe, was?, dachte sie. *Richtig so. Deine neue Reiterin ist nämlich vollkommen übergeschnappt.*

Die Nacht war kurz und hatte ihr in viel zu spätem Schlaf außer Albträumen keinerlei Ruhe schenken können. Das Licht des Tages nahm bereits wieder ab, als sie sich gemeinsam mit Denneval und seinen Jägern darangemacht hatte, die Pferde zu satteln und die Vorratskammern der Dorfbewohner für ein Frühstück zu plündern. Scarlett hatte nicht einen einzigen Bissen hinunterbekommen.

»Bist du bereit?«, hörte sie Dennevals Stimme an ihrer Seite. Der erfahrene Jäger saß auf einem kleinen, aber stolzen iberischen Pferd von schwarzblauer Schönheit. »Wenn wir gleich losreiten, bist du dir sicher, dass du sie zwischen all den Bäumen wiederfindest?«

»Ja«, gab Scarlett zurück, ohne ihn anzusehen. Langsam schlossen immer mehr seiner Waffengefährten auf und sammelten sich so bedrückend um sie herum wie ein Schwarm angriffslustiger Dohlen. Scarlett gab es nur äußerst ungern zu, aber sie erwischte sich in den letzten Minuten immer wieder dabei, ihr schnell in der Kehle schlagendes Herz hinunterzuschlucken. »Es ist leicht zu übersehen. Wie gesagt, zwei hüfthohe Steine, auf den Uferseiten eines kleinen Baches, nahe einer Lichtung. Zuerst dachte ich, die Eiche dahinter hätte irgendeine Rindenkrankheit, aber als du mir das Symbol gezeigt hast, hat es Sinn ergeben.«

Denneval rümpfte seine Nase, dann nickte er zufrieden.

»Denke mal, das lässt sich finden«, sagte er. »Sobald der Blutmond am Himmel seine volle Höhe erreicht hat, wird sein Licht die Quelle ohnehin erstrahlen lassen. Wird leichter, wenn sie erst aktiv ist.« Er schnaubte belustigt, dann musterte er Scarlett mit einem merkwürdigen Schmunzeln. Ihr Magen machte einen Satz, als sie sah, wie er sein Pferd beiläufig so tänzeln ließ, dass dessen Flanke nun direkt vor dem Kopf ihres eigenen Tieres stand. Vielleicht ahnte er etwas. Versperrte ihr einen möglichen Fluchtweg. Vielleicht war es aber auch nur Zufall. Ja. Hoffentlich war es das.

»Hätte *schwören* können, dass ich jede gottverdammte Lichtung in diesem Landstrich besser kenne als die Innenseite meiner Hände«, überlegte der Jäger schulterzuckend, machte dann jedoch eine wegwerfende Geste mit seiner Hand und richtete sich auf, um seine Jägerschaft anzugrinsen. »Na ja. Ich werde wohl alt!« Er lachte, und die Männer und Frauen, die nah genug auf ihren Pferden bei ihnen standen, lachten ebenfalls. Mit kalter Stirn erwiderte Scarlett ein lebloses Schmunzeln.

»Also, worauf warten wir noch?«, rief eine Frau mit Augenklappe.

Denneval hob beschwichtigend die Hand.

»Gemach, gemach, liebe Schwester!«, rief er. »Wir brechen umgehend auf. Ich habe nur noch eine Kleinigkeit vergessen.« Einige Augenblicke verstrichen und Scarletts Augen zuckten immer wieder über die Züge Dennevals. *Er weiß es. Er weiß, dass ich ihn angelogen habe!*

Denneval seufzte kopfschüttelnd, zog einen Trinkschlauch von der anderen Seite seines Sattels hervor und trank so gierig daraus, dass die blutrote Flüssigkeit dabei über sein silbergrau blitzendes Barthaar floss und seine pechschwarze Kluft überschwemmte. Der Schlauch war nach wenigen Zügen vollständig geleert.

»Diese Bestien mögen zwar Ungeheuer sein, aber guten Wein machen sie!«, rief er, als ob es sich dabei um einen Schlachtruf handelte. Kräftiges Gelächter wurde laut und viele Männer und Frauen taten es Denneval gleich. Scarlett erlaubte sich, erleichtert aufzuatmen. Ihre Schultern senkten sich und einen Moment lang nannte sie sich in Gedanken eine nervöse Idiotin.

»Auch einen Schluck?«, fragte sie Denneval fröhlich. »Ist Tradition! Komm, du bist jetzt eine von uns!«

Scarlett lachte erleichtert und schüttelte grinsend den Kopf.

»Nein, danke«, sagte sie und räusperte sich, ehe sie ernst fortfuhr: »Wir sollten jetzt wirklich los. Es wird wahrscheinlich schon wieder in zwei oder drei Stunden dunkel.«

»Dein Pech«, antwortete Denneval schulterzuckend. Dann blickte er nachdenklich in den Himmel und schließlich belustigt zu Scarlett – und schnippte mit den Fingern.

»Steckt sie zu den anderen«, sagte der Jäger trocken und lachte herzhaft – und Scarletts Puls explodierte. Sie riss die

Zügel ihres Pferdes an sich, woraufhin das Tier sich wiehernd aufbäumte und schüttelte, dann zog sie ihr Rapier, sprang vom Sattel ab und hechtete Denneval mit der Spitze voraus entgegen – doch noch bevor sie das rhythmisch heulende Geräusch hinter sich wahrnahm, wickelte sich die eiskalte Spitze einer Peitsche um ihren Hals. Würgend krachte Scarlett in die zuckende Flanke des Reittieres vor ihr, verlor ihre Waffe und schnappte nach Luft. Schwarze Schleier tanzten durch ihr Sichtfeld. Überraschtes Einatmen zischte rings um sie herum.

»Bei allem, was heilig ist – dieses Drecksbalg ist *schnell!*«, raunte eine kratzige Jägerstimme irgendwo hinter Scarlett. Sie wollte sich aufbäumen, kämpfen – doch tanzende Lichtblitze und eine explodierende Übelkeit lähmten ihre Gedanken.

»*Was – bitte – !*«, krächzte Scarlett und starrte Denneval an. Sie hatte das Gefühl, dass ihr Kopf jeden Moment platzen würde. »Muss – dich – *hhh!* – hinführen!«

»Meine hochverehrteste Lady Oaknight!«, antwortete Denneval, dessen Gesicht über ihr nun klarer wurde.

Hustend sog Scarlett die Luft zwischen den Zähnen ein, als es ihr endlich gelang, mit blutenden Fingern das Peitschenende um ihren Hals zu lockern.

»Ich bin zutiefst bestürzt über die Entwicklung unserer Partnerschaft, ganz ehrlich.« Er legte betroffen eine Hand an die Brust. »Aber das darfst du mir nicht persönlich nehmen. Nennen wir es einfach ein kalkuliertes Risiko, das ich gewillt bin, einzugehen.«

Scarlett spuckte ihm ins Gesicht. Keine leichte Aufgabe von hier unten.

»Dann viel Spaß dabei, jeden verdammten Baum im Umkreis von zehn Kilometern abzusuchen!«, bellte sie zurück und versuchte, sich hochzustützen, doch das Pochen an ihren Schläfen raubte ihr das Gleichgewicht, und sie fiel.

»Tja«, antwortete Denneval und wischte sich angeekelt mit dem Handschuhrücken über die Wange. »Dann mache ich mich wohl lieber schnell an die Arbeit, was?« Er nickte einem seiner Leute zu.

»Zarpas, wirf sie in denselben Käfig wie diesen Fürsprecher«, sagte Denneval amüsiert und Scarlett riss panisch die Augen auf. »Die haben sich sicher eine Menge zu erzählen!« Laut johlendes Gelächter antwortete ihm, als kraftvolle Hände Scarletts Stiefel umklammerten und sie über die dreckigen Steine des Marktplatzes in Richtung eines offen stehenden Fachwerkhauses zerrten.

Scott

Als die Sonne wieder im Begriff war unterzugehen, wurden die Schmerzen schlimmer. Scott hatte das Gefühl, gegen schier unüberwindbare Widerstände ein- und ausatmen zu müssen. Jeder Schlag seines Herzens schien feinste Partikel glühenden Eisens durch seine krampfenden Arterien zu hämmern. Kurz nach dem Aufwachen hatten seine Knochen damit begonnen, bei stärkerer Belastung zu brechen – genau diejenige wilde Kraft, die ihn am Leben erhielt, war nun ein doppelter Fluch, denn sie heilte jeden feinen Riss, jeden delikaten Splitter seines Skeletts im Handumdrehen, was sich beinahe noch quälender anfühlte als die Verletzungen selbst. Einmal wurde die Pein so groß, dass ihn der Schmerz in eine Verwandlung hineintrieb, für die ihn jedoch bereits auf der Hälfte wieder jegliche Energie verließ. Einzig Zavahs beruhigender Stimme und barmherzigen Berührungen hatte Scott es zu verdanken, dass er danach wenigstens für wenige Stunden Ruhe finden konnte.

Seine Träume waren von merkwürdigen Fieberbildern erfüllt. Scarlett, eingesperrt in einer metallenen Zelle, inmitten einer gefräßigen Feuersbrunst. Sie stieß schreckliche Schreie aus, als das flackernde Rot ihren Körper erreichte. Seine Eltern, auf der Flucht vor einer gewaltigen Bestie mit den glühenden Augen Reynards …

»Muss … dich retten …«, presste Scott halb wach zwischen seinen aufgerissenen Lippen hervor. »Beschützen …« Eine sanfte Hand legte sich auf seine Stirn und ließ das Gewitter dahinter aufklaren.

»Shhh«, sang eine weiche Stimme, eine magische Stimme.

Scott riss die Augen auf und fuhr in die Höhe. Ein ferner Donner schien in seiner rasselnden Brust widerzuhallen.

»Was – was war das?!«, keuchte er. Er fand Zavahs geheimnisvolle Augen.

»Das Land holt Atem, um zu sprechen«, antwortete sie und sah besorgt zur Decke der Kathedrale hinauf. Sie hatten in der Kanzel genächtigt und konnten auf das Innenleben der heiligen Stätte hinabblicken wie auf ein verwüstetes Königreich. »Es wird helle Blitze und peitschenden Regen geben. Ob das für oder gegen uns spricht, vermag ich nicht zu sagen.«

»Du sprichst liebend gern in Rätseln, oder?«, hustete Scott und versuchte, aufzustehen. Zavah nahm seinen Arm und half ihm hoch.

»Es ist meine Muttersprache«, lachte Zavah und funkelte verschwörerisch mit den Augen. Scott versuchte, zu lachen, doch seine Rippen heilten noch immer.

»Du bist unmöglich, Manousher«, gab er zurück und rang sich ein Schmunzeln ab. »Gibt es Neuigkeiten? Sind Reynard und Hamish zurückgekehrt?«

»Nein«, antwortete Zavah ernst. »Du machst dir immer noch Vorwürfe, oder?«

»Nein«, log Scott. »Warum sollte ich? Es war die rationale Lösung. Ich hätte sie nur aufgehalten.« Er sah sich missmutig um, als die Schmerzen für einen Augenblick nachließen. Dieser Ort schien jeden Tag anders auszusehen als zuvor, so als hätte er ganz eigene Launen – Scott hätte schwören können, dass an Stellen, an denen gestern noch Sträucher gestanden hatten, nun kreisrunde Felder winziger goldener Blumen wuchsen und umgekehrt. Aber egal, wie diese sonderbaren Veränderungen ausfallen mochten, keine davon war ausreichend dafür, sich an diesem Ort nicht vollkommen verlassen zu fühlen.

Zavah schüttelte den Kopf.

»Der furchtbarste Schauspieler«, sagte sie. Für einen Moment hielt sie inne, schien zu lauschen, und ein kaum wahrnehmbarer Luftzug erfasste ihr rabenschwarzes Haar. »Der Wind hat gedreht. Wir sollten hinuntergehen und uns ein neues Feuer machen.«

»Ich hoffe, sie tun nichts Unüberlegtes. Reynard und Hamish, meine ich«, sagte Scott und nahm vorsichtig eine der Stufen nach der anderen, welche kreisförmig um die Kanzelsäule in die Tiefe führten. »Vielleicht haben sie ja sogar gute Neuigkeiten, wenn sie zurückkehren. Wer weiß.«

»Wer weiß«, wiederholte Zavah.

»Zavah?«

»Ja?«

Scott hielt an und sah seine Begleiterin einen Moment lang an.

»Danke, dass du hier bei mir geblieben bist«, sagte er und schämte sich unmittelbar, nachdem er die Worte ausgesprochen hatte, für das Eingeständnis der Schwäche, das darin mitschwang.

Zavah nickte freundlich und einige Augenblicke verstrichen.

»Das zu fühlen, ist keine Schwäche, Scott Oaknight«, sagte sie schließlich. »Nur menschlich.«

Scott verzog den Mund.

»Mit dem Mensch-Sein ist es bei mir im Moment nicht allzu weit her, fürchte ich«, antwortete er und setzte seinen Weg fort, um von seinen rot angelaufenen Wangen abzulenken. »Und wohl auch nicht mehr allzu lang hin, wenn uns nicht noch ein Wunder widerfährt.«

»Du hättest an Reynards Stelle sicher dasselbe getan.«

»Ja. Deshalb habe ich ja auch zugestimmt. Was nützt es uns, für mich nach einer unauffindbaren Quelle zu suchen, wenn irgendwo dort draußen Familien in Gefahr sind.« Für einige Momente hallte nur noch das Knirschen von Staub und Stein unter gehärteten Stiefeln durch die weiten Gemäuer. »Gott. Ich hoffe, Scarlett ist wohlauf ...«

»Für das, was sie dir hinterlassen hat, bist du noch erstaunlich gut auf sie zu sprechen«, merkte Zavah herausfordernd, aber neugierig an.

»So ist das unter Geschwistern«, sagte Scott achselzuckend. »Den einen Tag rammt man sich gegenseitig heilige Dolche ins Herz, den anderen Tag lacht man gemeinsam über die Eigenheiten der Haushälterin.«

Zavah lachte auf. Das Geräusch tat gut, fand Scott.

»Du weißt, was ich meine, Scott Oaknight«, gab sie zurück, als sie am Ende der Treppenstufen angelangt waren. »Was sie tat, hat euren gemeinsamen Weg unwiderbringlich verändert. Ein Graben liegt nun zwischen euch.«

Scott verzog das Gesicht und kämpfte ein Wimmern hinunter, als er spürte, wie sein Oberschenkelknochen einen Riss bekam.

»Der – war schon immer dort«, sagte er und atmete mehrere Male tief und hart durch. »Irgendwie. Und ihr Wesen hat es ihr in diesen Belangen nie einfacher gemacht. Seit wir denken können, verliert sie schnell ihre Beherrschung. Stieß unsere Eltern und Angestellten erst physisch und später schließlich auch mit Worten zurück. Ich …« – er suchte nach den passenden Worten – »ich denke, ich habe das immer nur schwer mit ansehen können. Weil ich fühlte, wie unglücklich sie das machte. Wie sehr es sie verwirrte, wenn ihr Zorn die Zügel in die Hand nahm und sie vor sich her scheuchte. Es tat weh, sie so zu sehen.« Zavah führte sie über einen Weg aus hellerem Gestein, durch den sich ein tiefer Riss in Richtung Sakristei zog. »Ich denke – ich erinnere mich nicht mehr, wann –, dass ich mich dazu entschloss, ihr eine Art Halt zu sein. Wir waren die meiste Zeit des Jahres allein miteinander, musst du wissen.«

»Ganz allein?«

»Nun, selbstverständlich war da auch noch das Personal unserer Eltern. Man ließ uns ein außerordentlich großzügiges Stück Privatsphäre.«

»Aber es gab niemanden, der euch bei Bedarf in den Arm schloss, nicht wahr?«

»So ist es. Besonders nicht dann, wenn eine gewisse junge Lady gerade damit beschäftigt war, ihr Zimmer mit dem Rapier zu bearbeiten. Ich konnte nicht immer nahe genug an sie heran, musst du wissen, also begann ich eines Tages damit – ich kann nicht älter als sieben oder acht Jahre alt gewesen zu sein –, möglichst vernünftig mit ihr zu reden, ihr gut zuzusprechen und Dinge, die sie sich ereifern ließen, in die richtige Perspektive zu setzen.«

»Ein Gegengewicht.«

»So … ja. So mag man es nennen, schätze ich.« Die Bilder, die sein Gedächtnis in diesem Moment preisgaben, trafen ihn mit überraschender Wucht. Seine Schwester, die Augen voller

Hilflosigkeit und dem Wunsch nach Nähe, während sie zähnefletschend ihr Spielzeug immer und immer wieder am Kopf des Kamins zerschmetterte und schrie, er solle ihr fernbleiben. »Ich versuchte, Kühle für ihr Feuer, Halt und Ordnung für ihr Chaos zu sein.« Während Scott sprach, schien sich das erste Mal in seinem Leben eine Erkenntnis einzustellen. Er hielt inne, wunderte sich über das, was er aussprach. »Ich ... bin *für sie* der geworden, der ich jetzt bin.« Er ergriff fest Zavahs Hand und rang um Fassung, kämpfte seine Angst und seine Sorge nieder. »Scarlett darf niemals etwas zustoßen. Ich würde mein Herz selbst für sie hergeben, wenn es sein müsste. Jedes Buch, das mir lieb und teuer ist. Jeden perfekten Schuss, den ich mit meiner Steinschlosspistole abgefeuert habe, würde ich zurücknehmen. Sie ist meine Schwester. Teil meines Blutes. Eher lasse ich den Teufel persönlich meine Seele holen, als dass ich zulasse, dass ihr etwas geschieht.«

Zavah blickte ihn aus feucht schimmernden Augen an.

»Ich weiß«, sagte sie und nickte. »Das verstehe ich sehr, sehr gut, Scott.« Sie räusperte sich, ließ seine zitternde Hand los und beugte sich vor. Sie strich sich das Haar hinter ihr Ohr und pflückte eine der unscheinbaren, blauhütigen Pflanzen vom Boden, die hier überall ihren Weg durch das Gestein gefunden hatten.

»Das ist seltsam«, murmelte sie.

»Was?«, sagte Scott und räusperte sich.

»Weißt du, wie man dieses Kraut nennt?«

Scott versuchte, seine arg mitgenommene Konzentration zu sammeln, und betrachtete den schmalen Korpus des Gewächses.

»Um ehrlich zu sein«, begann er und hob eine Augenbraue,

»ja, das tue ich. Es handelt sich hierbei um den Blauen Eisenhut.«

»Und weißt du, wie man es noch nennt?«

Scott überlegte kurz. »Nun, da hätten wir, je nach botanischer Einteilung, entweder Apollonienkraut, Mönchskappe, Venuswagen, ähm, Sturmhut, Eiterwurz …«

Zavah winkte ab, was ihre zahlreichen Armreifen zum Klingen brachte.

»Ich kenne es unter einem anderen Namen. *Wolfskraut.*« Sie sah Scott an, als würde sie eine Theorie abwägen, die kurz vor einem entscheidenden Durchbruch steht. Dieser Ausdruck stand ihr ganz wunderschön, fand Scott ein wenig verzaubert. »Es ist unter anderem eine Zutat für das Ritual, mit dem ich deinen Bergkristall-Anhänger gemacht habe. Und es wächst *nie und nimmer* hier in der Gegend, erst recht nicht zwischen all diesen erdrückenden Felsen, die Menschen wie ihr ›Gotteshäuser‹ nennt. Es sei denn … hier ist noch etwas anderes am Werk.«

Scott spürte, wie sich ein Grinsen auf seinen Zügen ausbreitete.

»Ein Rätsel?«, fragte er spielerisch durch den Schmerz hindurch. Zavah begann, zu strahlen.

»Ein Rätsel«, sagte sie und ihre Augen leuchteten auf wie beseelter Aquamarin.

Scarlett

KLANK!

Die Gittertür schlug zu. Scarlett warf sich fluchend gegen das Metall, spuckte, kratzte, biss nach den wulstigen Fingern des Mannes, der den schweren Schlüssel herumdrehte, doch es war nutzlos.

»Nicht weglaufen, du kleine Wilde!«, grölte der riesengleiche Jäger. »Sonst verpasst du das Beste!«

»Mach dieses Ding auf, und gib mir mein Rapier, wenn du Manns genug bist!«, schrie Scarlett. »Du erbärmlicher Feigling! Komm zurück! Komm zur –!«

»Und viel Spaß mit deinen neuen Freunden!«, rief der Riese über seine Schulter, bevor die Haustür schallend in ihre Angeln krachte.

Schlagartig wurde es dunkel im Raum. Draußen hörte man Hufgeklapper und Bewegung. Hochgezogene, schrille Schreie wurden laut. Hilferufe.

Scarlett wurde schlecht vor Panik.

»Ginuvevre?«, fragte eine müde Stimme hinter ihr, die ihr vage bekannt vorkam. Bis auf ein unscheinbares Licht, das durch irgendein Fenster um die nächste Ecke hineinzufallen schien, war es stockfinster. Die Formen und Umrisse um Scarlett herum gehörten zu einer Küche. »Was? Nein – du riechst nicht wie Ginuvevre – du bist jemand anders … du bist die, die uns an diesen Teufel verraten hat!«

Erst jetzt bemerkte Scarlett, wie wenig Platz in diesem Ding war. Es roch nach Angstschweiß, Blut und Schlimmerem. Drei Gestalten kauerten weniger als einen Fuß weit von ihr entfernt in der Ecke des Käfigs. Instinktiv schossen Scarletts Hände an ihren leeren Gürtel, suchten in ihren Ärmeln nach irgendetwas, mit dem sie sich verteidigen konnte – doch da war nichts. Sie war diesen Dingern jetzt hoffnungslos ausgeliefert! Aber sie würde nicht ohne einen verdammten Kampf untergehen …!

»Das ist ein Trick!«, meldete sich eine andere Stimme, jünger, wütender. »Als ob die sie hier einsperren würden!«

Scarlett blinzelte angestrengt und nahm ihre Hände kampfbereit nach oben. Sie erkannte die größte Gestalt vor ihr als Simon wieder, den anderen als Pascal – Reynards Lehrlinge. Bei ihnen war außerdem noch ein kleiner Junge mit strubbeligem Haar, von dem der schärfere Geruch ausging.

»Nein«, erwiderte Simon und erhob sich träge. »Nein, sie stinkt nach Panik. Die haben dich einfach weggeworfen, nicht wahr? Geschieht dir recht!«

Scarlett wartete auf etwas. Einen Hieb. Einen Biss. Eine transformierende Gestalt, die blitzschnell auf sie zuschoss. Doch … da kam nichts.

»Was haben die jetzt vor?«, fragte Pascal. »Na? Sag schon.«

Scarletts Muskeln waren immer noch bis zum Zerreißen gespannt.

»Sie werden das Haus anzünden«, sagte sie. »Alle Häuser.«

»Was?!«, keuchte Simon. »Das können sie nicht – *das dürfen sie nicht!*«

»Sie *werden*«, antwortete Scarlett. »Und es gibt nichts, was wir dagegen tun können. Wir –«

Ein Klirren ließ sie zusammenzucken. Das Fenster, irgendwo dort hinten in der Dunkelheit, zerplatzte und ließ hörbar Scherben und Bruchstücke brutalen Gelächters ins Haus regnen. Der beißende Gestank einer umgestürzten Öllampe breitete sich in der Luft aus wie ranziges Parfum. Wieder knallte es und auf ein Knacken und Fauchen folgte ein dumpfes Rauschen. Die Luft wurde schlagartig dünner.

»Oh, mein Gott!«, rief Pascal. »D-die verbrennen uns bei lebendigem Leib! *Wir werden hier drin jämmerlich braten!*«

Scarlett kämpfte mit ihrer Panik um jeden klaren Gedanken. Gleichzeitig fühlte sie ihre Wut aufflackern – so wie es immer geschah, wenn sie etwas aus der Ruhe brachte –, auf der Suche nach einem Ziel, etwas, das direkt vor ihren Augen mit Gewalt verändert werden konnte, um alles wiedergutzumachen.

Scott, dachte Scarlett bitter. *Es tut mir leid. Es tut mir so leid. Ich wünschte, all das wäre niemals passiert. Ich wünschte, du wärst hier.*

»Beruhigt euch!«, hörte sich Scarlett sagen, doch sie konnte diese Worte einfach nicht mit derselben Kühle vortragen, wie Scott es gekonnt hätte. »Wir müssen einen klaren Kopf bewahren, wir –«

»Wie stellst du dir das vor?!«, blaffte Pascal. »Hier kommen wir nie im Leben raus!«

»Was ist passiert?«, gab der kleine Junge von sich. »Ist das Feuer?!«

»Es muss etwas geben, das wir tun können!«, rief Scarlett. Ein gespenstisches, oranges Leuchten hüllte die Umrisse der Möbel um sie herum ein. Pechschwarzer Rauch sammelte sich unter der Decke und rollte kaskadenartig vorwärts. »Wenn … wenn ihr euch alle zusammen verwandelt –«

»Das geht nicht so einfach – und es hat auch keinen Zweck«, gab Simon zurück und begann, zu husten. »Diese Käfige sind dafür gemacht, uns zu widerstehen! Und wir sind zu viele! Niemand könnte sich bewegen!«

Die Luft wurde wärmer. *Sehr viel* wärmer. Scarlett erschrak noch mehr, als sie verstand, wie schnell sich die Flammen ausbreiten würden. Wie wenig Zeit ihnen tatsächlich noch blieb.

Sie warf sich zurück, riss an den Angeln des Käfigs, rüttelte an der dicken Schlussvorrichtung, nichts. Alles, was sie erreichte, war, dass ihre Kehle nun noch mehr brannte und sich immer wieder krampfartig zusammenzog.

»Eine … eine Haarnadel!«, rief sie. »Eine Schreibfeder, was weiß ich?! Habt ihr so was?«

»Nein!«

»Ich – ich kriege keine Luft mehr!«, presste der Junge hervor.

»Zieht eure Hemden aus!«, krächzte Simon. »Bindet sie um eure Nasen und Münder!«

Feuerzungen leckten über den Türrahmen im nächsten Raum. Ein lauter Knall ertönte von weiter hinten im Haus. Ein gierig klingendes Fauchen überschlug sich in der Luft. Scarlett sah hellblaue Flammenränder, die über die Decke schlichen. Schwarz gefärbte Schweißperlen bildeten sich auf Stirnen und den Schläfen. Scarlett fluchte inbrünstig, trat mit aller Gewalt gegen das Schloss.

»Hör auf!«, rief Simon. »Das ist sinnlos!«

Scarlett brüllte auf, warf sich immer wieder und wieder mit der Schulter gegen die Tür. Nichts. Sie war viel zu leicht.

»Helft mir!«, rief Scarlett. »Wenn wir uns zusammenraufen, können wir uns vielleicht fortbewegen!«

Sie musste noch drei Stöße allein versuchen, ehe die beiden Lykanthropen ihr halfen. Selbst der kleine Junge warf sich gegen das Gitter, und für einen kurzen Moment sah es so aus, als würden ihre vereinten Kräfte einen Unterschied machen.

»Wir – wir bewegen uns!«, bellte Pascal über das Rauschen des Feuers hinweg, das sich nun durch den Küchenraum fraß. »Wenn wir noch einmal mit aller Kraft … !«

Scarlett realisierte zu spät, warum der letzte Stoß mehr Widerstand hatte als der davor. Noch beim Schwungholen versuchte sie, sich zu bremsen, aber es war zu spät: Der Käfig verkantete sich in einem abgerutschten Brett des Bodens, stieß abwärts – und kippte mitsamt seinen Gefangenen haltlos nach vorn. In einem Bündel aus Armen und Beinen stürzten Scarlett, Pascal und Simon aufeinander – der kleine Junge schürfte sich Hände und Knie auf, während das Metall krachend aufschlug und Staub aufwirbelte. Es war in genau diesem Moment, dass an genau der Stelle, an der der Käfig gerade eben noch gestanden hatte, ein Teil der Decke niederging und den unteren Teil des Käfigs unter sich begrub. Der Junge schrie schrill auf und warf sich ihnen entgegen. Scarlett rollte sich herum, riss ein Stück ihres Rockes aus und schlug damit immer wieder auf den brennenden Rücken des Kleinen. Ein Schwall todesgrauer Luft verbrannte ihre Lungen. Ihre Augen tränten so sehr, dass sie praktisch auf der Stelle erblindete. Pascal und Simon wanden sich hinter ihr, versuchten vergeblich, wieder auf die Füße zu kommen. Es stank nach verbranntem Haar, verkohlender Kleidung, verbiss sich tief in Scarletts Rachen. Als ihr Husten so brachial wurde, dass es keine Zeit mehr dazwischen gab, überhaupt nach Luft zu schnappen, kam die Erkenntnis.

Langsam.

Schwer.

Sie würden hier drin sterben.

Denneval

Es kam nur äußerst selten vor, dass Sebastién Denneval einen Fehler zugab – denn das hieß immer, man musste sich dafür rechtfertigen, was er für Zeitverschwendung hielt –, aber dieses Mal musste er sich eine Sache eingestehen.

Die Zeit wurde langsam knapp.

Überall um ihn herum jagten seine Leute durch das Dickicht, drehten jeden verdammten Zweig zweimal um, wühlten an Wurzeln wie Trüffelschweine, folgten den letzten erkennbaren Wagenspuren der Klappschtröter durch das Erdreich, kurz bevor sie sich einfach in Luft auflösten. Denneval selbst hatte sein Pferd neben die einzige Bachmündung gestellt, die er zu finden vermochte, und starrte nun grimmig durch die sich wiegenden Äste und Blätter des unheimlichen Waldes hindurch.

Die Sonne starb bereits am Horizont und machte ihrem Gegenstück Platz, während die himmlische Bühne dieses Spektakels seine Lichter löschte und sein dunkles Blau mit der heranbrechenden Dunkelheit des nahenden Sturmes vermischte. Denneval knurrte in seinen aufgestellten Kragen hinein.

»Hier drüben ist auch nichts!«, hörte er Zlatan und Gelly rufen.

»Dann sucht gefälligst weiter!«, schrie Denneval zurück.

Er hatte viel zu viel Zeit in diesem gottverfluchten Ort und mit dieser Oaknight-Göre verbracht. Er war auf seine alten Tage wohl doch einfach zu weich geworden. Erinnerte ihn einfach zu sehr an sich selbst, die junge Adelige. Teufel auch! Und so etwas war, mal ehrlich, in der Regel kein gutes Zeichen.

Seine einzige Hoffnung, die Suche abzukürzen, war das Licht des sich bereits einfärbenden Blutmonds. Bereits von Weitem würde es einen bestimmten Bereich in der Umgebung zum Strahlen bringen, und je näher man der eigentlichen Quelle kam, desto mehr würde man den Eindruck haben, die Farben der Welt um einen herum wären einfach ausgeblutet – kaum mehr als die scharf geschnittene, bedrohliche Bleistiftskizze eines erdunkelten Künstlers mit zu viel Absinth in den Adern.

Hufe auf Moos ließen Denneval herumfahren.

»Wir haben immer noch nichts«, keuchte Runa von ihrem schnaubenden Pferd hinab. Sie war auf einer Anhöhe hinter Denneval zum Stehen gekommen und wurde von mehreren Eichen eingerahmt. »Jeden verdammten Baum haben wir abgesucht – an *beiden* Lichtungen …«

»Scheiße«, murmelte Denneval.

»Sollen wir –«, begann Runa.

»Diese Mistkröte hat uns reingelegt«, sagte er und musste sich beherrschen, sich nicht selbst ein Stück seiner Zunge abzubeißen. »Aber ihre Augen! Ich habe es in ihren verdammten Augen gesehen – sie wusste es, sie *kannte* das Symbol!«

Denk nach, dachte Denneval fahrig. *Denk verdammt noch mal nach!* Er schloss die Augen und rieb sich die Stirn. Ein simples, logisches Ausschlussverfahren. Ja. Genau so war es. Ganz einfach, ganz einfach …

Sie waren am Bahnhof Mauríere. Sie waren im Dorf. Sie waren hier im Wald …

Wenn es nahe des Bahnhofs sein sollte, dann war das Spiel ohnehin schon jetzt verloren. Auf keinem Pferd der Welt könnte er dort noch rechtzeitig ankommen – der Blutmond war seines Wissens nach schließlich immer nur für etwa eine Stunde lang aktiv. Nein. Er musste seine Karten auf einen anderen Ort setzen … Das Dorf? Wohl kaum. Dieser Reynard war nicht dumm. Und er hatte Zeit gehabt. Eine Menge sogar.

Denneval begann, im Kreis zu laufen. Runa sagte irgendetwas Dummes, das er ausblendete.

Komm schon. Komm schon!

Es musste zwingend eine alte Druidenkultstätte sein. Vielleicht eine, die groß genug war, um Bekanntschaftsgrad zu erreichen, wie damals, als landgeläufiger Ort. *Wir haben nichts dergleichen gefunden.* Soweit er auf seinen Reisen gelernt hatte, waren viele ursprüngliche Quellenorte in der Zeit des sich ausbreitenden Christentums einfach von der Kirche dem Erdboden gleichgemacht worden … manchmal funktionierte so etwas, um die örtlichen Heiden zu brechen. Manchmal musste man etwas symbolträchtigere Maßnahmen ergreifen und einfach die eigenen Huldigungsstätten auf den Überresten der weitaus älteren – aber natürlich!

»*Runa!*«, schrie Denneval und sprang wuchtvoll auf den Rücken seines Pferdes. »*Treib die anderen zusammen! Wir reiten zurück!*«

Scarlett

»Hrghhhkommschon!«, würgte Scarlett und riss mit dem leblosen Pascal nun endlich auch den letzten Werwolf zu sich auf die andere Seite des umgestürzten Käfigs. Kraftlos ließ sie sich mit dem Rücken gegen das Eisen fallen und zuckte zusammen, als sich das Metall durch ihre Kleidung und direkt in ihre Haut brannte. Spuckend und stöhnend, die rußverschmierten Hände in die Kleidung von Simon und des kleinen Jungen gekrallt, betrachtete sie das nahende Ende in der Gestalt eines Funkenregens, der sich spritzend über den Dielenboden ergoss und pechkreischende Löcher hineinfraß.

Die Hitze war alles.

Sie raubte Atem von aufgeplatzten Lippen, stahl Haare von rußgeschwärzter Haut, wich nicht zurück, warf sich auf Fleisch und Knochen und Herz.

Nichts anderem als einem Wunder hatte Scarlett es zu verdanken, dass sie die letzte verfluchte Seele in diesem Käfig war, die noch nicht die Gnade der Ohnmacht erhalten hatte. Es gab kein Entrinnen. Kein Entkommen.

Was für ein erbärmlicher Abgang, höhnte Scarletts eigene Stimme in ihrem beinahe kochenden Schädel. *Ohne Mama, ohne Papa. Ohne meinen nervtötenden Bruder. Ohne meinen lieben Hamish.* Widerspenstig nutzte Scarlett ihre letzte Energiereserve für ein rebellisches Nicken. *Ohne den Bastard mitzunehmen, der mir das angetan hat.* Der würde sich noch wundern. Sie würde diesen Mistkerl als wütender Rachegeist bis ans Ende seiner ruhelosen Tage heimsuchen …

Langsam schien die Welt stiller zu werden.

Friedlicher.

Das Feuer war nicht mehr so laut. Die Luft hatte aufgehört, in ihren Augen und Lungen zu brennen. Scarlett sah so oder so nichts mehr. Ihr erstickendes Husten war Atemzügen gewichen, die so flach, langsam und schwach waren, dass sie kaum mehr taten, als ihre Lippen einen Spaltbreit zu öffnen und dann erschöpft wieder fallen zu lassen. Die Ränder der Welt gingen unter. Scarlett versank in Schwärze, Stille und –

»*Dieu merci!*«, keuchte eine tiefdunkle Stimme durch ein ohrenbetäubendes Krachen hindurch. Metall klickerte und rasselte mit Metall, der Laut so fremd, dass er das Brüllen und Rauschen der Feuersbrunst für einen Moment durchschnitt.

Jemand grunzte, knurrte. Ein Krachen. Etwas warf sie auf die Seite, direkt auf den regungslosen Simon. Klinkern. Kratzen. Fluchen. Rauschen. Luft. Kalte Luft. Weiches Gras …

Etwas *klatschte* in ihr Gesicht.

»Nimm, Pascal, nimm, nimm! Verlier sie nicht!«, hastete die tiefdunkle Stimme und erneut erklang ein Rasseln und Klickern. »Rette die anderen! Wir kommen zu euch! Los!«

»Mylady Scarlett!«, rief eine andere Stimme, die für Scarlett Sicherheit, Heimat und Geborgenheit bedeutete. »Es tut mir so unaussprechlich leid! Wir haben bis zum allerletzten Augenblick warten müssen, um sicher zu sein, dass sie fort sind!« Wieder traf sie etwas im Gesicht, doch alles, was sie davon wahrnahm, war das Umherschaukeln ihres zu schweren Kopfes. Überall um sich herum hörte sie Schreie, Hilferufe, Ächzen. »Mylady, ich muss Sie *vielmals* um die Wiederaufnahme Ihres Bewusstseins bitten!«

»*Hhhh!*«

Scarlett hustete so brutal auf, dass sich ihr ganzer Körper auf einmal krümmte.

»Sc-sco-Scott!«, krächzte sie. »Die Quelle! Ich weiß, wo sie wirklich ist! Wir – *krch!* – müssen – *KRCH!*«

Sie fuhr in die Höhe und riss die brennenden Augen auf.

»Mylady!«, rief Hamish, nackte Angst in seinen Augen. »Ich – !«

»*Hamish!*«, rief Scarlett und begann, bitterlich zu schluchzen. Sie fühlte ihn unter der Berührung einfrieren. »Hamish! Es tut mir so leid … bitte … es tut mir so leid …«

»Mir tut es leid, Mylady!«, erwiderte Hamish. »Ich – ich hätte Sie niemals allein lassen dürfen! Ich werde Sie *beide* nie wieder allein lassen, hören Sie? Das schwöre ich beim Schlag meines Herzens!«

Scarlett blinzelte. Nie zuvor hatte sie Tränen in den Augen des Butlers gesehen.

»Hamish? Lebt – *krchkrch!* – lebt er noch? *Bitte!?*«

Hamish nickte aufrichtig. »Ja, Lady Scarlett! Er ist in Sicherheit, mit Madame Zavah in der Calice-Sainte-Lune!«

Scarlett sog gierig die Luft ein, kämpfte sich auf die Beine und fiel auf der Stelle zurück. Hamish fing sie besorgt auf.

»Wir müssen sofort los«, keuchte Scarlett. »Ich habe Denneval angelogen …«

»Kluges Mädchen«, wisperte Hamish und blickte sie voller Stolz an.

Eine Gestalt erschien aus Rauch und Ascheregen, nur wenige Schritte hinter dem Butler. Es war Reynard und er hatte den herumeilenden Simon am Ärmel gepackt, redete wild auf ihn ein. Scarlett riss die Augen auf.

»Hamish, Vorsicht!«

Schützend stellte sie sich vor den Butler, doch sie konnte sich kaum auf den Beinen halten. »Das ist er! *Er* ist es, Hamish! Reynard ist der, den wir die ganze Zeit gesucht haben!« Da stand er, vor dem noch immer zitternden Simon, der drei überdimensionierte Schlüsselbünde in den blutigen Händen hielt. Der große Unbekannte. Der Lykanthrop, den ihre Eltern all die Jahre über gejagt hatten!

»Lady Scarlett?«, fragte Hamish perplex. »Was –«

»Reynard ist die Bestie, die meine Eltern umgebracht hat!«

»Mitnichten, junge Lady! Sie sollten wissen, dass –«

Scarlett hörte die nächsten Worte nicht mehr.

Reynard.

Simon und er standen jetzt so nahe, dass sie einander hören konnten. Aus allen Richtungen kamen nun Bewohner des Dorfes mit geretteten Männern, Frauen und Kindern aus den in Flammen stehenden Häusern, warfen sich gemeinsam auf den steinernen Marktplatz und weinten sich beim Anblick des niederbrennenden Bisclavrets die Seele aus dem Leib.

Aber all das war Scarlett egal.

Alles, was sie sehen konnte, war *er.*

» – gut, aber wir müssen reden, Simon!«, sagte der Schwankwirt fahrig. »Es gilt jetzt, die richtige Entscheidung zu treffen!«

»Was soll ich tun?«, fragte Simon, immer noch außer Atem.

»Sammle die anderen.«

Simons Züge wurden grimmig. »Das werde ich.«

Reynard trat noch näher an Simon.

Scarlett horchte auf, lehnte sich vor.

Jetzt wird er sich verraten, dachte sie. *Er wird darauf bestehen, sein Rudel zur Quelle zu führen, um sie dort vollständig unter seine Kontrolle zu bringen.*

»Warte nur ab«, flüsterte Scarlett heiser.

Hamish musterte sie mit einem ungehaltenen Blick, sagte aber nichts. Seine Abneigung gegenüber ihrer Einstellung stand ihm jedoch deutlich ins Gesicht geschrieben.

»Du wirst schon sehen. Er will *niemanden* heilen, Hamish. Alles, was er will –«

»Es ist an der Zeit für mich, loszulassen, Simon«, sagte Reynard. »Ich spüre Jehannes Blick auf mir, junger Freund.« Er atmete tief ein, sah sich um, als würde er einen geheimen Duft im aufkommenden Wind riechen können. »Ja. Ich bin mir sicher. Die Zeit ist gekommen.«

»Was redest du da?«, gab Simon verwundert und brutal hustend zurück. »Wir folgen dir, so wie wir es immer getan haben!« Er ballte die freie Hand zur bebenden Faust und hielt sie so, als wolle er etwas darin zerquetschen. »Holen wir uns diesen verdammten Jäger! Wenn wir alle uns verwandeln, erst recht mit der verstärkenden Kraft des Blutmonds, dann –«

Scarlett kniff die Augen zusammen.

Jetzt, dachte sie. *Jetzt wird er es sagen …*

Reynard lächelte, ruhig und sanft. »Mein lieber Simon. Ich habe euch nicht geführt, um euch nach all euren Entbehrungen wieder zurück auf den Pfad zu bringen, den ich einst beschreiten musste. Selbst wenn ich es noch immer so wollte, dann wäre es am heutigen Abend zu gefährlich, mein Lieber.«

»Aber – !«

Reynards Blick wurde ernst und so klar wie poliertes Glas.

»Führe sie dorthin, wohin ich sie nicht bringen konnte.«

Simon riss entsetzt die Augen auf, und mit einem Mal kam sich Scarlett sehr, sehr dumm vor. Hätte sie in diesem Augenblick in einen Spiegel geschaut, hätte sie sich beschämt abgewandt. Nichts an dem Gedanken daran, Reynard müsste seinen Freunden, seinen Schülern, seiner neu gefundenen Familie seinen Willen aufzwingen, ergab auch nur den geringsten Sinn. Ihre verdammte Vergeltungssucht hatte ihre komplette Sicht auf die Dinge verzerrt – und sie blind werden lassen für das, was Reynard wirklich war. Ein leidenschaftlicher Anführer, der alles für die – die *Menschen* tun würde, die er liebte.

»Nein!«, sagte Simon. »*Du* musst uns führen! Ich – ich kann nicht – bin nicht bereit, zu –«

»Simon!«, entgegnete Reynard entschlossen. »Simon.« Er nahm den Kopf des Mannes in seine Hände und blickte ihm voller Stolz und Trauer in die Augen. »Du bist bereit. Du weißt, dass du bereit bist. Ich habe diesen Weg für unsere Familie geebnet – führe du sie ihn nun weiter. Du hast es oft genug getan, schon viele Male zuvor, erinnerst du dich? Du kannst es wieder tun, das weiß ich!« Er küsste Simon auf die Stirn, packte ihn an den Schultern. »Die nächste Quelle – die *letzte* Quelle des Zyklus befindet sich am Fuße der Pyrenischen Berge, irgendwo nahe des Acourmont-Waldes, und wird in vier Monaten unter einem Blutmond stehen.« Simon zitterte. Aber er nickte. Reynard nickte ebenfalls abgehackt und nahm die Hände herunter. »Ich muss mich diesem Mann stellen, Simon. Es ist Teil meines Schicksals. Ich spüre es.«

Simon öffnete immer wieder den Mund, um etwas zu sagen. Tränen fielen auf seine verschmutzten Wangen und spülten den Ruß hinunter. Er sah zu Hamish, dann zu Scarlett herüber.

»Ihr … ihr werdet uns nicht verfolgen?«

Scarlett verschränkte die Arme. »Ich weiß jetzt, wo euch euer Weg hinführen wird, Lykanthrop. Wenn ich unheimliche Nachrichten aus dem Acourmont-Wald höre, sind eure Tage gezählt.«

Simon und Reynard blinzelten verunsichert, dann trat Scarlett an den neuen Rudelführer heran und schlug ihm hart gegen den Oberarm. »Bis dahin … passt gut aufeinander auf.« Sie schenkte ihrem einstigen Todfeind ein müdes, aber ehrliches Lächeln. »Es gibt nichts auf dieser Welt, das wichtiger ist als die Familie. Beschützt euch gegenseitig! Und viel Glück!«

Simon schien nicht zu wissen, was er mit dieser merkwürdigen Jägerin anfangen sollte. Schließlich nickte er ihr respektvoll zu. »Und den deinen ebenfalls, Scarlett Oaknight.«

»Geh, Simon«, drängte Reynard. »Ich werde bei euch sein, wenn ihr dort ankommt. Auf die eine oder andere Weise.«

Simon nickte und wandte sich um, hielt jedoch noch ein Mal inne und überfiel Reynard mit einer stürmischen Umarmung. Schließlich klopfte er dem Schankwirt mit der flachen Hand auf die Brust, lächelte und rannte davon.

»Dann los!«, sagte Reynard und nickte Hamish und Scarlett zu. »Pascal sagte, dass sie die Pferde hinter seinem Stall nicht mit sich genommen haben – damit sollten wir schnell bei der Kathedrale sein.« Er sah laut atmend zum dunkler werdenden Himmel hinauf, an dem bereits die weite, runde Form des orange schimmernden Blutmonds zu erkennen war, und Scarlett konnte spüren, wie sich die Luft um den Schankwirt herum veränderte. Reynard ballte die Fäuste, dann traf sein Blick den von Scarlett. »Wir haben eine Rechnung mit einem Monster zu begleichen.«

Guillaume

Kutsche im Nirgendwo

Beim drahtigen Barte seiner verfluchten Schwiegermutter, war das ein Albtraum von einem Unwetter, was da heranrollte! Und erst dieser Mond! Riesig! Gespenstisch! Ganz klar, der Teufel ging um! Er musste vollkommen übergeschnappt sein, sich an diese vermaledeiten Anweisungen auf dem Papier dieses merkwürdigen Caledoniers zu halten! Aber gottgewollt, er brauchte das verdammte Geld, sogar noch mehr, als er eine neue Reihe Zähne brauchte.

Die mit Schlafanzügen und Morgenmänteln vollgepackte Kutsche polterte über den immer weicher werdenden Boden. Die Gäule wurden panischer, doch Guillaume Bergeracs gute Hand blieb streng. Der Wind riss ihm die Nachricht beinahe aus der anderen. Er konnte ohnehin kaum noch ein Wort entziffern, weil die Tinte unter dem ständigen Beschuss verlief! Vermaledeit und verteufelt auch!

Sehr geehrter Monsieur Bergerac,

den zweiten Teil der vereinbarten Summe erhalten sie bei Lieferung unserer verbliebenen Habseligkeiten *in die Schenke von Monsieur Reynard, zum abgemachten Zeitpunkt. Sollten wir wider Erwarten nicht anzutreffen sein, liefern Sie bitte unter allen und jedweden erdenkbaren Umständen an die mit mir vereinbarte Alternative. Dort wird man wissen, was zu tun ist.*

Untertänigst, Hamish Balthazar Porter

Wiehernd und bockend rissen seine verdammten Schindmähren in zwei Richtungen auf einmal, gruben ihr schiefes Hufwerk in den Boden und kämpften gegen ihr Geschirr, als ob ihnen der Leibhaftige persönlich auf den Fersen wäre.

»Heda!«, fluchte der Kutscher. »Was soll das werden?! Kreuzdonnerfixnocheins, macht gefälligst, dass ihr weiterkommt!«

WOOCH! WOOCH! WOOCH!

Massige, dunkle Leiber sausten aus der Dunkelheit!

… und um Haaresbreite an der Kutsche vorbei.

Guillaume entfuhr ein überraschter Schrei. Schützend hielt er die Arme hoch.

»Was beim fetten Henker … !«, rief er und nahm die Hände wieder hinunter, als er verstand, dass man es nicht auf ihn abgesehen hatte. Dutzende schwarze Pferde rannten, scheinbar blind vor Panik, an ihm vorbei – und verschwanden doppelt so schnell, wie sie aufgetaucht waren. Guillaume grunzte empört. Beim warzigen Zinken seines Eheweibs! Auf was für einen Schlamassel hatte er sich da nur wieder eingelassen? Knurrend sah der Kutscher den Tieren hinterher und verlor vor Schreck beinahe seinen Dreispitz, als nur wenige Dutzend

Meter entfernt von ihm ein Blitz in einen Baum niederfuhr. Himmel, das hätte *er* sein können! *Gift und Galle noch eins!*

»Vermaledeite Caledonier«, grummelte Guillaume. »Vermaledeites Wetter!«

Fluchend setzte er seine dickköpfigen Pferde wieder in Bewegung und schüttelte moniert den Kopf.

Gottgewollt, er brauchte das verdammte Geld.

Scott

»Das ist ja ein wahrer Pfad!«, bemerkte Scott und humpelte umständlich auf Zavah gestützt in die kleine Sakristei der Kathedrale. Hier zog sich, ähnlich wie durch das hellere Gestein vor dem kleinen Raum, ein derber Spalt durch den Boden. »Das … davon habe ich in Vaters Abschrift gelesen – und in dem Buch von Reynard! Das könnten Hinweise sein!«

»Scott?«, fragte sie.

»Ja?«

»Warst du schon einmal hier?«

»Nicht dass ich wüsste – wieso?«

Zavah kniff ihre Augen und Lippen leicht zusammen und legte ihren Kopf neugierig zur Seite. Ihr Blick wanderte durch die Luft, über die geschwärzten Bruchstücke und Kiesel aus Stein.

»Hm. Oh – sieh mal, da vorn!«

Er sah, was sie meinte. Ein Halbkreis aus samtblauen Wolfskrautblüten war um einen Teil der gegenüberliegenden Wand gewachsen und rahmte damit den Beginn einer recht alt wirkenden Gesteinsformation ein, die man mit viel gutem Willen als Treppe hätte bezeichnen können.

Plötzlich zuckte Zavahs Kopf herum, in Richtung Gebetshalle.

»Alles in Ordnung?«, fragte Scott alarmiert, konnte aber nichts Auffälliges ausmachen.

»Ja«, gab Zavah wenig überzeugend zurück. »Nur ein Echo. Dieser Ort ist voll davon.«

»Echos?«, wiederholte Scott in leicht abfälligem Ton.

Zavah sah ihn an, als wäre er ein besonders begriffsstutziges Kleinkind. »Genau. Aus der Vergangenheit.«

Scott zog eine akademische Augenbraue hoch. »Aha, die Vergangenheit, so, so. Hört, hört.«

Zavah funkelte ihn an. »Hüte deine Zunge, Scott Oaknight.«

»Ich habe nichts gesagt!«, beteuerte er. »Muss ein Echo aus der Vergangenheit gewesen sein.«

Zavah verdrehte die Augen. »Lasst uns weiterhumpeln, edler Gelehrter. Ich will wissen, wo diese ... Stufen hinführen.«

Nach dem Kampf mit einem äußerst unbequemen Abstieg und einer entzündeten, improvisierten Fackel später wurde recht schnell deutlich, wohin die Stufen führten: in eine Sackgasse. Eine Art kleiner Tropfsteinhöhle, um präzise zu sein. Und sie sah aus, als hätte jemand vor Kurzem versucht, sie in die Luft zu sprengen. Offenkundig war der Versuch schiefgegangen. Wenn man genau hinsah, konnte man noch Stofffetzen und hier und da sogar eingetrocknetes Blut ausmachen. Was in Himmels Namen war hier unten geschehen?

»*Oh*«, machte Zavah und schien plötzlich heiser zu werden. »Das ... hier ist nicht sonderlich viel Platz, hm?« Sie schwenkte ihre kleine Fackel hin und her, als wolle sie damit mehr Raum schaffen, doch bis auf einen unheimlichen Schattentanz der skurrilen Steinformationen blieb ihr Versuch herzlich erfolglos.

»Hm«, machte Scott nachdenklich und bückte sich mühsam.

Mit der Eleganz einer halb lahmen Krabbe erhob er sich wieder und betrachtete einen sacht strahlenden Stein. »Sieht aus wie … ha! Ich weiß, was das ist!«

»Oje«, murmelte Zavah. »Was für ein Durcheinander …« Ihre Augen bewegten sich jetzt sehr schnell von links nach rechts. Sie schluckte schwer, dann sah sie Scott voller Mitgefühl an.

»Das ist Sodalith, mit an Sicherheit grenzender Wahrscheinlichkeit!«, erklärte Scott begeistert, anstatt auf ihren sonderbaren Hokuspokus einzugehen. »Aus Thrakien, wenn mich nicht alles täuscht. Die Einzigen, die dieses rubinartige Glühen besitzen. Aber wofür sollte den jemand hier unten herumliegen lassen … «

Etwas in Scotts Sichtfeld kitzelte seine Kombinationsgabe. Noch war er sich nicht exakt sicher, an welchem Detail sich sein Verstand einhakte, aber – das Symbol! Sie mussten nach dem Symbol Ausschau halten!

»Was genau suchen wir?«, fragte Zavah, steckte die Fackel zwischen zwei derbe Felsen und schlang die Arme um sich. »Können wir gleich bitte wieder zurück, wenn wir es nicht finden?«

Scott konnte sich ein schiefes Grinsen nicht verkneifen. »Flüstern die Echos denn nichts Brauchbares?«

Zavah schnalzte mit der Zunge und setzte lächelnd die Hände an die Hüften.

»Scott Oaknight, dir ist sehr wohl klar, dass ich dich hier und jetzt in eine hässliche, kleine Kröte verwandeln könnte?«

Scott erwiderte ihr Lächeln. »Sicher könntest du das.«

Einen Moment lang funkelten Zavahs Augen bedrohlich genug, um seine Gesichtszüge gefrieren zu lassen.

Scott räusperte sich lautstark. »Ähem, also wonach wir suchen, ist die kunstvolle Verschmelzung einer druidischen Sichel mit einem sichelförmigen Mond. Sehr unscheinbar, wahrscheinlich. Klein. Dezent. Subtil. Vielleicht nur als Gravur –«

Er fuchtelte mit dem Sodalith in der Hand hin und her, um die Form des Zeichens zu verdeutlichen.

»Gravur?«, wiederholte Zavah neugierig und neigte den Blick, so als würde sie den Begriff tatsächlich nicht kennen.

»Ja«, bestätigte Scott und kratzte sich mit dem Leuchtstein die Schläfe. Er drehte den Kopf. »Eine feine Einkerbung in ein hartes Material, wie zum Beispiel Stein. So wie … so wie hier … so wie dort an der Wand!?«

Wahrhaftig. Man sah es in den schattenreichen Lichtverhältnissen kaum, wenn man nicht wusste, wonach man suchen musste, aber da war es: exakt das Zeichen, das er beschrieben hatte, wie aus der Abschrift seines Vaters, etwa daumengroß in einem der unförmigen Steine. Und das blutrote Licht des schwachen Sodaliths schien es auf fantastische Weise hell zu spiegeln.

Zavahs Züge verloren sich. Sie blinzelte mehrere Male ungläubig.

»Die Quelle, hier unter der Kirche?«, sagte sie nachdenklich. Sie sah Scott perplex an. »Das würde vieles erklären … Ich frage mich schon seit der Ankunft meiner Familie, was diese Wälder so singen lässt.« Sie nickte, erst langsam, dann bestärkt. Worauf horchte sie da schon wieder? Mussten ja tolle Gesprächspartner sein, diese Echos. »Ja. Du hast recht. Hier unten muss irgendetwas sein.«

»So ist zumindest meine Hoffnung«, sagte Scott. »Ähm, darf ich erneut um deine Unterstützung bitten?«

»*Sehr wohl, Mylord*«, antwortete Zavah gestelzt. »Sagt man das so?«

»Ich würde darauf verweisen, dass man mich mit meinem vollständigen Titel anzusprechen hat«, ächzte Scott. »Aber dafür steht uns womöglich nicht genügend Zeit zur Verfügung.«

»Vielleicht werden wir eines Tages genügend haben, damit ich ihn lernen kann«, sagte Zavah stolz, was Scott reichlich verwirrte. Nachdem sie ihn die wenigen Schritte gestützt hatte, räumte sie unter seiner Anleitung genug der kleineren Geröllstücke beiseite, dass sie eine Stelle an der Wand freigaben.

»Hier, sieh mal«, sagte Scott und beugte sich neugierig vor. »Da … da ist eine winzige Einkerbung, hier … hier unter der Sichel.« Langsam streckte er die Hand aus und kam mit dem Zeigefinger näher. »Und diese auffällige … könnte das etwa getrocknetes –«

ZACK!

»Scott!«, keuchte Zavah.

»Autsch!«, machte Scott und steckte sich den Finger in den Mund. »Was für eine Frechheit!«

»Scott, sieh doch nur!«, rief Zavah und riss die Augen auf. Die Vertiefung unter dem geheimen Zeichen zog sich knackend zurück und versank im Stein, spuckte eine Fontäne aus Staub. Was dann folgte, kam Scotts Ohren merkwürdig bekannt vor, wenn auch bei Weitem nicht in dieser Lautstärke: ein Rütteln, Poltern, Beben.

»Gute Güte – es reagiert auf mein *Blut?*«, stieß Scott ungläubig aus. »Wie um alles in der Welt –«

»Ein Lykanthrop, der Heilung sucht«, rief Zavah und trat vorsichtig einen Schritt zurück. »Wahrscheinlich kann nur jemand mit dem Fluch diesen Zugang öffnen!«

Jetzt fiel Scott auch wieder ein, woran ihn das Getöse erinnerte, das dieses lärmende Ungetüm ausstieß. Wie die verborgenen Mechanismen unter Oaknight Manor, mit all ihren Zahnrädern, Zughebeln und Kettenrädern! Doch das hier war um ein Vielfaches älter, schwerer, *steinerner*. Das Gebilde dahinter musste wahrhaft gewaltig sein!

Ist das laut!, mimte Zavah, verzog das Gesicht und hielt sich die Ohren zu.

Und absolut faszinierend!, formte Scott mit den Lippen und strahlte über beide Ohren wie ein kleines Kind im Laden eines Erfinders. Der Boden unter ihren Füßen wurde von intervallartigen, harten Stößen erfasst. Irgendwo vor ihnen schienen entweder gewaltige Tore geöffnet zu werden oder tonnenschwere Gegenstände in einen Abyssus hinabzustürzen – vielleicht sogar beides auf einmal. Wer auch immer diese Konstruktion hinterlassen hatte, hatte genau gewusst, was er tat, ein wahres Genie! Allein die Statikberechnungen für die darüber stehende Kirche – all das musste Jahre der Arbeit gekostet haben, zweifelsohne!

Zavah sah besorgt zur Decke hinauf. Sie sah aus, als müsste sie sich jeden Moment übergeben.

Ich verwette meine Spazierstocksammlung darauf, das hat ein Priester konstruiert!, mimte Scott. *Einer, der insgeheim noch dem alten Glauben gedient hat!*

Zavah sah angestrengt auf seinen Mund. Dann formten ihre Lippen: *Hä!?*

Ich meinte, ich verwette meine –, begann Scott erneut.

Was?, meinte Zavah.

Egal!, signalisierte Scott. Er konnte seinen Triumph kaum fassen. Er stieß ein heiseres Lachen aus, sah ungeduldig zwischen Zavahs angespanntem Gesicht und den sich neu ordnenden Steinen hin und her.

»Ich wusste es!«, sagte er. »Ich wusste, es gibt einen Weg, wenn ich nur wissbegierig und hartnäckig genug bin!«

»Deinem Vater sei Dank für diese Abschrift, die er euch hinterlassen hat«, fügte Zavah hinzu, jetzt wieder lächelnd und ohne die Hände auf den Ohren. Scott spürte bei der Erinnerung an seine Eltern einen kurzen Tritt in die Magengrube, nickte dem Mädchen aber zu. Sie hatte recht. Langsam widmete er sich wieder dem Spalt vor ihnen.

Der Moment schien gekommen zu sein.

Das Rumpeln, Schaben und tiefe Knacken wurden weniger und erst zu guter Letzt wichen auch die Steine vor ihren Nasen voneinander fort …

… und gaben den Blick auf eine atemberaubende Szenerie in der Tiefe frei.

Es vergingen mehrere Atemzüge, ehe einer von ihnen das Wort wiederfand.

»Das nenne ich einen Augenöffner«, murmelte Scott vollkommen verdutzt, während ein Kegel silbrigen Lichts sie umhüllte und ihre Schatten wie Kohlezeichnungen auf den Boden hinter sie warf. »Wie um – wie um alles in der Welt ist dieser Ort all die Jahre lang unentdeckt geblieben …?«

Zavah waren neben ihm sämtliche Züge entglitten. Alles in ihrem Gesicht erfüllte sich mit ehrfürchtiger Demut.

»Bei den Lichtern der verwobenen Welten«, flüsterte sie mit Tränen in den Augen, ging auf ein Knie und murmelte Worte in einer Sprache, die Scott nicht verstand. »Das … das ist wunderschön! Es war gut, dass wir hier heruntergekommen sind! Ich danke dir!«

Ein lang gezogenes, hartes Knarzen hallte weit über ihnen aus der Kathedrale und drang durch den verborgenen Stufengang an ihre Ohren.

»Hast du das auch gehört?«, fragte Zavah. »Das war die Pforte?«

»Ganz sicher!«, sagte Scott und nickte aufgeregt. »Sie sind zurück, Zavah! Warte nur, bis sie das hier sehen!«

Scarlett

Nirgendwo auf dem Trümmerfeld vor der Calice-Sainte-Lune war eine Spur von Denneval und seinen Leuten. Und doch …

»Lasst die Pferde stehen«, keuchte Reynard und sprang von dem scheuenden Tier. »Kommt, kommt!«

Hamish und Scarlett taten es dem Schankwirt gleich.

Scarletts Bauchgefühl wisperte ihr zu, zu *rennen*, panisch, kopflos, solange sie noch konnte. Weit weg. Niemals mehr wiederzukehren. *Weil du ab sofort nicht mehr die Jägerin bist*, flüsterte es in Scarletts Ohr. *Wenn du es wagst, weiterzugehen … bist du DIE BEUTE.*

Ein Teil von ihr fürchtete sich genau vor diesem Moment.

Nicht vor einem Kampf. Nicht vor der Auseinandersetzung mit einem Lykanthropen. Es war der lauernde Augenblick, in dem sie erneut damit konfrontiert werden würde, was mit ihrem Bruder geschehen war. Ein Teil von ihm war nun eine Kreatur der Finsternis. Und ihr Instinkt warnte sie davor.

Ja. Wahrscheinlich war es das, was sie spürte.

Neben ihr veränderte sich Reynards Aussehen, doch er verwandelte sich nicht so, wie Scarlett es gedacht hätte, in eine vollständige Bestie. Seine Augen flimmerten, merkwürdig farblos, seine Finger endeten in schwarzgrauen Krallen.

Er kann es kontrollieren, schoss es Scarlett mit einer Spur von

Faszination und Überraschung durch den Kopf. *Jeden kleinen Schritt seiner Verwandlung – das muss einzigartig unter den Lykanthropen sein.*

»Spürt ihr das auch?«, raunte der erfahrene Werwolf mit gerunzelter Stirn.

»Wie meinen, Sir?«, gab Hamish zurück.

Erst jetzt nahm Scarlett etwas wahr, das sie unterbewusst auf ihre sonst hervorragenden Augen geschoben hatte. Das Gras auf der tieferen Ebene vor der Kathedrale, die darauf verteilten Felsen: Überall, wo Scarlett hinsah, schien jeder noch so kleine Widerhall von Farbe aus der Welt getrieben worden zu sein. Die Süße, die sonst die Luft erfüllte, war verschwunden. Vogelstimmen existierten nicht mehr. Scarletts eigene Hände und Unterarme waren von geisterhaftem Weißgrau, ebenso wie die Gesichter ihrer Begleiter.

»Was geschieht hier?«, fragte Scarlett. »Hamish?«

Ihre zerfetzte Kleidung wehte im Wind, als sie den Portalvorbau der verlassenen Kathedrale von Calice-Sainte-Lune hinaufstürzten. Zuckende Blitze und peitschender Regen jagten in der Ferne ihren Schritten nach, so als hätte das Land höchstpersönlich das schnell zu ihnen aufschließende Unwetter entfesselt, um sie zu verschlingen. »Hamish?«

Der Gesichtsausdruck des Butlers ließ keinerlei Deutung zu. Vorsichtig nahm er seine gewaltigen Hände an die Pforte und öffnete sie beinahe unerträglich langsam.

»Es hat begonnen«, verkündete Reynard unheilschwanger.

Scarlett hatte mit einem Male das Gefühl, beobachtet zu werden. Es war nicht einfach nur die Dunkelheit, nicht einfach nur die Nacht – da war etwas anderes, Namenloses, das *Dinge* flüsterte, Dinge, die niemand hören durfte …

Shrieeek!

Scarlett sprang alarmiert zurück und sog scharf die Luft zwischen ihren zusammengebissenen Zähnen ein, als Schwärme von quietschenden Ratten und Ungeziefer sich panisch aus dem kleinen Spalt herauspressten, den Hamish am Portal eröffnet hatte.

»Was zum!«, zischte Scarlett und sah den fliehenden Lebewesen mit weit aufgerissenen Augen nach.

»Shhh«, machte Hamish mahnend und hob eine Hand, dann wechselte er einen strengen Blick mit Scarlett und Reynard. Er hatte das Portal gerade weit genug geöffnet, dass sie hintereinander hindurchgehen konnten. Der Butler gab ihnen mit einer Geste zu verstehen, achtsam zu sein und dabei keinen Mucks zu machen. Scarlett folgte ihm, jedes noch so kleine Haar auf ihrem Körper aufgerichtet.

Die Halle schien in ihrer Abwesenheit auf das Doppelte ihrer Größe gewachsen zu sein. Kristallweißes Sternenlicht flutete durch die hohen Zierfenster, die Risse in den Wänden und die Dachbrüche ins Innere der heiligen Stätte, zeichnete scharfe Kanten in die vollkommene Schwärze ihrer Schatten hinein.

Ein fernes, dumpfes Schlagen vibrierte in den Steinen, gleich einem verborgenen Herzen in der Tiefe. Der Wind erkannte seine Gelegenheit und zwängte sich gierig durch den Spalt im Portal, schwang sich wild hinauf in die schwindelerregende Höhe und versetzte der kleinsten Glocke des Turmes einen Stoß.

KLANG.

KLANG.

KLANG.

Für einen Augenblick verharrte Scarlett gemeinsam mit

ihren Begleitern. Ein blendend helles Wetterleuchten ließ die strahlenden Lichtkegel im finsteren Gemäuer erzittern – dann folgte ein tiefes, animalisches Grollen aus dem Himmel direkt über ihnen und prasselte mit den ersten aufkommenden Regentropfen über das Haupt der Calice-Sainte-Lune hinweg.

KLANG. KLANG. KLANG.

Eine schwere, unruhige Hand legte sich auf Scarletts Schulter. Es war Reynard. Seine Augen flackerten voller Schrecken, waren starr auf etwas am Ende der Halle gerichtet. Wie von einer fremden Macht gebannt, konnte Scarlett nicht anders, als mit dem Blick zu folgen. Dort … der halb eingefallene Türrahmen der Sakristei …

KLANG … KLANG …

Ein rhythmisch pulsierendes, rubingleiches Licht wurde dort aus der Tiefe geboren, hallte gemeinsam mit dem Herzen der Kathedrale in seinen ausgehöhlten Knochen wider, schwoll an und versank immer wieder.

»Mein Gott«, flüsterte Hamish.

»Was ist das?«, flüsterte Scarlett und kniff die Augen zusammen, um schärfer sehen zu können. »Wo sind Scott und das Mädchen?«

»Sie sollten hier sein!«, flüsterte Reynard.

»Sind uns die Jäger zuvorgekommen?«, erwiderte Scarlett leise. »Aber warum haben wir dann keines ihrer Pferde draußen gesehen?«

Nein. Hier lief etwas ganz und gar nicht so, wie es sollte. *Jetzt ist es zu spät,* hauchte ihr Bauchgefühl. Eine Gänsehaut kroch mit eisigen Spinnenbeinen ihr Rückgrat hinauf in ihren Nacken, über ihre Kopfhaut hinweg, ihre kalten Wangen hinab. *BEUTE.*

»Ich … ich verstehe das nicht«, gab Reynard zurück und zog die Stirn in Falten. »Sie wollten den Ort der Quelle erfahren, um mir persönlich auflauern zu können! *Wenn* sie hier sind, warum warten sie dann nicht direkt hier auf uns? Oder greifen uns an?«

Hamishs Gedanken schienen zu rasen. Immer wieder sah er zurück zum Portal und schien Dinge abzuwägen.

»Wir sollten äußerste Vorsicht walten lassen«, flüsterte er und maß Scarlett und Reynard mit einem konzentrierten Blick. »Wir sind unbewaffnet und in der Unterzahl, also machen hier reine Muskelkraft und Entschlossenheit keinen Unterschied! Keiner von uns handelt unüberlegt, haben Sie das verstanden? Sobald wir die Tür durchschritten haben, teilen wir uns so auf, dass jeder einen Winkel einsehen kann – wir werden uns dabei allerdings *nicht* trennen. Ich werde die linke Seite sichern.« Er wandte sich an den Schankwirt. »Reynard, Sie übernehmen die rechte.« Der Werwolf nickte. »Lady Scarlett –« Er sah aus, als würde er sie am liebsten dazu beordern, sich in Sicherheit zu bringen. Scarlett verzog bereits aus reiner Gewohnheit rebellisch ihre Augenbrauen, als Hamish die Schultern sinken ließ und seufzte. »Sie gehen in der Mitte.«

Langsam, aber stetig, immer auf der Hut und noch immer auf der Suche nach Scott, schlich Scarlett voran und näherte sich dem Durchgang, während Hamish und Reynard von den Seiten kamen. Die Sakristei war leer gefegt. Aber an der Stelle, an der Scarlett das Symbol der Druiden aufgefallen war, klaffte ein Loch in der Wand, das noch weiter abwärtsführte. Sie wollte Scotts Namen rufen, unterdrückte aber den Impuls. Zu dritt folgten sie einer uralten Treppe, deren nasse Steinwände immer wieder von Ebbe und Flut blutigen Lichts heimgesucht wurden. Jetzt endlich hörte man Stimmen. Nein, *eine* Stimme. Es klang beinahe nach ... einer Predigt, fand Scarlett.

» ... *keine Angst! Es ist unsere Menschlichkeit, die uns schützen wird!*«

Scarlett benötigte einen Augenblick, um es zu erkennen. Zwei Wände hatten sich, wohl einst ineinander verzahnt, nun voneinander fortbewegt. Mit den schiefen, gebrochenen Steinen an ihren Rändern sahen sie aus wie der lauernde Schlund einer infernalischen Bestie.

» ... *können wir dieser Plage ein für alle Mal ein Ende bereiten, meine Brüder und Schwestern!*«

»Das ist die Stimme Sebastíen Dennevals«, wisperte Hamish alarmiert.

Er nickte Scarlett zu und sie näherten sich dem Maul. Sie versuchte, sich selbst davon zu überzeugen, dass sie es sich nur einredete, dass ihr eigener Herzschlag sich mit dem rhythmischen Puls der erwachten Quelle vereint hatte. Mit jedem Schritt, den sie mit ihren vor Spannung vibrierenden Beinen machte, schien sie einer unausgesprochenen Versuchung immer näher zu kommen – einer Verlockung jenseits von allem, was sie bisher erlebt hatte. Die Kraft dieses verdammten Blutmonds, kein Zweifel. Neben ihr verzogen sich Reynards Züge immer mehr ins Tierhafte. Seine Stirnknochen wölbten sich hervor, wurden langsam von dunklem Haar überwuchert. Sein Kiefer verzog sich und seine Finger wurden länger.

Scarlett stieß ihn an. *Alles in Ordnung?,* fragte ihr Blick.

Reynard schien aus einer Trance zu erwachen und blinzelte sie verwirrt an, dann nickte er vehement, wischte sich den Schweiß von der Stirn und sah plötzlich wieder mehr nach einem Menschen aus. Hamish musterte das Ganze alarmiert.

»Was tun wir jetzt?«, wisperte Scarlett.

Hamish überlegte einen Moment. »Wir müssen hinunter. Das Leben Ihres Bruders steht auf dem Spiel.«

Reynard nickte grimmig.

Scarlett nahm allen Mut zusammen, kämpfte ihr Bauchgefühl nieder und atmete schnaubend aus, um zwischen den Steinen hindurchzutreten – ihrem Schicksal entgegen.

Was auch immer dahinter auf mich wartet, dachte sie, *ich bin bereit dafür. Ich bin bereit. Ich bin bereit ...*

Teil VII

Bestia Enigma

Bestia Enigma
Seltenste Lykanthropenart der Welt (?)
Verbreitung: nicht nachvollziehbar
Existenz umstritten

Scarlett

Vor Scarlett und ihren Begleitern erhob sich ein Schauergemälde aus moderndem Schwarz und knöchernem Weiß. Durch einen gewaltigen, sichelförmigen Riss in der Höhlendecke sank leichenfahles Licht in einen Tempel aus Stalaktiten und im Herzen dieser untergegangenen Druidenkultstätte ergoss sich ein silberner Wasserfall zwischen zwei titanengleichen Monolithen in die Tiefe. Aus einem gemeinsamen Tanz aus Licht und Wasser formte sich ein unterirdischer See, auf dessen anschwellender Oberfläche sich der drohende Blutmond in glänzenden Splittern widerspiegelte.

»Oh!«, rief eine Stimme, die Scarlett wohlbekannt war. »Unsere Gäste sind eingetroffen!«

Pfade aus Sturmlampen, deren Zahl ausgereicht hätte, um einen ganzen Friedhof zu erleuchten, wanden sich lindwurmartig über Quellenbecken und Felsvorsprünge, bis hin zu –

Denneval wandte sich mit erhobenen Armen zu ihnen herum.

»*Ihr, die ihr eintretet!*«, rief der Jäger lachend und seine Stimme wurde hundertfach von den Wänden zu ihm zurückgeworfen. »*So lasset alle Hoffnung fahren!*«

»Was im Namen aller heiligen Dinge«, entfuhr es Hamish und er sprach damit laut aus, was Scarlett auf den Lippen lag.

Der Jäger wandelte auf einem Felsvorsprung inmitten des größten Quellenbeckens von allen, wo seine Jünger in Kreisen um ihn herum geordnet waren und allesamt bis zu den Beinen im Wasser standen. Gut zwanzig Augenpaare und Waffenläufe waren jetzt auf Scarlett, Hamish, Zavah und Reynard gerichtet – eine schier unüberwindbare Streitmacht, die geduldig auf sie gewartet hatte. Ein Teil von Scarlett war voller entsetzter Bewunderung darüber, wie pragmatisch Denneval dachte. Warum der gesuchten Bestie an einem anderen Ort auflauern als an exakt dem, den sie zu erreichen versuchte?

»Wo ist mein Bruder?!«, rief Scarlett und rang dabei mühsam das Beben in ihrer Stimme hinunter.

Denneval grinste.

»Oh, ich denke, er wird sich zusammen mit diesem Klappschtrötermädchen versteckt haben, bevor ich und meine Leute hier ankamen«, sagte er und verschränkte die Arme auf dem Rücken. »Hat uns netterweise die Tür geöffnet. Ich kann immer noch riechen, dass er stirbt.«

Zavah tauchte ganz in der Nähe hinter einem der zahlreichen Halbkreise aus Tropfstein auf, dann zerrte sie einen so gut wie bewusstlosen Scott hinter sich her.

»Na dann – können wir dich genauso gut – zu den anderen schleppen«, ächzte die Manousher. Scarlett erschrak, als sie Scotts blutunterlaufene Augen sah, seine graue Haut. Für einen kurzen Moment vergaß sie, wo sie war, in welcher Gefahr sie alle schwebten, selbst Dennevals unfassbaren Verrat. Für diesen Moment war sie nur eine verängstigte Schwester, deren vor Schreck erstarrtes Herz unter einem Lanzenstoß von Schuld zu zerspringen drohte. Stöhnend ließ sich Scott in Hamishs Arme fallen.

»Hallo, Red«, krächzte Scott kaum hörbar. Scarlett ergriff seine eiskalten Finger.

»Du Idiot«, murmelte sie und küsste seine schweißnasse Stirn. »Ich mache alles wieder gut, hörst du? Alles.«

»Brüder und Schwestern!«, rief Denneval. Scarlett wirbelte herum. Seine Jäger und Jägerinnen sahen ihn verwirrt an. Ängstlich. Gehorsam. »Es ist an der Zeit! Taucht! Taucht unter!«

»Oh nein«, wisperte Zavah. In ihren Augen flackerte blanker Schrecken. »Nein!«

»Was tut er da?«, rief Reynard. »Was soll das werden?«

Dennevals Jünger taten wie ihnen geheißen. Ein Gesicht nach dem anderen verschwand unter dem schillernden Spiegel der Quelle. Einige davon voller Verwirrung, andere voller Angst, doch die meisten von ihnen mit seelenvoll geschlossenen Augen.

Hamishs Blick zuckte immer wieder hin und her.

Scarlett hörte auf zu atmen.

Wortlos starrte sie zur Mitte des Sees, ins Herz der Quelle.

Ihre und Dennevals Augen trafen sich.

Seine Iris erstrahlte … *golden.*

Dann stieg er die Stufen hinab, die ins glitzernde Nass der Quelle führten.

»Nein«, murmelte Scarlett, schüttelte den Kopf, erst verwirrt, dann wütend. »Nein! Du hast mir deine Geschichte erzählt! Du bist *Jäger!* Aus einer Jägerfamilie!«

»Und es war die Wahrheit!«, rief Denneval. Ein Impuls ging von seinem Körper aus und flutete das heilige Becken mit einem roten Schleier. In der schwarz-weißen Welt der Grotte schuf es die Illusion eines funkelnden Blutstropfens auf Kohle, auf Asche, auf Schnee. »Ich war es, der meine Zähne in den Hals meines Vaters schlug! Ich war es, der meine Brüder vernichtete, bevor sie so werden konnten wie er! So war es schließlich *Tradition* bei uns in der Familie!« Die ersten schwarzen Umrisse platzten aus der Quelle hervor, brüllten, kreischten, schlugen wild um sich. »So wurde es als das Erbe des Blutmonds Generation für Generation weitergereicht!« Die nassen, sich windenden Körper der Jäger tauchten immer wieder für die Bruchteile von Sekunden auf, gaben schreckliche Qualen und grauenerregende Deformierungen preis, nur um im nächsten Augenblick wieder heulend im Wasser zu versinken. Scarletts Herz wollte stehen bleiben, doch der Schrecken des Anblicks zwang es unbarmherzig dazu, weiterzuschlagen.

»Was geschieht hier!?«, keuchte Hamish entsetzt. »*Was geschieht hier?*«

»Nein«, wimmerte Reynard. »Bitte, Denneval! Ich flehe dich an, glaube mir! Das wird sie nicht wiederbringen! *Tu das nicht!*«

»Es war Beatrice, die mich dazu inspiriert hat«, rief Denneval, warf die Arme empor zum Nachthimmel und tauchte bis zur Hüfte in die Quelle ein. Sein Blick loderte förmlich. Die Schreie seiner Jäger hatten nichts Menschliches mehr an sich. »Warum nicht Feuer mit Feuer bekämpfen?! Das reinigende Inferno, das die Welt von den Monstern befreit, die mir die Liebe meines Lebens genommen haben! Die den Tod meiner Familie zu verantworten haben!« Dennevals ganzer Körper erbebte – dann stieß er seine Arme in die Quelle – und die funkelnde Wasseroberfläche wurde so fein und glatt wie ein auf Hochglanz polierter Rubin.

Die unheilvolle Stille, die folgte, kannte Scarlett nur allzu gut.

Es war die Stille, die dem Ziehen des Rapiers vorausging. Kurz bevor man sich endgültig dazu entschlossen hatte, anzugreifen.

»Ich vollende, was Beatrice und ich begonnen haben«, sagte Denneval, seine raue Stimme eine rostige Klinge, die die Stille durchschnitt. »Ich bin die Heilung! Ich bin –«

»Oh, *jetzt reicht's mir aber!*«

Jemand rempelte Scarlett unsanft zur Seite.

»Mir steht's bis hier! Bis *hier,* sag ich!«, rief eine aufgebrachte Stimme. Beinahe wäre Scarlett der Unterkiefer zu Boden gefallen. Es war der kratzbürstige Kutscher, mit dem sie nach Bisclavret gereist waren. Er hatte die Hände an seinen Schläfen zu einem Sichtschutz geformt, sodass er nur Hamish anblicken konnte. »Ich will gar nicht erst wissen, was Sie hier mit Ihren, ähm, heidnischen Opferritualen veranstalten wollen, nicht mal mit einem Blick –«

Denneval hielt verwirrt inne und zog misstrauisch die Augenbrauen zusammen. Scarlett blinzelte ungläubig, noch immer überzeugt davon, gerade in einen Traum spaziert zu sein.

Der Kutscher fuchtelte wild mit einer Hand vor Hamish herum und tippte dem hünenhaften Butler damit auf die Brust. »Ich will auch nichts mehr mit irgendwelchen brennenden Häusern oder apokalyptischen Himmelskörpern zu tun haben, verstanden! Ich will einfach nur nach Hause und mein vermaledeites Geld haben – nein, was red ich da – ich will *extra* was obendrauf!« Hamish öffnete den Mund und schien eine höfliche Erwiderung vorzubereiten, aber wieder kam ihm der Kutscher zuvor. »Eure verdammten Kisten habe ich euch vor die Pforte dieses gottverlassenen Ortes geworfen, wenn ihr sie unbedingt haben wollt!« Er spie aus. »Jetzt her mit dem Zaster oder ich – !«

Scarlett sah Hamish an und ließ den Kutscher im Hintergrund weiterzetern. »Ähm. Kisten?«

Hamish schluckte, sah zum kochenden Denneval herüber, dann wieder zu ihr.

»Das … das *gute Silberbesteck,* Mylady.«

Scarlett riss die Augen auf, als sie verstand.

»Hä?!«, machte der Kutscher. »Will gar nicht erst wissen, was ihr feinen Pinkel euch in die Schlafanzüge und Morgenmäntel steckt – wieder irgendwas Heidnisches! –, wo bleibt jetzt meine Beloh–«

»*GENUG JETZT!*«, donnerte Denneval.

Voller Entsetzen sah Scarlett mit an, wie die Quellenoberfläche die ersten vier frisch transformierten Albträume aus gefletschten Zähnen und pulsierenden Pranken gebar. Ruckartig hob Denneval eine Hand – seine Geschöpfe knurrten, stöhnten entsetzlich auf und strafften sich wie unter unsichtbaren Fäden. Geifernd und manisch um sich beißend, erwarteten sie die Befehle ihres Rudelführers, ein jeder von ihnen nun ein ausgewachsener Lykanthrop der Heuler-Klasse; muskulöser und wilder, als Scarlett sich jemals hatte vorstellen können.

»Monsieur Reynard«, sprach Hamish hastig, »können Sie uns Zeit verschaffen?«

»Ja!«, rief Reynard mit golden aufglühenden Augen und baute sich schützend am Durchgang auf. »*Geht! Geht!*«

Grollend und mit aufeinandergepressten Reißzähnen streckte Denneval seinen Arm in Richtung Eingang und holte Luft.

»Ähm, Geld … ?«, sagte der Kutscher verwirrt, nahm seine zum Sichtschutz umfunktionierte Hand herunter und schien sich nun langsam über den Ernst seiner Lage bewusst zu werden. »Geld … ? Hallo?«

Hamish packte den Mann, warf sich Scott über die Schultern und stürmte voraus, dann preschte Zavah ihnen nach. Scarlett ließ einen kostbaren Augenblick verstreichen, in dem sie Dennevals Blick suchte … und fand.

Der Mond.

Der Tod.

Denneval fletschte die Zähne, und als sein donnernder Befehl die Grotte unter den Pranken seiner Horde erzittern ließ, *ertrank* Scarletts Körper in Adrenalin.

»HOOOLT SIE MIR!«

Hamish

Hamish fegte mit dem jungen Master Scott auf seinen Schultern und dem stammelnden Kutscher über das offene Kirchenportal.

»Wo haben Sie sie abgestellt?!«, rief er und fand die Reisekisten, noch bevor eine Antwort bekam. Sieben Truhen unterschiedlichster Länge und Größe, direkt hinter einer schwarzen Droschke.

»W-wie lautet der Plan?«, rief Madame Zavah. »I-ich habe noch nie in meinem Leben gekämpft!«

»Nun«, begann Hamish und setzte den jungen Master Scott ab, »wenn wir uns am Protokoll orientieren –«

»*Das* ist der Plan!«, antwortete Lady Scarlett, trat vor das Schnappschloss der nächstbesten Truhe – *KRAKLACK!* – und deren auf Hochglanz polierter Inhalt präsentierte sich in all seiner Glorie.

Cutler-Diskuszwillen mit dreifach geschärften Blättern.

Doppelläufige Duellierpistolen mit geweihten Silberkugeln.

Gasbetriebene Repetierarmbrüste samt Zielaufsätzen.

»Ich schnappe mir meinen Bruder, kämpfe mir den Weg bis zur Quelle frei und heile ihn«, erklärte Lady Scarlett. »Ihr gebt mir Deckung.«

»W-was?!«, entfuhr es Madame Zavah. »Hast du gesehen,

wie viele – das sind Dutzende von denen! Das ist unmöglich!« Die Manousher starrte ungläubig zwischen Hamish und Lady Scarlett hin und her. »Und wie genau hast du vor, Scott in all dem Chaos auch noch zu *heilen*? Und dann – dann ist da immer noch Denneval!«

Lady Scarlett rang sichtbar mit sich. »Ich – ich ... mir fällt schon was ein, verdammt!« Sie schnaubte und trat mit der Stiefelspitze gegen die Waffentruhen.

»Hamish, mit dem Zeug kann ich nichts anfangen!«, bellte sie.

Hamish nickte eifrig, hievte eine der länglichen Truhen in den aufrechten Stand und schlug enthusiastisch mit der Faust dagegen – ratternd entfaltete sich ein mit rotem Samt ausgekleidetes Kabinett voller goldumrahmter Spiegel. Als Lady Scarlett sah, was man überkreuzt darin transportiert hatte, breitete sich ein wildes Grinsen auf ihren Zügen aus.

»Die Lieblingsrapiere ihrer Eltern, Mylady«, erklärte Hamish höflich und ließ es sich trotz ihres drohenden Untergangs nicht nehmen, eine präsentierende Geste über die floralen Kupferornamente und die Ledergravuren der beiden Spezialanfertigungen zu vollführen. »Lord Connor taufte sie *›Grim‹* und *›Reaper‹*, Mylady.«

»Das ist ja besser als Weihnachten und Geburtstag auf einmal!«, entfuhr es Lady Scarlett mit glitzernden Augen.

Hamish nickte zustimmend und deckte sich ebenfalls mit Pistolen, Wurfmessern und Schinder-Armschienen ein, dann warf er sich eine der zwei mitgereisten Igelkiepen über den Rücken.

»Ich – ich brauche etwas zum Schießen«, krächzte Master Scott und wühlte wie betrunken in einer Truhe herum.

»Mitnichten, Sir. Ihre Begleiterin jedoch …«, kommentierte Hamish und musterte prüfend die junge Manousher neben ihm, die daraufhin die Augen aufriss und vehement mit dem Kopf schüttelte. Er drückte der vollkommen aufgelösten Madame Zavah eine bretonische Kupferschleuder mit je fünf geladenen Arachnia-Beuteln und einem Magazin Kautschuk-Würfel in die Arme. »Hier. Stellen Sie es sich einfach als das kleinste Katapult der Welt vor.«

»*Was ist ein Katapult?!*«, sagte Zavah panisch und jonglierte mit der Waffe, als wäre sie ein Sack brühend heißer Kartoffeln.

»U-und was ist mit mir?«, sagte der Kutscher, Monsieur Bergerac, zitternd. »G-gebt mir auch was!«

»Können Sie schießen?«, fragte Hamish.

»Was? Nein!«

»Dann bekommen Sie die hier«, sagte Hamish und zog einen Sack mit Fährtenbeuteln hervor. »Verteilen Sie diese Duftkissen hinter den umliegenden Trümmern. Nehmen Sie *Handschuhe* und werfen Sie sie anschließend fort. Dann verstecken Sie sich in der Kutsche. Verstanden?«

Der Kutscher nickte mit aufgerissenen Augen, dann machte er sich fluchend ans Werk.

Geheul und Kampfeslärm warfen sich gegen die Wände der Kathedrale, trieben hinaus in die Nacht. Schatten über Schatten trennten das blutrote Licht, das aus den Tiefen der Sakristei pulsierte.

»S-sie kommen!«, rief Zavah und trat schützend vor den taumelnden Master Scott. Lady Scarlett hatte bereits beide Rapiere an sich gebracht und an ihren Gürtel gebunden, ebenso wie weitere Fährtenbeutel und einige Argentum-Granaten. Hamish setzte in einer fließenden Bewegung sein 1795er Nock-

Volley-Gewehr an und richtete die vierzehnläufige Waffe auf den Eingang der Kathedrale.

Er fühlte die Erde beben. Ein infernalischer Chor aus Geheul und Mordlust erklang. Messerscharfe Fänge blitzten auf. Krallen zerfetzten das Gestein der Sakristei.

»Bei den Lichtern«, murmelte Zavah immer wieder.

»Die klingen mächtig sauer«, sagte Lady Scarlett und zog klingend ihre Waffen.

»Und … sind in der … Überzahl«, merkte der mit gleich zwei Armbrustgurten überladene Master Scott an.

»Ladys, Gentlemen«, sagte Hamish und entsicherte das Gewehr. »Es war mir eine Ehre.«

Dann brach die Hölle selbst über sie hinein.

Reynard

Reynard hatte es aufgegeben, Dennevals Jünger aufzuhalten. Wieder und wieder hatte er sie empfangen, alle Wunden, alle Bisse und Prankenhiebe ignoriert und die bebenden Körper der Monster zurückgerungen – und war immer langsamer geworden.

Nun konzentrierte er sich darauf, sich den Weg zu Denneval freizukämpfen. Dessen verbliebenen Geschöpfe explodierten jetzt aus der Quelle hervor und warfen sich mit rücksichtsloser Raserei durch die heilige Druidenstätte.

Ich muss meine Form noch weiter treiben, rannten Reynards Gedanken. Laut heulte er auf, rammte seine Arme zu Boden und ging auf die Knie – sein Rücken erbebte, sein Hemd zerriss. Er transformierte, doch nur so weit, dass er ein zusätzliches Stück Größe gewann, prankengleichere Hände und gefährlichere Reißzähne. Dennevals Ungeheuer fiepten auf, als sie ihn erreichten, und beschrieben zitternd und beißend einen großen Kreis um ihn herum, ehe sie weiterstürmten. Sehr gut. Sollten sie sich nur fürchten.

»Oh, ich fühle mich geehrt!«, rief ihm Denneval entgegen. »Nimmst extra für mich deine Maske ab und zeigst mir dein wahres Gesicht!« Der Jäger sprang in eine kreisläufige Bodenvertiefung hinein, nur wenige Schritte von Reynard entfernt –

ein zerstörtes Becken voller messerscharfer Felskanten und Sturmlampen.

Rebellisch richtete Reynard sich auf.

»Die *Bestie* ist meine Maske!«, rief er dem Jäger entgegen, der sich nun mit gefletschten Zähnen aufmachte, um sich mit ihm zu messen. »*Du* bist es, der sie beide vertauscht hat!«

Denneval brüllte auf und schlug seinen Mantel zurück, dann überkreuzte er die Hände vor seiner Brust und riss sie wieder herunter, nun verwandelt in Krallenwerkzeuge von tödlicher Henkerskunst – seine Gestalt ein dunkles Spiegelbild Reynards.

Reynard stieß sich ab – blitzschnell zuckende Muskelfasern katapultierten ihn vorwärts, direkt auf den Jäger zu. Silberne Funken sprühend, krachten ihre Krallen aneinander vorbei und zertrümmerten rasiermesserscharfe Steinformationen. Knapp duckte sich Denneval unter einem machtvollen Hieb weg, vollführte eine flinke Vorwärtsrolle und verwüstete Reynards Rücken mit einem Wirbelwind aus Krallenhieben – jaulend fuhr Reynard herum und zerschmetterte ein halbes Dutzend Lampen, doch der Jäger nutzte seine kleinere, menschlichere Gestalt optimal und wich abermals aus.

»Komm schon, alter Mann, komm schon!«, rief Denneval. »Oder bist du etwa –«

Reynard wirbelte um die eigene Achse, fegte dem Jäger die Beine unter dem Körper weg und hämmerte ihm krachend seine bärenstarke Faust auf die Wirbelsäule. Denneval würgte und schrie auf, dann riss Reynard ihn an seinem Mantel in die Höhe und knallte ihn – einmal – zweimal – dreimal auf den Boden, dass es Kieselsplitter in alle Richtungen regnete.

»Du redest zu viel, Bestie!«, knurrte Reynard und warf sich vorwärts.

Scott

Für Scott versank die Welt in schwarzen Adern und milchigen Schatten, als gleich ein halbes Dutzend Heuler das Portal der Calice-Sainte-Lune in tausend Stücke sprengte – ein jeder von ihnen ein Ungeheuer mit über dreihundert Kilogramm Muskelmasse und der Geschwindigkeit eines preisgekrönten Rennpferds.

Hamishs erster Schuss durchschlug zwei von ihnen und nahm den dahinter anstürmenden Lykanthropen die Sicht. Scarlett schleuderte ein Ringseil mit entsicherten Argentum-Granaten mitten in die Nachzügler hinein und trieb sie auseinander. Zavah wurde fluchend von ihrer Kupferschleuder zurückgeworfen, doch das erste Arachnia-Silberkettennetz wickelte sich um die Läufe eines heranstürmenden Werwolfs und zog sich zischend zusammen.

Scott spürte die Richtung des Windes auf seiner Haut, berechnete den Kurs der Bolzen, kalkulierte Flegelschüsse und Querschläger. Aber sein Körper gehorchte ihm nicht mehr. Seine Beine waren taub. Seine Arme hingen nutzlos an seiner Seite. Der Geschmack von Galle und Tod überflutete seine Sinne. Langsam sank er auf die Knie. Die Schwerkraft verschwor sich gegen ihn. Er spürte, wie sein Herz jeden zweiten Schlag aussetzte.

»Zusammenbleiben!«, rief Hamish, als Scarlett vorpreschen wollte und zähneknirschend innehielt. Wieder feuerte der Butler aus seinem aberwitzigen Gewehr und schleuderte damit einen Heuler meterweit zurück – der graue Leib wirbelte in hohem Bogen in seine dunklen Brüder und Schwestern hinein.

»*Rrrah!*«, rief Scarlett frustriert, trat auf einen Schalter an der Sprungtruhe und schlüpfte blitzschnell mit ihren Händen in zwei hochgeschleuderte Diskuszwillen hinein, dann prasselte ein Sturm aus sirrenden Sägeblättern in die anstürmenden Kreaturen. Heuler winselten auf, als sie von verirrten Kautschuk-Würfeln in Ohren, Nasen und Flanken getroffen wurden. Immerhin schien der erste Ansturm gebrochen, die Bestien hielten inne und bewegten sich vorsichtiger.

»Langsam habe ich den Dreh raus!«, rief Zavah hysterisch und stieß Scott um ein Haar das Hinterteil der Kupferschleuder ins Gesicht.

Muss ihnen helfen, waberte es durch Scotts schwächer werdenden Geist. *Wach … bleiben …*

Die ersten Heuler preschten auf wenige Meter heran. Ein Umriss am Rande von Scotts Sichtfeld verschwamm. Instinktiv ließ er sich nach vorn fallen und brachte den Eindringling zum Stehen.

»Ich habe ihn!«, rief Scott heiser und klammerte sich an die Hinterläufe der Bestie, deren schwarzer Körper sich über ihm aufbäumte. »Schnell, Zavah! Schieß!«

»Das ist das Hinterrad der Droschke!«, rief Zavah.

»Nicht dein Ernst!«, hustete Scott und ließ los.

Über ihm wurde fahrig eine Tür aufgestoßen, dann erschien das verschwommene Gesicht des Kutschers vor seiner Nase.

»Such dir gefälligst ein eigenes Versteck!«, zeterte der Mann und knallte die Tür wieder zu.

»Zavah?«, krächzte Scott mit erhobenem Zeigefinger. »Würdest du bitte trotzdem auf ihn schießen?«

Dann brach er zusammen und verlor das Bewusstsein.

Scarlett

Scarlett tauchte unter der vorbeirauschenden Pranke eines massiven Heulers her, stach durch seine Achsel in sein Herz und ließ das Rapier los, als sie dem herandonnernden Körper einer weiteren rücksichtlosen Bestie ausweichen musste. Noch ehe die Klinge in einer silbernen Wolke wieder zu Boden fiel, fing Scarlett sie auf und trieb einen Lykanthropen mit einem Streich zur Nase von sich fort. Das Ungetüm jaulte auf, zog sich geiferspuckend zurück.

»Scarlett!«, rief eine Mädchenstimme. »Hilfe!«

Scarlett fuhr herum. Die Manousher.

»Warte! Ich – *argh!*«

Ein Prankenhieb zerfetzte Scarletts Rückenpanzer in Hunderte Einzelteile und schleuderte sie mit dem Gesicht zu Boden. Keuchend rollte sie zur Seite, warf sich auf den Rücken und sah einen weit aufgerissenen Kiefer auf sich zuschießen – *PAKRACH!* – schallte ein donnernder Schuss und hinterließ einen glitzernden Regen, der auf Scarletts panisch hochgerissene Arme prasselte.

»Scarlett, es ist Scott!«, rief Zavah. »Wir – wir müssen ihn zur Quelle schaffen!«

Scarlett sprintete zu den anderen. Hamish lud in Windeseile sein Furcht einflößendes Gewehr nach, dann vergrub er seinen Arm in einer der Truhen und ein schnappendes Geräusch ertönte.

»Wir haben eine Schneise geschlagen!«, rief der Butler. »Diese Gelegenheit bekommen wir nicht noch einmal!«

Zavah war kreidebleich.

»Was – wie machen wir jetzt –«, stammelte sie.

»Ich werde mich mit ihm durchkämpfen!«, sagte Scarlett. »Bleibt dicht bei mir!« Ächzend übernahm sie ihren Bruder von dem schnaufenden Mädchen, dann steckte sie eines ihrer Rapiere weg und wechselte einen ernsten Blick mit dem Mädchen. »Hoffentlich kann Reynard, so viele es geht, von uns fernhalten. Lad deine Kupferschleuder nach!«

»Ähm, ja!«

»Und nimm die kleine grüne Kiste mit!«

»Was? Welche?«

»Die mit der Wollverkleidung!«

Zavah schien zuerst nicht die geringste Ahnung davon zu haben, was man von ihr verlangte, dann nickte sie hastig und durchsuchte eine der Truhen nach Kettenbeuteln und nahm die kleine grüne Kiste an sich.

Warum musste er sich gleich mit dem halben Armamentarium behängen?, grollte Scarlett in ihrem Kopf und riss vergebens an Scotts Armbrustgürteln herum. *Egal. Ohnehin keine Zeit, ihm all diesen Müll wieder abzunehmen.*

»Hamish!«, rief sie.

»Mylady?«

»*Vorsicht!*«, schrie Zavah mit aufgerissenen Augen.

Scarlett neigte ihren Oberkörper an einem Paar rasiermesserscharfer Krallen vorbei und erlegte das dazugehörige Ungeheuer mit einem wütenden Stich zwischen die Rippen. Schockiert sah Zavah der sich auflösenden Silhouette des Monsters nach, dann starrte sie Scarlett ungläubig an.

»W-wie – wie hast du –?«, stammelte sie.

»Gebt mir Deckung!«, knurrte Scarlett entschlossen. »Wir gehen rein!«

Hamish

Drei weitere Ungeheuer erreichten sie, als sie die Kirche durchquert hatten und den Höhlenzugang unter der Sakristei überschritten. Hamish tat sein Bestes, die blindlings heranpreschenden Lykanthropen auseinanderzutreiben, aber seine Munition neigte sich dem Ende. Mit caledonischer Entschlossenheit und der beiläufigen Routine, die man sich ausschließlich in einer langjährigen Butler-Ausbildung aneignen konnte, bewahrte Hamish Lady Scarlett von allen Seiten vor Unheil – doch selbst er konnte sich nicht ewig gegen diese übermächtige Gewalt stellen.

Es war an einem der engen Durchgänge über einem der Felsen-Plateaus, an dem er die junge Adlige das erste Mal panisch aus den Augen verlor, dann kurze Zeit nach dem Aufschließen erneut hinter einer der gewaltigen Tropfsteinstrukturen.

»Lady Scarlett!«, rief Hamish.

Zwei Ungeheuer schnitten ihm und Madame Zavah den Weg zur Anhöhe ab, doch die Manousher erwies sich als effektive – wenn auch chaotische – Schützenhilfe. Schmerzhafte Gummigeschosse rasierten Pelze und trafen Ohrmuscheln, was Hamish die wertvolle Gelegenheit zum Nachladen seiner allerletzten Kugeln gab.

»Schnell, Madame!«, rief Hamish. Ohne hinzusehen, ließ er

das geheime Silbermesser an der Rückseite des Gewehrhändels ausfahren und rammte es zeitgleich mit seinem Ellenbogen einer der angreifenden Kreaturen ins Gesicht. »Wir dürfen sie nicht verlieren!«

GROAR! Wie aus dem Nichts materialisierte sich eine zischende Pranke und fegte Hamish das Gewehr aus den Armen. Mit einem herausfordernden Brüllen sprang ein Heuler aus den Schatten und fletschte die Zähne. Das bemerkenswert verschlagen und hinterhältig dreinblickende Biest von langer Statur – und mit einer unschmeichelhaften Narbe im Gesicht – baute sich direkt vor ihnen auf und versperrte ihnen den Weg.

»Ha…mish?«, rief Zavah.

Die Augen der Kreatur zogen sich giftig zusammen, so als erkenne sie Hamish trotz ihres Zustands wieder.

Runa Ravsdottír. Ihrem Ausdruck nach zu urteilen, erinnerte sie sich noch gut an ihren letzten Tanz und wollte die Veranstaltung fortsetzen.

»Madame Zavah«, bat Hamish höflich und sah flüchtig der sich in etwa hundert Schritten Entfernung vorankämpfenden Lady Scarlett hinterher. »Darf ich Sie darum bitten, mein Gewehr zu retournieren?«

»Ähm ja, aber –«, antwortete die junge Manousher mit zitternder Stimme und dem Blick auf das Ungeheuer vor ihnen. »Und … was machst … du?«

»Eine alte Freundin begrüßen«, antwortete Hamish und prüfte seine Schinder-Armschiene mit der linken Hand. »Los!«

Der Heuler mit der entstellten Schnauze machte einen Satz, dann sauste er in hohem Bogen auf Hamish zu. Blitzschnell grub der Butler die Hacken seiner Stiefel in die Erde – dann streckte er seinen Arm aus und wartete auf den Einschlag.

Zavah

Warum konnten diese Verrückten sich nicht mit Bannsprüchen und Amuletten verteidigen wie jeder andere normale Mensch auch?! Scheppernd ließ Zavah die kleine grüne Kiste und die Kupferschleuder auf ihrem Weg fallen und griff nach der obskuren Schusswaffe des Familiensklaven.

»Ich – ich hab sie!«, rief Zavah und wirbelte herum. »Was – *nein!*«

Die Lykanthropin hatte sich vollkommen in seinem Arm verbissen! Jetzt wirbelte sie ihn wild herum und ein ekelerregend hohes Geräusch erklang –

Und die Werwölfin jaulte auf. Wütend schnappte sie erneut nach dem Butler, erwischte seinen Oberkörper – doch bis auf ein nasses Platschen und ein anschließendes Fiepen erklang nichts mehr. Hamish schlug auf seinen Armschutz, der sich mit irrwitziger Geschwindigkeit drehte, und hämmerte seiner Feindin einen Haken gegen das Kinn, der die ehemalige Jägerin knurrend zurücktaumeln ließ. Hamish hatte ihr die Schnauze gebrochen – anscheinend nicht das erste Mal. Die Lykanthropin knurrte und sackte in sich zusammen. In ihrem Maul waren keine Zähne mehr, nur noch glatt poliertes Zahnfleisch.

Plötzlich schoss ein weiterer Werwolf über ein Tropfstein-Plateau und direkt auf sie zu. Zavah riss die Augen auf.

»Hamish!«

Kampfbereit wandte sich der Butler um, dann machte er auf der Stelle wieder kehrt und rannte weit winkend zu ihr hinüber.

»Schießen Sie, Madame! *Schießen Sie!*«

»Hrrrgh!«, machte Zavah und versuchte vergeblich, das Gewehr zu heben. Mit zitternden Armen ließ sie das geschmiedete Ungetüm fallen.

»Argh!«, keuchte Zavah und nestelte fahrig am Verschluss der Kiste herum, von der sie nicht die geringste Ahnung hatte, was sich darin befinden sollte.

»Madame Zavah!«, schrie Hamish und Zavah fuhr mit weit aufgerissenen Augen herum – der Werwolf segelte über den Butler hinweg – *direkt auf sie zu.* Mit einem quiekenden Aufschrei fiel Zavah rücklings über ihre eigene Kupferschleuder und krachte mit dem Rücken auf den Boden.

SCHNAPPSCHNAPP!

Mit einem teuflischen Zischen und knallenden Lichtblitzen sprang die Kiste auf und spie einen Blitzimpuls aus. Das Monster wurde mit so brachialer Gewalt an die Decke der Tropfsteinhöhle katapultiert, dass es Stalaktiten regnete. Auf Zavah prasselte ein Durcheinander aus Metall herab, das sie im ersten Augenblick für einen Haufen missratener Gabeln mit Ledergriffen hielt, dann drang der Gestank verbrannter Schafswolle an ihre Nase.

»Bitte vielmals um Entschuldigung für die Unannehmlichkeiten«, keuchte Hamish und half ihr auf die Beine. »Ich hätte Sie über die Nutzung der Drehzittern aufklären sollen.« Der Butler schwang sein Gewehr gegen seinen bulligen Oberkörper. »Und jetzt Beeilung! Wir müssen aufschließen!«

»Scarlett!«, keuchte Zavah. »Wo – wo ist – *sie ist da vorn!*« Schlagartig breitete sich eisiger Schrecken bis in ihre Fingerspitzen aus. »Sieht sie denn nicht …?!« Kopflos rannte Zavah vorwärts, bannte ihre brennenden Lungen aus ihren Gedanken und gab alles – denn Scarlett lief soeben direkt in ihr Verderben hinein.

Scarlett

Knurrend und mit heißen Tränen auf den Wangen zerrte Scarlett den leblosen, aber noch immer atmenden Körper ihres Bruders hinter sich her. Jede Muskelfaser in ihr stand lichterloh in Flammen, aber sie trieb sich unbarmherzig weiter an, über jede körperliche Grenze hinaus – und dann noch weiter. Sie duckte sich unter Angriffen her, die noch in der Luft Hamishs Gewehr zum Opfer fielen. Sie trat und biss nach den Ungeheuern, die ihr zu nahe kamen. Scarlett Oaknight stahl dem Schicksal einen Moment nach dem anderen, löste bitteres Pfand um bitteres Pfand bei Gevatter Tod ein und setzte ihren Weg voll wilder Entschlossenheit fort … doch sie fand kaum noch Kraft, Scott weiter festzuhalten.

»Lady Scarlett!«, schrie Hamish hinter ihr. Kurz darauf erklang ein hochgezogenes Jaulen, und Scarlett wusste, dass der Butler und die Manousher endgültig von ihr getrennt worden waren.

Ich kann jetzt nicht zurück, dachte Scarlett, kämpfte weiter und hatte die Anhöhe vor der Quelle überwunden, die von den Monolithen überragt wurde.

»Scott?«, rief sie mit einem flüchtigen Blick hinter sich und stürzte weiter vorwärts, hin zum Wasser. »Wir – wir sind fast da – halte durch! Es dauert nicht mehr – oh nein – nein, *nein!*«

Ein Ring aus gleich drei von Dennevals Heulern bildete sich am gegenüberliegenden Ufer der Quelle. Mehr und mehr Werwölfe schlichen von allen Seiten heran, den Blick auf ihre so gut wie wehrlose Beute gerichtet.

»Nein!«, schrie Scarlett erneut und fletschte die Zähne. Die Monster zögerten, keckerten nervös, aber kamen immer näher. Verzweifelt kämpfte Scarlett sich vorwärts und ließ Scott ins Wasser fallen, stürzte dabei erschöpft auf die Knie. Die Mauer aus bebenden Nüstern und vibrierenden Flanken wurde dichter, begann sich zu schließen. Wütend und mit der Entschlossenheit einer Furie zog Scarlett *Grim* und *Reaper*, fest entschlossen, ihren Bruder bis zum Tod zu verteidigen – doch was nützte das, wenn er in genau diesem Moment an dem Gift starb, das sie ihm ins Herz gestoßen hatte, oder jämmerlich ertrank?

Sie schrie auf und warf ihre Waffen von sich.

Sie hatte Scott geschworen, dass sie es wiedergutmachen würde. Dieses Versprechen war alles, was noch zählte.

Und selbst wenn ich es schaffe, dachte Scarlett und watete ins Wasser, um Scott auf den Rücken zu drehen, ihn an sich zu ziehen, *hieraus gibt es kein Entkommen mehr für uns, Bruderherz.*

Reynard

Denneval mochte schnell, gnadenlos und kaltblütig sein, aber Reynard hatte mehr Erfahrung. Immer wieder und wieder donnerten die *Bestiae Enigmae* aufeinander wie in die Enge getriebene Bären – hinterließen funkensprühende Narben im dunklen Gestein, zertrümmerten Sturmlampen und brachten mit ihren Leibern Felsspitzen zum Zerbersten.

Mit einem Kopfstoß warf Reynard seinen Widersacher auf den Rücken und setzte ihm mit beiden Pranken nach. Denneval sprang blitzschnell zurück auf die Füße und fing die Attacke so ab, dass ihre Finger sich dabei ineinander verschränkten. Reynard ließ Energie über seinen Nacken fließen, in seine zuckenden Schultermuskeln, in seine vibrierenden Unterarme und Hände hinein, um den Widerstand des Jägers zu überwinden. Denneval brüllte auf, knickte in den Kniegelenken ein, hielt aber noch immer mit erstaunlicher Kraft dagegen.

»Gib auf!«, presste Reynard zwischen seinen Reißzähnen hervor. »Noch kannst du all das hier beenden!«

Dennevals Augen leuchteten auf, nun unwiederbringlich die eines tollwütigen Monsters in menschlicher Gestalt. Unter Zittern seines ganzen Körpers richtete er sich wieder auf.

Was für eine Kraft!, erschrak Reynard und verdoppelte seine Anstrengungen. *Was für eine Wut!*

»Das ist – meine letzte – Warnung!«, rief Reynard. »Ich werde dir deinen Leib zerbrechen, wenn du nicht auf der Stelle von diesem Wahnsinn ablässt!«

Dennevals Fratze verzog sich zu einem Grinsen.

Reynards Reaktion kam zu spät.

Der Jäger vollführte einen Rückwärtssalto und riss Reynard an beiden Armen mit sich. Grimmig brüllte er auf, als ihm der Jäger mit einem bizarren Hebelgriff die Pranken brach – dann wirbelte Denneval sausend um die eigene Achse und schmetterte Reynards Körper mit einem Überschlag zu Boden.

Kaum einen Sekundenbruchteil nach dem heimtückischen Manöver federte Reynard zurück in den Stand und schnappte nach Dennevals Hals, doch der Jäger fing seine zusammenkrachenden Kiefer mit den Händen ab. Plötzlich knickte der in Schwarz gehüllte Unhold ruckartig im Oberkörper ein und ein lederner, runder Gegenstand fiel aus seiner Manteltasche, direkt vor seine Füße. In einer fließenden Bewegung trat Denneval auf die Essenzbombe, stieß sie mit der Stiefelspitze in die Luft und trieb sie mit einem routinierten Ellenbogenstoß mitten zwischen Reynards Kiefer. Eine zischende Wolke aus beißendem Mistelextrakt platzte direkt in seinem Rachen und ließ ihn spuckend zurücktaumeln. Sofort spürte er, wie ihn die giftige Substanz zu lähmen versuchte, doch das war nicht Reynards erster Kontakt mit dieserlei Fallen. Er schloss die Augen, wechselte in die Wahrnehmung seiner Nase und hustete sich beinahe die Seele aus dem Leib, als er sich auf die zügige Heilung seiner Hände konzentrierte – ein Vorgang, der ihn dank seiner Erfahrung nur wenige Sekunden kostete.

Doch leider war das mehr als genug Zeit für Denneval.

Ein Laut wie von einer schnappenden Feder ertönte, dann

schoss ein Nebel aus tanzenden Silberpartikeln Reynard ins Gesicht und raubte ihm endgültig die Luft. Ein Tritt schickte ihn zu Boden, ein unfassbar schneller Fausthieb trieb ihn mit der Flanke direkt in eine Reihe spitz zulaufender Stalagmiten hinein. Reynard heulte schmerzerfüllt auf.

Als er hörte, wie ein Rapier aus der Scheide gezogen wurde, versuchte er noch auszuweichen, doch die Klinge traf ihr Ziel mit tödlicher Präzision. Nie da gewesene Pein explodierte in seiner Brust und raubte ihm alle Kraft auf einen Schlag.

»Und das«, knurrte Dennevals Stimme, »ist der Grund, warum ich mit meinen Jägern ein neues Zeitalter einläuten werde. Wir sind das Beste aus beiden Welten – die Sinne und Kraft der Lykanthropie, das Armamentarium und die Scriptura aller Jäger!«

»Ihr – ihr seid das genaue Gegenteil davon!«, spie Reynard aus und brach in die Knie. »Ihr seid das – das Grausamste der Menschen und Blutrünstigste der Werwölfe!«

Als sich seine Sicht wieder klärte, sah der Schankwirt nur noch, wie Denneval gleichgültig mit den Schultern zuckte.

»Reine Semantik, mein Lieber, reine Semantik«, sagte der Jäger und riss seine Klinge aus Reynards Körper. Der Schankwirt stöhnte auf und spürte, wie seine Muskeln erschlafften, sich seine Form in die eines Menschen zurückverwandelte. »Falls es dich übrigens interessiert, Bestie … das Mistelextrakt hält die Partikel in deinem Körper. Nicht, dass mir dieser dumme Fehler von damals noch einmal unterläuft.«

Nein, dachte Reynard und wollte sich aufbäumen, doch sein Körper versagte ihm jeglichen Befehl. *Ich habe geschworen, es zu Ende zu bringen. Ich habe es auf Jehannes Gemälde geschworen …*

»Je-Jehanne«, hörte Reynard sich wispern, dann zogen sich

schwarze Ränder um sein Blickfeld und sein Körper schien auf einmal unendlich leicht zu werden.

»Grüß sie von mir«, entgegnete Denneval sarkastisch und rümpfte die Nase.

Dann stach er zu und Reynard fühlte nichts mehr.

Hamish

Entsetzt musste Hamish mit ansehen, wie Lady Scarlett hinter einer Wand aus tropfendem Fell verschwand. Schreiend feuerte er die letzte Salve seines Gewehrs in die Wurzeln eines riesenhaften Stalaktiten über ihm und begrub damit zwei von Dennevals Jüngern, die sich sofort wieder darunter hervorwühlten.

Ein hochgezogenes Aufstöhnen Reynards hallte durch die Kultstätte und ließ Hamish einfrieren – ihr Verbündeter war besiegt. Für den Bruchteil einer Sekunde erlaubte er sich ein stilles Gedenken, dann riss er sich zusammen und preschte weiter den Pfad hinauf, den Lady Scarlett mit Master Scott genommen hatte.

»Madame Zavah!«, rief er, holte weit aus und benutzte die schwere Waffe als Keule. »Wir brauchen einen Korridor!« Er zertrümmerte dem ersten Heuler den Kiefer und verbeulte sein Gewehr am Schädel eines zweiten. »Wir müssen – !«

Zavah schrie gellend auf.

»Hamish! Hilfe!«

Ruckartig wirbelte Hamish herum und sah hilflos dabei zu, wie Denneval sie einhändig an den Haaren in die Höhe hielt – und mit der freien Hand eine Pistole abfeuerte.

Die Kugel traf Hamish in der Schulter und wirbelte ihn zu

Boden. Um Haaresbreite entging er dem Biss eines Heulers, griff mit dem unverletzten Arm in seine Weste und stopfte die letzte Argentum-Granate in das Maul der Bestie, die daraufhin in weißblaue Flammen aufging. Mit schmerzverzerrtem Gesicht fuhr Hamish zurück in die Höhe, doch ein weiterer Schuss knallte. Etwas unfassbar Scharfes grub sich in seinen Oberschenkel – Hamish stieß knurrend die Luft zwischen den Zähnen aus.

»Du musst doch nicht gleich niederknien, Caledonier!«, rief Denneval lachend, spazierte an ihm vorbei und betrachtete die wimmernde Gestalt der jungen Manousher an seinem ausgestreckten Arm.

»Madame Zavah!«, presste Hamish zwischen zusammengebissenen Zähnen hervor und versuchte, aufzustehen, doch sein Bein trug ihn nicht mehr. »Es – es tut mir leid!«

Mit einem panischen Flackern in ihren Augen suchte Zavah seinen Blick – dann hämmerte Denneval ihr die Faust in die Schläfe und sie sackte leblos zu Boden.

»Nein!«, rief Hamish.

»Weißt du, was, Caledonier?«, giftete Denneval mit aufgesetztem Lächeln, packte ihn brutal an seinem verletzten Bein. Hamish schrie auf. Der Jäger schleifte ihn hinter sich her in Richtung Quelle. »Ich finde, das solltest du dir mit mir ansehen!«

Scott

Zu sterben fühlte sich nicht so an, wie Scott erwartet hatte.

Es war nicht so, wie die Poeten es beschrieben. Nicht so, wie die Wissenschaftler es sich erdachten. Die furchtlosen Abenteurer in seinen Lieblingsromanen hatten die Wahrheit verschwiegen.

Es ist so viel kälter und einsamer, dachte Scott.

Als sein Körper schwerelos wurde und sich am sichelförmigen Horizont ein glühender Mond erhob, verschluckte das Tropfen und Rauschen von Wasser seine Sinne. Wenigstens schienen die Farben langsam zurückzukehren.

»Warum verdammt noch mal funktioniert es nicht?!«, schrie seine Schwester von irgendwoher. »Färb dich, du verdammtes Wasser! Komm schon – *komm schon!*«

Ein lautes Platschen beschäftigte flüchtig seine Aufmerksamkeit. Kurz hatte er das Gefühl, als wären leuchtende Augenpaare auf ihn gerichtet, würden ihn gierig mit ihren wilden Blicken betasten – ein grauenhafter Gedanke.

Eine Spanne lang wollte sich Scott dagegen wehren, sich erheben, aber sein bleierner Körper lachte nur müde über den Versuch.

»W-was mache ich falsch?! Nein – Scott! Bitte!«

Alles, was ihm noch blieb, das spürte er, war die Kraft für

einen einzigen klaren Gedanken. Und er wusste schon sehr genau, wem er ihn widmen würde.

»*Nein!*«, rief die dumpfe Stimme seiner Schwester. »Bleib bei mir! Hörst du nicht?!« Etwas rüttelte an ihm. »Bitte! Bitte verlass mich nicht auch noch! Bitte … ich versuche es doch … bitte …«

Weit, weit über Scott wandelte sich der Mond im schweren Nachthimmel zu einem leuchtenden, weißen Durchgang. Die Sterne verschwammen. Die Welt wurde leicht und verblasste. Ein letzter Atemzug überwand seine Lippen und schien unendlich lang widerzuhallen.

Dann herrschte Stille.

Scarlett

Das Wasser der Quelle hatte sein Glühen verloren und war nun kaum noch mehr als in einem Steinbecken aufgefangener Regen. Scotts Körper trieb regungslos auf der Oberfläche. Scarlett kniete vor ihm im Wasser.

Um sie herum füllte sich die Welt langsam wieder mit Farben. Sie erlaubte der Bedeutung dieses Umstands nicht, in ihr Bewusstsein zu gelangen, und kämpfte weiter mit etwas, das sie nicht erschießen, erstechen oder erlegen konnte. Sie kämpfte mit etwas, das sie nicht verstand.

»Sc-Scarlett!«, röchelte eine Stimme. Scarlett drehte den Kopf.

»Reynard?«, hauchte sie ungläubig. Der Schankwirt zog sich hinter dem Kreis aus Lykanthropen mit einem Arm über den Boden. Seine Kleidung hing in Fetzen. Sein Körper schien gebrochen. Ein nervöses Raunen und Knurren ging durch die Heuler.

»Meine Güte!«, rief Denneval und lachte überrascht, während er abermals den armen Hamish mit einem brutalen Ruck an seinem Bein dazu brachte, stillzuhalten. »Nicht totzukriegen, was?«

»Du – du musst –«, stöhnte Reynard und biss mit schmerzverzerrtem Gesicht die Zähne aufeinander. Die Reihe von

Werwölfen vor ihm schüttelte sich erregt. Geifer lief aus ihren Mäulern und sammelte sich unter ihnen in kleinen Pfützen.

»Reynard«, sagte Scarlett verzweifelt.

Einer der Heuler heulte gierig auf und machte Anstalten, dem Schankwirt den Kopf abzubeißen.

»Halt!«, schrie Denneval und hielt eine Faust in die Höhe. »Ich will das sehen.« Seine Jünger froren ein, sichtbar wütend darüber, um ihr Fleisch betrogen worden zu sein. Denneval lehnte sich neugierig vor. Er schien darauf zu warten, dass Scarlett hinüber zu dem sterbenden Schankwirt sah.

Mit brennenden Augen suchte Scarlett Reynards Blick.

Das Gesicht der Bestia Enigma erhellte sich schwach. Zitternd erhob er einen Arm, deutete schwach mit dem Zeigefinger in ihre Richtung. Beinahe umspielte ein aufmunterndes Lächeln seine Mundwinkel.

Ich weiß, dass du mich hören kannst, dröhnte plötzlich die Stimme Reynards zwischen Scarletts Ohren. *Ich weiß nun, was mein Schicksal ist ... die wahre Natur der Quelle ... ich bin nie mit euch gekommen, um Denneval zu besiegen ... ich bin hier, um dir den ersten Schritt zu zeigen ...*

Verwirrt öffnete und schloss Scarlett ihren Mund. Tränen liefen ihre Wangen entlang. Ihr Körper zitterte nutzlos unter ihr.

»Hilf mir«, flüsterte sie.

Reynards Augen leuchteten auf, ein allerletztes Mal, als er sich die Hand auf das Herz legte. Es war nur ein einziges, simples Wort, das er in Scarletts Gedanken aussprach.

Liebe.

Dann senkten sich sein Kopf und sein Arm langsam zu Boden, und seine Form begann, sachte aufzuleuchten. Seine Haut verwandelte sich in einen silbrigen Schleier, verwob sich mit dem aufkommenden süßen Wind, der über die nahen Wälder seinen Weg in die Höhle gefunden hatte, und wurde davon fortgetragen.

»Sehr ergreifend, sehr ergreifend«, kommentierte Denneval klatschend, trat nach dem stöhnenden Hamish und nickte anerkennend. »Dachte, er würde noch irgendetwas Nützliches loswerden wollen. Tja.«

Scarlett versuchte, sich an die Geschichte zu erinnern, die der Jäger ihr erzählt hatte.

Liebe, wiederholte sie innerlich. Ihr ganzes Leben lang war sie furchtbar schlecht darin gewesen, es überhaupt nur auszusprechen. Selbst wenn sie es gewollt hatte ... immer war es falsch. Der falsche Augenblick. Die falschen Worte. Alles, was sie konnte, war, Dinge kaputt zu machen. Sie war so, so wütend auf sich ...

»Es wird nicht funktionieren«, sagte Denneval ruhig. »Egal, wie du dir das vorstellst. Du meinst vielleicht, ich kenne dich noch nicht lang genug, um das zu sagen, aber ... ich habe es in deinen Augen gesehen.« Er schüttelte den Kopf. »Du bist genauso verbrannt wie ich.«

Scarlett schloss die Augen. War sie das? War sie das wirklich? Fieberhaft suchte sie in sich. Nach einer Idee. Einem Gefühl. Einer Erinnerung. Irgendetwas, das ihr bewies, dass Denneval unrecht hatte ... suchte nach Mama, nach Papa, nach Scott ... nach einem Traum, den sie einst geträumt hatte. Der Traum von einem Wintertag, so weit weg, so lang her, dass sie ihn längst vergessen hatte. Bevor die Flammen ihre Nächte heimgesucht hatten, das Inferno ...

Mit schlagendem Herzen sah Scarlett mit an, wie Scotts

Körper unter der Oberfläche versank. Sie starrte den Körper ihres Bruders an. Sah, wie Luftbläschen aus seiner Nase und seinem Mund aufstiegen. Wie seine Züge verblassten, als er dem Grund näher kam.

Erschrocken atmete Scarlett ein.

Was habe ich getan? Sie suchte nach Spuren, Hinweisen, dass sie etwas ausgelöst hatte …

Doch das Wasser blieb klar.

Scarlett blinzelte. Nichts.

Ein kraftvoller Wind fuhr durch die Höhle und schien alles mit sich zu nehmen: die Kampfgeräusche, die Schüsse, den Gestank von beißendem Schwarzpulver und heißem Kupfer. Nichts blieb zurück außer Scarletts wild schlagendem Herzen und der zarten Oberfläche erkalteten Wassers, so ruhig und endgültig wie ein letzter Kuss. Totenstille.

»Lass es gut sein«, sagte Denneval. »Es ist vorbei.«

Ungläubig, müde und leer sah Scarlett hinauf zum Nachthimmel. Die Farben waren endgültig zurückgekehrt, der Nachthimmel wieder von dunklem Blau, die allgegenwärtigen Lampen flackerten finsterorange.

Ich wusste es, hauchte sie in Gedanken. *Ich habe es immer gewusst. Ich habe keine Liebe in mir. Nur Zorn. Nur Wut … nur Rache … und jetzt habe ich ihn damit umgebracht … genau wie meine Eltern …*

Scarlett stolperte rückwärts, wandte sich ab von dem Wahnsinn, zu dem die Realität geworden war, suchte nach Halt in einer Welt ohne Substanz. Übelkeit explodierte in ihren Innereien. Sie sank in die Knie, fiel klatschend zurück auf die Wasseroberfläche.

Es war zu spät.

Sie hatte ihren Bruder verloren.

Hamish

Hamish kämpfte abermals gegen den eisernen Griff Dennevals an, doch die lodernde Kraft der Bestia Enigma war wahrhaft ehrfurchtgebietend. Der Körper des Jägers schien vor Energie förmlich zu vibrieren. Sein Blick flackerte und erlosch mehrere Male, so als wäre er zwischen einer Erinnerung und der Gegenwart gefangen und könnte nicht mehr unterscheiden, was davon Realität war.

»Du kannst jetzt übrigens aufhören, so jämmerlich herumzuheulen«, rief Denneval plötzlich zu der jungen Lady Oaknight hinunter, die mit leerem Blick ins Nichts starrte. Der Anblick setzte sich in Hamishs Herz wie glühendes Eisen. Er knurrte auf, schlug um sich, trat nach Denneval, doch wieder bewegte er sich kein Stück, die Finger des Ungeheuers tief in sein Haar und seine Kopfhaut gekrallt.

»Keine Sorge, Mr Porter«, versicherte Denneval in gönnerhaftem Ton und schüttelte brutal Hamishs Kopf. »Ich werde mir selbstverständlich Zeit mit ihr lassen. Genau so wie mit meinem elenden Vater und meinen nichtsnutzigen Brüdern.« Der Gedanke schien den Jäger zu amüsieren. »Ich bin schließlich kein Unmensch. Du bekommst einen Platz in der ersten –«

Denneval erstarrte.

»Was«, murmelte er und blinzelte, ließ Hamishs Kopf sinken,

weit genug, dass Hamish zur Quelle hinabsehen konnte: Zuerst hatte er es einfach nur für eine simple Reflexion auf der Wasseroberfläche gehalten, doch nun breitete sich der merkwürdige, diamantene Schimmer über die Quelle aus wie blitzartiger Frost. Ein rhythmisches, ätherisches Licht pulsierte darin wie der Schlag eines unsichtbaren Herzens. Unvermutet wandelte sich das Wasser zu milchigem Weiß, wie flüssiger Marmor.

Achtlos ließ Denneval Hamish fallen und stolperte einen Schritt vorwärts.

»Nein«, murmelte er und schüttelte ungläubig den Kopf. »*Unmöglich.*«

Hamish keuchte auf und robbte auf den Unterarmen an den Rand der Erhöhung. Dort unten wandte sich Lady Scarlett auf Knien um, selbst überrascht von dem, was sie sah.

»Dieses Leuchten!«, entfuhr es Denneval. »Was – was soll das?! *Warum –!*« Er stieß seinen Finger in Lady Scarletts Richtung. »*Zerfetzt sie!*«

»*Nein!*«, schrie Hamish.

Die Zeit erfror.

Hamish war, als hätte der griechische Kronos selbst seinen Atem angehalten und jeden Wimpernschlag in eine Ewigkeit verwandelt. Das Licht eines Blitzes überzog die Höhle der Druiden, leuchtete über das nasse Fell durch die Luft gleitender Lykanthropen, das gehärtete Leder von Dennevals Rapierscheide, die aufgestellten Härchen auf Hamishs ausgestrecktem Arm.

Aus der porzellangleichen Oberfläche der Quelle erwuchs eine Skulptur mit der Form Scott Oaknights – die Arme ineinander verschränkt, den Kopf gesenkt, die strahlende Flüssigkeit ein Film auf seiner Silhouette. Nun breitete die Gestalt die Arme aus.

Fluoreszierende Gasspeicher kamen zum Vorschein, dazu die Dampf speienden Läufe zweier Armbrüste – dann explodierte die Zeit zurück an ihren rechtmäßigen Platz. Ein Wirbelsturm aus silberbeschichteten Bolzen prasselte kreisförmig auf die Leiber der heransegelnden Bestien ein und vernichtete sie mit der Präzision eines frisch geeichten Zirkelschnitts. Master Scott beendete seine spektakuläre Pirouette in einer allumfassenden Wolke verglühender Heuler-Überreste, während die letzten der Werwölfe heulend Reißaus nahmen.

»Ich *wusste,* dass es besser aussieht, wenn man mit beiden feuert!«, entgegnete der anscheinend restlos genesene Adlige.

»Scott!«, schrie Lady Scarlett jauchzend.

»Meine Jäger!«, stammelte Denneval fassungslos. »Meine perfekten Jäger!« Er sah sich, zitternd vor Erregung, um. »Aber … Nicht! Alle! *Hierher, ihr nutzlosen Hunde!*«

Hamish presste seine Kiefer aufeinander und rammte der Bestia Enigma seine Schulter in den Rücken, was sie in ein nahe gelegenes Becken schleuderte – dann rutschte er blindlings zu den Kindern hinunter. Aus allen Richtungen der Kultstätte wurde wütendes Geheul laut.

»Master Scott!«, rief Hamish und humpelte seinen Schützlingen entgegen. »Lady Scarlett!«

»Du hast nicht zufällig noch Bolzen, Schwesterher–«, fragte Master Scott, doch er wurde gleich darauf stürmisch von seiner Schwester in die Arme geschlossen.

»Du Mistkerl!«, rief sie und presste den Geretteten an sich, wühlte ihr Gesicht in sein zerrissenes Hemd. »Warum hast du das nicht eher getan? Ich – ich dachte, ich hätte dich für immer verloren!«

Master Scott kämpfte sichtbar mit den Tränen. Hamish

musste sich beherrschen, die beiden nicht auf der Stelle mit den Armen in Marmelade zu verwandeln.

»Danke, Red«, sagte der junge Master Scott jetzt leise. »Ich wusste, dass du es schaffst.« Plötzlich suchten seine Augen etwas, das sie nicht fanden.

»Zavah!«, rief er und löste sich von seiner Schwester. »Wo ist Zavah?!«

»Ich fürchte, ich habe sie auf der anderen Seite der Anhöhe verloren, Sir …«, erklärte Hamish und sah besorgt zurück zu der Stelle, an der er Denneval fortgestoßen hatte.

»Dort, dort hinten!«, antwortete der junge Adlige. »Ich kann sie sehen!«

Hamish biss seinen Schmerz hinunter und versuchte angestrengt, sich zu orientieren. Ihre Position am Ufer der Quelle schien vorerst sicher, die steinerne Klippe, auf die Denneval ihn hinaufgezerrt hatte, war leer. Doch die einsehbare Ebene dahinter war ein Schlachtfeld der animalischen Verwüstung – und die noch immer bewusstlose Madame, die er dort ausmachte, würde bereits in wenigen Momenten von zwei absurd großen Heulern in Stücke gerissen werden.

»*Du!*«, donnerte Dennevals Stimme durch die Höhle. In etwa hundert Schritt Entfernung sprang seine schwarze Form mit einem unmenschlichen Satz auf eine Felsenbrücke, an der sich vier gewaltige Stalaktitenspitzen zu einer mit Sturmlampen gefüllten Plattform vereinigten. »*Scar-lett Oak-night!*«

Lady Scarlett sammelte ihre Rapiere wieder auf. Ihre Züge waren eisenhart.

»Kümmert euch um Zavah!«, schnaubte sie. »Den Bastard kauf ich mir!«

Master Scotts Blick zuckte unsicher hin und her, dann presste er seine Schwester an sich, packte sie an den Schultern und sah ihr fest in die Augen.

»Kannst du das?«, fragte er aufgebracht.

»Lady Scarlett«, begann Hamish tadelnd, doch er kam nicht weit.

»Wir haben keine Zeit für Diskussionen!«, blaffte sie. »Holt euch Zavah, ich halte den Mistkerl so lange hin, wie ich kann!« Sie lächelte, nickte. »Dann holen wir ihn uns, Bruderherz. Gemeinsam – jetzt lauft!«

Master Scott nickte und spurtete los.

»Los, Hamish, alter Junge!«, rief er, noch immer beschwingt von der Heilkraft der heiligen Quelle und frisch wie der Morgentau. »Keine Müdigkeit vortäuschen!«

»Selbstverständlich, Sir!«, knirschte Hamish und humpelte los.

Scott

Im Sauseschritt zog Scott zwei Steinschlosspistolen von seinem Rücken, legte noch im Sprung über ein Becken an und drückte ab.

P-püff!

Mit hochgezogener Augenbraue starrte Scott die beiden Waffen an – *selbstverständlich* waren sie nass geworden! – und warf sie fort. Der erste Heuler, ein wahrer Riese, hatte Zavah erreicht und schüttelte sich vor Erregung und Vorfreude, die gewaltige Pranke erhoben.

Scott stieß sich ab und schlitterte mit den Füßen voran zur bewusstlosen Zavah, wirbelte auf einem Knie herum, zückte seine Duellierpistolen und feuerte: *Hinterlauf!, Pranke!* – und die Bestie brach heulend auf die Seite. In einer fließenden Drehung entlud Scott die letzten zwei Kugeln – *Flanke!, Kiefer!* –, noch bevor die leeren Duellierpistolen am Boden aufschlugen, wirbelten zwei neue über Scotts Handgelenke – *Schädel!, Genick!* – und Scott verwehte mit seinem flatternden Mantel die Silberwolke, die der Heuler in der Luft hinterließ.

»Zavah!«, rief Scott und riss sie in die Höhe. Etwas in ihm zerbrach, als er die blutende Wunde an ihrem Kopf sah. »Zavah, wach auf!«

»Scott?«, stammelte Zavah heiser. »Wir … müssen hier

weg … die Höhle, sie wird …« Ihr Anblick trieb ihm jede Wärme aus den Händen. Panisch sah er sich nach Hamish um, der in just diesem Moment hinter ihnen auftauchte, die wankende Igelkiepe auf seinem Rücken. Noch immer zu weit weg.

»Laufen Sie, Sir!«, rief der Butler. »Ich trage sie! *Heuler voraus, Sir!*«

Weniger als fünfzig Schritte von Scott entfernt preschte die letzte Bestie heran und zertrümmerte ohne Rücksicht auf Verluste jede Felsformation, die sich ihr entgegenstellte. Die verbliebenen Silberkugeln pfiffen durch die Luft, trafen Schultern und Flanke des Werwolfs, verlangsamten ihn jedoch kaum. In einem letzten verzweifelten Versuch tastete sich Scott wild ab – *Munition, Dolche, Fährtenbeutel, irgendetwas!* – aber fand nichts. Hilflos stieß er einen frustrierten Laut aus.

»*Sir! Laufen Sie!*«

Mit einem furchterregenden Knurren stieß sich der Heuler vorwärts.

Scott zog Zavah an sich, wirbelte herum und schützte sie mit seinem Körper. Das Letzte, was er sah, war der wachsende Schatten des Ungeheuers und Hamishs entsetztes Gesicht.

Scarlett

Scarlett flog die mit Sturmlampen vollgestellte Felsenbrücke hinauf und kam stampfend darauf zum Stehen. Denneval erwartete sie bereits. Formlos warf er seinen schwarzen Mantel davon, dann seine Schusswaffen. Beides segelte meterweit in die Tiefe. Dann zog er sein Rapier. Scarlett sah an sich hinunter, dann warf sie eines ihrer beiden Rapiere fort.

Denneval grinste. »Lernt man das so in Caledonien?«

Scarletts Blick bohrte sich kalt in den des Jägers.

»Nein«, sagte sie und spie aus.

Denneval lachte herzhaft auf.

»Du kleines, arrogantes Miststück«, sagte er kopfschüttelnd und amüsiert. »Ich werde dich wirklich vermissen, weißt du das?«

Scarlett lächelte ihn emotionslos an.

»Es gibt da etwas, das du über mich wissen solltest«, sagte sie.

»Ach ja?«, entgegnete Denneval gelangweilt. »Was denn?«

»Das erste Mal habe ich eine Waffe gehalten, als ich vier war«, sagte Scarlett und zog schallend die Klinge. Sie begann, langsam um den Jäger herumzupirschen. »Bis ich neun war, habe ich sie nicht mehr abgelegt. Nicht beim Essen. Nicht beim Schlafen.« Denneval erwiderte ihre Zirkelbewegung, musterte sie aufmerksam. Suchte nach Schwächen. »Mit zehn habe ich damit dann meinen ersten gallischen Meister besiegt. Mit elf den ersten iberischen Großmeister.« Scarlett zuckte mit der Spitze ihres Rapiers – Denneval lehnte den Oberkörper mit übermenschlicher Geschwindigkeit zur Seite, dann grinste er anerkennend. Scarlett erwiderte den Gesichtsausdruck. »Man hat extra für mich den letzten legendären Meister aus Qin anreisen lassen. Er hat mir alles beigebracht, was er wusste, aus einer jahrtausendealten Schwert-Tradition. Zwei Wochen danach habe ich den arroganten Mistkerl vom Anwesen geprügelt.«

Denneval grinste breit und schüttelte entnervt den Kopf.

»Glaubst du, das interessiert mich auch nur ein –«

»Oh, das sollte es«, antwortete Scarlett. Sie verlagerte ihr Gewicht, senkte ihren Schwerpunkt leicht und ließ ihren Hals knacken. Denneval rollte mit den Schultern und machte sich bereit. »Schließlich hätten mir meine Eltern in dem Alter niemals eine echte Klinge geschenkt. Das erste Rapier habe ich deshalb erst mit zwölf bekommen.«

Denneval verzog das Gesicht.

»Ach, bitte, denkst du, ich bemerke nicht, dass du auf Zeit spielst – deine peinliche kleine Geschichte ergibt nicht einmal Sinn, hörst du dir selbst überhaupt zu? Womit hast du denn dann angeblich die ganzen tollen Meister besiegt, hm?«

Scarletts Grinsen entfaltete sich auf ihrem ganzen Gesicht. *»Mit einem Eichenstock.«*

Scarlett preschte vor und stach blitzschnell nach Dennevals Hals – zweimal, dreimal – und trieb den überraschten Jäger vor sich her. Denneval atmete stoßartig aus und strauchelte, doch der sichtbar erfahrene Fechter fing sich routiniert und konterte so schnell, dass seine Klinge verschwamm. Im letzten Augenblick fiel Scarlett in eine Parade, aber Denneval umspielte die Spitze ihres Rapiers und landete einen sauberen Schnitt in ihrer Schulter – mein Gott, er war unfassbar schnell …

Er ist kein Mensch, erinnerte sich Scarlett und sprang zurück. Der Jäger grinste auffordernd und winkte sie zu sich. *Wenn ich ihn schlagen will, darf ich nicht einfach so losrennen. Ich muss einen kühlen Kopf bewahren. Nach Öffnungen in seiner Technik Ausschau halten. Das Muster erkennen.* Überrascht spürte Scarlett ein Schmunzeln auf ihren Zügen. Hatte sie am Ende etwa doch etwas von Scott gelernt?

»Schade, dass es so schnell vorbei sein wird«, seufzte Denneval. Er stach aggressiv nach ihr – sein Fuß einen Sekundenbruchteil hinter der Streckung seines Arms – und Scarlett fegte ihm die Sohle seines Stiefels unter dem Körper weg. Der Jäger fiel auf die Seite, und noch bevor er den Boden erreichte und sich abrollte, fand Scarlett zwei Öffnungen. Als Denneval wieder in den Stand kam, blutete sein Hals. Ungläubig berührte er die Stelle, die bereits wieder verschlossen war.

»Das – das war gar nicht übel«, sagte er verblüfft. Und mit einer winzigen, kaum hörbaren Spur von Verunsicherung in der Stimme. Scarlett grinste.

»Schade, dass es so schnell vorbei sein wird«, äffte sie ihn nach und winkte den Jäger provokant zu sich. »Heute … hast du deine Meisterin gefunden, Bestie.«

Dann griff sie an.

Scott

Scott stieß einen Schrei aus, als ein massiger Leib auf ihn hinabstürzte und sich ein metallisch klingendes Geräusch über ihn legte wie … eine nach Leder riechende Decke? Einen Sekundenbruchteil später explodierte ein unfassbarer Schmerz in seinem Rücken, und der Daumen eines Gottes schien ihn und Zavah unter sich begraben zu wollen – dann wurde die Decke weggerissen und Scott sah, wie Hamish davonflog. Der Rücken des Butlers war über und über mit blitzenden Metallstacheln übersät, in die sich der gewaltige Kiefer des Werwolfs gebohrt hatte.

Die Igelkiepe!, schoss es Scott durch den Kopf. *Er hat sie geöffnet!*

Doch der tödliche Rucksack würde nicht lang halten. Hamish war durch das brutale Schütteln des Lykanthropen bereits bewusstlos, und die ersten Stacheln lösten sich vom durchsiebten Brustkorb des wahnhaft geifernden Ungeheuers.

»Hamish«, hauchte Scott hilflos und blinzelte. Mühsam riss er seinen Blick los und zog Zavah auf die Füße. Hinter ihm erklang ein furchtbares, nasses Reißen.

»Scott!«, rief die Manousher. »Wir müssen hier unbedingt raus!«

»Ich weiß!«, rief er.

»Nein – du verstehst nicht!«

»Komm!«

»Aber was – was ist mit Hamish?«

Scott presste die Tränen aus seinen Augenwinkeln fort.

»Ich habe keine Munition mehr!«, rief er. »Wir müssen –«

PAMM!

Wie angewurzelt blieben Scott und Zavah stehen. Langsam drehten sie sich um. Eine kleiner, mit silbernen Partikeln schimmernder Windstoß blies ihnen entgegen und gab den Blick frei auf einen auf dem Hinterteil sitzenden Mann mit rußgeschwärztem Gesicht und zu Berge stehenden Haaren.

Der Kutscher.

»D-das kostet extra!«, stammelte der Mann und ließ blinzelnd die Jagdbüchse fallen. Scott stürzte zu Hamish herüber, der in just diesem Moment das Bewusstsein wiedererlangte.

»Sir!«, keuchte er und sah mit weit aufgerissenen Augen von ihm zu Zavah und dann mit nicht minderer Überraschung hinüber zum Kutscher. »Wir müssen umgehend Ihrer Schwester beistehen, Sir!«

Plötzlich erklang ein ohrenbetäubendes Rumpeln in der Kultstätte. Scott spürte, wie sich das Gestein unter seinen Füßen aufbäumte, zu erzittern begann.

»Was … was geschieht hier?«, fragte er und tauschte besorgte Blicke mit Hamish. Zavah trat einen Schritt rückwärts, dann fuhr sie herum.

»Das wollte ich dir die ganze Zeit sagen!«, erklärte sie. »Das Ritual ist vollzogen! Diese Höhle, sie – sie ist zu alt, um sich noch einmal zu verschließen, Scott! *Hier wird gleich alles einstürzen!*«

Denneval

Er hatte im Laufe seines langen Lebens viele Männer und Frauen gesehen, die wie geschaffen dafür waren, das Rapier zu führen. Doch dieses Mädchen war keine von ihnen. Oh nein. Rapiere, so verstand Denneval nun, waren wie geschaffen, um *von ihr* geführt zu werden. Sie bereitete ihre Finten mit *Finten* vor, stieß nach blitzartigen Ausfällen zurück wie eine Tänzerin im Sturm. Nach Paraden wirbelte sie auf einer Zehenspitze für den Bruchteil einer Sekunde so herum, als würden die Gesetze der Schwerkraft keine Gültigkeit mehr haben; sie durchschnitt die Luft mit der Eleganz einer Kalligrafin und konterte so hart und schmutzig wie das Mundwerk eines Seemanns.

Kein Mensch kann sich so bewegen, dachte Denneval. *Unmöglich.*

Wieder stürzte eine Reihe aus Sturmlampen um und krachte splitternd zu Boden, ihr auslaufender Inhalt eine allgegenwärtige Falle. Kurz zuvor hatte ein Funken sprühendes Verteidigungsmanöver des Mädchens ausgereicht, um damit einen Ring aus züngelnden Flammen zu beschwören, der sie nun beide umschloss.

»Argh!«, stieß Denneval hervor. »Was zum –«

Keuchend sprang er zurück, als die Verbindung zum letzten seiner Jäger abbrach. Sein rechtes Bein rutschte in einer

Öllache aus und fing Feuer. Fluchend hechtete er mit aufeinandergebissenen Zähnen unter einer Attacke der jungen Oaknight hindurch und riss sich das Hosenbein ab.

Eine Erschütterung ließ ihn innehalten.

Ein Erdbeben?, schoss es ihm durch den Kopf. Steine regneten an ihm und dem Mädchen vorbei, die sich ebenfalls flüchtig umsah. *Nein. Das verdammte Ding fällt auseinander!*

Scharf ausatmend, stürzte das Mädchen in seine Richtung und provozierte eine Reflexbewegung von ihm, dann täuschte sie zwei Schnitte zu seinem Hals vor, traf aber auf dem Rückweg seinen Handrücken. *Wie zur Hölle macht sie das?*

Denneval wollte ihr nachsetzen, doch die Kleine verwandelte ihre Abwehrbewegung in ein Fintenmanöver und drehte sich wie ein Derwisch auf den Knien – direkt an ihm vorbei. Er stolperte einen Schritt zu weit und wehrte den Stich zu seinem Rücken durch nichts anderes als seine animalischen Reflexe und Glück ab. Das Mädchen warf sich auf ihre freie Hand und schlitzte ihm das Hosenbein der Länge nach auf. Triumphierend kam sie zurück auf die Füße und stürzte sich erneut direkt in den Nahkampf. Denneval riss überrumpelt die Augen auf.

Dieser Blick ... dieses Mädchen war nicht normal! Sie war die personifizierte Wildheit, sie war wie –

Beatrice.

Denneval stieß einen unterdrückten Schrei durch zusammengebissene Zähne aus, als das Rapier ihn in der Schulter traf. Brüllend stieß er nach dem Mädchen, doch sie war längst wieder fort, drehte sich so um ihre eigene Achse, dass ihr Haar ihr in Strähnen über das Gesicht fiel – das Gesicht Beatrices.

Wie hypnotisiert starrte Denneval ihren sanften Zügen

nach, bis sie sich in einem Wirbel aus aufblitzenden Klingen verloren.

Denneval blinzelte das Trugbild wütend fort und jagte einen Impuls von Blut und Macht durch seinen Körper, verdoppelte seine Reflexe, seine Reaktionen. Mit übermenschlicher Geschwindigkeit wehrte er den Hagelsturm aus Rapierspitzen ab, brachte zornige Schnitte an und zerfetzte Kleidung. Wieder erschien Beatrices Gesicht in den Zügen des Mädchens. Wieder reichte es aus, um getroffen zu werden.

Denneval stolperte grimmig knurrend zurück.

»Das ist nicht die letzte Quelle!«, bellte er. »Ich kann das hier mit anderen meiner Leute wiederholen! Bis alles vollbracht ist! Bis alle Werwölfe der Vergangenheit angehören! Diese Monster –«

»Dieses Monster ist ein Teil von dir!«, rief das Mädchen wütend. »Was, wenn alle vernichtet sind? Was, wenn du Erfolg hast? Dann wird immer noch ein Rudel bleiben – deines! *Deine* Monster!«

»Dann werden sie brennen, wenn ich sie nicht mehr brauche!«, spie Denneval aus. Die Kleine atmete schwer und schnell. Zwei Schnitte bluteten an ihrer Wange, ihre Ärmel waren zerfetzt. Aber sie wirkte noch immer hoch konzentriert.

»Und was geschieht dann mit dir?«, rief sie. »Eine *einzige Bestie* reicht, erinnerst du dich? Waren das nicht deine Worte?! Und du *bist* eine Bestie!«

Denneval deckte sie mit einer Lawine aus zweihändig geführten Schlägen ein – wofür kein Rapier ausgelegt war –, ließ Steine hochspritzen, Geröll durch die Luft fliegen, doch schließlich wurde ein Griff in sein Gesicht gehämmert und er taumelte grunzend zurück. Er fasste sich ans Gesicht.

Nase gebrochen, murmelte er innerlich. *Du bist zu unkontrolliert!* Schief sah er zu dem Mädchen auf. *Sie* ist *kontrolliert. Präzise. Sehen wir doch mal, wie gut sie das noch kann, wenn wir die Taktik ein wenig ändern ...*

»Willst du –«, begann Denneval und rieb sich ächzend die Oberlippe ab. »Willst du wissen, was mit deinen Eltern geschehen ist?« Auf der Stelle änderte sich die komplette Körperspannung des Mädchens. Sie ließ das Rapier sinken. Ihr Blick flackerte.

Sehr gut, dachte Denneval.

»W-was weißt du über meine Eltern?«

Denneval richtete sich auf, hustete. Dann ergriff ein teuflisches Grinsen von ihm Besitz.

»Ich – ich habe sie gejagt«, sagte er. »Wie jämmerliche Nager. Bis in die Kathedrale über uns – in einem Sturm wie dem da oben.« Er wirbelte das Rapier herum. Die Kleine reagierte kaum. Ein helles, aufgeregtes Gefühl breitete sich in Denneval aus. »In dem Raum unter der Sakristei haben sie versucht, uns drei in die Luft zu jagen. Hat nicht funktioniert.« Er lachte inbrünstig. Hässlich. Er konnte sehen, wie sich Tränen in den Augen der kleinen Oaknight bildeten. »Hab's einfach abgeschüttelt. Nur ein Kratzer. Bei deinen Eltern ...«, er verzog den Mund, »war's ein wenig mehr.« Tief in ihm regte sich die Bestie, übernahm Kontrolle über seine Augen. Er fühlte, wie sie sich vor Erregung veränderten, zu glühen begannen. »Sie konnten mir nicht wirklich mehr etwas entgegensetzen. Und weißt du, was ich dann gemacht habe ...?«

Scarletts Unterlippe bebte. Immer wieder schüttelte sie den Kopf.

»Nein«, murmelte sie. »Nein ...«

»Ich«, sagte Denneval und zeigte ihr seine Reißzähne, »habe sie *gefressen!*« Ein unsichtbarer Schlag traf das Mädchen und ließ sie wanken. »Ich habe sie *verschlungen!* Ich habe sie mir *Bissen* für *Bissen* schmecken lassen!« Denneval ließ ein donnerndes Lachen los – ganz bewusst.

Heiße und stoßhafte Atemzüge schüttelten das Mädchen. Ihre Züge verzerrten sich zu einer Maske des abgrundtiefen Hasses – dann schoss sie vorwärts.

Nicht so schnell, dachte Denneval voller Vorfreude und erwartete ihre plumpe, zornige Attacke. Machtvoll vollführte er einen blitzenden Halbkreis mit seiner Klinge und schleuderte die Waffe von Scarlett Oaknight davon, dann zog er seine letzte verborgene Steinschlosspistole und feuerte.

Scott

Seite an Seite mit Hamish und Zavah stürmte Scott, so schnell er konnte, der steinernen Brücke entgegen, als ein peitschender Schuss die Luft zerriss. Zuckend riss er seinen Blick hinauf zur Plattform, auf der sich Scarlett Denneval entgegengestellt hatte. Als er ihre erstarrte Gestalt vor dem Jäger erkannte, mit dem Rücken zum Abgrund, gefror ihm das Blut in den Adern.

»L-Lady Scarlett!«, rief Hamish.

Scott brachte keinen einzigen Laut hervor. Sein Verstand weigerte sich, zu akzeptieren, was er sah: Scarlett presste beide Hände an ihren Körper. Sie stolperte einen taumelnden Schritt rückwärts. Dann sah sie Denneval verblüfft an und brach zusammen.

Scotts Herz setzte aus.

Zavah schlug entsetzt die Hände vor den Mund.

Ohnmächtig mussten sie alle mit ansehen, wie Denneval seine Hand in den Haarschopf seiner besiegten Gegnerin grub, sie anhob und über den Abgrund hielt – direkt über ihnen. Der Jäger sah verächtlich auf sie hinab. Scarlett wehrte sich, doch war vollkommen entkräftet. Ihr Gesicht war aschfahl. Ein wachsender dunkler Fleck breitete sich auf ihrem Bauch aus.

»Lass sie – lass sie los!«, brüllte Scott. Seine Stimme überschlug sich. Direkt neben ihm krachte ein spitzer Felsbrocken in den Boden, doch er war unfähig, sich auch nur vom Fleck zu rühren.

»Bist du sicher?!«, rief Denneval. Abfällig betrachete er den erschlaffenden Leib seiner Gefangenen. »Und da waren's nur noch drei.« Er ließ los.

In einem Moment, in dem Scotts Verstand vor Grauen zu brechen drohte, sah er dabei zu, wie Scarletts wirbelndes Haar an ihrem Kopf flatterte und ihr verbrannter Rock um ihre Beine schlug wie eine Fahne im Sturm.

Seine Gedanken lösten sich auf.

Er breitete die Arme aus und rannte –

– stürzte über einen Steinvorsprung –

– schlug auf –

– blutige Handflächen –

– rannte weiter, *weiter!* –

– wich einem niedersausenden Felsen aus –

– mein Gott, sie würde jeden Augenblick … ! –

– Scott *sprang* –

– griff zu –

… und riss Scarlett zeitgleich mit Hamish aus der Luft, zahlte mit drei brechenden Fingern, einem reißenden Muskel in seiner Schulter.

»*Hamish!*«, schrie Scott über den Schmerz hinweg. »*Haben wir sie?! Haben wir sie?!*«

»Wir haben sie, Sir!«

Zavah stürmte heran.

»Den Lichtern sei Dank!«, rief sie.

Ein ursprüngliches, tiefes Knurren waberte durch die bebende Luft. Denneval.

Seine Umrisse … *brachen* auf.

Der Jäger warf seine Kleidung von sich, eingerahmt von einer Aura aus öligen Flammen. Schlagartig pumpten sich seine Rippen unter der immer dünner werdenden Haut auf. Zitternd warf sich der Jäger auf alle viere hinab, während pechschwarzes Fell auf seinen rasant wachsenden Oberschenkeln ausbrach.

Um Scott und die anderen herum vermischte sich der einfallende Regen mit niederkrachendem Geröll – und Scarletts Körper begann unter seinen Händen zu krampfen.

»Ist – ist sie mit dem Kopf aufgeschlagen?«, rief Scott entsetzt und hielt den zuckenden Kopf seiner Schwester. Ihre Augen drehten sich nach innen. Hamish schüttelte vehement den Kopf, riss sich einen Teil seines Hemdes ab und presste ihn auf Scarletts Bauch.

»I-ich habe sie rechtzeitig aufgefangen, Sir!«

Die Welt begann, sich um Scott zu drehen. Direkt hinter ihm vernichtete ein abgestürzter Felsbrocken eine Stalagmitenformation. Über ihnen mischte sich das Brüllen eines wahr gewordenen Albtraums mit den schmerzerfüllten Schreien Dennevals.

»Blutverlust«, stotterte Scott wispernd. »Der – der Blutverlust!«

»Haltet sie fest!«, zischte Zavah und schlitterte neben Scarlett auf die Knie. »Hamish, du die Beine! Scott, halte ihren Kopf!«

»Aber die Schusswunde –!«, protestierte Hamish, doch Zavah schnitt ihm mit einer harten Geste das Wort ab.

»Sofort!«, rief sie.

Wie fremdgesteuert befolgte Scott ihren Befehl.

»Red«, flüsterte er. »Red …«

Immer wieder streichelte er über Scarletts glühend heißen

Kopf, strich ihr die schweißnassen Haare aus dem Gesicht und küsste ihre Stirn, während prasselnde Salven aus splitternden Kieseln auf sie hinabregneten.

Zavah schloss die Augen und legte Scarlett die Hände auf Bauch und Brust. Ihre Augenbrauen zogen sich zusammen – dann ließen brutale, unsichtbare Stöße Scarletts Leib erzittern. Ein schrecklicher, gurgelnder Laut entsprang ihrer Kehle. Plötzlich weiteten sich Zavahs Augen entsetzt.

»Zavah!«, keuchte Scott. »Was geschieht mit ihr?«

Ein Blick in die Höhe gab den grauenerregenden Anblick eines gigantischen Schattens preis, von zuckendem Wetterleuchten in schiefe Steinwände gemeißelt.

Zavah starrte Hamish auffordernd an. Der Butler wurde bleich.

»Sag es ihm!«, forderte die Manousher und sah immer wieder besorgt hinauf zur Steinbrücke, wo Dennevals Hände sich in genau diesem Moment explosionsartig in Pranken verwandelten, deren schwarze Krallen länger waren als Scotts Arme. »Sag ihm, was du in der Nacht der Kartenlegung gehört hast!«

Scott drehte den Kopf seiner Schwester.

Sie atmete nicht mehr.

»Dorthin!«, rief Zavah und ergriff Scarlett auf der anderen Seite, zerrte sie in die Richtung einer vom Mond erhellten Sichelform auf dem Boden. Scott half ihr, ohne dass er seinen Körper dabei wahrnahm. »Sag es ihm, Hamish!«

»W-was geht mit ihr vor, Hamish?«, stotterte Scott perplex.

Ein Heulen, dessen Urgewalt sich bis tief in Scotts Knochen grub, stieß von der Steinbrücke hinab – und riss jede Hoffnung, jede Empfindung von ihm wie ein Orkan die vertrockneten Blätter eines Herbstbaums.

»Er hat die Transformation abgeschlossen!«, rief Hamish, doch seine Stimme brach schrill ab.

Scott sah hinauf. Auf alles gefasst.

Doch was er sah, übertraf alles, was er sich jemals hätte ausmalen können.

Ein winziger, noch intakter Teil seines Verstands erkannte nun, warum die *Bestia Enigma* ihren Namen trug. Es war der klägliche Versuch, eine Ausgeburt der Hölle in Worte zu fassen, eine Chimäre aus venösen Muskeln und sichelnden Reißzähnen, die Inkarnation der blutigen Jagd höchstselbst. Und jetzt eilte sie in weit ausholenden Sprüngen direkt hinunter zu Scarlett, Hamish, Zavah und Scott.

Und kein Mensch würde sie stoppen können.

Scarlett

Scarletts Blick verschmolz sich mit dem Nachthimmel weit, weit über ihr. Splitternde Steinchen und eisige Regentropfen ließen ihre Haut aufleuchten, traten in den Hintergrund, als die Sterne ihren Platz einnahmen. Heißes Leben floss aus ihr heraus und wärmte ihren Bauch, während ihre Arme und Beine immer kälter wurden. Graue Schemen stürzten vom Himmel und ließen die Erde unter Scarletts Rücken erzittern.

Dumpfe Stimmen drangen an ihr Bewusstsein.

» ... ging nicht anders, Sir! Bitte, Sie müssen mir ...«

» ... wäre all das nie passiert!«

» ... er kommt!«

Die verschleierten Umrisse, die gesprochen hatten, lösten sich auf. Die Vibrationen der Erde verschwanden. Scarlett trieb schwerelos durch das Nichts, während Erinnerungsfetzen durch die Luft einer allumfassenden, ruhigen Schwärze trieben. Teile des Gesprächs mit Denneval erklangen erneut in der Finsternis wider, die Scarlett umschloss.

»Es reicht ein einziger Werwolf«, hallten die Worte des dunklen Jägers. »Ein einzelner von ihnen, der ausbricht. Ein Einzelner, der dem Rausch der Jagd verfällt.«

» ... wir jetzt tun?!«

» ... ich weiß es nicht!«

Die Bilder aus Scarletts Albträumen flackerten auf und mischten sich nun in einem Tanz aus schwindender Realität, ihren Erinnerungen und Traumfragmenten zu einer neuen Wirklichkeit. Plötzlich erwuchs ein Himmelsgewölbe aus der Dunkelheit, in seinem Zentrum ein kreisförmiger, strahlender Rubin. Feuer verbrannte die Luft in Scarletts Lungen, glühende Asche biss ihr in das Gesicht. Doch die brüllenden Flammen um sie herum waren nichts im Vergleich zu dem Inferno, das in ihrem Inneren tobte und alles verschlang, was auf seinem Pfad lag. Genau so, wie Denneval es prophezeit hatte …

»Eure Blutlinie ist verflucht«, hörte Scarlett eine ferne Stimme krächzen, ein Echo in der Unendlichkeit. »Einer eurer Vorfahren hat schreckliche Dinge getan.«

»Es reicht ein Einzelner«, fuhr die Erinnerung an Dennevals Stimme dazwischen. »Der wie ein Flammenmeer in einer Welt aus Strohdächern sein wird, so lange, bis jemand oder etwas ihn aufhält, ein für alle Mal.«

Ein markerschütterndes Heulen riss Scarletts Aufmerksamkeit an sich. Dort oben stand er, auf dem Hügel vor dem blutroten Mond, seine titanengleiche Silhouette wie von flüssigem Pech umrandet. Und er wartete. Auf sie. Doch … war das real? War dies noch der Traum? Oder war es mehr als das?

»Was – was ist das?! Was passiert da mit ihr?!«

»Zurück!«

»So lange, bis jemand oder … etwas ihn aufhält«, hallte Dennevals Stimme.

»Es wird unter dem Blutmond geschehen«, erhob sich erneut die Stimme einer scheinbar uralten Frau.

Wieder fügten sich Bruchstücke des Albtraums neu zusammen, und die Augen der Bestie und die Augen Scarletts trafen sich – und als das geschah, da wusste Scarlett, was sie zu tun hatte.

»Was wird geschehen?«, flüsterte eine hauchdünne Stimme – die Stimme von Scarletts Mutter.

»So lange, bis jemand oder etwas ihn aufhält!«, rief Denneval immer und immer wieder, während die Stimme der uralten Frau dröhnte: »Oh Kind! Das, was in deinem Leibe heranwächst … es wird …«

»Bis etwas ihn aufhält.«

Scarlett kannte die Augen, in denen sie soeben versank.

Die Augen der Bestie.

»Es wird …!«, rief die uralte Frau.

»… etwas ihn aufhält!«, schrie Denneval.

Aber … warum waren diese Augen nun nicht mehr unheimlich?

Warum waren sie nun so vertraut?

Warum sah Scarlett sich *selbst* in diesen Augen?

»Es wird …!«, schrie die uralte Frau, und ihre Stimme und die Dennevals mischten sich, als erschallte: *»Es! Wird! Ihn! Aufhalten!«*

Schlagartig kehrte das Leben wieder zurück, prasselte mit donnernden Gesteinsbrocken, knallenden Farben und einer Explosion aus allen Gerüchen der Welt auf Scarlett ein wie eine reißende Springflut. Wütend brüllte sie in die Nacht hinaus, ihre Stimme eine entfesselte Naturgewalt.

»R-red?!«, hörte sie Scotts Stimme in dem Chaos aus Sinnen, das sie umtoste. »Was hast du für große Hände?! Was … was hast du für große *Zähne?!*«

Teil VIII

Das Herz des Infernos

Oaknight Manor, Empfangshalle
2. Oktober, 1798 – Sechs Monate zuvor

»Glaubst du, das macht irgendetwas besser, junge Dame?«, rief Elizabeth Oaknight vorwurfsvoll und deutete auf die Scherben des über zweihundert Jahre alten Familienerbstücks, das ihre Tochter Scarlett soeben schnaubend auf dem Marmorboden zertrümmert hatte. Ihre einzigen Antworten blieben ein hochrotes Gesicht, heiße Tränen und ein wütendes Schniefen. Das erboste Gesicht Mrs Devonshires lugte hinter einer Säule hervor und warf Elizabeth einen fragenden Blick zu, doch die Mutter winkte die Haushälterin mit einer entnervten Geste fort.

»Was ist das für ein Lärm?«, fragte Connor Oaknight, der in voller Reisemontur um die Ecke bog. Entsetzt warf er die Hände über den Kopf, als er die Überbleibsel der Kristallschale erblickte. »Scarlett – warst *du* das schon wieder?! Weißt du, wie wertvoll dieses … – was *stimmt nicht* mit dir?« Verzweifelt bückte er sich und versuchte, zu retten, was zu retten war, doch er gab schon wenige Momente später auf.

»Ihr – ihr dürft nicht schon wieder weg!«, rief Scarlett Oaknight. »Ihr seid doch gerade erst wiedergekommen! *Warum könnt ihr nicht hierbleiben?!*«

»In diesem Ton und dieser Lautstärke müssen wir gar nicht

erst miteinander sprechen!«, schalt ihre Mutter. »Dein Vater und ich haben uns eigentlich auf einen schönen Abschied gefreut, weißt du das? Und dann tust du wieder *so* etwas?«

»Du kannst nicht immer gleich mit Dingen um dich werfen, Rotkehlchen«, stimmte Connor Oaknight mit ein. »Wieso musst du immer alles kaputt machen? Ich dachte, wir hätten dich anständig –«

»Das ist kein akzeptables Verhalten, junge Dame!«, ergänzte Elizabeth mit erhobenem Zeigefinger, während das Gesicht ihrer Tochter sich immer mehr und mehr verzerrte. »Was, wenn du älter wirst? Glaubst du, irgendjemand will dich um sich haben, wenn du ständig so aus deiner Haut fährst? Wundere dich ja nicht, wenn du irgendwann mutterseelenallein bist!«

»Ihr sollt doch einfach nur hierbleiben!«, rief Scarlett. »Bitte, nur ein paar Tage länger! *Bitte!*«

Connor Oaknight schüttelte ungeduldig und ratlos den Kopf, stützte die Fäuste in die Hüften.

»Scarlett, wie oft sollen wir das denn noch mit dir diskutieren?«, sagte er. Seine Frau rieb sich erschöpft das Gesicht, dann streckte sie ihre Hände von sich und schloss die Scherben und ihre Tochter in einer abwehrenden Geste mit ein.

»Ich … ich kann mich damit jetzt gerade nicht auseinandersetzen«, sagte sie kopfschüttelnd und maß ihre Tochter mit purer Enttäuschung. »Ich bin am Ende. Ewig schlagen wir uns die Nächte für euch um die Ohren und … « Sie lehnte sich vor, und auf ihrem Gesicht mischten sich widerstreitende Gefühle, die einem aufmerksamen Beobachter klargemacht hätten, dass Elizabeth Oaknight ihre nächsten Worte schon bereute, ehe sie sie ganz ausgesprochen hatte. »Glaubst du, für uns ist das schön, hier zu sein, wenn du dich den ganzen Tag, von morgens bis abends, so aufführst? Vielleicht wollen wir *deshalb* nie lang bleiben, hm?!«

»Elsie!«, entgegnete Connor Oaknight zwischen Überraschung und Fassungslosigkeit. Sofort wandte er sich an seine Tochter. »Rotkehlchen, das hat deine Mutter nicht so gemeint, natürlich wollen wir – Rotkehlchen, warte!« Doch sie stürmte bereits mit tränenüberströmtem Gesicht davon. Übermüdet ließ Connor die Schultern sinken und seufzte.

»Großartig, Elsie«, sagte er und rieb sich resignierend das Kinn. »Ganz hervorragend, wirklich.«

Elizabeth fluchte. Sie wusste sehr wohl, was sie soeben angerichtet hatte. Trotzdem antwortete sie einige Augenblicke später: »Die Kutsche wartet. Hast du alles?«

Connor sah ins Treppenhaus, seufzte erneut und musterte dann seine reisebereite Frau.

»Scott ist noch oben – unser Sohn, erinnerst du dich?«, sagte er und hielt eine Handflächenkante an seine Brust. »Du weißt schon, etwa so groß, maikäferbraunes Haar …«

Elizabeth trat müde nach ihrem Mann.

»Ich *weiß*, dass ich mich danebenbenommen habe – übertreib's nicht«, sagte sie und fluchte leise. »Dieses Mädchen … ich verstehe sie einfach nicht. Ihr Bruder ist so anders als sie. Dabei sagt man doch immer, Zwillinge –«

»Vater?«, rief eine kühle Jungenstimme aus dem Treppenhaus, begleitet von schneller werdenden Schritten. »Mutter? Auf ein Wort.«

Connor Oaknight empfing seinen Sohn mit offenen Armen.

»Hallo, mein Großer!«, sagte er und drückte sein Kind an sich. Als Scott sich räusperte und die Geste nicht erwiderte, ließ er los. »Ähm, entschuldige, wir haben sehr früh gefrühstückt. Wir wollten uns nicht wegschleichen, ehrlich!« Er vollführte spielerisch ein paar Stiche mit einem imaginären Rapier gegen Scotts Bauch. »Was sagst du, wenn wir wieder da sind, werfen wir deine blöden Bücher weg und werben einen Fechtlehrer von deiner Schwester ab – und legen ein paar Nahkampflektionen zusammen hin, wie sich das für einen Burschen deines Alters gehört! Was meinst du, mein Großer, hm, hm? Oder vielleicht doch lieber Boxtraining und Ringen, hm? Na, was sagst du?«

Scott Oaknight sah mit erhobener Augenbraue auf die Fantasiewaffe seines Vaters hinab und räusperte sich, dann nickte er seiner Mutter höflich zu.

»Dafür, dass ihr euch nicht heimlich von dannen machen wolltet«, sagte er sachlich, »wart ihr bemerkenswert leise.«

»Du … du bist ihr in der Halle über den Weg gelaufen, richtig?«, fragte Connor und rieb sich unangenehm berührt den Hinterkopf.

Seine Frau verschränkte die Arme.

»Nein«, antwortete Scott. »Ich habe oben bei den Treppen gewartet, als ich das Klirren gehört habe.«

»Oh«, machte Connor. »Verstehe.«

»Ich nicht«, antwortete Scott und musterte seine Eltern enttäuscht.

»Glaub mir«, sagte Connor beschwichtigend. »In ein paar Tagen hat sie es längst wieder vergessen und schon heute Abend wird sie sich wieder beruhigt haben.«

»Du kennst doch deine Schwester«, fügte Elizabeth seufzend hinzu. »Wollen wir schon einmal vor die Tür?«

»Mutter«, begann Scott mit gespielter Neugierde und verschränkte die Hände hinter dem Rücken, während er losspazierte. »Wann hättet ihr vorgehabt, uns mitzuteilen, dass ihr heute schon wieder abreist?«

»Du weißt doch, wie schwer sich das planen lässt«, erklärte Connor und öffnete seiner Frau seufzend die Tür.

»Die Angestellten wissen Bescheid«, fügte Elizabeth hinzu. »Es ist also alles geregelt, wenn du dir darüber Gedanken machst.«

Scott lachte humorlos auf.

»Selbstverständlich«, sagte er und folgte seinem Vater. »*Dann* ist ja für *alles* gesorgt. Wann beabsichtigt ihr, zurückzukehren?«

»Scott, das ist nicht so einfach«, erklärte Connor. »Es gibt so viele Dinge, die Einfluss darauf haben können.« Als er weitersprach, hörte es sich auswendig gelernt an. »Das Wetter, die See, die …«

»… Deserteure, die heimtückischen Pfade«, schloss Scott. »Ja. Ich meine, mich vage zu entsinnen.« Er blieb stehen. Die ersten nasskalten Windböen jagten über das Land um Oaknight Manor herum und wiegten die kahler werdenden Baumkronen. »Wie viele Geburtstagsfeiern verpasst ihr wohl dieses Mal?«

»Bitte nicht du auch noch«, murmelte Elizabeth müde, dann machte sie einen Schritt auf ihren Sohn zu und öffnete die Arme. »Scott, komm mal her.«

»Ich stehe hier sehr bequem, Mutter. Bitte, fahr fort.«

»Ihr seid noch zu jung, um das zu verstehen«, erklärte Elizabeth und wechselte einen vielsagenden Blick mit ihrem Mann. Sie musterte ihren Sohn stolz und seufzte. »Du bist ein toller großer Bruder, Scott. Es ist gut, dass du auf sie aufpassen willst. Wir sehen doch, dass Scarlett –«

»Ihr seht sie nicht so, wie ich sie sehe«, beteuerte Scott. »Wie denn auch? Nie seid ihr da, wenn ihre Albträume sie brüllend aufwachen lassen. Wenn sie beginnt, beim Abendessen mit Tellern zu werfen, ohne selbst zu verstehen, warum sie es tut. Wenn sie danach weinend auf ihr Zimmer läuft und sich einschließt, folgt ihr *niemand*, wenn ich es nicht tue.«

»Schatz, es ist nur eine Geschäftsreise«, erklärte Elizabeth Oaknight. Ihr Sohn schüttelte den Kopf.

»Es ist *immer* nur eine Geschäftsreise«, sagte er bitter.

»Diese Reisen sind sehr ... wichtig«, fuhr Elizabeth fort. »Nicht nur für uns. Auch für euch, weißt du? Für sehr viele Menschen, um genau zu sein.« Sie schenkte ihrem Kind ein Lächeln, das ihre traurigen Augen jedoch nie erreichte. »Wir sind auch bestimmt bald wieder da.«

»Versprochen!«, ergänzte Connor Oaknight mit bemüht feierlichem Tonfall. Sein Sohn sah sie mit leeren Augen an. Er lächelte schief und schwach, schüttelte abermals sanft den Kopf.

»Ich hoffe, ihr kommt nie wieder«, sagte er. Dann drehte er sich um und ging zurück ins Haus, wo er leise die Tür hinter sich schloss.

Scott und Scarlett

JETZT

Einstürzende Ruinen unter der Kathedrale Calice-Sainte-Lune

Scott hätte es kommen sehen müssen.

Als die gewaltige, fantastische Bestie mit dem rötlich braunen Fell sich vor ihm aufbaute, fluteten Bilder der letzten Jahre Scotts Geist: die Art und Weise, wie Scarlett sich Nacht für Nacht vor ihrem Bett zusammengerollt hatte wie ein wildes, verletztes Tier. Die immer frischen Mistelzweige über ihren Betten, die nicht Schutz nach außen, sondern innen hatten sein sollen. Er dachte an Scarletts beinahe unheimlich gutes Gehör, ihren außergewöhnlichen Geruchssinn, ihre wilde Entschlossenheit, ihre Schnelligkeit. Ihre Wut.

Und auch wenn ihre Form nun erschreckend war, so war sie doch nicht aus einem dunklen Schrecken gefertigt wie Denneval, sondern vielmehr sein Gleichnis aus erschreckender Schönheit. Ihr Fell war glatt, ebenmäßig und edel, wo das seine zerfetzt und pechschwarz war. Ihre Krallen waren kürzer und messerscharf, wo die seinen lang und schartig unter seiner Haut hervorkrochen. Ihre Augen waren bitteres Gold, wo die Dennevals schwelende Asche mit glutgleicher Korona waren.

»Hinter sie, schnell!«, rief Hamish und zog Zavah mit sich.

Scott blinzelte nur fasziniert.

»Red …?«, flüsterte er.

Dann krachte es über ihnen, und als Scott an die Stelle blickte, wo vor einem Augenblick noch die bebende Masse Dennevals die Felsenbrücke hinuntergestürmt war, war dort nichts mehr als die zusammenbrechende Steinstruktur zu sehen.

Irgendwo unter Scarlett pumpten drei wild schlagende Herzen Blut in menschliche Umrisse hinein, die aus Arterien geformt waren. Erbebende Luft presste sich in wilden Stößen durch ihre Lungen hindurch und stieß heiß dampfend aus ihren Nüstern. Ein einziger Atemzug durch ihre Nase trug mehr Geschichten und mehr wilde Poesie in sich als jede Symphonie, jede Scriptura; Gerüche kündeten von Ängsten und sogar Absichten, von den winzigsten bis hin zu den größten Lebewesen überall um Scarlett herum – Wesen, die zwischen Steinen und Moosen lebten wie auf Kontinenten tief unter ihr, und fühlende, uralte Bäume, die in geheimen Sprachen untereinander wisperten, weit über ihr.

Wankend machte Scarlett einen Schritt rückwärts und fühlte, wie unter ihrem Fuß ein Fels zertrümmert wurde wie ein Stück vertrocknetes Brot. Verblüfft hob sie ihre gewaltigen Pranken vor das Gesicht, öffnete und schloss sie mit dem Geräusch knirschenden Hartleders. Ihre gebogenen Krallen blitzten auf.

Beißender Gestank griff aus der Ferne nach Scarlett – Denneval. Eine einzige weitere Witterung reichte aus. Scarlett fühlte seine schwarze, verlorene Seele. Ihr einziges, vollkommenes Ziel. Scarlett sah, wie besessen er von der Quelle gewesen war. Wie er einen seiner Männer nach Nova Caledonia entsandte, um in den Aufzeichnungen ihrer Eltern herumzuwühlen. Wie sehr ihn die Erinnerung an seine verlorene Liebe quälte.

Ein unwichtiger, dumpfer Laut erklang. Eine menschliche Stimme.

»Mach ihn fertig!«

Grimmig knurrte Scarlett auf.

Beiläufig schob sie ihren Bruder beiseite und fixierte die Gestalt, die sich mit einem donnernden Bellen die Felsbrücke hinabwarf, und der Laut jagte brennbare Öle in Scarletts Adern, die sich zischend mit ihrem Blut vermischten – und der Funke, der all das entzündete, ließ nicht lang auf sich warten. Mit einem herausfordernden Heulen schlug sich Scarlett provozierend gegen ihre Brust und ihren Kiefer, ohne den Blick von Denneval zu nehmen, dann winkte sie ihn mit krallenbewehrten Pranken zu sich. Der Jäger verzog das Gesicht. Seine Lefzen entblößten eine Reihe todbringender Mordinstrumente. Seine Botschaft war klar: *Das ist dein Ende, Oaknight-Mädchen.*

Scarlett schnaubte und fasste einen letzten menschlichen Gedanken.

Du hast dich mit der falschen Familie angelegt, Bestie.

»Mein lieber Hamish«, sagte Scott mit trockener Stimme und starrte weiterhin mit offenem Mund seiner Schwester – einer Bestia Enigma! – hinterher, die sich soeben einem ebensolchen

Monster entgegenwarf. »Mich dünkt, wenn wir zu Hause sind, sollten wir uns alle für ein dringend notwendiges Gespräch beim Dinner zusammenfinden.«

»W-wie können wir ihr helfen?«, rief Zavah atemlos und zuckte immer wieder zusammen, als Scarlett Schläge einsteckte und immer wieder Gleiches mit Gleichem vergalt.

»Mein Gott«, murmelte Hamish nur. »Bleiben Sie hinter mir!« Der Butler hielt Scott und Zavah zurück, doch man spürte seine Arme zittern.

»Wir müssen ihr doch irgendwie helfen!«, beharrte Zavah.

»Nein«, sagte Scott und ballte die Fäuste. »Sie schafft das! Sie kann ihn schlagen!«

Zavah sah ihn besorgt an. Mit diesen unheimlichen, wissenden Augen. Die sich ausbreitende Präsenz von roher und ungebändigter Kraft erzeugte eine Spannung in der Luft, die jedes einzelne Härchen an Scotts Körper aufrichtete und sich in Wellen aus Gänsehaut über seinen Rücken, seinen Nacken und seine Kopfhaut zog.

»Nein«, wiederholte Scott. »Sie … sie wird uns retten. Ich weiß es!«

Sie wird uns retten.

Sie wird uns retten …

Scarlett ließ alles los.

Ungehindert floss alles aus ihr heraus, was sich über ihr halbes Leben lang in ihr aufgestaut hatte, und fegte so gnadenlos über Denneval hinweg wie ein Orkan aus Rasierklingen.

Er war größer. Er war älter. Natürlich war er stärker.

Doch Scarletts erste Verwandlung war jenseits von Kontrolle, jenseits von bloßem Willen. Sie war die personifizierte Wildheit. Sie war das Gegenteil eines Gedankens. Und wo Denneval noch versuchte, hinterlistig oder aggressiv vorzugehen, war Scarlett unaufhörlich und ohne jedes Mitleid. Ihre Antworten waren klar und blutig. Ihre Hiebe verschwammen ineinander. Ihre Zusammenstöße, der Kampf um Gleichgewicht, waren Donnerschläge und Erdrutsche. Ihre Schädel hämmerten aneinander, wieder und wieder. Ihre Zähne wühlten nach Arterien. Nach Vergeltung.

Nach Vernichtung.

Scarlett brach Dennevals Gleichgewicht. Sein Hinterlauf rutschte ab, er fing sich mit einer Pranke auf, ließ seinen Nacken für einen Augenblick ungeschützt. Scarlett riss ihren Kiefer weit auf und biss zu. Wilde Euphorie flutete ihren Körper. Kupfer benebelte ihre Sinne. Mit einem Ruck ihres gigantischen Nackens trieb sie ihren jaulenden Gegner zu Boden. Ihre Pranken pressten sich auf seine Schultern, die Krallen ihrer Hinterläufe schlugen sich tief in den Fels unter ihr und verkeilten sich dort. Der Jäger bäumte sich auf und trat knurrend nach ihr, doch Scarlett heilte die dadurch geschlagene Wunde schon, bevor er zum nächsten Angriff mit den Hinterläufen ausholen konnte.

Mit einer unaussprechlichen Kraftexplosion wuchtete sie Dennevals gesamten Körper mit ihrem Kiefer in die Höhe und riss ihn schüttelnd hin und her, dann knallte der Jäger zurück auf den Boden, wo sich Scarletts Zähne ein letztes Mal in ihn hineinbohrten. Mit einem urgewaltigen Heulen streckte Scarlett ihren Nacken und stieß ihren Kopf in Richtung des Mondes, während die Bestie unter ihren Pranken langsam zu schrumpfen begann und sich in ihre menschliche Form zurückverwandelte.

»Du – du hast ihn!«, schrie Scott mit wackeligen Beinen. »*Ja!*«

Triumphierend sah er zu seiner Schwester hinüber, doch sein Lächeln gefror.

Irgendetwas stimmte nicht.

Warum … warum ist dieses merkwürdige Gefühl immer noch nicht verschwunden?, dachte er mit einem Schaudern.

»Red!«, rief Scott. »Red, hörst du nicht?«

Hamish hob warnend die Hand. Seine Stimme klang merkwürdig dünn.

»Sir!«, rief der Butler. »Ich denke, wir sollten –«

»Wir – wir haben es geschafft, Red!«, rief Scott und rannte Scarlett allen Warnsignalen zum Trotz entgegen. »Schwesterherz, du hast ihn –«

Die Rückseite einer Pranke traf ihn und brach ihm mehrere Rippen. Schmerz explodierte in Scott, als er mit dem Rücken gegen einen Felsen krachte, sich überschlug und stöhnend auf allen vieren liegen blieb. Er schmeckte Blut, musste würgen.

Ein pfeifendes, ächzendes Lachen erklang. Es war Denneval, der sich nur wenige Schritte neben Scott mühsam auf einen Unterarm stützte.

»Ihr – ihr denkt, es wäre vorbei?«, stöhnte er und lachte weiter. »Vielleicht – *argh!* – für mich. Aber für euch? Oh nein. Für euch … für euch hat es gerade erst – *ngh!* – angefangen …!«

Scarlett knurrte auf, als die Welt sich um sie drehte und sie immer wieder von prasselnd roten Wellen aus Zorn überschwemmt wurde.

Ihr Feind lag gebrochen vor ihr.

Der Mann, das Monster, das ihr ihre Eltern genommen hatte.

Doch ... warum fühlte sie sich so hohl? Warum war sie noch immer *so hungrig?*

Ein schwelendes Loch in ihrem Inneren heulte auf und riss mit ungebändigter Gewalt die Herrschaft über Scarletts Handeln an sich, wollte vernichten, zerstören, bestrafen – sich rächen! Aber der Kampf war vorbei! Warum *endete* es nicht? Voller Schrecken spürte Scarlett, wie ihr letzter, kläglicher Rest von Selbstkontrolle hinfortgespült wurde, aber warum? Warum war das hier nicht – nein, *nein!*

Das war nicht genug!

Mehr! MEHR!

Wovon redet er da?, dachte Scott benebelt und wollte zu seiner Schwester, doch sie war vollkommen außer Kontrolle. Die Bestia Enigma, die einst Scarlett Oaknight gewesen war, hielt sich brüllend die Pranken an den Schädel, warf sich hin und her und taumelte wie unter unsichtbaren Schlägen. Scott versuchte, sich auf die Beine zu kämpfen, doch seine Knie gaben nach. Er bekam kaum Luft.

Ich muss zu ihr!, hallte es in seinen Gedanken. *Ich kann sie doch nicht einfach so –*

»Verstehst du jetzt, junger Oaknight?«, stieß Denneval kraftlos hervor. »Die Wut – die Wut gewinnt *immer!*«

Scott wollte widersprechen, dem wahnsinnigen Jäger das Maul stopfen, doch Denneval hatte recht: Immer weiter kämpfte sich seine Schwester mit einem unsichtbaren Feind in eine animalische Rage hinein. Ihre wild zuckenden Augen suchten nach Beute. Ihre aufgeblähte Nase witterte heißes Blut und zerrte ihre Schnauze immer wieder hin und her.

Dann, urplötzlich, hielt die Bestia Enigma inne ... und fixierte Scott.

Ihr Fell stellte sich spitz auf und begann, wild zu vibrieren.

Alles an Scarlett schrie nach *mehr.*

Scott keuchte.

Er fiel rückwärts, versuchte fortzukriechen, doch konnte sich kaum bewegen. Seine Schwester trat auf ihn zu und plötzlich ragte über Scott ein Gemälde des Schreckens auf. Der dunkle Leib seiner verwandelten Schwester wurde von den thronenden Monolithen eingerahmt, während über ihr die allmächtige Form des Blutmonds drohte – das perfekte Ebenbild der Tarotkarte des Mondes.

Tausende Gedanken schossen durch Scotts Kopf, einer rationaler als der nächste – dass er Scarlett ruhig zureden musste, ihr irgendwie *logisch* klarmachen musste, dass sie doch noch irgendwo dort drinsteckte – dass sie ihr Ziel erreicht und Denneval besiegt hatten! –, aber nur ein Blick in ihre Augen genügte, um seine Hoffnungen im Keim zu ersticken. Da war nichts mehr, mit dem man hätte sprechen können. Nichts, mit dem sich diskutieren ließ. Nur noch ... Feuer.

Scott.

Das Wort hallte bedeutungslos in Scarletts riesenhaftem Körper wider, doch das damit verbundene Gefühl steckte jede Faser ihrer Seele in Brand.

»Lady Scarlett!«, rief eine Stimme. »Ich flehe Sie an, tun Sie das nicht!«

Scarlett fuhr herum. Die Flammen brüllten auf, gierig auf einen saftigen Bissen aus all diesen schlagenden Herzen. Sie sprang vorwärts, und als sie aufschlug, legte sich ein roter Schleier über die Welt. Er hinterließ nichts als eine karge Ödnis, deren einzig verbliebene Könige Blut und Rache waren … und plötzlich verstand Scarlett, mit schrecklicher Gewissheit:

Es war vorbei.

Die Grenze war überschritten.

Das Mädchen, das einst Scarlett Oaknight gewesen war, versteckte sich in den Schatten ihrer Seele, zog zitternd die Beine an sich und sah sich selbst mit vor Entsetzen geweiteten Augen dabei zu, wie sie ein letztes Mal auf ihren Bruder losging. Nichts konnte sie mehr retten. Denn nicht einmal die heilige Quelle des Druidenkults vermochte es, eine *Bestia Enigma* zu heilen.

Es gab nur noch die Jagd. Das Reißen. Das Zerfetzen. Die Vernichtung. Im Rausch schlug Scarlett um sich, hörte Leder zerreißen – *wie wundervoll!* – hörte Zavah aufkreischen! – *wie bittersüß!* – hörte Hamish schreien! – *was für ein Festmahl!*

Entsetzt sah Scott dabei zu, wie sich Hamish schützend vor Zavah warf und dem Hieb seiner Schwester dabei so knapp entging, dass die Waffengurte auf dem Rücken des Butlers in Streifen zerfetzten wie trockenes Papier.

»H-hör zu, Red!«, rief Scott und riss zuckend seinen Arm zurück, als Scarlett sich ruckartig zu ihm herumdrehte und wild danach schnappte. »Ich will – ich will, dass du weißt, dass es in Ordnung ist – auch wenn du mich jetzt in Stücke reißt! – ich werde dich nicht verlassen, hörst du?!« Scott hielt an und kämpfte sich auf die Knie. »Ich bin bei dir, Red! Es ist in Ordnung. Ich bin bei dir, egal was in dir tobt … egal was du fühlst …« Er sah zitternd hinauf in die Augen seiner Schwester. »Ich werde nicht fortgehen. Ich werde nicht vor dir fliehen. Ich bin bei dir, hier.« Mit tränenüberströmtem Gesicht riss er sich das Hemd auf und presste sich die dreckige Hand auf die Brust. Sein Blick bohrte sich in die tosenden Augen der Bestia Enigma, in das unauslöschliche Feuer darin. »Und wenn das bedeutet, dass ich hier sterbe, dann sei es so.«

»Worauf wartest du noch?!«, schrie Denneval Scarlett an. »Zerfleisch ihn! Ich *sehe,* dass du es willst!«

Scott wollte schreien – doch es war zu spät.

Er brüllte auf, als sich Scarletts gewaltige Pranken um seinen Oberkörper schlossen und ihn schmerzhaft in die Höhe zerrten, im selben Griff, dem zuvor Denneval zum Opfer gefallen war. Wie in einem grauenerregenden Albtraum war Scott gezwungen, seinen Untergang bis ins kleinste Detail zu erfahren: Scarletts Lefzen erzitterten. Ihre Nackenmuskeln erbebten, als sie ihn hasserfüllt anstarrte und ihn so nah an sich heranzog, dass ihr heißer, stinkender Atem Scott die Haare aus dem Gesicht stieß. Geifer spritzend riss sie ihren Kiefer auf, um ihn zu verschlingen …

Es war nur ein Moment.

Eine Spiegelung in seinen Augen.

Da war keine Angst.

Keine Furcht.

Kein Verurteilen.

Nur Scarlett.

Sie selbst. In ihrer furchtbarsten, grausamsten Form. Hinter gefletschten Reißzähnen. Unter bebendem Fell. Ein wahr gewordener Albtraum.

Und doch … *sah* er sie.

Er sah sie …

Etwas traf Scarlett unter ihrem Brustbein. Zuerst meinte sie, irgendjemand wäre todesmutig gewesen und hätte sie angegriffen, doch nichts hätte weiter von der Wahrheit entfernt sein können. Das Etwas in ihr blühte golden auf und breitete sich in ihrem Inneren aus. Nicht brennend oder glühend wie ein Feuer, sondern warm und wahr wie die Strahlen der Sonne. Das Licht flutete ihre Rippen, ihr Herz und ihre Kehle, dann ihren Bauch und ihre Beine. Es strahlte in warmem Grün, dann kristallenem Weiß. Es strahlte durch jede Faser in Scarletts Wahrnehmung, nahm den Schleier von ihr und zeigte ihr die Welt um sie herum, so wie sie sie kannte. Die Gerüche und Geräusche blieben immer noch überwältigend, doch ihre Nähe war keine Bürde, keine Qual mehr. Als Scarlett blinzelte, hielten nackte, menschliche Arme ihren Bruder vor ihr in der Luft und ließen ihn sanft los. Unfähig zu sprechen, musterte sie ihre kleinen Hände, ihre nackten Füße. Hinter ihr sog Hamish erschrocken die Luft ein.

»R-red?«, flüsterte eine ungläubige Stimme so, als gehöre sie einem Geist, der von den Toten zurückgekehrt war.

Scott.

Scarlett machte einen zitternden Schritt auf ihren knienden Bruder zu. Langsam lehnte sie ihre Stirn an die seine und schloss die Augen. Dann umarmte sie ihn.

»Du bist da«, flüsterte sie. Sie hörte Scotts Herz schlagen und hielt sich mit aller verbliebenen Kraft daran fest. »Du siehst mich.« Und für das erste Mal seit Jahren fühlte sich Scarlett ein kleines Stück ganzer, vollständiger. Als sie ihre Augen wieder öffnete, sah sie den besiegten Denneval ruhig an, während Hamish sie hastig in die Überreste seines Mantels hüllte.

Es ist vorbei, sprach Scarlett in den Gedanken des Jägers, so wie es Reynard zuvor bei ihr getan hatte, auch wenn sie nicht wusste, wie sie es tat.

»Nein«, murmelte Denneval. »Das … aber …«

Das Gesicht des Jägers wirkte leer. Und auch wenn seine körperlichen Wunden sich bereits wieder geschlossen hatten, so schien tief in ihm etwas gebrochen zu sein.

Dann, als wäre er aus einem Bann erwacht, verzog sich sein Gesicht zu einer Fratze des Zorns. Er wirbelte herum, verwandelte sich zurück in seine wahre Form und hechtete mit gewaltigen Sätzen mitten in das zusammenfallende Zentrum der verborgenen Quelle hinein.

»Schnell!«, ächzte Scott und stützte sich hoch. »Ihm nach!«

Scarlett unterdrückte den Impuls, eben genau das zu tun, dann hielt sie inne. Denneval sprang mit unfassbarer Kraft von einem hinabfallenden Felsbrocken zum nächsten, erklomm in Windeseile die Höhe der Wände und erreichte kurz darauf die Spitze des sichelförmigen Spalts.

»Nein …«, sagte Scarlett ernst und sah der Bestie von Bisclavret nach. Eine merkwürdige Mischung aus Mitleid, Trauer und tiefer Müdigkeit überkam sie. Sie zog den zerfetzten Mantel dichter an sich, obwohl sie überhaupt nicht fror. »Nein. Er wird nicht zurückkehren.«

Neben ihr legte Zavah den Kopf schief und sah Scarlett neugierig an.

»Darf ich die Herrschaften höflichst daran erinnern«, warf Hamish mit erhobener Augenbraue und dem Blick zur auseinanderbrechenden Höhlendecke ein, »dass wir voraussichtlich in nur wenigen Momenten einer Briefmarkensammlung hinzugefügt werden könnten?«

»Es bleibt uns noch ein kurzer Augenblick – und das ist gut so«, sagte Zavah, dann sah sie in die Ferne, schloss die Augen und nahm drei Finger an die Stirn. »Ruhe in Frieden, Reynard Berger.«

Scarlett tauschte ein dankbares Nicken mit ihr. Hamish tat es ihr gleich.

»Berger … das bedeutet *Hirte,* nicht wahr?«, sagte der Butler. Ein seltsam warmherziger Ausdruck breitete sich auf seinem Gesicht aus.

»Augenblick vorbei – *los jetzt!*«, rief Scott und rannte voraus.

Teil IX

Vier Monate später

Denneval

Die klirrende Kälte der pyrenischen Berge hatte Sebastiéns Atem bereits in Nebel verwandelt, als er die einzigen beiden Bücher verbrannte, die er jemals besessen hatte. Weit hinter dem Horizont erleuchtete die Dämmerung ihr aufgehendes Reich. Der kleine Friedhof füllte sich mit singenden Finken und Spatzen, die unter der seichten Schicht aus Neuschnee nach verborgenen Schätzen suchten.

Still maß Sebastién das schwarz anlaufende Papier mit seinem Blick. Er beobachtete es dabei, wie es unter der geduldigen Flamme seine Form verzerrte, sich bog, brach und schließlich verging. Als er sich sicher war, dass beide Werke ihr Ende gefunden hatten, trat er an das liebevoll gepflegte Grab heran. Eine Engelsstatue, die dort einen kreuzähnlichen Gegenstand vor der Brust hielt, rahmte mit ihren Flügeln einen auf Dornenrosen gebetteten Marmorstein ein. Die Aufschrift lautete:

Beatrice Soleil Donnadieu

1747–1768

Vorsichtig lehnte sich Sebastién vor, bückte sich und küsste die Engelsstatue auf die Stirn. Er verblieb einen Atemzug lang mit geschlossenen Augen.

Langsam löste er seine Lippen vom Stein und streckte seine nackte Hand nach der Grabbeigabe aus, die die Engelsstatue in den schützenden Armen hielt; ein überaus seltener und kostbarer Amantius-Silberdolch.

Für einen Augenblick wollte er die Waffe ganz an sich nehmen, doch alles, was Sebastién schließlich tat, war, seine Fingerspitze langmütig über deren Griff fahren zu lassen, bis er an der Spitze angekommen war. Ein kurzer Moment des Drucks. Mehr brauchte es nicht. Die Waffe zerfiel wie brüchige Kohle, wurde von einem geräuschlosen Windhauch erfasst und wehte davon wie ein vergessenes Lied. Ein einzelner, dunkelroter Blutstropfen quoll auf der Fingerspitze Sebastiéns hervor und färbte sich kurz darauf schwarz. Langsam trat er zurück und kniete nieder.

Die Strahlen der aufgehenden Sonne erleuchteten die Rückseite des Engels, fluteten golden über den Rand seiner Flügel. Langsam schloss Sebastién seine Augen. Er empfing die Wärme auf seiner Stirn, seinem Gesicht, seiner Brust, dann atmete er befreit aus. Die Finken und Spatzen sangen.

Ja, dachte er ganz ruhig bei sich. *Hier könnte ich eine kleine Ewigkeit verbringen.*

Mrs Devonshire

Höchst unerhörte Dinge gingen seit der längst überfälligen Rückkehr der jungen Herrschaften auf Oaknight Manor vor sich, höchst unerhört! Dessen war sich Mrs Gwendolyn Devonshire, erfahrene Haushälterin, mit außerordentlicher Vehemenz sicher.

Selbstverständlich waren alle außer sich vor Freude und Glück gewesen, die junge Lady und den jungen Lord – mitsamt dem guten Hamish – in einem Stück wiederzusehen, aber ihre Geschichte schien doch reichlich an den Haaren herbeigezogen. Nur … wen kümmerte unter diesem Dache schon die Wahrheit?

Was für ein über alle Maßen merkwürdiges Mädchen man jedoch von der Reise mitgebracht hatte – umarmte ständig die Angestellten bei jeder sich bietenden Gelegenheit, küsste sie abwechselnd auf die Wangen, bedankte sich ununterbrochen und verschenkte sogar an jeden, der sich nicht schnell genug bekreuzigen konnte, einen ihrer goldenen Armreifen! – und dann sollte sie nun auch noch hier bei ihnen auf Oaknight Manor *wohnen bleiben*? Hier? Mit einem eigenen Zimmer gar? Also bitte! In was für einer Welt lebten die hohen Herrschaften denn!

Argwöhnisch musterte Gwendolyn das junge Fräulein mit der nahezu skandalös bunten Aufmachung, wie sie mit Perseus und Bellerophon auf den Armen durch die Eingangshalle stolperte und tanzte, ihr wirbelndes Kleid ein Fächer für die Sonnenstrahlen, die durch die großen Fenster hineinfielen. Zugegeben, Perseus sah dabei aus, als würde er bei dem ständigen Drehen eine neue Ebene persönlicher Glückseligkeit erreichen, doch Bellerophon würde seinem Gesichtsausdruck zufolge schon sehr bald sein heutiges Frühstück über die frisch abgestaubten Gemälde verteilen.

Und wer durfte dann wieder alles sauber machen?

Höchst unerhört also.

Aber warum erwischte sich Gwendolyn dann dabei, wie sich ihre Lippen zu einem Lächeln formten?

Doch … doch … diese Melodie, die das Mädchen da von sich gab … warum kam die Gwendolyn so bekannt vor? War das nicht das Lied, das ihre Mutter ihr jeden Morgen vorgesungen hatte?

Wahrlich, höchst unerhörte Dinge gingen auf Oaknight Manor vor.

Und Gwendolyn Devonshire würde einen Teufel tun, daran etwas zu ändern.

Hamish

In einer Staubexplosion krachte der letzte Stapel Notizen in die Holzkiste vor Hamish, der allein vor der nun leeren Wand im Planungsraum der Katakomben stand. Langsam wanderte sein Blick über den nackten Tisch, die inhaltlosen Regale für Beweisstücke, hin zum Steckbrief des ersten vermissten Mädchens. *Jehanne,* wie Hamish nun wusste. Er fragte sich, was wohl aus dem Gemälde der jungen Frau geworden war. Dann nahm er auch ihren Zeitungssauschnitt und legte ihn zu den anderen. Der letzte große Fall Connor und Elizabeth Oaknights, der vielleicht letzten großen Jägerfamilie. Seiner Herren und Arbeitgeber. Seiner besten und langjährigsten Freunde. Niemand benötigte mehr ihre Aufzeichnungen, ihre Theorien, ihre Reiserouten – ihr Lebenswerk, verstand Hamish nun. Der Fall war gelöst. Die Geheimnisse gelüftet. Die Fragen beantwortet. Der Unhold besiegt.

Alles sollte nun abgeschlossen sein, nicht wahr? Sich vollendet anfühlen. Gut sein. Aber … warum fühlte Hamish dann eine derart große Leere in sich?

Er trug die finale Kiste hinüber zu den anderen, wofür er die Halle mit den verbotenen Pforten durchqueren musste. Sein Blick streifte besorgt die Siegel über ihren spitz zulaufenden Toren.

Wie die Häupter schlafender Titanen, dachte Hamish.

Einen Moment lang hielt er inne. Dann realisierte er etwas.

Er hatte Angst.

Vor dem, was noch kommen könnte.

Vor dem, was noch kommen *würde.*

Denn seine eigentliche Aufgabe war noch nicht zu Ende. Sie hatte wahrscheinlich soeben erst begonnen.

Ein Geräusch riss ihn aus seinen finsteren Gedanken. Ein erquicktes Mädchenlachen, das aus der Scriptura herübergeweht war, wo sich die junge Lady Scarlett eines ihrer typischen Zwiegespräche mit dem jungen Master Scott lieferte. Der Laut wiederholte sich, heller, lauter.

Hamish schmunzelte wehmütig. Wahrhaftig. Sie klangen wirklich wie ihre Eltern.

Kurz schien sich der Blick des Butlers in eine uneinsehbare Ferne zu verlieren, dann räusperte er sich kraftvoll, setzte sein gewohnt höfliches Gesicht auf und klopfte sich den Staub von den Ärmeln.

Scott

Scott fuhr aus einem unruhigen Schlaf in die Höhe. Es geschah nun immer öfter: Das Nachthemd haftete nass an seiner Haut. Sein Haar hing in verklebten Strähnen auf seiner Stirn. Mit schmerzverzerrtem Gesicht rieb er sich die rabenschwarze Narbe auf seinem Brustbein. Dann versank sein Gesicht in seinen Händen und er atmete lautstark aus.

Nur ein Traum, überredete er sich. *Nur ein Traum ...*

Er rieb sich die Augen und setzte sich auf, um sein Haar zu einem Zopf zu binden, nahm sich die Laterne vom Nachttisch und leuchtete durch den Raum, doch er war tatsächlich allein. Das merkwürdige Flüstern aus seinem Traum war ebenfalls verschwunden. Die Tür war verschlossen. Auch das Fenster war verriegelt. Misstrauisch blickte sich der junge Adlige ein weiteres Mal um, dann schließlich schüttelte er kaum sichtbar den Kopf und entschloss sich, aufzustehen.

Wenig später wandelte er durch das Treppenhaus, bis er schließlich an die Schlafzimmertür seiner Schwester trat. Achtsam legte er ein Ohr an das Holz, lauschte einen Augenblick. Dann, vorsichtig, öffnete er die Tür einen Spaltbreit und spähte hinein.

Ihr Haar war geordnet. Ihre Wangen rosig. Ihre Stirn trocken.

Über ihr der Baldachin voller Mistelzweige, der Bettkopf mit Schnitzereien voller Wölfe, Jäger und geheimnisvoller Wälder.

Scarlett Oaknight lächelte.

Scarletts Traum

Der Himmel war erfüllt von aufblitzenden Schneeflocken. In seinem Zentrum leuchtete die Sonne in hellblauem Meer. Die blätterlosen Bäume streckten ihre kahlen Arme in die Luft, wie umeinander zu winken. Mamas und Papas Stimmen erklangen links und rechts von Scarlett. Winterluft knisterte in ihren Lungen. Eiskristalle schmolzen auf ihren roten Wangen, als sie zwischen ihren Eltern, die ihre kleinen Hände hielten, vor- und zurückschwang.

Ein aufgeregtes Rufen riss Scarletts Aufmerksamkeit an sich und kurz darauf traf sie ein Schneeball mit makelloser Präzision im Nacken. Sie fuhr herum.

Dort oben stand er!

Fürstlich amüsiert auf dem Hügel, seine grafengleiche Silhouette von Sonne umrandet.

Und er wartete.

Auf sie. Auf Mama. Auf Papa.

Scarlett machte sich von den Händen los, die sie hielten, dann schau-

felte sie Schnee und formte ein Geschoss, doch ihr Vater hielt sie zurück und schüttelte tadelnd den Kopf. Dann drückte er ihr einen Stock in die Hand, beinahe so lang wie ein Rapier.

»Na los, ihr zwei«, lachte ihre Mutter. »Zeigt der Welt, was ihr könnt.«

Epilog

Lukasz

Das fremde Land, in das Lukasz in geheimer Mission gereist war, hatte all seine Erwartungen übertroffen. Die dichten Wälder voll knorriger Baumriesen, deren Rindenfratzen und Greifarme die Waggons von ihren Schienen reißen zu wollen schienen. Die abgebrochenen Bergzinnen, die aus einem Nebelmeer hervorstießen, um den vollen Mond zu tragen, sodass dieser den Schwärmen aus Fledermäusen eine Bühne schenken konnte. Einfach atemberaubend schön – es tat gut, endlich einmal einen Botendienst für den Orden übernehmen zu dürfen, anstatt den lieben langen Tag nur Schreibarbeit zu leisten.

Lukasz stieg unter dem Fauchen und Dampfen der neuartigen Lok eine stählerne Treppe hinunter und prüfte abermals den Inhalt seiner Manteltasche. Der Brief, den er von diesem geheimnisvollen Mann erhalten hatte – mit einem rabenfederschwarzen Siegel –, musste unfassbar wichtig sein. Er hatte von seinem Ordensmeister den Auftrag bekommen, den erhaltenen Umschlag an eine Frau zu übergeben, die an genau diesem Bahnhof auf ihn warten würde, und dass er sie an ihrem auffälligen Hut erkennen würde.

Lukasz schlug den Kragen hoch, während das eindrucksvolle Gefährt hinter ihm sich schleppend und spuckend in Bewegung setzte, um den Bahnhof zu verlassen. Er sah der weißen Fontäne der Lok dabei zu, wie sie sich mit dem schleichenden Nebel der Umgebung vermischte und schließlich vollends verschwand.

Beunruhigt sah Lukasz sich um. Der ordentlich gebaute Bahnsteig führte sowohl nach Osten als auch nach Westen mitten in dicke Nebelbänke hinein. Die einzige Lichtquelle blieb der drohende Vollmond über den Spitzen der lautlos schwankenden Tannen. Niemand sonst war mit Lukasz ausgestiegen. Niemand schien auf Reisende zu warten. Nicht einmal ein Aufseherhäuschen gab es, weit und breit. Doch als Lukasz sich händereibend umwandte, war er nicht mehr allein.

»Seien Sie gegrüßt«, sagte eine höfliche Stimme und Lukasz fuhr zusammen. Die Dame, die in ein opulentes weinrotes Ballkleid gehüllt war und einen feinen Spazierstock führte, trug eine merkwürdige Lesebrille mit verdunkelten Rundgläsern. Schief auf ihrem toupierten pechschwarzen Haar stand ein derart kleiner und zerrupfter Hut, dass es schon albern wirkte. Ihr blasser Mund teilte sich und enthüllte eine Reihe makelloser schneeweißer Zähne.

»Es ist gut, dass Sie endlich eingetroffen sind«, lachte die Dame, ihre samtweiche, schnurrende Stimme merkwürdig lang gezogen. Sie betrachtete Lukasz von hinter ihren sonderbaren Brillengläsern, auf denen sich die silberne Gestalt des Mondes aufblitzend spiegelte.

»Sie möchten bestimmt den Brief sehen, nehme ich –«, begann Lukasz, doch weiter kam er nicht. Urplötzlich materialisierten sich – aus dem Nichts! – zwei Gestalten an den Seiten der Dame, eine runzlig und gebückt, die andere klein und dürr. Die Augen, die in ihren Schädeln wohnten, flackerten glutartig auf wie die von Katzen, die in ein helles Licht schauen.

»Hat uns nicht gesehen«, kicherte eine Mädchenstimme süßer als Honig.

»Hat uns nicht bemerkt«, raunte eine Frauenstimme älter als Stein.

»Mein Brief?«, sang die Dame und zog einen Schmollmund. Lukasz blinzelte verunsichert, dann nickte er schluckend und übergab die Nachrichten.

»Oh, Caledonisch«, hauchte die Dame und lächelte verschwörerisch, nachdem sie genüsslich die Siegel gebrochen und die Umschläge geöffnet hatte.

»Bei des Däumchens Juckerei«, raunte die Alte.

»Etwas Böses kommt vorbei«, kicherte das Kind.

Lukasz ignorierte den Drang, fortzulaufen. Wer auch immer diese Personen waren, wenn sie mit dem Orden verkehrten, so hatte er nichts von ihnen zu befürchten … richtig?

Die Dame überflog die Nachricht. Ihre Augen schmälerten sich an einigen Stellen, dann lächelte sie.

»A-alles zu Ihrer Zufriedenheit?«, fragte Lukasz.

»Weißt du, was hier drinsteht?«, fragte die Dame grinsend zurück. Lukasz schüttelte erschrocken den Kopf.

»D-das ist streng geheim!«, sagte er abwehrend. »Ich wäre so gut wie tot, wenn ich den Brief gelesen hä–«

»So wie es aussieht«, erklärte die Dame ihren sonderbaren Begleiterinnen, »hat das Spiel begonnen.« Sie sah Lukasz durchdringend an, und er hatte plötzlich nicht mehr das Gefühl, in Sicherheit zu sein. »Oh, und in der letzten Zeile steht: Machen Sie mit dem Boten, was Sie wollen.«

»Was?!«, keuchte Lukasz und blinzelte wild. »D-das muss ein Missverständnis –«

Die edle Dame seufzte selig und schloss ihre Augen. In der Ferne begannen Wölfe ihr gespenstisches Geheul, das über den Tälern, Wäldern und Pfaden widerhallte wie das letzte Spiel eines trunkenen Geigers.

»Hören Sie nur!«, sagte die Dame verträumt. Sie wirbelte herum wie auf einem höfischen Tanz, atmete tief Luft und Nebel ein … und mit Schrecken sah Lukasz ihre spitzen Eckzähne aufblitzen. »Kinder der Nacht! Welch süße Musik sie spielen!«

Danksagung

Niemand ist eine Insel, und deshalb gehören an diese Stelle die lieben Menschen, die mich mit ihrer Zeit, Arbeit und Hingabe geehrt und somit diese Geschichte zum Leben erweckt haben. Zu meinen wundervollen Hebammen und Geburtshelfern in dieser Angelegenheit (oder, wenn du das cooler findest, lieber Leser, liebe Leserin – Nekromantinnen und Totenbeschwörer) gehören meine Testleser/Zuhörer/Seelsorger/Da-Seier/AwesomePeepz Daniel, Tom, Tim, Angelina, Anneke, Daggi, Christina, Norbert und Jonas. Meine Eltern, mit denen gemeinsam ich mehr Star Trek, Star Wars, Herr der Ringe und Action-Abenteuer in mich aufgesogen habe als mit irgendjemandem sonst. Elendil!

Meine Agentin Rosi, meine Lektorin Anja, Nicola und Frauke und alle beim Coppenrath Verlag, die ich garantiert sonst noch vergessen habe; selbstverständlich ebenso Frau Sabine Conrad für den Satz und Frau Claudia Pastors für das Korrekturlesen.

My man Helge, der mit seinen mega-awesomen Illustrationen die Oaknight-Chroniken sichtbar gemacht hat und der sich immer köstlich darüber amüsiert, wenn ein alter Kerl wie ich ›Jugendsprache‹ und Emojis benutzt. :-)

Meine Eva, die Muse, beste Freundin und Spinnpartnerin in einer Person ist und mich jeden Tag zu einem besseren Menschen macht – und der das »E« in »A. E. Leinkenjost« gehört. Du hast mir gesagt, dass ich mich selbst auf dieser Liste nicht vergessen soll, auch wenn es sich weird anfühlt.

Also, danke, Andy. Ich weiß, dass es dir dein Gehirn und dein Herz nicht immer leicht machen, der Welt Dinge zurückzuschenken und ihr einen Teil von dir zu zeigen. Du hast wundervolles Glück, dass du die Menschen auf dieser Liste hast.

© privat

André Leinkenjost wurde am 4. Juli 1988 in Münster geboren. Seit seiner Kindheit gehört sein Herz epischen Heldengeschichten, klassischen Abenteuern und der modernen Nerdkultur. Selbst Geschichten zu erzählen bedeutet für ihn, der Welt etwas von der Freude, dem Glück und der Erkenntnis zurückschenken zu dürfen, die ihn selbst als begeisterten Leser, Zuschauer und Zuhörer jeden Tag aufs Neue begleiten. Derzeit arbeitet er für dich fleißig am zweiten Teil der Oaknight-Chroniken.

© DaveMNG

Helge Vogt wollte als Kind Paläontologe werden. Irgendwann wurde ihm aber klar, dass er die Dinosaurier und Monster lieber zeichnet, als sie auszugraben. Er arbeitet als Illustrator (z. B. Percy Jackson), Comiczeichner (Alisik) und Autor für zahlreiche Verlage.
www.trickwelt.com